Рідне

МИКОЛА ХВИЛЬОВИЙ

Я (Романтика)

ХАРКІВ
«ФОЛІО»
2021

УДК 821.161.2
Х-30

Серія «Рідне»
заснована у 2020 році

Художник-оформлювач
О. А. Гугалова-Мєшкова

У виданні збережено основні особливості лексики, синтаксису та орфографії авторського тексту

ISBN 978-966-03-9439-1
(Рідне)
ISBN 978-966-03-9482-7

Я
(РОМАНТИКА)

«Цвітові яблуні»

З далекого туману, з тихих озер загірної комуни шелестить шелест: то йде Марія. Я виходжу на безгранні поля, проходжу перевали і там, де жевріють кургани, похиляюсь на самотню пустельну скелю. Я дивлюся в даль. — Тоді дума за думою, як амазонянки, джигітують навколо мене. Тоді все пропадає… Таємні вершники летять, ритмічно похитуючись, до отрогів, і гасне день; біжить у могилах дорога, а за нею — мовчазний степ… Я одкидаю вії і згадую: …воістину моя мати — втілений прообраз тієї надзвичайної Марії, що стоїть на гранях невідомих віків. Моя мати — наївність, тиха жура і добрість безмежна. (Це я добре пам'ятаю!) І мій неможливий біль, і моя незносна мука теплюють у лямпаді фанатизму перед цим прекрасним печальним образом.

Мати каже, що я (її м'ятежний син) зовсім замучив себе… Тоді я беру її милу голову з нальотом сріблястої сивини і тихо кладу на свої груди… За вікном ішли росяні ранки і падали перлямутри. Проходили неможливі дні. В далі з темного лісу брели подорожники й біля синьої криниці, де розлетілись дороги, де розбійний хрест, зупинялись. То — молоде загір'я.

— Але минають ночі, шелестять вечори біля тополь, тополі відходять у шосейну безвість, а за ними — літа, роки і моя буйна юність. Тоді дні перед грозою. Там, за отрогами сизого боку, спалахують блискавиці і накипають, і піняться гори. Важкий душний грім ніяк не прорветься з Індії, зі сходу. І томиться природа в передгроззі. А втім, за хмарним накипом чути й інший гул — ...глуха канонада. Насуваються дві грози.

— Тривога! — Мати каже, що вона поливала сьогодні м'яту, і м'ята вмирає в тузі. Мати каже: «Надходить гроза!» І я бачу: в її очах стоять дві хрустальні росинки.

I

Атака за атакою. Шалено напирають ворожі полки. Тоді наша кавалерія з флангу, і йдуть фаланги інсургентів у контратаку, а гроза росте, і мої мислі — до неможливости натягнутий дріт.

День і ніч я пропадаю в чека.

Помешкання наше — фантастичний палац: це будинок розстріляного шляхтича. Химерні портьєри, древні візерунки, портрети княжої фамілії. Все це дивиться на мене з усіх кінців мого випадкового кабінету.

Десь апарат військового телефону тягне свою печальну тривожну мелодію, що нагадує дальній вокзальний ріжок.

На розкішній канапі сидить, підклавши під себе ноги, озброєний татарин і монотонно наспівує азіатське: «ала-ла-ла».

Я дивлюсь на портрети: князь хмурить брови, княгиня — надменна зневага, княжата — в темряві столітніх дубів.

І в цій надзвичайній суворості я відчуваю весь древній світ, всю безсилу Грандіозність і красу третьої молодости минулих шляхетних літ.

Це чіткий перламутр на бенкеті дикої голодної країни.

І я, зовсім чужа людина, бандит — за одною термінологією, інсургент — за другою, я просто і ясно дивлюсь на ці портрети і в моїй душі нема й не буде гніву. І це зрозуміло:

— я — ч е к і с т, а л е і л ю д и н а.

Темної ночі, коли за вікном проходять міські вечори (маєток злетів на гору й царить над містом), коли сині димки здіймаються над цегельнею й обивателі, як миші, — за підворітні, у кандреєчний замок, темної ночі в моєму надзвичайному кабінеті збираються мої товариші. Це новий синедріон, це чорний трибунал комуни.

Тоді з кожного закутка дивиться справжня й воістину жахна смерть.

Обиватель:

— Тут засідає садизм!

Я:

— ...(мовчу).

На міській башті за перевалом тривожно дзвенить мідь. То б'є годинник. З темного степу доноситься глуха канонада.

Мої товариші сидять за широким столом, що з чорного дерева. Тиша. Тільки дальній вокзальний ріжок телефонного апарату знов тягне свою печальну, тривожну мелодію. Зрідка за вікном проходять інсургенти.

Моїх товаришів легко пізнати:

доктор Тагабат,

Андрюша,

третій — дегенерат (вірний вартовий на чатах).

Чорний трибунал у повному складі.

Я:

— Увага! На порядку денному діло крамаря ікс!

З дальніх покоїв виходять льокаї і також, як і перед князями, схиляються, чітко дивляться на новий синедріон і ставлять на стіл чай. Потім нечутно зникають по оксамиту килимів у лябіринтах високих кімнат.

Канделябр на дві свічі тускло горить. Світлу не сила досягти навіть чверти кабінету. У височині ледве манячить жирандоля*. В городі — тьма. І тут — тьма: електричну станцію зірвано.

---

* *Жирандоля* — великий фігурний свічник для декількох свічок. — *Тут і далі прим. ред.*

Доктор Тагабат розвалився на широкій канапі вдалі від канделябру, і я бачу тільки білу лисину й надто високий лоб. За ним іще далі в тьму — вірний вартовий із дегенеративною будівлею черепа. Мені видно лише його трохи безумні очі, але я знаю:

— у дегенерата — низенький лоб, чорна копа розкуйовдженого волосся й приплюснутий ніс. Мені він завше нагадує каторжника, і я думаю, що він не раз мусів стояти у відділі кримінальної хроніки.

Андрюша сидить праворуч мене з розгубленим обличчям і зрідка тривожно поглядає на доктора. Я знаю, в чому справа.

Андрюшу, мого бідного Андрюшу, призначив цей неможливий ревком сюди, в чека, проти його кволої волі. І Андрюша, цей невеселий комунар, коли треба енергійно розписатись під темною постановою —

— «розстрілять», завше мнеться, завше розписується так:

не ім'я і прізвище на суворому життьовому документі ставить, а зовсім незрозумілий, зовсім химерний, як хетейський гієрогліф, хвостик.

Я:

— Діло все. Докторе, Тагабате, як ви гадаєте?

Доктор (динамічно):

— Розстрілять!

Андрюша трохи перелякано дивиться на Тагабата й мнеться. Нарешті, тремтячи і непевним голосом каже:

— Яз вами, докторе, не згодний.

— Ви зі мною не згодні? — і грохот хриплого реготу покотився в темні княжі покої.

Я цього реготу чекав. Так завше було. Але й на цей раз здригаюсь і мені здається, що я йду в холодну трясовину. Прудкість моєї мислі доходить кульмінацій.

І в той же момент раптом переді мною підводиться образ моєї матері…

— ...«Розстрілять»???

І мати тихо зажурено дивиться на мене.

...Знову на далекій міській башті за перевалом дзвенить мідь: то б'є годинник. Північна тьма. У шляхетний дім ледве доноситься глуха канонада. Передають у телефон: наші пішли в контратаку. За портьєрою у скляних дверях стоїть заграва: то за дальніми кучугурами горять села, горять степи й виють на пожар собаки по закутках міських підворіть. В городі тиша й мовчазний передзвін серць.

...Доктор Тагабат нажав кнопку.

Тоді льокай приносить на підносі старі вина. Потім льокай іде, і тануть його кроки, віддаляються по леопардових міхах.

Я дивлюсь на канделябр, але мій погляд мимоволі скрадається туди, де сидить доктор Тагабат і вартовий. В їхніх руках пляшки з вином, і вони його п'ють пожадливо, хижо.

Я думаю «так треба».

Але Андрюша нервово переходить із місця на місце і все поривається щось сказати. Я знаю, що він думає: він хоче сказати, що так нечесно, що так комунари не роблять, що це — вакханалія і т. д., і т. п.

Ах, який він чудний, цей комунар Андрюша!

Але, коли доктор Тагабат кинув на оксамитовий килим порожню пляшку й чітко написав своє прізвище під постановою —

— «розстрілять», — мене раптово взяла розпука. Цей доктор із широким лобом і білою лисиною, з холодним розумом і з каменем замість серця, — це ж він і мій безвихідний хазяїн, мій звірячий інстинкт. І я, главковерх чорного трибуналу комуни — нікчема в його руках, яка віддалася на волю хижої стихії.

«Але який вихід?»

— Який вихід? — І я не бачив виходу.

Тоді проноситься переді мною темна історія цивілізації, і бредуть народи, і віки, і сам час...

— Але я не бачив виходу!

Воістину правда була за доктором Тагабатом.

...Андрюша поспішно робив свій хвостик під постановою, а дегенерат, смакуючи, вдивлявся в літери.

Я подумав: «коли доктор — злий геній, зла моя воля, тоді дегенерат є палач із гільйотини».

Але я подумав:

— Ах, яка нісенітниця! Хіба він палач? Це ж йому, цьому вартовому чорного трибуналу комуни, в моменти великого напруження я складав гімни.

І тоді відходила, удалялась од мене моя мати — прообраз загірної Марії, і застигала, у тьмі чекаючи.

...Свічі танули. Суворі постаті князя й княгині пропадали в синім тумані цигаркового диму.

...До розстрілу присуджено,

— шість!

Досить! На цю ніч досить!

Татарин знову тягне своє азіятське: «ала-ла-ла».

Я дивлюся на портьєру, на заграву в скляних дверях. — Андрюша вже зник. Тагабат і вартовий п'ють старі вина. Я перекидаю через плече мавзер і виходжу з княжого дому. Я йду по пустельних мовчазних вулицях обложеного міста.

Город мертвий. Обиватєлі знають, що нас за три-чотири дні не буде, що даремні наші контратаки: скоро зариплять наші тачанки в далекий сіверкий край. Город причаївся. Тьма.

Темною волохатою силюстою стоїть на сході княжий маєток, тепер — чорний трибунал комуни.

Я повертаюсь і дивлюся туди, і тоді раптом згадую, що шість на моїй совісті.

...Шість на моїй совісті?

Ні, це неправда. Шість сотень,

шість тисяч, шість мільйонів —

тьма на моїй совісті!!

— Тьма?

I я здавлюю голову.

...Але знову переді мною проноситься темна історія цивілізації, і бредуть народи, і віки, і сам час...

Тоді я, знеможений, похиляюсь на паркан, становлюся на коліна й жагуче благословляю той момент, коли я зустрівся з доктором Тагабатом і вартовим із дегенеративною будівлею черепа. Потім повертаюсь і молитовно дивлюся на східну волохату силюету.

...Я гублюсь у переулках. І нарешті виходжу до самотнього домика, де живе моя мати. У дворі пахне м'ятою. За сараєм палахкотять блискавиці й чути гуркіт задушеного грому.

Тьма!

Я йду в кімнату, знімаю мавзера й запалюю свічу.

... — Ти спиш?

Але мати не спала.

Вона підходить до мене, бере моє стомлене обличчя в свої сухі старечі долоні й схиляє свою голову на мої груди. Вона знову каже, що я, її м'ятежний син, зовсім замучив себе.

І я чую на своїх руках її хрустальні росинки.

Я:

— Ах, як я втомився, мамо!

Вона підводить мене до свічі й дивиться на моє зморене обличчя.

Потім становиться біля тусклої лямпади й зажурено дивиться на образ Марії. — Я знаю: моя мати і завтра піде в манастир: їй незносні наші тривоги й хиже навколо.

Але тут же, дійшовши до ліжка, здригнув:

— Хиже навколо? Хіба мати сміє думати так? Так думають тільки версальці!

І тоді, збентежений, запевняю себе, що це неправда, що ніякої матері нема переді мною, що це не більше, як фантом.

— Фантом? — знову здригнув я.

Ні, с а м е ц е — неправда! Тут, у тихій кімнаті, моя мати не фантом, а частина мого власного з л о ч и н н о г о «я», якому я даю волю. Тут, у глухому закутку, на краю города, я ховаю від гільйотини один кінець своєї душі.

І тоді в тваринній екстазі я заплющую очі, і, як самець напровесні, захлинаюсь і шепочу:

— Кому потрібно знати деталі моїх переживань? Я справжній комунар. Хто посміє сказати інакше? Невже я не маю права відпочити одну хвилину?

Тускло горить лямпада перед образом Марії. Перед лямпадою, як різьблення, стоїть моя зажурна мати. Але я вже нічого не думаю. Мою голову гладить тихий голубий сон.

II

...Наші назад: з позиції на позицію: на фронті — паніка, в тилу — паніка. Мій батальйон напоготові. За два дні я й сам кинусь у гарматний гул. Мій батальйон на підбір: це юні фанатики комуни.

Але зараз я не менше потрібний тут. Я знаю, що таке тил, коли ворог під стінами города. Ці мутні чутки ширяться з кожним днем і, як змії, розповзлись по вулицях. Ці чутки мутять уже гарнізонні роти.

Мені доносять:

— Ідуть глухі нарікання.

— Може спалахнути бунт.

Так! Так! Я знаю: може спалахнути бунт, і мої вірні агенти ширяють по заулках, і вже нікуди вміщати цей винний і майже невинний обивательський хлам.

...А канонада все ближче й ближче. Частіш гонці з фронту. Хмарами збирається пил і стоїть над городом, прикриваючи мутне вогняне сонце. Зрідка палахкотять блискавиці. Тягнуться обози, кричать тривожно паровики, проносяться кавалеристи.

Тільки біля чорного трибуналу комуни стоїть гнітюча мовчазність.

Так:

будуть сотні розстрілів, і я остаточно збиваюся з ніг! Так: вже чують версальці, як у гулкій і мертвій тиші княжого маєтку над городом спалахують чіткі й короткі постріли; версальці знають:

— штаб Духоніна!

...А ранки цвітуть перламутром і падають вранішні зорі в туман дальнього бору.

...А глуха канонада росте.

Росте передгроззя: скоро буде гроза.

...Я входжу в княжий маєток.

Доктор Тагабат і вартовий п'ють вино. Андрюша похмурий сидить у кутку. Потім Андрюша підходить до мене й наївно печально каже:

— Слухай, друже! Одпусти мене!

Я:

— Куди?

Андрюша:

— На фронт. Я більше не можу тут.

Ага! Він більше не може! І в мені раптом спалахнула злість. Нарешті прорвалось. Я довго стримував себе. — Він хоче на фронт? Він хоче подалі від цього чорного брудного діла? Він хоче витерти руки й бути невинним, як голуб? Він мені віддає «своє право» купатися в калюжах крови?

Тоді я кричу:

— Ви забуваєтесь! Чуєте?.. Коли ви ще раз скажете про це, я вас негайно розстріляю.

Доктор Тагабат динамічно:

— Так його! так його! — і покотив регіт по пустельних лабіринтах княжих кімнат. — Так його! так його!

Андрюша знітився, зблід і вийшов із кабінету.

Доктор сказав:

— Точка! Я відпочину! Працюй ще ти!

Я:

— Хто на черзі?

— Діло №282.

Я:

— Ведіть.

Вартовий мовчки, мов автомат, вийшов із кімнати.

(Так, це був незамінимий вартовий: не тільки Андрюша — і ми грішили: я й доктор. Ми часто ухилялися доглядати розстріли. Але він, цей дегенерат, завше був солдатом революції, і тільки тоді йшов із поля, коли танули димки й закопували розстріляних.)

...Портьєра роздвинулась, і в мій кабінет увійшло двоє: женщина в траурі й мужчина в пенсне. Вони були остаточно налякані обстановкою: аристократична розкіш, княжі портрети й розгардіяш — порожні пляшки, револьвери й синій цигарковий дим.

Я:

— Ваша фамілія?

— Зет!

— Ваша фамілія?

— Ігрек!

Мужчина зібрав тонкі зблідлі губи і впав у безпардонно-плаксивий тон: він просив милости. Женщина втирала платком очі.

Я:

— Де вас забрали?

— Там-то!

— За що вас забрали?

— За те-то!

Ага, у вас було зібрання! Які можуть бути зібрання в такий тривожний час уночі на приватній квартирі?

Ага, ви теософи! Шукаєте правди!.. Нової? Так! Так!.. Хто ж це?.. Христос?.. Ні?.. Інший спаситель світу?.. Так! Вас не задовольняє ні Конфуцій, ні Лаотсе, ні Будда, ні Магомет, ні сам чорт!.. Ага, розумію: треба заповнити порожнє місце...

Я:

— Так по-вашому, значить, назрів час приходу Месії?

Мужчина й женщина:

— Так!

Я:

— Ви гадаєте, що цей психологічний кризис треба спостерігати і в

Европі, і в Азії, і по всіх частинах світу?

Мужчина й женщина:

— Так!

Я:

— Так якого ж ви чорта, мать вашу перетак, не зробите цього Месію з «чека»?

Женщина заплакала. Мужчина ще більше зблід. Суворі портрети князя й княгині похмуро дивились із стін. Доносилась канонада й тривожні гудки з вокзалу. Ворожий панцерник насідає на наші станції — передають у телефон. З города долітає гамір: грохотали по мостовій тачанки.

...Мужчина впав на коліна й просив милости. Я з силою штовхнув його ногою — і він розкинувся горілиць.

Женщина приложила траур до скроні і в розпуці похилилася на стіл.

Женщина сказала глухо й мертво:

— Слухайте, я мати трьох дітей!..

Я:

— Розстрілять!

Вмить підскочив вартовий, і через півхвилини в кабінеті нікого не було.

Тоді я підійшов до столу, налив із графіна вина й залпом випив. Потім положив на холодне чоло руку й сказав:

— Далі!

Увійшов дегенерат. Він радить мені одложити діла й розібрати позачергову справу:

— Тільки-но привели з города нову групу версальців, здається, всі черниці, вони на ринку вели одверту агітацію проти комуни.

Я входив у ролю. Туман стояв перед очима, і я був у тім стані, який можна кваліфікувати, як надзвичайний екстаз.

Я гадаю, що в такім стані фанатики йшли на священну війну.

Я підійшов до вікна й сказав:

— Ведіть!

> ...В кабінет увалився цілий натовп черниць. Я цього не бачив, але я це відчував. Я дивився на город. Вечоріло. — Я довго не повертався, я смакував: всіх їх через дві години не буде! — Вечоріло. — І знову передгрозові блискавиці різали краєвид. На дальньому обрії за цегельнею підводились димки. Версальці насідали люто й яро — це передають у телефон. На пустельних трактах зрідка виростають обози й поспішно відступають на північ. У степу стоять, як дальні багатирі, кавалерійські сторожові загони.
>
> Тривога.
>
> У городі крамниці забиті. Город мертвий і йде в дику середньовічну даль. На небі виростають зорі й проливають на землю зелене болотяне світло. Потім гаснуть, пропадають.

Але мені треба спішити! За моєю спиною група черниць! Ну да, мені треба спішити: в підвалі битком набито.

Я рішуче повертаюсь і хочу сказати безвихідне:

— роз-стрі-лять!..

але я повертаюсь і бачу — прямо переді мною стоїть моя мати, моя печальна мати, з очима Марії.

Я в тривозі метнувся вбік: що це — галюцинація? Я в тривозі метнувся вбік і скрикнув:

— Ти?

І чую з натовпу женщин зажурне:

— Сину! мій м'ятежний сину!

Я почуваю, що от-от упаду. Мені дурно, я схопився рукою за крісло й похилився.

Але в той же момент регіт грохотом покотився, бухнувся об стелю й пропав. То доктор Тагабат:

— «Мамо»?! Ах ти, чортова кукло! Сісі захотів? «Мамо»?!!

Я вмить опам'ятався й схопився рукою за мавзер.

— Чорт! — і кинувся на доктора.

Але той холодно подивився на мене й сказав:

— Ну, ну, тихше, зраднику комуни! Зумій розправитись і з «мамою» (він підкреслив «з мамою»), як умів розправлятися з іншими.

І мовчки одійшов.

...Я остовпів. Блідий, майже мертвий, стояв я перед мовчазним натовпом черниць із розгубленими очима, як зацькований вовк. (Це я бачив у гігантське трюмо, що висіло напроти.)

Так! — схопили нарешті й другий кінець моєї душі! Вже не піду я на край города злочинно ховати себе. І тепер я маю одно тільки право:

— нікому, ніколи й нічого не говорити, як розкололось моє власне «я».

І я голови не загубив.

Мислі різали мій мозок. Що я мушу робити? Невже я, солдат революції, схиблю в цей відповідальний момент? Невже я покину чати й ганебно зраджу комуну?

...Я здавив щелепи, похмуро подивився на матір і сказав різко:

— Всіх у підвал. Я зараз буду тут.

Але не встиг я цього промовити, як знову кабінет задрижав од реготу.

Тоді я повернувся до доктора й кинув чітко:

— Докторе Тагабат! Ви, очевидно, забули, з ким маєте діло? Чи не хочете й ви в штаб Духоніна... з цією сволоччю) — я махнув рукою в той бік, де стояла моя мати, і мовчки вийшов із кабінету.

...Я за собою нічого не почув.

...Від маєтку я пішов, мов п'яний, в нікуди по сутінках передгрозового душного вечора. Канонада росла. Знову спалахували димки над дальньою цегельнею. За курганом грохотали панцерники: то йшла між ними рішуча дуель.

Ворожі полки яро насідали на інсургентів. Пахло розстрілами.

Я йшов у нікуди. Повз мене проходили обози, пролітали кавалеристи, грохотали по мостовій тачанки. Город стояв у пилу, і вечір не розрядив заряду передгроззя.

Я йшов у нікуди. Без мислі, з тупою пустотою, з важкою вагою на своїх погорблених плечах.

Я йшов у нікуди.

III

...Так, це були неможливі хвилини. Це була мука. — Але я вже знав, як я зроблю.

Я знав і тоді, коли покинув маєток. Інакше я не вийшов би так швидко з кабінету.

...Ну да, я мушу бути послідовним!

...І цілу ніч я розбирав діла.

Тоді протягом кількох темних годин періодично спалахували короткі й чіткі постріли: — я, главковерх чорного трибуналу комуни, виконував свої обов'язки перед революцією.

...І хіба то моя вина, що образ моєї матері не покидав мене в цю ніч ні на хвилину?

Хіба то моя вина?

...В обід прийшов Андрюша й кинув похмуро:

— Слухай! Дозволь її випустити!

Я:

— Кого?

— Твою матір!

Я:

(мовчу).

Потім почуваю, що мені до болю хочеться сміятись. Я не витримую й регочу на всі кімнати.

Андрюша суворо дивиться на мене. Його рішуче не можна пізнати.

— Слухай. Навіщо ця мелодрама?

Мій наївний Андрюша хотів бути на цей раз проникливим. Але він помилився.

Я (грубо):

— Провалівай!

Андрюша й на цей раз зблід.

Ах, цей наївний комунар остаточно нічого не розуміє. Він буквально не знає, навіщо ця безглузда звіряча жорстокість. Він нічого не бачить за моїм холодним дерев'яним обличчям.

Я:

— Дзвони в телефон! Узнай, де ворог!

Андрюша:

— Слухай!..

Я:

— Дзвони в телефон! Узнай, де ворог!

У цей момент над маєтком пронісся із шипінням снаряд і недалеко розірвався. Забряжчали вікна, і луна пішла по гулких порожніх княжих кімнатах.

У трубку передають: версальці насідають, вже близько: за три верстви. Козачі роз'їзди показалися біля станції: інсургенти відступають. — Кричить дальній вокзальний ріжок.

...Андрюша вискочив. За ним я.

...Куріли далі. Знову спалахували димки на горизонті. Над городом хмарою стояв пил. Сонце-мідь, і неба не видно. Тільки горова мутна курява мчала над далеким небосхилом. Здіймалися з дороги фантастичні хуртовини, бігли у височінь, розрізали простори, перелітали оселі й знову мчали і мчали. Стояло, мов зачароване, передгроззя.

...А тут бухкали гармати. Летіли кавалеристи. Відходили на північ тачанки, обози.

...Я забув про все. Я нічого не чув і — сам не пам'ятаю, як попав до підвалу.

Із дзвоном розірвався біля мене шрапнель, і надворі стало порожньо. Я підійшов до дверей і тільки-но хотів зиркнути в невеличке віконце, де сиділа моя мати, як хтось узяв мене за руку. Я повернувся —

— дегенерат.

— От так стража! Всі повтікали!. хі... хі...

Я.

— Ви?

Він:

— Я? О, я! — і постукав пальцем по дверях.

Так, це був вірний пес революції. Він стоятиме на чатах і не під таким огнем! Пам'ятаю, я подумав тоді:

— «це сторож моєї душі» і без мислі побрів на міські пустирі.

...А над вечір південну частину околиці було захоплено. Мусили йти на північ, залишити город. Проте інсургентам дано наказа задержатись до ночі, і вони стійко вмирали на валах, на підступах, на роздоріжжях і в мовчазних закутках підворотень.

...Але що ж я?

...Ішла спішна евакуація,
ішла чітка перестрілка,
і я остаточно збивався з ніг!

Палили документи. Одправляли партії заложників. Брали решту контрибуцій...

...Я остаточно збивався з ніг!

...Але раптом виринало обличчя моєї матері, і я знову чув зажурний і впертий голос.

Я одкидав волосся й поширеними очима дивився на міську башту. І знову вечоріло, і знову на півдні горіли оселі.

...Чорний трибунал комуни збирається до побігу. Навантажують підводи, бредуть обози, поспішають натовпи на північ. Тільки наш самотній панцерник завмирає в глибині бору й затримує з правого флангу ворожі полки.

...Андрюша десь ізник. Доктор Тагабат спокійно сидить на канапі й п'є вино. Він мовчки стежить за моїми наказами й зрідка іронічно поглядає на портрет князя. Але цей погляд я відчуваю саме на собі, і він мене нервує й непокоїть.

...Сонце зайшло. Конає вечір. Надходить ніч. На валах ідуть перебіжки, і одноманітно відбиває кулемет. Пустельні княжі кімнати завмерли в чеканні.

Я дивлюся на доктора й не виношу цього погляду в древній портрет.

Я різко кажу:

— Докторе Тагабат! через годину я мушу ліквідувати останню партію засуджених. Я мушу прийняти отряд.

Тоді він іронічно й байдуже:

— Ну, і що ж? Добре!

Я хвилююсь, але доктор єхидно дивиться на мене й усміхається. — О, він, безперечно, розуміє, в чому справа! Це ж у цій партії засуджених моя мати.

Я:

— Будь ласка, покиньте кімнату!

Доктор:

— Ну, і що ж? Добре!

Тоді я не витримую й шаленію.

— Докторе Тагабат! Останній раз попереджаю: не жартуйте зі мною!

Але голос мій зривається, і мені булькає в горлі. Я пориваюся схопити мавзера й тут же прикінчити з доктором, але я раптом почуваю себе жалким, нікчемним і пізнаю, що від мене відходять рештки волі. Я сідаю на канапу й жалібно, як побитий безсилий пес, дивлюся на Тагабата.

...Але йдуть хвилини. Треба вирушати.

Я знову беру себе в руки і в останній раз дивлюся на надменний портрет княгині.

Тьма.

... — Конвой!

Вартовий увійшов і

доложив:

— Партію вивели. Розстріл призначено за містом: початок бору.

...Із-за дальніх отрогів виринав місяць. Потім плив по тихих голубих потоках, одкидаючи лимонні бризки. Опівночі пронизав зеніт і зупинився над безоднею.

...В городі стояла енергійна перестрілка.

...Ми йшли по північній дорозі.

Я ніколи не забуду цієї мовчазної процесії — темного натовпу на розстріл.

Позаду рипіли тачанки.

Авангардом — конвойні комунари, далі — натовп черниць; в авангарді — я, ще конвойні комунари й доктор Тагабат.

...Але ми напали на справжніх версальців: за всю дорогу жодна черниця не промовила жодного слова. Це були щирі фанатички.

Я йшов по дорозі, як тоді — в нікуди, а збоку мене брели сторожі моєї душі: доктор і дегенерат. Я дивився в натовп, але я там нічого не бачив.

Зате я відчував:

— там ішла моя мати

з похиленою головою. Я відчував: пахне м'ятою.

Я гладив її милу голову з нальотом сріблястої сивини.

Але раптом переді мною виростала загірна даль. Тоді мені знову до болю хотілося впасти на коліна й молитовно дивитися на волохату силюету чорного трибуналу комуни.

...Я здавив голову й ішов по мертвій дорозі, а позаду мене рипіли тачанки.

Я раптом відкинувсь: що це? галюцинація? Невже це голос моєї матері?

І знову я пізнаю себе нікчемною людиною й пізнаю: десь під серцем нудить. І не ридати, а плакати дрібненькими сльозами хотілось мені — так, як у дитинстві, на теплих грудях.

І спалахнуло:

— невже я веду її на розстріл?

Що це: дійсність чи галюцинація?

Але це була дійсність: справжня життьова дійсність — хижа й жорстока, як зграя голодних вовків. Це була дійсність безвихідна, неминуча, як сама смерть.

...Але, може, це помилка?

Може, треба інакше зробити?

Ах, це ж боюнство, легкодухість. Єсть же певне життьове правило: errare humanum est*! Чого ж тобі? Помиляйся! і помиляйся саме так, а не так!.. І які можуть бути помилки?

Воістину: це була дійсність, як зграя голодних вовків. Але це була й єдина дорога до загірних озер невідомої прекрасної комуни.

...І тоді я горів у вогні фанатизму й чітко відбивав кроки по північній дорозі.

...Мовчазна процесія підходила до бору. Я не пам'ятаю, як розставляли черниць, я пам'ятаю:

до мене підійшов доктор і положив мені руку на плече:

— Ваша мати там! Робіть, що хочете!

Я подивився:

— з натовпу виділилася постать і тихо самотньо пішла на узлісся.

...Місяць стояв у зеніті й висів над безоднею. Далі відходила в зелено-лимонну безвість мертва дорога. Праворуч маячів сторожовий загін мойого батальйону. І в цей момент над городом знявся рясний вогонь — перестрілка знову била тривогу. То відходили інсургенти, — то помітив ворог. — Збоку розірвався снаряд.

---

* *Errare humanum est* — крилатий латинський вислів, що означає «Людині властиво помилятися».

...Я вийняв із кобури мавзера й поспішно пішов до самотньої постаті. І тоді ж, пам'ятаю, спалахнули короткі вогні: так кінчали з черницями.

І тоді ж, пам'ятаю —

з бору вдарив у тривогу наш панцерник. — Загудів ліс.

Метнувся вогонь — раз, два —

і ще — удар! удар!

...Напирають ворожі полки. Треба спішити. Ах, треба спішити!

Але я йду і йду, а одинока постать моєї матері все там же. Вона стоїть, звівши руки, і зажурно дивиться на мене. Я поспішаю на це зачароване неможливе узлісся, а одинока постать усе там же, все там же.

Навкруги — пусто. Тільки місяць ллє зелений світ із пронизаного зеніту. Я держу в руці мавзера, але моя рука слабіє, і я от-от заплачу дрібненькими сльозами, як у дитинстві на теплих грудях. Я пориваюся крикнути:

— Мати! Кажу тобі: іди до мене! Я мушу вбити тебе. І ріже мій мозок невеселий голос. Я знову чую, як мати говорить, що я (її м'ятежний син) зовсім замучив себе. ...Що це? Невже знову галюцинація?

Я відкидаю голову.

Так, це була галюцинація: я давно вже стояв на порожнім узліссі напроти своєї матері й дивився на неї.

Вона мовчала.

...Панцерник заревів у бору. Здіймались огні. Ішла гроза. Ворог пішов у атаку. Інсургенти відходять.

...Тоді я у млості, охоплений пожаром якоїсь неможливої радости, закинув руку на шию своєї матері й притиснув її голову до своїх грудей. Потім підвів мавзера й нажав спуск на скроню.

Як зрізаний колос, похилилася вона на мене.

Я положив її на землю й дико озирнувся. — Навкруги було порожньо. Тільки збоку темніли теплі трупи черниць. — Недалеко грохотали орудія.

...Я заложив руку в кишеню й тут же згадав, що в княжих покоях я щось забув. «От дурень!» — подумав я.

...Потім скинувся:

— де ж люди?

Ну да, мені треба спішити до свого батальйону! — І я кинувся на дорогу.

Але не зробив я й трьох кроків, як щось мене зупинило.

Я здригнув і побіг до трупа матері.

Я став перед ним на коліна й пильно вдивлявся в обличчя. Але воно було мертве. По щоці, пам'ятаю, текла темним струменем кров.

Тоді я звів цю безвихідну голову й пожадливо впився устами в білий лоб. — Тьма.

І раптом чую:

— Ну, комунаре, підводься!

Пора до батальйону!

Я зиркнув і побачив:

— переді мною знову стояв дегенерат.

Ага, я зараз. Я зараз. Так, мені давно пора! — Тоді я поправив ремінь свого мавзера й знову кинувся на дорогу.

...В степу, як дальні багатирі, стояли кінні інсургенти. Я біг туди, здавивши голову.

...Ішла гроза. Десь пробивалися досвітні плями. Тихо вмирав місяць у пронизаному зеніті. З заходу насувалися хмари. Ішла чітка, рясна перестрілка.

...Я зупинився серед мертвого степу:

— там, в дальній безвісті, невідомо горіли тихі озера загірної комуни.

ПОВІСТЬ ПРО САНАТОРІЙНУ ЗОНУ

Сергієві Пилипенкові

I

Із щоденника хорої: «...і стоїть той тихий осінній сум, що буває на одинокому ставку, коли не листя, а золотий дощ ізлітає з печальної білоногої берези, коли глибокою пустелею відходить голубе небо в невідомий дальній димок...» — Але я, власне, не про це. Я знаю, що наша санаторійна зона могла б бути прекрасним матеріалом для повісти. Головними героями можна вважати: анарха (саме анарха, не інакше, і ми не помилились, назвавши його так: анарх без «іст» ще волохатіш, мов Махно, мов уся та вольниця, що мчить по степах диким кошмаром), Майю — це теж псевдонім — сестру Катрю й Хвоню. Я нічого не сказала про метранпажа Карно, але він не тільки для анарха, — і для мене являється якоюсь серединою між живою істотою й фантомом. Взагалі можна погодитись, що повість про санаторійну зону мала б основний недостаток: схематизм... — Але треба завше мати на увазі: санаторійна зона не театр маріонеток — це є розклад певної групи суспільства, за який (розклад) і за яку (групу) я не беру відповідальности.

Після мертвої лежанки в санаторій приходить якесь непорозуміння: женщина з «благородного» інституту, як вона каже, любила колись кадриль і басить: «Пулжалуста! Пулжалуста! Свєжії яєчки! Специально для здоров'я». — А втім, у неї й папіроси спеціально для здоров'я. Всього ж краму має на червінець. І лежить він у кошику. — «Так що, шановна пані, — підходить до неї якийсь хорий, — ви мені вчора дали тухлі яйця». — Женщина з «благородного» інституту здивовано дивиться: — «Хм!.. Йому ж у середину не залєзіш!» — Хлоні така відповідь завше подобається. Він купує одну крашанку й прохає миршавого дідка подержати її, поки він вийме з кишені гроші… — І так проходять дні. Основною темою санаторійного будня буває так звана «пуговка». Крутити пуговку — це крутити кохання в диких малинниках. Крутять пуговку, можна сказати, всі. Принаймні, майже всі. — «Ваш чоловік ревнивий?» — питає хтось когось. — «Ну, да!.. А що?» — «Та так!» — «Що так?» — хвилюється друга. — «Та думаю сказати, що ви з (ім'я рек) крутите пуговку». — «Я? кручу путовку? Чи ви не збожеволіли?» — «Ні!» — «І це серйозно?» — «Так!»

— Тоді друга раптом міняє тон. — «Голубонько! Ну, що ви робите? Він же в мене зовсім «іздьоргана» людина. Це ж його остаточно уб'є. Ну, голубонько (обіймає), невже мені так і не можна ходити з мужчинами?» — «А де ви ходили? Кажіть!.. Ну?» — «…Ну, ладно… ну… ходила… ну …в ліс… ну… що ж тут такого?» — «Звичайно, нічого!» — знову спокійно каже перша. — «Я вашому чоловікові це тільки й скажу, що ви ходили з (ім'я рек) у ліс». — «Що ви кажете?» — і на обличчі другої жах. — «Та ви ж його цим уб'єте?» — «Ну, ладно!» — сміється перша. — «Я не скажу. Але — умова: не підходьте до (ім'я рек) після цієї лежанки… Добре?» — «Будь ласка! На чорта він мені здався?» — і друга робить найщиріше обличчя. Перша, усміхаючись, відходить. Тоді друга підбирає волосся й шипить крізь зуби: — «Ну, й нахалка! Шкода, що в тебе нема чоловіка!»

— …Але перша вже з (ім'я рек). — Але річ і не в цьому. Зацікавлення метранпажем доходить все-таки свого апогею. Вранці, наприклад, бачили, що до нього приходив хтось із города. Оповідають, що Карно після першої лежанки стояв у густій яблуневій заросталі. Оповідають, що до нього підійшла — наче з землі виросла — фігура, очевидно другий метранпаж. Поговорили конспіративно (в цьому всі певні) з півгодини. Потім фігура зникла в бур'янах. — «Наш метранпаж, — сміявся хтось, — пахне «нат-пінкертоном».

— «Да! Мабуть, каналья!» — кидав другий. — А втім, не всі ж і цікавляться Карно. Дехто просто гадає, що комусь, мовляв, хочеться зробити з нього надзвичайну людину. І тільки. Це ж бо розвага. Але в цих, між іншим, єсть і ще інтереси. Принаймні, саме тут і було чути, як один із хорих, розмахнувшись картою, кричав: — «Віст!» — «Дозвольте!» — зупиняв його другий. — «Це ж нечесно. Я так не граю в преферанс. Я так не можу грати вісім: ви заглядаєте в карти». — «Це ж коли?» — «А зараз!» — «І ви це смієте мені говорити?» — «А що ж... неправда?» — «Тоді ви — нахал!» — «Я — як?» — Розгорявся скандал. Але підлітали й мирили. Це ті мирили, що вчора скандалили за «66». Розводили й питали: — «Ну, тепер гніву нема?» — «Нема!»

— «А у вас нема?» — «Нема!» — «Тоді подайте руки!» — Але рук не подавали. — «Я не подаю принципово: не гігієнічно!» — Тоді говорили, що гігієна спеціально для Німеччини, а нам на неї плювать! — «В данім разі плюють сіверяни, тільки не ми». — Тоді виявлялося, що «ми» орієнтуємось на закордон, бо там (зіс!) Вишиваний... А потім знову йшли балачки про те, інше. А потім відходив сірий санаторійний будень.

«...і стоїть той тихий осінній сум, що буває на одинокому ставку, коли не листя, а золотий дощ ізлітає з печальної білоногої берези, коли глибокою пустелею відходить голубе небо в невідомий дальній димок».

Над сторожкою тишею санаторійного закутка метнувся молодий голос і — пропав. Але дзвінкий відголосок, затихаючи за дальніми осоками, ще довго стояв над рікою.

— Ма-а-айо! — гукали безмежні простори.

На зоні конав присмерковий час. Вечір стояв стрункий, прозорий і легкий, мов трусиковий пух. Крізь гущавину кучерявих дерев линула тиховійна жура. Стояло глибоке літо. — Над верандою жевріла голубоока саєта вечірнього неба, а з безодні виринав молодик: неясні лінії і мідний німий хребет.

На Ґралтайських Межах ледве чутно кричав санаторійний дурень.

І тоді ж із-за пишної яблуні вийшов ординатор і пішов по доріжці — суворий, у білому халаті, пенсне в землю. Він провіряв останню лежанку. На другому краю санаторійної зони суєтилась сестра з термометром. Потім сестра пішла в березовий куток, підійшла до порожніх койок і сказала:

— Ах, Боже мій! І сьогодні шоста палата? Де ж Майя?.. Де ж, нарешті, анарх?.. А-ах, Боже мій!

Але їй ніхто не відповів. Тільки легенький вітер шамотів у дикому малиннику й виганяв на трави табунці зелених хвиль.

Сестра трохи постояла в роздум'ї й раптом кинула, повертаючись до койок із хорими:

— Скажіть, будь ласка, анархові, що я йому цього не пробачу. Це ж неможливо! Який же це режим? — і пішла туди, де стояв суворий ординатор...

Потім хтось вибіг за зону і — в рупор:

— Аго-о-ов!

Насторожилася ріка й понесла озов на низини, на плеса, замираючи. І знову нічого не чути. Тільки зрідка з десятин міської в'язниці долітав волохатий гомін: то кричав глухим напруженим криком тюремний наглядач.

Нарешті з дикого малинника вискочила Майя. Слідом за нею — своєю звичайною млявою ходою величезний, волохатий анарх. Скоро лежали на своїх койках і перекидались фразами. Скоро заговорила й Унікум: вона ніколи в таких випадках не мовчала. Унікум має для цього спеціальну тираду, що в ній згадується Савонаролю, фльорентійців, аскетизм, жах, ридання й т. д., і все це — недвозначний натяк на анарха.

Хтось позіхнув. Очевидно, тирада не тільки на того, кому її було призначено, але й на решту публіки вже не впливала. Проте незабаром і сама Унікум змовкла: мабуть, і їй було нудно. І справді: промову її зовсім не розраховано на анархову запальність. Вона добре розуміє, як важко розторсати цього ведмедя. Сказала — і все!

Тільки за півгодини миршавий дідок (лежав тут недалеко), прокидаючись, згадав:

— Хе… Хе… Тавонароля!

Цим би, очевидно, і зліквідовано було відголоски на тираду Унікум, коли б не Хлоня.

— А що то значить «тавонароля»? — спитав він дідка, нервово одкинувши голову.

— Тентіменталітм — от що! — кинув дідок і захіхікав.

Цього було досить. Така відповідь зірвала Хлоню, бо він вважав, що наша епоха — доба сентименталізму, і тому він не допустить, щоб хто-небудь глузував із неї. Проте такі нелогічні висновки з'ясовувались просто. Хлоня писав по закутках патетичні новелі, які потай читав анархові. Взагалі Хлоню вважали за «оригінального пацанка»: то він метушився по зоні й щось викрикував, го бачили його з похиленою головою в якійсь надзвичайній меланхолії. Жив він тут декілька місяців і за цей час чотири рази бігав до ріки топитися.

Хлоня зірвався з місця і, підбігши до дідка, закричав істерично.

— Ну да! Ну да! Сентименталізм!.. Але ти розумієш, що це! Чуєш, чортова тютя?

Всі обурились. Це ж неможливо! Який-небудь молокосос — і так поводиться з дорослими. Сестра мусить обов'язково доложити ординаторові. Хіба анарх маленький? Та він же дідка може одним пальцем убити! Хіба він не постоїть за себе, коли він всерйоз приймає цю кличку. І що тут особливого? Невже Савонароля — таке погане ім'я?.. Нарешті, чого ж анарх мовчить?.. От ще байдужий ведмідь!

А з Хлонею треба покінчити. Бо ж і справді ніхто нічого не знає про справжній душевний стан цього хлопця. Можливо, він просто рисується... А, коли він істерик, треба лікуватися, для цього єсть спеціяльні лікарні. Не можна допускати, щоб він наводив терор на весь санаторій.

Сестра Катря заспокоювала хорих. І, коли на койках стихло, вона звернулася до Хлоні:

— Навіщо ви так?.. Ах, як негарно!

Хлоня мовчав.

Анарх теж не промовив жодного слова. Вся ця історія давно йому обридла, і він не буде втручатися в неї. Він простягнув своє величезне тіло, і здавалося, що от-от тріснуть тендітні ніжки його койки, і вона зі стогоном завалиться під цією грузною махиною.

А втім, таке припущення міг би зробити тільки той, хто не мав випадку зустрітися з анарховими очима. Була в цих очах і наївна простота, і романтична мрійливість.

Анарх уважно дивився на чисте прозоре небо — там стояли пір'їнні памеги. В цю хвилину він просто химерив. Він бачив, як у небі росла хрустальна фортеця з неможливо синім фасадом. Він спостерігав, як по безкрайому горовому океані, починаючи свою повітряну путь від експериментальної ферми, пливли білі барашки на своїх білорунних човнах, і майже нічого не бачив, крім синіх верховіть. І коли б не цей негарний смішок, що ним весь час сміялася Майя (була в тому смішку якась неприємна нотка), анарх почував би себе добре. Принаймні, зараз.

Майя знову засміялась.

Звичайно, можна повернутись і спитати, чому їй так весело. Але ж це даремно: Майя скаже, що вона згадала щось смішне. На тім і крапка. А справді це не так. Він має на це докази.

Нарешті, всі ці ідіотські історії з Савонаролею, безперечно, не обходяться без неї. Це ж вона назвала його Савонаролею.

Із трьох осіб, з якими зійшовся він на санаторійній зоні, саме — Хлоні, сестри Катрі й Майї, до останньої його найбільше тягнуло. Спершу анарх думав, що це з'ясовується її фізичними якостями (Майя, безперечно, була красивою женщиною), що це з'ясовується їхнім фізичним зв'язком, але потім переконався: це не те. Іноді вона так тонко й безжалісно глузувала з нього, що після цього він майже з огидою згадував її довгі темні вії, під якими щулились нехороші вороні очі. Його навіть у такі хвилини не приваблювало її запашне тіло, яке вона завжди безсоромно демонструвала під надто прозорим капотом.

Якісь загадкові ланцюжки скріпляли з нею його, і — цікаво — часто побрівши в нікуди, анарх раптом натикався на Майю, наче саме тут він і призначив їй побачення. Проте й Майя ніколи не дивувалася з такої зустрічі: чи то й вона вважала її за звичайне явище, чи просто не звертала на це уваги.

Сестра Катря остаточно заспокоїла хорих. Власне, ніхто й нікого і не хотів ображати (виправдувався дехто), і зроблено невеличкий тарарам лише для того, щоб трохи збаламутити тихе озеро сірого санаторійного будня.

Над санаторієм стояла сторожка тиша. Проходила, остання лежанка. Розкидані по садку койки вже не перекидались голосними фразами. Чекали вечері, щоб після неї попрямувати в білі суворі палати.

Але за чверть години до дзвоника біля пустельної клюмби на північнім краю будинку раптом виросла фігура. Одразу ж мало не всі звернули на неї увагу.

Майя цієї фігури не бачила. Вона повернулася до анарха й сказала:

— Ну... як діла?

— Не знаю! — неохоче кинув той.

Тоді Майя підвелась і сіла біля нього. Потім погладила його волохату голову своєю вихоленою рукою:

— Ах, ти, моя волохатко!

— Майо!.. Не треба! — тихо сказав він і взяв її не в міру тонку талію у свою мускулясту руку.

Вона засміялася тихим смішком, кокетливо опустила голову, швидко метнула погляд, схопила його погляд і обидва перевела до тонкої сорочки на свої тугі грудні яблука.

— Не треба? — протягнула Майя і, зиркнувши на веранду, раптово скинулась: — Савонаролечко! Він і досі тут?

І вона легким рухом одкинула своє тіло до будинку.

Ну да! Біля клюмби з клунком метранпаж. Сьогодні зранку він прийшов у санаторій і рішуче заявив, що не піде відціля. Це було трохи комічно, але й трохи трагікомічно, як дехто казав.

Метранпаж заявив, що він хоче оселитись на санаторійній зоні. Він має від свого виробництва відпуск, та він не має можливости подихати чистим повітрям. А через те, що в державних санаторіях завше забрано всі безплатні місця і — між нами кажучи (на це «між нами кажучи» метранпаж зробив декілька наголосів) — не тими, кому слід забирати, — він революційним шляхом хоче виправити деякі дрібненькі хиби «нашого» апарату.

Дзвонили до губздраву. Не було начальника: буде ввечері. Метранпаж чекав.

— Коли хочеш -- це мені подобається, — сказала Майя, — бо це справжня упертість.

— Упертість — то так, але подивіться на анарха, — говорила на дальній койці Унікум. — Це ж цілі океани іронії, цілі таємниці анархістської мудрости. Як же: республіка покинула метранпажів!

Унікум і тепер ніхто не відповідав.

Падало сонце. Нечутно гриміло за рікою нагартованим за день жовтожаром. Ухнув сич… — Тоді повз койки пройшла сестра Катря й зідхнула.

Анарх раптом згадав тихий негарний смішок. Він подивився на Майю й коротко кинув:

— От!

— Що от? — суворо, міняючи тон, спитала та. — Особливого нічого не бачу.

Вона розуміє, куди закидає він, і вона цинічно заявляє, що її не тільки радує, але й нервує метранпажева впертість.

Майя добре знає життя й знає таких плебеїв, котрі тільки-но й корисні своєю товстозадою під боком. Ця ж, остання, продає на бульварі бублики (мухи загадили) або гнилі вишні: на фунт півфунта хвостиків — і плює на все і вся.

— Але це ж ти про дружину? — похмуро вставив анарх.

— Знаємо! — грубо кинула Майя. — Знаємо, що таке вплив оточення!

Він не сперечався, він навіть був незадоволений, що, не стримавши себе, необережно кинув це «от». Він знав: спогади про цю невеличку сутичку з Майєю будуть тримати його в поганому настрої декілька днів. І, власне, навіщо це робити? Коли він незадоволений санаторійною публікою і вважає, що їй не місце тут, коли він так уже симпатизує опозиції, то, по-перше, чому анарх тут живе? По-друге, і сам він недалеко одійшов від Унікум, припустім. Хіба він не порівнює себе із санаторійною публікою?

— Нє, зрозумійте! — доказувала десь Унікум. — При чому тут ми?

— Е, на злодії шапка горить, — викрикнув хтосі. — Плебеї все розуміють. Пора б на викиньштейн! Пора б дати місця метранпажам.

— Махаївщина!? — і Унікум удавано позіхнула.

Перекидались фразами, мов фліртували: гостро. Анарх подивився на клюмбу: до метранпажа підійшла сестра.

Тоді заворушилася зона. Кожне навіть нікчемне явище зустрічали тут із хвилюванням, із сваркою. Хтось сказав, що метранпажа беруть у санаторій, і полетіла чутка по койках.

Одна рудоволоса дама скочила з ліжка й запитала:

— Ви не бачили, який він?.. Дуже старий?..

— Так що метранпажі не котячої породи! — вульгарно відрубали плебеї. — «Пуговки не вкрутиш!»

— Галдіть! — і дама сплюнула.

Але шум не стихав.

...І тоді ж рішили, що перший метранпажів учинок був досить оригінальний. Ця нова особа, безперечно, буде розвагою протягом кількох сірих санаторійних буднів. Від метранпажа чекали нових трюків.

Вже світлові тіні пали на яблуні, і яблуні стояли тихо, нерухомо. Пухові сплески повисли над рікою: грали верховоди. Від кошари запахло дальнім гноєм.

— Тям! Тям! Тям! — прозвучало біля центрального будинку.

Розбитим черепком міді кінчалась остання лежанка. Хорі підводились і йшли до веранди.

II

На другий день узнали: метранпаж — із центру, прізвище — Карно. Вже говорили про те, що Карно — вертлявий, поганенький, мов миша без хвоста. Проте пройшов третій день, нарешті — тиждень, а метранпажеве минуле було все таке ж туманне. Це всіх страшенно заінтригувало, а тому й часто можна було чути, як десь із-під дуба доносились таємничі розмови про Карно. То зібралось декілька койок.

Метранпаж, очевидно, зацікавив своїм зовнішнім виглядом. Це була втілена демонстрація. Не дивлячись на його низенький зріст, ніхто б не міг щиро сказати, що це — миша без хвоста. Карно в розмові ніби ріс і становився вищим за всіх. Цікаво, що він і дивився завше так, ніби говорив із людиною на дві голови нижчою за себе: якось ізверху вниз ухитрявся він ставити свої очі, і так з усіма, навіть із тими, кому він був по плече. І коли потім йому приходилось зустрічатися з випадковими людьми, які не знали його, він, ведучи з ними розмови, трохи нервувався й доти тягнувся навшпиньки, поки його співбесідник не здавав, як казали санаторійці, «внутрішні» позиції. Але дивився він завжди по-мишачому: хутко й гостро. Навіть і обличчя йому було якесь гостреньке, і балачки його були гостренькі. Проте — хоч як це й дивно — балачки його були звичайні фрази, якими перекидались санаторійці, і з тією тільки різницею, що фрази ці сполучались через якусь своєрідну синтаксу, характерну для всякого сарказму. Коли Карно можна було назвати втіленою демонстрацією, то з таким же успіхом до нього підходив і втілений сарказм. Останній, власне, заінтригував більш за все санаторійців.

Тільки анарх та Майя вели себе звичайно. Принаймні, ніхто не помічав, щоб їх цікавила метранпажева постать. Як і раніш, вони зникали в дикому малиннику й надавали тим багато клопоту черговим сестрам. Крізь дикий малинник вони продиралися на гору, що була командною висотою в цьому районі, і відтіля дивилися на степи: степи відходили на північ і захід.

Це було вже тоді, коли глибоке літо шукало своїх кінців, коли зрідка навіть пахло прозорою осінню. Саме тоді хора й писала в своєму щоденнику:

...Командна висота стоїть над рікою. Далі летять поля. Ріка летить за полями: її смарагдова стьожка, не води. За санаторієм скрадаються слобідки, поселки, а ще далі — околиця, перші міські квартали й нарешті город. Анарх дивився на північ і бачив: там, біля города, на перевалах, степи дико озирались і бігли і зникали в туманній безвісті загір'я. У санаторій стікалися з усіх кінців духмяного краю. Тут були партійні, безпартійні, анархи, слюсарі, токарі, метранпажі і були, як казала Майя: радбури, комбури, комфутури, пролетури, в «останній стадії» і від манікюрш: так, взагалі. Майя оглядала з командної висоти санаторійну зону й шпурляла:

— «Тут звалено союзну вінегрету». Потім вона говорила, що, коли б її спитали: «хто це там живе?» — вона б і справді не найшла відповіді. — «Хто ж? Звичайно, люди!» — дражливо подавав анарх. — «Мій глупенький Савонаролечко! — усміхалася Майя, нарочито приймаючи його слова за чисту монету. — Тобі до твоєї навчальної відповіді недостає: льорнету, що в нього ти дивився б із безоднею мудрости на цих людей, і театрально-солоденької замашки… Савонаролечко! їй-богу, ти доісторичний екземпляр!» — Анарх мовчав. — «Ну, чого ж ти мовчиш?» — казала кокетуючи Майя. — «Подивися на мої глазьони… Правда ж, вони блистять на сонці, як чорні виноградинки? Ну, признайся!.. Правда ж, я — елястична гадючка, що гладить твоє серце мініятюрним замшевим язичком? Ну?..» — і знову Майя негарно всміхалась. — «Ні, то неправда! То просто цитата з авантюрного роману à la Тарзан. То… просто… гра фантазії, викликаної половим зворушенням…» Потім вона шелестіла своїми довгими віями, щулила очі й тараторила щось про свою тендітну фігурку, що до неї анарх являється різким контрастом, про волохату махновську вольницю, яка мчить по степах диким кошмаром, і питала: — «Правда?» — «Правда»! — кидав він, щоб одв'язатись. І тоді ж думав, що з кожним днем tête-a-tête з Майєю становиться неможливіш. — «Ну, чого ж ти надувся?» — питала вона. Потім знову грала своїм негарним смішком і казала, що перед нею стоїть грізний образ великого реформатора Савонаролі, і їй не то страшно, не то — не страшно. Тут кокетування переходило свої межі й було вже просто глумом. Анарх знав, що збоку він тільки комічний, але не перекосити обличчя він не міг, бо й справді в цей момент йому було неприємно: Майя виводила його з рівноваги. Остаточно пориваючи з минулим, анарх добре знав, які сюрпризи чекають його. Але він ніколи не припускав, щоб вони так впливали на нього. Власне, в такі хвилини не гнів на Майю тривожив його, а підозрілість. І ця підозрілість росла й набирала не абиякої сили. Перелім був, власне, недавно, в кінці квітня. Після довгих вагань, після важких безсонних ночей прийшов гарний настрій і пропала нарешті нудьга, яка не давала йому покою. Протягом мало не тижня він був у стані якоїсь молодечої безшабашности, бо була незломна певність, що це і є те, чого він так довго чекав. Правда, і раніш були такі моменти, коли в до нього приходила бадьорість; правда, незломна певність — взагалі проблематичне явище. Але на цей раз він повірив собі. Він подумав, що криза світогляду (вона виникла під давлінням об'єктивних обставин) пройшла, і він тепер знову візьметься, перецінивши цінності, за творчу працю. Саме тоді анарх і використав знайомство, щоб попасти на санаторійну зону. Це для цього був перший подвиг: він доброхітно приймав послугу тих, з ким до цього часу вів запеклу боротьбу. Він (так анарх іронічно думав про себе) спалив чорний прапор і відважно розгортав багряний. Тепер він бачив, що, спаливши чорний, він багряного, можливо, не розгорне. Він бачив, нарешті, що перелім був фікцією. І тепер, коли Майя так грубо підлітала до його душевного надлому, анарх спішив од неї відійти. Далеко маячів яблуневий глуш. Навкруги розтаборився дикий малинник і стояло чітке безгоміння. Майя не звертала уваги на анарха й рвала якісь трави. Він сідав на пеньок і дививсь на горизонт. Іноді з-за ріки хтось знову кричав: — «Аго-о-ов!» — «Хто це? Хто-о-о-це?» — підхоплювала Майя. Але ріка й тоді мовчала. Повільно несла свої темно-алмазні води в далеч між чорних берегів. Потай рвала зелену лямівку з круч; невідомо крутила у верцадлі глибин і виносила її за осоками, за комишами, на пасторальні гони духмяного вечора... Стояла сутінь. Плавко линули сплески під шатро легкокрилих верб. Іноді спотикався млявий вітер і враз падав. Пахло резедою з клюмби, відтіля, з дальньої веранди. Тоді з-за ріки гулом темної міді крокували дзвіниці. Анарх знову сідав на пеньок і думав про осінь: напливе осінь — прозорі простори, стиглі яблука, таємні мислі, далекі спогади. І коли в цю хвилину з конторського пляцу доносилися звуки «катеринки», її середньовічних мотивів — перед ним стояла якась фільма з дитячих літ, на якій він бачив королівського блазня. І тоді ж перед ним виростав цирк. За цирком холодний дощ: мжичить. На арені кльовн із своєю буфонадою, а за лаштунками вмирає кльовнів син.

— Провінціяльна трагедія! — гірко всміхався анарх. Але, як він не глузував із себе, як не соромив себе, від таких дум він не міг утекти. Цирк, як примара, розпливався й пропадав, а замість цирку виростали шереги інвалідів якоїсь невідомої інсурекції й проходили повз його. Нарешті даль стихала. «Катеринка» пропадала в яблуневій оазі. Він підводився і йшов на широку дорогу, де буйно розляглися хліба. Тоді підходила до нього Майя й ще раз сміялася своїм тихим негарним смішком. — «Савонаролечко!» — казала вона. — «Ну, який з тебе анарх?» — «Майо!» — зупиняв її той. — «Ну, не буду! Не буду більш!» — говорила вона. З появою на санаторійній зоні Карно розмови такі не припинялись, але несподівано набрали більш загострених форм. — «Як тобі подобається «наш»? — питала Майя. — «Хто це?» — підводив очі анарх. — «Метранпаж, звичайно!» — «Саме?» «Ну, от... взагалі...» — говорила, чомусь нервуючись, Майя. — «Мені здається, що він просто пронира — і все». — «Можливо»! — Тоді вона раптом грала очима й спирала погляд на своїх грудних яблуках. — «А от мені хочеться з ним пофліртувати. Ти як на це дивишся?» — «Що ж, діло твоє!» Майя клала свою руку на анархове плече, притулялась до нього всім тілом так, що анарх почував, як йому починали горіти вуха, і шепотіла: — «Ти не думай, що так... флiртувати: Я серйозно... Знаєш?.. Ну, ти мене розумієш!..» Тоді він переходив на «ви»: — «Слухайте!» — і він зупинявся. — «Ах, який ти смішний!» — реготала Майя. Вона так голосно реготала, що здавалось — дзвенять усі перевали, весь ліс, усі бур'яни, всі зелені дороги. Відголоски її реготу метушились і тікали: і до санаторійної зони, і до перших міських кварталів, і в сизу загоризонтну безвість.

Це був надзвичайний регіт сильної самиці, що почувала свою силу. Але він і тут пізнавав тихий, негарний смішок. Щось надломлене, ледве помітне забігало вперед і плуталось у міцних нотах реготу.

III

Колись, коли падали легкі тіні, з дальнього поселку догори підвівся важкий гул: полудневий шабаш. Це було перед другою лежанкою.

Хлоня подивився задумано в гущавину дерев і сказав, звертаючись до метранпажа:

— Чуєте, як гудить? як вам? подобається?

Анарх догадався, що Карно нічого не скаже, а миршавий дідок і зараз буде фолькотіти гнилими зубами. Тому він і одвернувся до веранди.

Дідок і справді щось сказав. І те, що він сказав, було, як і завжди, безглузде. Анарх не втерпів і підвівся. Він подивився навкруги себе: нікого з медичного персоналу не було. Тільки сестра Катря маячіла під яблунею з одуванчиком у руці.

Стояла гаряча тиша. Навіть одуванчик, коли сестра Катря дмухнула на нього, спалахнув, як фоєрверк, і розтанув у просторах білим димком.

Анарх пішов повз койок, що на них лежали хорі. Недалеко він почув розмову. Один із хорих надхненно розповідав про барикади під Києвом, про божевільного Муравйова, про арсенал.

За асоціяцією — божевільний Муравйов — він подумав про розстріли й тут же, зиркнувши на оповідача, раптом згадав, що ординатор наказав сестрі поповнити про його анамнез. І це неприємно вразило й зіпсувало й без того поганий настрій. «Для чого анамнез»? І йому раптом прийшло в голову, що анамнез — причіпка: просто треба комусь поповнити його біографію.

Сьогодні він знову відчув тривогу. Вона підійшла до нього й зупинилась.

Але він мусить себе взяти в руки! Відкіля ця підозрілість?.. Ні, це неможливо! Він певний, що справа зовсім не в ломці світогляду — це просто гістерія. Він давно вже помічає, що з ним робиться щось неладне! Саме гістерія, інакше й не могло бути: після довгих років горожанської війни, в якій він брав активну участь, анарх мусів чекати цієї хороби. І вона прийшла із своїм знеладдям психічної сфери, з надзвичайною вразливістю, з ексцентричністю, з приступами тоски й страху. Треба негайно вжити якихось заходів — інакше з ним буде те, що і з Хлонею.

Проходив дзвінкий день.

В тихому блакитному неводі полоскалось біломідне сонце, а день тягнув невода все вище й вище, до зеніту. Тоді перевалилось через зеніт біломідне сонце, і потягнув хрустальний день на захід.

До анарха, коли він простяг своє велетенське тіло, підсунула койку Унікум. Праворуч лежала Майя, ближче — метранпаж.

— Чому я з вами так мало говорю? — спитала Унікум, звертаючись до анарха.

Хтось пирхнув: цю солом'яну вдовушку, безперечно, мучить еротоманія. Вона буквально й остаточно нікому не дає покою.

— Знаєте, краще було б, коли б ви до мене не приставали! — сказав анарх.

— Що? — скрикнула Унікум.

Хтось іще раз пирхнув.

Тоді Унікум, щоб вийти з ніякового становища, підвелась і погладила своєю рукою загорілі анархові груди. Потім похилила голову на бік, на дикий малинник: мовляв, ходім! І раптом одвернулась.

— От іще нелюдимий!

— І справді: якийсь Мендель в окулярах, — сказала Майя, втручаючись у розмову, і кинула до анарха: — Чого ж ви? Сама ж кличе, ну, і йшов би!

— Нікого я не кличу, — образилась Унікум. — Подумаєш, яка цяця! — і понесла свою койку до веранди.

Майя вирядила її іронічним поглядом, потім розставила руки й затопила яблуневий глуш:

— О-о-о!

— Так кричить санаторійний дурень! — подав із дальньої койки психопат.

— Коли хочете знати, так кричить життя! — кинула в бік Майя.

Психопат усміхнувся: «життя?» Він ніколи цьому не повірить. Дідок правий: у неї, безперечно, хорий огник в очах.

«О» пішло в глуш, у бур'яни, й там поринуло, щоб більше не вернутися. Але «о» стривожило медичний персонал. Прибігла сестра й одразу ж накинулась:

— Не можна так, Майо, — сказала вона. — Що ви робите? Я ординаторові скажу!

Майя звернулася котятком. Майї нема. Майя ніколи не кричала.

— Хто ж?

— О! — і Майя показала пальцем на анарха.

Сестра до нього: мовляв, такий серйозний — і на тобі! Що це з ним? То невчасно на койку лягає, то ще що-небудь. Це ж недисциплінованість! Так порушувати санаторійний режим ні в якім разі не можна. Він мусить негайно себе виправдати — інакше будуть неприємності.

Але сестру несподівано перебив метранпаж.

— Це кричали вони! — сказав він, роблячи наголос на «вони», і махнув рукою в Майїн бік.

— Що? — зробила здивовані очі Майя.

— Нічого! — спокійно сказав Карно, і потім раптом спитав, звертаючись до анарха: — А що то у вас лежить у кишені?

— Ну? — скинув очі анарх.

— Я питаю: що то у вас лежить у кишені?

Анарх зиркнув на свою кишеню й тут же почервонів.

Проходячи повз загороджений молодняк, він зірвав три яблука, що їх хотів дати Хлоні. Тепер Карно його несподівано поставив у таке становище, ніби він тільки те й робить, що нищить заборонений молодняк.

— Яблука, — сказав він і витяг їх.

— Яблука ж заборонено рвати, — кинув метранпаж і перевів свій іронічний погляд на Майю.

До цього часу анарх жодного разу не говорив із Карно. І тепер йому раптом здалося, що метранпажів голос він уже десь чув. Анарх навіть пам'ятає: саме такий упертий, повний безсмертного сарказму, з гаркавим акцентом.

Сестра здвигнула плечима й одійшла від койки. Наступила ніякова мовчанка. Майя вперто дивилася на метранпажа, останній — іронічно — на неї. Анарх похилив голову на плече й теж мовчав. І, коли б не дідок, що підсів до нього, він мусів би кудись одійти.

Дідок нахилився до анархового вуха й знову пошепки говорив якусь нісенітницю про Річардсона, про сентименталізм. Це була одна з його улюблених тем. Потім дідок смакував так: Майя, мовляв, не біблійська Рахіль, але щось подібне. Знаєте: фосфоричний блиск, легенька хороба в очах, ніжка, знаєте, коли неловко сяде напроти без пантальонів…

— Хе… хе… Гентіменталітм?

Анарх тільки хмурився. Він завжди мовчки вислухував цю пошлятину: то в нім прокидалась у такі моменти неможлива огида й презирство до цього безсилого самця, то раптом охоплювало бажання чути слиняве белькотіння, що його він приймав, як молитву перед своїм могутнім тілом.

Тепер анарх просто не чув дідка. Він крадькома поглядав на метранпажа і з кожним поглядом усе більш находив знайомих рис у його обличчі. Один раз навіть здалося, що це його старий знайомий.

Підійшла сестра Катря. А коли прозвучав дзвінок і зашуміли хорі, підійшов психопат.

Сестра Катря зривала одуванчики й дмухала на них. Одуванчики спалахували й тут же танули. Хлоня уважно дивився на цю процедуру й ніби щось згадував.

Розмови йшли на антирелігійні теми. Дійшли нарешті до попів, до тих, що «к чорту рясу» й на партизанських коней сідали. Говорили й про інших: про святих і преподобних

Онаніїв і Озаріїв. Для відомого кола й це улюблена тема. Дідок і тут подавав пошлятину. Особливо хвилювався психопат.

— Ви кажете піп? Добре! Утилізируй і попа! Нема в нетрях ячейки — хай піп агітує з амвону! І потім я думаю, — додав він, — що і в цім оновленні ікон єсть своя прелість. По-моєму, це все-таки — містика революції. Не погоджуєтесь?

Звичайно, з ним не погоджувались. Мало того: Майя назвала придуркуватим, за що психопат і образився.

Нарешті, коли біля жовтого пісочку хтось крикнув «хто робив — той валяв», публіка кинулась туди. І через деякий час на койці зосталися: анарх і сестра Катря.

Ця дівчина завше шукала побачення з анархом. Але природний такт і черезмірна делікатність утримували її від такої безцеремонної й уїдливої нав'язи, на яку здібна була Майя. І тому не дивно, що анарх порівнюючи також рідко бачився з сестрою Катрею, як і з Хлонею (останній взагалі любив самотність).

Зійшовся анарх із цією дівчиною в перші дні свого промешкання на санаторійній зоні. Близьке знайомство почалося з того, що сестра Катря відрекомендувала йому Хлоню, який і прочитав одну із своїх патетичних новель. Після цього випадку не тільки Хлоня найшов у особі анарха свою постійну й уважну авдиторію, але й сестра Катря побачила, що вона не помилилась: саме таким і намалювала вона анарха в своїй уяві. — Сестра Катря була тихою дівчиною, голос їй ніколи не підносився на вищі нотки, і навіть тоді, коли вона хотіла висловити своє обурення, у неї нічого не виходило. Приваблювала вона анарха не красою своєю, а саме некрасивістю, в якій була своєрідна краса; саме цим трохи кирпатеньким носом і безцвітними тихими очима. Вся її одіж сиділа на ній якось незграбно, але і в цьому була своя привабливість. Особливо подобались анархові неслухняні кучеряшки з її русявого волосся, «вічна» біленька блюзка, на шиї — «вічний» бантик «котиком».

Чимсь древнім, забутим, але й близьким віяло від цього бантика.

І зараз, коли публіка розбіглась, анарх, зиркнувши на сестру Катрю, згадав глуху доріжку в крижовник, що по ній ходили турґенєвські дівчата.

Навкруги стояла гаряча тиша. На далеких перевалах до експериментальної ферми відходила соняшна дорога. На поверхні ріки бігали сріблясті зайчики і похило — під вагою сонця — стояли осоки. Біля домів відпочинку зрідка прокидалися голоси, але глухли в соняшній порожнечі.

Сестра Катря подивилася своїми тихими очима на анарха й сказала:

— Знаєте? Скоро їду. Подала рапорт.

— Зовсім?

— Так! Буду працювати десь в іншому місці…

— І радий за вас, і шкода, що їдете! — сказав анарх ласкавим голосом: він завжди почував необхідність говорити з сестрою Катрею задушевно.

— А ви ж коли? — спитала сестра Катря.

— Думаю, через два місяці — не більше: бачу — мене збираються затримати тут.

— Я чула. Ординатор казав, що у вас щось подібне до гістерії.

— Можливо! — покривився він.

Потім сестра Катря скаржилась, що бути біля города в нетрях надто важче, ніж десь у далеких нетрях. І потім їй важко в санаторій: вона вже ніколи не буде сестрою. Але сестра Катря розуміє, що для анарха ця тема не зовсім приємна.

— Ну, колись і ви виїдете! — сказала вона, зиркнувши на ріку, і задумалась.

Він скинув очима в яблуневий глуш і подумав: «колись». І раптом захотілось йому образити цю милу дівчину. Він ледве стримав себе, щоб не сказати: «а чи не хочете ви комбінації з трьох пальців?» Чому це всі певні, що він у стані повної анабіози? Чому це всі говорять із ним таким жалісливим тоном, ніби й справді з ним діється щось неладне? Безперечно, він мусить підлікуватися... Але що з того?..

З ріки війнуло вогким росяним потоком. Сестра Катря положила руку на анархове плече й говорила, легко хвилюючись і підкреслюючи свої фрази жестами степової дівчини: наївними і м'яко-суворими. Темою її оповідання були наші сірі санаторійні «будні», що з їх кола вона шукала виходу.

— Це якась ідіотська плутанина! — сказала сестра Катря й наївно подивилася на осоки. — Це якась ідіотська проблема, і їй нема ні кінця, ні краю. Я буквально не розберу: де починається вільний геній царя природи й кінчається крамар, світовий чортик. Знаєте — мисль підійде до цієї мовчазної стіни й робиться порожнім дріб'язком. — Ви не думайте, що я тут, на санаторійній зоні, давно. Ні, я більш, як півроку, ніде не проживу. Це — натура. Іноді дивуються: я така тиха, смирненька дівчина — і така непосидюща... І уйду я відціля все для того ж: шукати виходу з цього тупика, з цієї буденної мізерії...

Потім сестра Катря говорила, що її давить якась невимовна тьма. До того ж сестра Катря певна, що основної проблеми, яка виникає з природи людини незалежно від її переконань, виховання ест, саме: де починається вільний геній царя природи й кінчається крамар, світовий чортик — цієї проблеми ще ніхто не розв'язав. Сестра Катря гадає, що навіть уплутавши сюди Шпенґлера, Берґсона, революцію, кохання й мільйон інших дрібниць, можна здобути тільки одну мовчазну стіну, перед якою й буде стояти мисль. Сестра Катря гадає, що прогнозу на майбутнє поставити можна, але вона говорить про практику, про сьогоднішній день.

— І нарешті, — і сестра Катря зідхнула, — я говорю про день, який буде через п'ятсот літ. Ви мене розумієте? Так, товаришу! Я гадаю, що тут треба щось знайти. Знаєте — підійти не гарячково, тихо, повільно й пошукати. Тут десь, безперечно, криється помилка.

Сестра Катря скінчила й наївно розвела руками. Анарх подивився на неї й згадав її вікно, в якому до глухої ночі він часто спостерігав цю дівчину в стосах книжок. І в цей момент він відчув якусь спорідненість із нею і, добре знаючи собі ціну, він подумав із любов'ю: «Дон-Квізадо!»

Але майже одноразово анарх почув ізбоку метранпажів голос. Той, очевидно, давно вже стояв позаду їх. Ця миша без хвоста (як казали хорі), цей Карно нахабно подивився на анарха, подав уперед своє гостреньке обличчя й спитав із відтінком гаркавого сарказму:

— А дозвольте взнати: з якої це оперетки? Єсть різні оперетки. Наприклад, «Вєсьолая вдова».

— Це ви до мене? — спитала сестра Катря.

— До вас, баришня, — кинув Карно.

Сестра Катря засміялась: хіба ж вона баришня? Це ж помилка: вона тільки дівчина. І сказала метранпажеві, що вона трохи цікавиться філософією. Але її не задовольняє жодний представник цієї галузі. Взагалі ж її більше за все цікавить раціоналізм і практична справа. Треба пізнати природу людини. Це, безперечно, щільно прилягає й до марксизму. Але це ні в якім разі не вульгарний.

Потім сестра Катря, маючи на увазі, що говорить із примітивною особою, з'ясувала ще й так:

— Ну, це припустім, як і між робітництвом буває: єсть свої «ізобрєтателі». Ви мене розумієте?

Коли сестра Катря говорила, анархові було ніяково: вона, мов дитина. Але, зиркнувши на Карно, він раптом пізнав до нього почуття ворожнечі.

Проте він нічого не сказав і підвівся. За ним — і сестра Катря. Підійшовши до веранди, анарх інстинктово, почуваючи на собі погляд, повернувся й зустрівся очима з Карно.

Метранпаж стояв на тім же місці й криво всміхався.

IV

Не встигла сестра Катря зійти на веранду, як її хтось покликав до їдальні.

— Я все-таки не гублю надії ще поговорити з вами, — сказала вона й зникла за дверима.

Анарх сів за стіл і став переглядати газету.

За другим столом сиділа Унікум і родина однієї худорлявої хорої.

— Як живемо? — казала Унікум. — На зоні все автоматично робиться.

— А все-таки?

Унікум зідхнула, ніби їй і справді не хотілось говорити.

— Ну, коли ви так настоюєте, — почала вона, — то слухайте. О восьмій годині — дзвоник, потім сніданок, другий сніданок, обід, чай, вечеря. Між ними — лежанки, з яких одна — мертва. В години лежанок, завше непорозуміння з сестрами. Як бачите, без цього не можна: один хорий недисциплінований, другий просто випадково не дотримується режиму. Наприклад, на мертвій лежанці замість того, щоб лежати колодою, дехто зривається й кудись уходить... А то з куріями нелади, бо ж режим не дозволяє вживання тютюну.

— Хіба? — чомусь здивувалась родина.

— Так! — казала далі Унікум. — Ну, а в неділю бредуть на терези важитись.

— Важитись?

Анарх підвів очі й подивився на групу за другим столом.

— А що, як би ви підвелись! — говорила родина худорлявої хорої, звертаючись до Унікум.

— Для чого це?

— Та ну бо, не соромтесь!

Нарешті Унікум зрозуміла, в чому справа, і підвелася. Тоді родина сказала:

— Ах, який у вас торс... прелість!.. Невже ви стільки це за півтора місяці?

— Да! — побідно сказала Унікум.

— Ох, яка ви симпатична женщина! — похлопала родина Унікум по її гладкому торсу й звернулась до своєї родички: — Як же ти, Анелічко?.. Ну?

Худорлява хора раптом заплакала.

Тоді родина обурилась: це ж неможливо! Тут щось єсть! Або сестри, або ординатор винні. Знаємо, мовляв, цю публіку: специ! Вони обов'язково переговорять із товаришем ікс.

Худорлява хора ще плакала й радила своїм родичам звернутися спершу до ординатора. Тоді Унікум запропонувала їм свої послуги й повела всіх у докторський кабінет.

Коли група зникла в дверях і заглухли її кроки, анарх знову відчув якийсь неприємний накип на серці. Ті невидимі ланцюжки, якими його зв'язано було з Хлонею, сестрою Катрею, і особливо з Майєю, раптом почали потроху розпадатись, і всю його увагу перенесено було на метранпажа. Навіть незадоволености він зараз не почував. Якась неясна тривога, якесь передчуття стало в нім.

Але в цю хвилину повернулась сестра Катря й підійшла до нього.

— Я вам не перешкоджаю своєю присутністю? — сказала вона й поправила свій чорненький бантик.

— Будь ласка! — кинув він і дав на стільці сестрі Катрі місце.

— Бачили за столом гостей із города?

— Бачив.

— Ну і... як ви? Подобаються? От особи: так і просяться в якусь комедію.

Анарх положив руку на бильце і зідхнув. З ріки несло запахом прибережних осок. Непомітно спадав день, і на доріжки падали довгі тіні.

— І все-таки, — сказала сестра Катря. — Я і цих, і інших — нікого не хочу винити. І не виню я їх не в теорії, так би мовити, а так, серцем. От тепер і розберіться: і не виню, і виню; нелогічно, але це так. Це, коли хочете, і консеквентно: теорія моїх переконань говорить, що з такими людьми я повинна завше ворогувати. За своєю теорією я не маю навіть права подавати їм руки. Але та ж теорія каже: міщанство, як і кожне соціяльне зло, є просто продукт певних виробничих взаємовідносин. От і розберіться. Отже, оскільки я живу на землі, а не десь на Марсі, оскільки між мною й родиною худорлявої хорої є певна тотожність, оскільки, нарешті, я не вживаю ніяких екстраординарних заходів щодо боротьби з міщанством, — остільки я не маю права не тільки не подавати руки цим людям, але я не маю права їх і обвинувачувати.

Сестра Катря ще раз поправила свій чорненький бантик і зажурно всміхнулась. — Але, з другого боку, я не тільки повинна їх обвинувачувати, але й повинна бути їхнім завзятим ворогом. От і розплутайте мене.

Анарх подивився на сестру Катрю, на її «вічну» блюзку й сказав:

— Знаєте, коли я вас слухаю, то мені здається, що це не ви кажете, а я. І між вами, і мною тільки та різниця, що ви не озираєтесь, коли говорите ці сентиментальності.

— Хіба це сентиментальність? — здивувалась сестра Катря.

— Так. У вас такий же спосіб думання, як і в мене. А я себе добре знаю. Візьміть хоч це: дивлячись на наших гостей, я навіть пригадав махновську тачанку; мені навіть заболіло, що я, забувши про ті тисячі, які положили свої голови ь горожанській війні, спокійно сиджу тут, на санаторійній зоні, остаточно асимілювавшись із Унікум та іншими. Хіба це не сентиментальності? Хіба це не подібне до того, що ви мені зараз сказали?

— Ні, не кажіть так! — гаряче перебила сестра Катря. — Яз вами ніяк не можу погодитись. Коли ви віднімете від людини її кращі почуття, що ж тоді залишиться?

— Що? — анарх подумав і сказав: — Мабуть, машина?

— Машина? І ви це спокійно говорите? — сестра Катря знову взялася за бантик. — Ну, я цього не хочу! Я проти цього рішуче протестую. Майбуття я собі уявляю не інакше, як прекрасним запашним садом, що в нім буде хазяїном сам чоловік. У противнім разі в житті нема ніякого сенсу. Боротися для того, щоб вибороти собі право бути додатком до машини, є безглуздя.

— А це все-таки так!

— Ні, це не так!

— Ні, це так! — і анарх одкинув волосся. — Інакше я був би не тут, а в махновськім степу. Боремося саме для того, щоб бути додатком до машини... І це воля, коли хочете, і моя, і ваша, і всіх. З цим парадоксальним твердженням ми не погоджувалися по тій же самій причині, по якій не погоджуємося із нашею волею до смерти. По суті кажучи, ми живемо зовсім не для того, щоб жити, а для того, щоб умерти. Така наша воля. Решта — не більше, як ілюзія. І дивно було б, коли б я оголосив похід проти самого життя.

— І це ви серйозно говорите? — збентежено спитала сестра Катря.

— Цілком серйозно... Хоч це й не значить, що я примирився з таким становищем, з такою ролею на землі.

— Але почекайте. Яке ви маєте право говорити так? З таким же поспіхом і я можу...

— Безперечно. Але ваше «можу», як ви мені колись сами сказали, буде паліативом. А в данім випадку треба найти...

— Ні, ви просто перекручуєте мої слова! — з обуренням кинула дівчина. — Це було сказано зовсім з іншим сенсом.

Анарх узяв за руку сестру Катрю і всміхнувся:

— Ну, заспокойтесь... Бачите: не тільки ви гніваєтесь на мене, — я й сам ненавиджу себе, висловлюючи те, що ви зараз чули. Але що ж робити — так воно є, і так воно буде. Для нас, безґрунтовних романтиків (а до них належите і ви, і я, і Хлоня), для нас це, безперечно, боляче. Але, по правді кажучи, і землі, очевидно, боляче держати нас на своїх плечах. Процес машинізації людини йде неухильно, і ніхто його не стримає. І наше завдання — тільки прискорити його.

— Ніколи! — різко сказала сестра Катря.

— От бачите! Ви така тендітна дівчина, людина з таким м'яким характером, але й ви затримуєте цей непереможний хід. Очевидно, я не помиляюсь, кажучи, що й землі важко держати нас на своїх плечах. Коли хочете, тепер мене мучає не стільки міщанська навала, скільки свідомість того, що я і зайвий, і шкідливий чоловік. Раніш, в інші століття, були зайві люди, а тепер ці зайві не тільки зайві, але й шкідливі. Я бачив колись, як убивали старого, глухого, нікому не потрібного. І — повірте мені — коли добивали цього собаку, він таки вхитрився когось укусити за руку. Так і з нами. Ми — останні з могікан, остання фаланга зайвих людей. І, передчуваючи свою остаточну загибель, ми теж норовимо вкусити когось за руку.

— Почекайте, — зробила здивовані очі сестра Катря. — Що ж тоді, по-вашому, революція?

— По-моєму? По-моєму — романтика, а справді — штайнахівське «омоложеніє». Теж приблизно — і всяка війна, хоч це застарілий спосіб вентиляції. Хіба ви не чули, що розумні люди, до яких належать так звані франк-масони, над цим спеціально й працюють, саме: вентилюють землю побоїщами. Для того ж, щоб краще можна було нацькувати одну державу на другу, до цієї прекрасної чоловіколюбної громади належали й належать воротили всіх великих держав. Наприклад: щоб розпочати війну, припустім, між Німеччиною і Францією, треба було тільки найти зачіпку. Що ж до розв'язання цієї справи, то вона давно вже була розв'язана за дружньою чашкою кави в масонській льожі воротилами цих держав. Це називається провентилювати трохи землю.

— Невже це правда? — подивилася перелякано сестра Катря своїми безцвітними очима й знову взялася за чорненький бантик.

— Не лякайтесь. Звичайно, це просто базарна вигадка. Я хочу сказати тільки одно: ми не тільки зайві люди, але й шкідливі.

Сестра Катря задумалась. Непокірні кучеряшки раз-у-раз налазили їй на очі, і вона їх одкидала нервовими рухами... Росли тіні. Над командною висотою низько проходило сонце. Зрідка з города долітали неясні гудки... Сьогодні (як і завше в неділю) одну лежанку було одмінено, а тому й хорі порозходилися за межі санаторійної зони.

— Ні, все-таки скажіть мені: ви серйозно говорили? — спитала, прокидаючись від задуми сестра Катря.

Йому стало шкода дівчини, і він сказав:

— Ні! То я, звичайно, жартував.

— Цікаво: ви навіть умієте жартувати? — зареготала за бильцем Майя і вискочила з виноградного куща.

Майя так тихо підійшла до веранди, що анарх і сестра Катря, почувши її, здригнули.

— Підслухувати, кажуть, некрасиво! — кинув анарх.

— А ви відкіля це знаєте? — Майя, прищуливши очі, зійшла на веранду.

— Що таке?

— Та от те, що я підслухувала?

— А коли не підслухувала, то могла б зійти сюди простіш!

— Савонаролечко! — і Майя безцеремонно закинула на його шию свою руку. — Покинь учительствувать, бо ця роля до тебе не підходить.

Сестра Катря відразу якось знітилась і раптом підвелася.

— Куди ж ви?.. Чого тікаєте? — грубо кинула Майя.

— Я тікаю?

— Ви тікаєте. Мені, принаймні, так здається.

— Коли вам так здається, то я сяду.

І сестра Катря знову сіла на своє попереднє місце.

— От і добре! А тепер скажіть мені: чого мені не можна підслухувати?

— Коли ви така наївна, то я вам можу сказати: це не гідно серйозної людини.

— Ха-ха! Серйозної людини? По-вашому, виходить, всякий охранник є втіленням наївности?

— Я трохи не так висловилась, — почервоніла сестра Катря. — Але я гадаю, що ви мене все-таки розумієте. І потім: ви ж не охранник?

— А ви відкіля це знаєте, що я не охранник?

— Майо! — сказав анарх. — Покинь говорити дурниці.

— О, мої наївності! Мовчу. Мовчу, як сфінкс. — І раптом додала: — А все-таки ваші розмови про франк-масонів я підслухала.

— Тим гірше для вас! — несподівано перейшла на різкий тон сестра Катря і на цей раз рішуче підвелася.

— Не затримую! — і Майя провела прищуленими очима тендітну дівчину.

— Ну... — сказала Майя, коли вони залишилися вдвох, — ти все-таки серйозно не подумай, що я вас підслухувала. На чорта ви мені здалися! Я, власне, прийшла до тебе порадитись, що нам робити з цим типом...

— З яким типом?.. Що робити?

— Ну, хіба ти не знаєш?.. — і Майя розширила ніздрі свойого виточеного носа і, як це може робити тільки самичка, перевела погляд на свої грудні яблука: задумалась.

Але анарх тільки вдав із себе спокійного: він ураз зрозумів, у чому справа, і підозрілість затривожила його. Майя тонко підмітила його настрій, натякнувши на метранпажа. Саме яблука. Випадок із яблуками раптом навів на ту мисль, що від Карно нічого не можна сховати.

На річці стояли сторожкі шамотіння. Десь кричав санаторійний дурень, і крик його був глухий і далекий. На Ґралтайських Межах маячіла експериментальна ферма химерною крапкою.

Нарешті Майя прокинулася від задуми й сказала:

— Ходім у палату. Я хочу з тобою поговорити.

V

— От що! — сказала Майя, коли анарх зачинив двері.

— Я все-таки не вірю тобі, щоб ти мене кохав.

Анарх ходив широкими кроками по своїй палаті, де, крім нього й Майї, нікого не було, і палив цигарку за цигаркою.

— Я думаю, — продовжувала вона, сміючись своїм тихим, негарним смішком, — що й взагалі ніякого кохання нема, а єсть тільки потяг до coitus'а. Звичайно, таким твердженням я не відкриваю Америки, зате я ще раз підкреслюю одну з великих істин. Крім того…

Майя зупинилась і підійшла до вікна. Потім приложила свою щоку до скла й подивилась кудись. Стояв літній хмарний вечір. Небо було сіре й мовчазне. Це було за годину до нічної лежанки. Санаторій майже спорожнів, і тільки з дальнього пляцу доносилися голоси хорих, що грали в крокет, та на кухні дзвеніли тарілки.

Майя помовчала деякий час, потім одійшла від вікна й сіла на стілець.

— Да… — сказала вона. — Крім того, що я ще раз підкреслюю одну з великих істин, я хочу зробити екскурс у нетрі женської душі. — І кинула: — Ти… як, маєш охоту мене слухати?

Він нічого не відповів і ступав, підсмикуючи плече. Зрідка підходив до вікна й дивився на срібну стьожку ріки, яка гадючилась крізь вечорові сутінки й пропадала в туманному обрії. Яблуневий глуш і дальні дуби стояли нерухомо. Над диким малинником нависли важкі масиви хмарних хребтів.

Анарх перевів свій погляд на садові стільці й раптом побачив на одному з них Карно. Метранпаж сидів нерухомо, мов різьблення, і держав на коліні книгу. Якась мисль метнулась йому в голові, коли він подивився на Карно. І анарх збентежений пішов до дверей.

— Мовчанка — знак згоди, — сказала Майя і ще раз засміялась тихим, негарним смішком. — Очевидно, ти маєш охоту слухати мене? Так слухай же! — і вона підійшла до нього. — Отже, зробимо екскурс у нетрі женської душі. Я гадаю, що це цікаво. Історія женської душі — це ж велика тайна, куди увійдуть тільки вибрані. Ще не один надхненний поет і не одно перо зламає під глухим вікном цього невідомого сфінкса… — Майя положила руку на анархове плече й сказала: — Правда, знігсшибательні слова: сфінкс, тайна… Ха-ха!

— Але, власне, я й досі від тебе нічого не почув! — кинув анарх.

— І це правда! — засміялась Майя. — Це, знаєш, у мене такий прийом: я хочу тебе заінтригувати — от і воджу за ніс. Це прийом чекістів. Да… — поволі говорила вона. — Як ти гадаєш… багато серед нас, хорих, чекістів?

— Навіщо це тобі?

— Та так… Мені чогось здається, що й ти таємний чекіст!

— Покинь говорити нісенітницю! Кажи скоріш, навіщо ти мене покликала сюди? Мені ніколи!

— Ніколи? — різко сказала Майя і нахмурилась. — Да… А як ти… повірив би, коли б я тобі сказала, що я — тайна чекістка? Ти як… повірив би мені?

Ці розмови вже його виводили з себе. Він теж перейшов на різкий тон.

— Я йду! — і взяв капелюха.

— Ні, почекай! — схопила його за руку Майя. — Не віриш — не треба!.. А про женську душу я все-таки хочу сказати. Отже, екскурс. — Я тільки-но підкреслювала велику істину, що кохання нема, а єсть лише потяг до coitus'a. Але це неправда. Саме про істину, бо ж абсолютної істини нема навіть у математиці. Я не знаю точно, що там Айнштайн доказує, але у всякім разі в данім випадку він являється для мене підтвердженням… Отже, стара істина про абсолютний потяг до coitus'a є, можна гадати, така ж фікція, як і платонічне кохання. Даю приклад: перший раз я віддалася сильному, красивому самцеві. Віддалася йому не тому, що покохала, а тому, що так було треба. Це була ідейна офіра, і про неї — іншим разом. Кохала ж я нікчемного, некрасивого, кирпатенького юнака, який потім, коли брав мене, не знав, як узяти; безпорадно топтався на однім місці, і я часто з гидливістю допомагала йому. Але цей нікчемний юнак тепер стоїть перед моїми очима, і навіть більше скажу: коли я віддаюся зараз комусь — ну, хоч би тобі... — ти знаєш, чому я за час coitus'а заплющую очі?

Майя зупинилась і уважно подивилася в анархові зіниці. Анарх стояв, схрестивши руки, і стежив за нервовими зайчиками, які бігали по Майїнім обличчі. Він удивлявся в ці зайчики й почував, що і йому щось смикає щоку, і Майїна рука, яка лежала на його плечі, все більш набирала ваги і, здавалось, неможливо давить його. Він хотів сказати їй, щоб вона скинула свою руку, і не міг чомусь цього зробити, наче хтось здавив йому горло... А рука знову набирала ваги, і, мабуть, тому, що це було у звичайній обстановці, яка наймрійливішого фантазера не могла б навести на якісь таємничі попередження, анархові прийшло в голову, що він остаточно захорів.

Власне, Майї він майже не чув: перед ним стояла метранпажева постать, яку він тільки-но бачив на стільці. Карно, здалося йому (яка глупота!), стежить за його вікном.

— От глупота! — вже голосно сказав він і скинув Майїну руку зі свого плеча.

— Не глупота, а справжня правда! — не зрозуміла його та. — Ти, звичайно, ніколи не догадаєшся, чому я заплющую очі за час coitus'а... Я заплющую тому, що в цю хвилину уявляю собі, образ того нікчемного юнака, і уявляю сэбі що це він мене бере, а не ти або хтось інший.

І вона ще раз засміялась тихим, негарним смішком.

— От тобі фікція платонічного кохання й абсолютна істина! — сказала вона. — Це нетрі женської душі... Але це, звичайно, не все...

— Да, це не все! — кинув машинально анарх і пішов до дверей.

— Куди ж ти? — спитала Майя й розгублено подивилася на нього.

— У мене голова болить! Я піду на повітря!

Майя вмить догнала анарха й обхопила руками його шию.

— Савонаролечко! — сказала вона, і в її голосі затремтіла непевна нотка. — Скажи по правді: ти чув, що я зараз говорила, чи ні?

Коли б він знав, що своєю відповіддю так сильно образить Майю, від нього б, звичайно, вона не дочекалась прямого одвіту. Але зараз на голову йому насіли зовсім інші мислі, а тому й відповів він прямо:

— По правді, Майо, я нічого не чув!

— Не чув? — мало не скрикнула вона, і на очах їй показались сльозинки злости.

— Ну, да, не чув!..

— Ну, я гадала, що ти не такий мугир і не така... сволоч! — сказала вона й хутко пішла з палати.

Анарх прийняв цю виходку, як чергову сцену, на які така щедра була Майя. Іншим разом він побіг би за нею, щоб зліквідувати інцидент. Але тепер йому було не до цього. Йому прийшло раптом у голову, що він мусить піти до метранпажа й поговорити з ним. Він певний, що після цього заспокоїться. Карно, безперечно, найзвичайнісінький метранпаж і ніколи не думав за ним, анархом, стежити. Треба тільки стати ближче до Карно, і тоді зникнуть усякі тривоги і підозрілість. Він вийшов через задні двері й поспішно, обминаючи чорну кухню, пішов у садок, де сидів Карно.

Темніло. Сонце давно вже скотилось у провалля, що з боку Ґралтайських Меж, а тому й хмари набрали темнішого кольору й ще похмуріш стояли мовчазні над рікою. Над санаторієм розтаборилась та гнітюча тиша, яка бувала там лише за цих годин: хорі не сходились, а медичний персонал відпочивав. Тільки з ріки доносились таємні шамотіння й ховались у похмурих комишах.

Зрідка пахло тим тривожним запахом осоки, що нагадує якісь смутні далі, який буває тільки вночі.

Анарх пізнав, як йому хутко б'ється серце, ніби він ішов на якесь надзвичайне «діло». Він не думав про те, що він скаже метранпажеві, коли підійде до нього, але він заранння знав, що вийде якась нісенітниця.

Нарешті, звернувши на доріжку, він подивився на той стілець, на якому бачив Карно. І тоді ж здригнув: Карно там не було. Він озирнувся навкруги себе — …стояв порожній сад, і над ним проходили темносірі хмари.

Ну да, нікого не було, і саме це й затривожило анарха. Все складувалось так, що він — хотів-не-хотів, а мусів хвилюватись. Чому це в той момент, коли він збирався ближче взнати метранпажа, останній, ніби знаючи про це, раптово зникає, наче нарочито накидає на себе таємничість.

«Ах, це просто нерви!» — подумав він, заспокоюючи себе.

З дальньою пляцу доносились голоси; виділявся Унікум. Збоку напружено гуркотіла місцева електрична станція. А головний санаторійний будинок іще стояв у тьмі, і тільки у вікні сестри Катрі ярко горів огонь. Полоси цього світла падали на яблуневий глуш, і нерухомі дерева насторожувались у своїй чіткій мовчанці. На дальньому шосе торохкотіли підводи.

І знову пахнуло з ріки тривожним запахом прибережних осок.

Анарх сів на той стілець, на якому недавно був Карно. Він ніколи не почував себе таким розбитим, як у ці хвилини. Власне, в чому річ — він і сам не знав.

Над санаторієм ішла глуха тиша. За темною силюетою флігеля росли нічні звуки.

Анарх нервово ламав пальці й уважно дивився на яркий огонь, що стояв у кімнаті сестри Катрі.

Розітнулось декілька пострілів. То стрільці лякали бандитів. Десь, ніби за тисячу верстов, дзвенів лікарів сетер… Ішла тьма.

Надходила санаторійна ніч.

VI

Який час просидів анарх на стільці — сказати не можна… Скинувся він од шамотіння, яке наближалось до нього з дикого малинника. Шамотіння надходило поволі: той, хто йшов, не поспішав. Анарх подивився в темряву, але в гущавині дерев не видно було нікого.

Метранпаж?

Тоді знову пробіг йому по спині нервовий дріж.

...Але це ж неможливо! Що це з ним? Коли він був боягузом? Він мусить негайно взяти себе в руки! Хай буде це не тільки метранпаж, а сам чорт — що з того? У нього вистачало мужности й не на такі випадки. Невже йому, велетневі, боятися когось? Такий стан можна кваліфікувати не інакше, як «глупотою».

Але анарх не заспокоював себе, нервовий дріж пробігав усе так же хутко, як і раніш, і напруженість росла з такою ж швидкістю, як і до того. Він пильно дивився в гущавину й прислухався до шамотіння.

Шамотіння наближалось.

І ще раз анарх почув запах тривожної осоки. Десь дзвенів лікарів сетер, наче за тисячу верстов.

І раптом перед ним виросла силюета і спинилася.

І тоді ж анарх із полегкістю зідхнув: він побачив Хлоню.

— А це ви? — сказав юнак.

— Як бачите!

— А я ходив на командну висоту, — одразу почав патетично Хлоня. — Знаєте, товаришу, відтіля маячать воістину прекрасні далі. Я тепер розумію, чому ви туди ходите. Коли я оглянувся, зійшовши на гору, я подумав, що ці вогні в поселках, ці дальні міські люкси, ця степова безгранність, ця, нарешті, ріка, що біжить у невідомі обрії, — я подумав, що все це — якась молода казка, що я стою на зачарованому колі, що я в якомусь півсні й пливу, пливу, віддаляюся в якусь невідомість — далі, далі, далі!..

Хлоня говорив це, надхненно й чітко вимовляючи слова. Все це в нього виходило досить природно й мило. Голос був якийсь вкрадливий, але не без задушевности. І звучала в нім щирість. Анарх любив Хлоню й на нього він завжди впливав доброчинно. На цей раз теж.

— Який ти, Хлоню, фантаст! — заспокоюючись сказав анарх і взяв юнака за руку. — Ти, мабуть, вічно ширяєш у сфері фантомів?

— А хіба це погано?

— Звичайно, ні!

— Я думаю теж, — сказав Хлоня й додав: — бо... скучно на землі!

— Ти знову про землю, нехороший поете, — і анарх положив свою руку на Хлонині кучері. — Покинь про це думати!

— І правда! — скинувся Хлоня і змовк.

У палатах спалахували вогні: збирались хорі. Але дзвоника не було. На веранді зійшлась група санаторійців, і доносився сюди голос миршавого дідка. В крайній палаті кричала Унікум. Дідкові, очевидно, бракувало теми, й тому раз-у-раз долітала докучлива фраза:

— Хе... Хе... Тавонароля!

І тоді ж раптом тишу розрізав химерний крик: то кричав десь за сіновалом санаторійний дурень. Луна зійшла на ріку й поплившла по ній, віддаляючись і замираючи на Ґралтайських Межах. Крізь гущавину дерев замаячіли чотири люкси: вони спалахнули біля домів відпочинку. Буйним цвітом пахтів кінець мудрого степового літа. І знову долетіло з веранди:

— Хе... Хе... Тавонароля!

— Чуєте, яка вбогість! — сказав Хлоня. — Він нічого іншого не придумає, крім «Тавонаролі». Іноді навіть шкода його.

Анарх подивився на хлопчика й сказав:

— Який ти розвинений, Хлоню! Ти навіть дивуєш мене!

— Дивуватися зовсім нічому! — і Хлоня відкинув волосся: — Давайте краще про інше... От, припустім, знову про командну висоту... Колись, знаєте, зійшов я туди, коли прокидалася земля й горів ранок. Що це була за картина — я не можу вам розказати. І от у цю мить я — ні з того, ні з сього — згадав нашого миршавого дідка. І от, уявіть: я гадав, що я тут почую до нього лише більшу огиду, а вийшло зовсім не так...

Хлоня змовк і насвистував якусь невеселу пісеньку.

— А як же вийшло? — спитав анарх.

— А так, — сказав Хлоня. — Переді мною стояло обличчя дідка, і я бачив, що воно з кожною хвилиною міняє свої форми, свої риси, і раптом замість дідка переді мною стоїть троглодит із дальніх віків, жалібно дивиться на мене своїми розумними очима, і я чую якісь нечленороздільні звуки. Навкруги мене прокидається земля, горить ранок, а я стою й дикими очима дивлюся в даль. Я питаю: «Що це?» Але чую тільки, як у нетрях землі щось клекоче, бурлить, вирує. Тоді я лечу, мов божевільний, і пронизую своєю дикою тоскою землю... Що це?.. Я кинувся з командної висоти й біг, не оглядаючись, у степ і кричав: «Банзай! Банзай! Банзай!».

Хлоня змовк і знову насвистував якусь невеселу пісеньку.

— Ви не знаєте, — спитав він раптом, — що це «банзай»? Здається, це те, що в нас «слава». Це так в Японії? Да?..

— Да! — кинув анарх і, запропонувавши сісти на стілець, сказав: — А все-таки видно, що ти поет, Хлоню: в тебе навіть фантоми якісь своєрідні.

— Можливо! — сказав Хлоня й раптом додав. — А знаєте, товаришу, чому я хотів утопитись?

— Чому? — спитав анарх. — Мабуть, тому, що ти глупенький юнак.

— Нє! — почав патетично Хлоня. — Неправду ви кажете. Ви самі знаєте, що я досить розвинена людина. А втопитися хотів я от чому. Десь я чув чи читав леґенду про невідомого Леніна, можливо, я її й сам утворив, і от вона мені й приснилась. Нібито я — не я, а китайча... Знаєте, з тієї-от далекої Манджурії чи Монголії... І от я, китайча, іду по вулиці й співаю:

Пекін, Нанкін і Кантон сєлі вмєстє в фаетон І-і-і... поєхалі в Шанхай Добивать кітайскій чай, — співаю оце та йду і йду. І дивлюся я кудись в Азію. А потім підійду до паркану (я, китайча) і так хитренько напишу: «Ле-ні-н». Тоді повертаюсь і бачу: за мною бреде полісмен і стирає ганчіркою це слово. Я обурений, я знову пишу, а він знову стирає... Тоді мені раптом зробилося весело. Думаю: і зовсім я не китайча, а Макс Ліндер. Ну, почекай же, гадаю, і знову пишу й пишу... А він стирає й стирає: брудною ганчіркою.

Хлоня зупинився.

— А коли я прокинувся, — говорив він далі, — то — що б ви думали, товаришу? Одним словом, я пішов топитися, бо я згадав, що Леніна я вже ніколи не побачу.

Хлоня відвернувся, а анарх почув на своїй руці дві теплі сентиментальні краплини.

— Ах, який ти глупенький, Хлоню! — сказав ласкаво анарх.

— Да, товаришу, — кинув тремтячим голосом Хлоня, — я — глупеньке китайча, яке мріє про невідомого Леніна... — і раптом скинувся: — Товаришу! Це, здається, сестра Катря сказала: «Ленін повторюється через п'ятсот літ»?.. Це сестра Катря сказала?

Хлоня скочив із стільця, здавив голову й кинувся до веранди. Анарх здивовано подивився йому вслід.

Потім підвівся й теж пішов у свою палату. Він уже не прислухався до шамотіння ночі. Але у вухах його й досі звучало:

Пекін, Нанкін і Кантон
Сєлі вместє в фаетон
І-і-і... поєхалі в Шанхай
Добивать кітайскій чай.

І знову, ніби за тисячу верстов, дзвенів лікарів сетер.

Коли анарх підходив до веранди, вдарило в мідь, на нічну лежанку. За амбарами, що біля конторських будівель, стукар одноманітно задробив у калатушку. Електрична станція добивала останню годину: через годину погасне світло, і санаторійна зона порине в морок. Темні хмари стануть мовчазно над будівлями, знизяться й повиснуть над верхів'ям строгих дерев. Яблуневий глуш одійде до ріки, а в дикому малиннику спалахне духмяність химерної папороті.

Тільки на міській магістралі будуть метушитися багряні огні, а на поселках загавкають собаки, і цей собачий концерт буде неясний і смутний, як перше юне кохання.

Анарх відчув, як горіло йому обличчя. Він повернувся й пішов до чорної кухні, де завше можна було дістати холодної криничної води.

Добрівши до вікна, він постукав туди й попрохав, щоб йому винесли кухоль.

Вийшла покоївка й подала воду. Скоро вибіг і санаторійний дурень. Уздрівши анарха, він — ні з того, ні з сього — загоготав, метнувся вбік і пропав у гущавині дерев.

VII

Випадок, що його чекав анарх довго й з такою незрозумілою для нього самого тривогою, випадок цей нарешті прийшов. Скоро він стикнувся з метранпажем сам-на-сам. Цьому допомогла заразна хороба одного із санаторійців. Санаторієць захорів саме в тій палаті, де був Карно, а коли почали розміщати його співпалатників, то випадково метранпажа положили в той номер, де був анарх. Таким чином виявилось багато можливостей для tete-a-tete. І однією з них він і скористався.

Проходив якийсь неможливий кінець літа. Стояла гаряча нагартована спека й добігала 35 градусів. Потім раптом ртуть падала так низько, ніби дальні небесні верхів'я розрізали трикутники печальних гусей, що летіли у вирій із вологодських сіверких озер. З ріки прокидались холодні потоки й бігли на санаторійну зону, заливаючи повітря запахом вогкої осоки.

Тоді сад похмуро нашорошувався й стояв пустельний і невеселий. Хорі купчились у палатах, і ніхто з них не рішався вийти туди.

Проте на другий день хмари зникали, сіверкий вітер пропадав, і тільки його відголоски, що випадково залишились на зоні, збентежено метушилися по саду, вдарялися в яблуневий глуш і, прорвавшись, нарешті, в степ, панічно, як оглашенні, відкидаючи від своїх невидимих підків бризки грязі, тікали за обрій.

Тоді знову за межами миготіли нагартовані дні, і по шкалі спішила — вище й вище — ртуть. Тоді вдень стояла густа, спокійна спека, а надвечір'я тривожило неспокійні мислі: мислі відходили в степ і поринали в мовчазних перевалах. Стояла матова безгранність, сторожка й схвильована, і не було берегів за межами санаторійної зони. Дикий малинник чутко прислухався до чистих просторів.

Але в той день, коли він поговорив сам-на-сам із Карно, ртуть упала до неможливости. В цей день знову прилетів сіверкий вітер, і над санаторійною зоною стояли похмурі сконденсовані води.

Це було приблизно на третій день після того, як метранпажа положили в анархів номер. В цей вечір ніхто їм не пошкодив побувати вдвох. Навіть сестра Катря, яка так часто заходила до анарха, на цей раз десь забарилась.

Цікаво: з метранпажем анарх як би умовився не говорити. От уже третій день ні той, ні другий не сказав жодного слова. Ця мовчанка іноді доходила такої напружености, що анарх остаточно виходив із себе. І тоді він навіть шкодував, що Карно положили в його палату. Коли це було вдень, анарх або залишав кімнату, або підходив до штори і вперто розглядав сусідній флігель. Цей напіврозбитий будинок, який пережив грозу буйного часу, відходив у яблуневий глуш і переносив мислі в інші сфери відчувань. І те, що він загруз у буйний яркозелений листяник, приносило заспокоєння, а замуровані двері й розбита самотня жирандоля біля них нагадували тихий димок юної інсурекції: димок, мов дальній святочний запах ладану, заносив на своїх парусних крилах анархову душу в тихе наївне дитинство.

Зате глухої ночі, коли анарх — ні з того, ні з сього — раптом прокидався, він не находив виходу. Йому навіть ввижалось, коли він заплющував очі, що від метранпажевого ліжка хтось іде, і йому виступав холодний піт на чолі.

«Але в чім річ? — думав він. — Що за глупота! Це ж найсправжніша патологія!»

І тоді він знову шукав причини манії переслідуу. І здавалось іноді, що він от-от її найде. От-от із таємної тайни підсвідомости вийде якась мисль, і тоді все йому буде ясно. Саме якийсь деталь. І цей деталь йому обов'язково треба найти.

Анарх впирався очима в одну якусь крапку й довго дивився на неї. Перед ним проходили картина за картиною. Перед ним брів час по сірій дорозі санаторійного закутку, проходили якісь підсумки, знову поставали мислі, маячів санаторій на краю світу, — але стояв і тоді туман. І замість деталю, якого так він шукав, поставали інші деталі й тільки заплутували справу.

От він бачить себе в якомусь закинутому провінціяльному городку. Іде ніч, іде Великдень. — Тюрма. — В камері він — анарх, господар становища, і якийсь дрібний буржуа — лавочник. Анарх навалюється своєю велетенською постаттю на лавочника й приставляє до його скроні револьвер. Анарх питає: «Внесеш контрибуцію?» — Лавочник сухо й уперто: «Нема, товаришу!» — Ага, він буде ще базікати! Ну, добре: коли крамар іще раз так відповість, анарх його розстріляє під перші удари великоднього дзвону. Тільки так розвінчують старих божків. У цім краса й радість м'ятежу… — Нарешті дрібного буржуя виводять. Тоді анарх бреде з в'язниці на тюремний двір і легко зідхає. Стоїть густа темрява. Зараз опівночі. З глухих кварталів провінціяльного городка долітає хмільний шум: прокидається весна. Збоку чохкає невтомно водокачка. Десь б'ється повінь, і глухо гримлять криги. Тоді над городком спалахує фоєрверк, і враз урочисто гудуть великодні дзвони. То християни стрічають воскресіння Христа. І тоді ж за похмурою стіною в'язниці розриваються короткі постріли… Анарх заходить у в'язницю, йому доносять, що крамаря розстріляно. Він бере список і просто викреслює його ім'я.

Так проходить один деталь, за ним — другий і — без кінця... То йому раптом до болю захочеться вибігти з палати й пограти з кимсь «у дурника» або «в свинки».

Десь, ніби за тисячу верстов, дзвенить лікарів сетер.

«Ах, яка глупота!» Ніякого деталю нема, і деталь є звичайний фантом, який утворила його хора фантазія. Більше того, він, безперечно, нормальна людина й тільки має претенсію на складність натури. Тут давно пора поставити крапку! І справді: все це тільки смішно й дико. Все це — результат його легкодушности — не більше... На чорта й кому він здався? Його ж ніхто не примушував поривати із своїм світоглядом! Очевидно, ніхто й не перелякається, коли він знову об'явить війну сучасному ладові. Нарешті, коли на нього так погано впливає санаторійна обстановка, його ж ніхто не затримує тут. Можна виїхати хоч завтра.

Але, коли анарх підходив до цієї думки, що він може, коли схоче, покинути санаторійну зону, десь у глибоких тайниках ховалась йому мисль, що це він неправду каже, що відціля він ніколи не вийде, що відціля нема повороту, як із того світу, що в цім саме й полягає — коли він хоче — вся драма.

І він знову дивився в одну крапку й шукав цього неможливого деталю.

І в той вечір, коли він зостався сам на сам із Карно, він лежав на койці й тупо дивився кудись у стелю.

З ранку стояв темрявий день. Над санаторієм проходили дощі. Дрібно горошила покрівля, і тільки зрідка налітав сіверкий вітер. Ртуть падала. Ріки не видно було: вона пішла в тумани, за провалля. Сьогодні хорі не ходили в садок.

Хорі, крім Карно, пішли на веранду, де зібралася група: відтіля доносились голосні голоси. Здавалось, що вони хочуть перекричати чвирю.

Але не вгомонити стихію, не вгомонити дощ. Коли тямкають краплі, тоді дерева похило в ґрунт і ледве-ледве шелестять зеленню. Одгриміли грози в степовім краю. Сонце здає позиції й відходить у даль. Риплять тачанки дощів і тріскотять кулемети чвирі. Степами, оселями наступають туманні дні… І падає ртуть.

Але, може, то так здається? Отже, вчора на далекій десятині горів соняшник?..

За вікном, за зоною, скрикнув хтось і — безгоміння. Анарх напевно знав, що він не спить. Був він і справді нікчемний, непоказний. Тільки високий лоб, що починався від енергійного перенісся, міг би збентежити нервову людину. Це була якась безвихідна башта… Вона розганялася на крейдяну лисину і, здавалося, впирається в неї тільки для того, щоб піднятись вище. Більше в нім нічого показного не було. Це все-таки був найзвичайнісінький метранпаж, яких багато бачив анарх у різних друкарнях.

Анарх певний, що Карно, як і кожний Карно, відограє в свойому виробництві не тільки технічну ролю, але — головним побитом — культурну. Інтелектуальна кваліфікація Карно, безперечно, досить висока, як і кожного Карно. Анарх певний, що Карно завше воює з інтелігенцією, щиро ненавидить її, рекомендує їй стати до виробництва й страшенно буває здивований, коли виясняється, що цей чи інший об'єкт його нападок стоїть нижче за нього своєю ерудицією. Карно знає: він — метранпаж, вісім годин у день стоїть в отруйному пилові своєї друкарні, вісім годин збирає набори, підбирає літери, перев'язує мотузком гранки. Карно знає, що як би його не пхали на відповідальну посаду, він ніколи не вийде з друкарні, бо він не хоче керувати апаратом: він ніде не скінчив не тільки вищої школи, але й середньої. В анкетах Карно пише у відповідній рубриці: «Робітник». — Освіта? — «Самоосвіта».

Анарх був певний, що це і є той Карно, якого він малює в своїй уяві. І тим більш незрозумілою була тривога. — І справді, чому він так хвилюється?

Він подивився на Карно.

Метранпаж і тепер лежав нерухомо, витягнувши руки по боках і тим нагадуючи різьблення. Карно так тихо й непомітно дихав, що здавалось, він давно вже випустив останній подих.

Над вікном нависла чорна, мов атрамент, хмара. Накрапав дощ. І знову, ніби за тисячу верстов, дзвенів лікарів сетер. Вечоріло.

Раптом Карно підвівся й спустив із ліжка ноги. Анарх не стримав себе й здригнув. Тоді метранпаж провів рукою по своїй голеній голові й спитав із відтінком звичайного йому гаркавого сарказму:

— Навіщо ви мене шукали? пам'ятаєте?., на стільці?

— Це ж коли ? — спитав анарх, і в ту ж мить йому прийшло в голову, що метранпаж зовсім не той Карно, якого він тільки-но малював у своїй уяві в колі друкарів на фоні буденної професійної праці. Це була саме та людина, яка не дає йому покою. І ця мисль остаточно паралізувала його волю.

— А тоді… хіба забули? — кинув Карно. — Здається, декілька днів тому?

— Ага… це тоді… — ніби й справді анархові остаточно потрібно було признатися, що він шукав метранпажа.

Карно саркастично усміхнувся:

— Так! Тоді .. Для чого ж шукали?

Наступила ніякова мовчанка. Карно вперто дивився на анарха і, очевидно, чекав від нього відповіді. Але анарх не тільки не знав, що відповісти йому, — мало того: йому здалося, що перед ним стоїть щось надзвичайне і росте, і росте, і затоплює собою всі кімнати. І він, волохатий, величезний анарх, безпомічно борсається. Ще один-два моменти — і він упаде на коліна й заскиглить жалібним голосом, щоб не чіпали, щоб помилували його.

Але — прояснюється: перед ним — нікчемний, мов миша без хвоста, Карно. І тоді анарх почуває, що він шаленіє. Перед ним раптом постає відпускний солдат, який, прийшовши з війни додому, застає на брачному ліжку свою жінку з сусідським дванадцятилітнім хлопчиком. Він схоплює цього хлопчика за ноги, дивиться на перелякану, білу, як крейда, дружину, робить помах тілом цього юного льовеляса, спокушеного його ж жінкою, і з силою вдаряє ним об стіну. І замість хлопчика перед ним розтрощений череп.

Анарх, як ведмідь, підвівся і — воістину — рявкнув:

— Чого ви хочете від мене?

— Чого я хочу? — усміхнувся Карно. — Власне, нічого! Мені здалося тільки, що ви шукали мене…

— Да! Я… вас… шукав! — направляючись до дверей і ледве стримуючи себе, чітко сказав анарх. Потім із силою грюкнув дверима й пішов на веранду. Проходячи повз вікна у вестибюль, він мимоволі зиркнув у свою кімнату.

Карно й тепер сидів на ліжку, як різьблення, і всміхався саркастичною усмішкою.

Анарх повернувся в палату тільки тоді, коли до неї зібрались усі хорі. Забігала в палату сестра Катря. Вона, очевидно, хотіла ближче познайомитись із метранпажем. Сестра Катря звернулася до Карно з якимсь запитанням, але той — ні з того, ні з сього — зустрів її нахабним поглядом і одвернувся до стіни. Про це, між іншим, узнав увесь санаторій, і метранпаж остаточно всіх обурив.

Але плебеї — певна частина санаторійної публіки — виправдовувала «свого». Проте й плебеї здвигнули плечима по закутках, бо й від них Карно тримав себе окремо.

Тільки Хлоня сміливо підходив до метранпажа й поплескував його по спині:

— Що братішка?

Що ж до анарха, то він почував: безпричинна ворожість до Карно що далі, то більш зростає. Тієї ж ночі він якось зиркнув на метранпажа — і темна мисль майнула йому в голові.

А втім, можливо, то не темна мисль, а темна чвиря, бо надворі не переставали шкульгати дощі, бо над санаторійною зоною похилилось похмуре небо, і хмари затопили всю даль.

Бо далеко — чи з буряків, чи на буряки — рвалась проста й невесела, мов побут дикунів, дівоча пісня.

VIII

Його ніби щось штовхнуло, і він розплющив очі. Зиркнувши у вікно, анарх відчув радість теплого безхмарного дня. Хутко вдягнувшись, він вийшов на повітря.

За ніч хмари пропали, і прийшла теплінь. На дикий малинник, що на заході зони, наступав ясний прозорий ранок. По травах нечутно свистіла коса світанку.

І тоді за межами санаторійної зони на березу злетів півень і крикнув урочисто й побідно «кукуріку».

Він подивився на кошару: відтіля виходила корова з білою плямою на нозі, з очима ласкавими, мов ласка. І здалося йому, що вона теж співає якусь невідому пісню, в якій звучить побідний гімн землі.

Із шумом виходили свійські тварини, і вилітало, вибігало, прокидалось дике царство. Прокидалась земля.

До ріки побрела отара товару. Виліз заспаний санаторійний дурень і крикнув теж дико: «о». Потім підбіг до ялової й почав ударяти по ній клюкою. Дурень остаточно збожеволів. Він так яро бив тварину, наче вибивав їй велике горе («вона ж досі не продовжила свого існування, вона ж досі не завагітніла»). І здавалось, що в глибинах ріки ходить зграями риба і в хорій млості треться, ще треться й викидає, затоплює ікрою ріку.

Анарх бадьоро ступав по доріжці.

Відсутність рівноваги цього ранку дала себе знати. До того ж цієї ночі приснився йому якийсь рожевий сон і сприятливо вплинув на нерви. Виходячи на свіже повітря, він навіть хотів голосно зареготати, згадавши метранпажа й жахи минулого дня. Анарх розкидав свої мускулясті руки і в млості витягував своє грандіозне тіло. Він почував себе так, ніби тільки-но вийшов із лікарні, перемігши хоробу. Такого душевного стану він давно вже не пізнавав. Правда, і тепер ховався сумнів. Хвилинами приходила мисль, що цей день не більше, як примара. Можливо, все це скоро розсіється, пропаде.

«Ну, і хай пропадає — подумав він. — Лиш би не зараз».

Підводилось сонце, прекрасне, як і в перші дні народження світу. Палахкотів жовтожар. Завагітніли яблуні й родили; тепер легко зідхати в голубу далечінь. Тільки-но відлетіли ранкові сни крізь яблуневий глуш і зупинились на дальніх полях голубими незнайомками.

Скоро з палат повиходили хорі й сестри. Десь уже шуміла Унікум. Десь хтось уже жартував. Десь хтось когось, жартуючи, обіймав.

Анарх пізнав приплив гарячої крови і, коли в залі раптом ударив хтось по клявішах, коли, спотикаючись, побігла музика легкої шансонетки й наздогнала його, він чітко пішов уперед. Він знав, що раптово може вирости башта неможливої муки, і він поспішав; зараз кипить над рікою жовтожар, і зараз не треба думати, не треба знати.

Звернувши у дикий малинник, він зупинився й прислухався до шуму на санаторійній зоні. Тоді ж, зиркнувши в той бік, де самотньо стояв старий дуб, вискочивши з пустельної доріжки, він побачив метранпажа. Підйом раптом підупав. Але зараз Карно викликав у нім не більше, як приплив апатії.

Анарх сходив на командну висоту. За гонами вже кипіла індустрія: розбігались роздоріжжя й залізниці. До промислового центру спішили з усіх кінців путі. Кожні п'ятнадцять хвилин вилітали потяги й мчались у степ по глухих дорогах республіки.

Високо підвівши голову, мовчки, ішов до кульмінаційної крапки анарх. І тільки, коли в листянику майнула спідниця, він зупинився.

Анарх одкинув у бік гілку й побачив сестру Катрю.

Вона підійшла до нього, як і завжди, печальна.

— Раненько ви підвелися сьогодні! — сказала сестра Катря.

— Як бачите!

— Я теж не можу спати. Власне, ночі тепер ще й не такі довгі, але й вони наводять тоску.

— Хіба ви ще й досі не одержали командировки? — спитав він, щоб що-небудь сказати.

— І досі! Вони остаточно мене замучили! — гаряче сказала сестра Катря. — Я буквально не маю вже сили жити тут.

— А от Майя мені казала, що вона, навпаки, так би на санаторійній зоні цілий вік і прожила.

Анарх і це сказав, щоб що-небудь сказати. Але сестра Катря нервово взялася за свій чорненький бантик.

— Перш за все Майя неправду каже. І взагалі вона не вміє правди говорити. А потім Майя зовсім інша людина.

— Це ж як?

— Так... Тільки ви, будь ласка, не ображайтесь на мене й не подумайте, що в мені говорить заздрість чи то ревність.

— Що ви?

— Я знаю, ви цього не можете подумати, — сказала сестра Катря. — Ні ви зі мною, ні я з вами ніколи не говорили про кохання. І, власне, висловити свою думку про Майю мені тільки тому ніяково, що ви з нею живете!

— А ви це відкіля знаєте? — усміхнувся він.

— Я, власне, гадала, що ви цього не ховаєте?

— Саме?

— Саме... того, що ви живете з Майєю.

— Ну, коли ви так уперто настоюєте, то хай буде по-вашому. А тепер висловлюйте свою думку про Майю.

— Думка моя така: Майя — нехороша людина. Не встигла вона приїхати сюди, як я відчула це. В ній, як це не дивно, багато аристократизму. Ви розумієте мене? Ви подивіться на її зовнішність — це ж княжна! Я навіть думаю іноді, що її й походження таке. Цей римський профіль, цей стрункий стан, ці надменні й нехороші очі, ці мініатюрні пальчики, які так і хочеться погладить, все це говорить за її аристократичне походження.

— Але цього, я гадаю мало, щоб не любити її?

— Так, цього мало. Але не тільки ж про її зовнішність я хочу сказати. Кожний її рух, кожний жест, кожна усмішка мене відштовхують від неї. І, я гадаю, не тільки мене. Я певна, що вона зовсім не те, чим ви її уявляєте.

— А все-таки, за що ж ви її не любите?

— Знаєте, я можу зробити багато припущень. Але й це вам нічого не скаже. Я знаю тільки одно: Майя — надзвичайна егоїстка. У неї, безперечно є якийсь біль, і от вона замість того, щоб самій носити вагу цього болю, звалює його на чужі плечі. Це — факт, і ви не одмовитесь од цього, поскільки частину цієї ваги й ви носите. І взагалі я можу сказати, що Майїне промешкання на санаторійній зоні скінчиться якоюсь нісенітницею. В данім разі я покладаюсь на свою інтуїцію.

Анарх згадав Майїн тихий негарний смішок, і цей смішок викликав — ні з того ні з сього — образ метранпажа. І знову неясна тривога зародилася в нім. Але навкруги було так дзвінко, так бадьоро, що все темне, що постало, враз розсіялось.

— Я гадаю, що ви прибільшуєте! — сказав він, беручи під руку сестру Катрю й направляючись за нею до кручі.

— Ви так хочете зараз вірити — хай буде так.

— Знаєте що? Давайте покинемо про це! — сказав він і зідхнув.

Сестра Катря фаркнула й нервно поправила свій чорненький бантик.

— Пробачте! — тихо сказала вона. — Я й сама не помітила, як зайшла так далеко.

— Ні, я зовсім не про це. Я кажу: давайте виберемо веселішу тему. Бачите, який прекрасний ранок?

Вони зупинились над кручею. Праворуч у підніжжя гори текла ріка. На поверхні їй сковзались верховоди. Далі легко хвилювались комиші. В далині по звертистій металевій лінії маячів ранковий човен: рибалка й ятері. І не знати, хто сіяв, хто просівав голубий порох під кручі. І не знати, відкіля так п'яно пахли берези.

— І правда гарно! — сказала сестра Катря. — Я завше, коли бачу перед собою голубе небо, згадую чомусь біленький фартушок, що його носила в гімназії. І, знаєте, коли я окунуся з головою в якийсь позитивізм або в «критику чистого розуму», мені здається, що я шукаю там саме його — цей фартушок — біленький, як перший далекий сніг.

— Цікаві асоціації.

— І навіть більше того, — сказала сестра Катря. — І тепер після громадянської війни, саме тепер, коли всюди якось посіріло, мені здається, що я вдруге загубила цей біленький фартушок. Фартушок, мабуть, символ радости.

Анарх хотів був щось сказати, але в цю хвилину розтявся недалеко оклик.

— Савонаролечко!

Сестра Катря здригнула й сказала, увільняючи свою руку:

— До побачення. Я піду!

Він одступив на крок. Він не затримував дівчини. Сестра Катря відійшла вбік і скоро зникла в зарості.

Анарх подивився вниз : крізь гущавину продирались — Майя й Хлоня. Іншого разу він був би цілком задоволений. Після останньої суперечки, коли Майя назвала його «сволоччю», анарх досі не почув од неї жодного слова. Тепер, хоч і знав, що Майя йшла миритися, не тільки не відчув радости, як завжди було з ним, а скоріш був незадоволений.

Перший збіг на командну висоту Хлоня. Він привітався з анархом і пішов до дальньої кручі. Скоро на висоті була й Майя.

— Чижик-пижик! Руку! Мир! — сказала вона.

Майя, очевидно, нарочито розпустила волосся й забризкала своє тіло духами. На командній висоті запахло конвалією.

— Чижик-пижик! Ну, невже тебе не хвилює туге тіло юнки? — казала Майя, притискаючись до анарха й роздимаючи ніздрі. — А от ти мене хвилюєш! І ти не вір мені, що я зараз жартую. І зовсім то не жарт, коли почуваєш під своїми руками живі сильні м'язи, і твоя кров бунтується. То неправда, що жарт!

Анарх мовчав.

— Ей, ти, куди ти тікаєш! — крикнула Майя, повернувшись у той бік, куди йшов Хлоня.

Той зупинився й пішов назад. Тоді Майя потягла анарха до пенька, і скоро всі троє сиділи на ньому.

— Ну, Хлоню, — звернулася Майя до юнака. — Як ти сказав, коли ми йшли сюди? До кого я зараз подібна? Ну?

— Це, звичайно, шкода, але ви сьогодні чудово виглядаєте, — сказав Хлоня.

— Чому ж це шкода?

— А тому, що ви — злючка!

— Злючка? — зареготала Майя. — Хлонько! Яке ти маєш право говорити так?

— А яке ви маєте право називати мене на «ти»?

Майя поправила своє не в міру викликаюче декольте, прищулила очі й звернулась до анарха:

— Бачиш, він теж хоче перейти зі мною на «ви».

— Не я хочу перейти на «ви», — сказав Хлоня, — а ви мусите зі мною говорити на «ви».

— От тобі й раз! Ну, як же я з тобою буду говорити на «ви», коли ти карапет.

— Себто я не мужчина?

Майя ще голосніш зареготала. Тоді ображений Хлоня підвівся, оправив блюзку й халат і подивився уважно на Майю.

— Коли я не мужчина, то чого ж ви залицяєтесь до мене?

— Я? Залицяюсь до тебе?

— Да! Ви залицяєтесь до мене. Хіба не ви тільки-но пропонували мені поцілувати себе.

— Себто я пропонувала тобі, щоб ти поцілував себе? — знову зареготала Майя.

Хлоня почервонів.

— Ну, я не так, значить, висловився.

— Покинь, Хлоню, говорити єрунду, ти краще що-небудь прочитай... Ну?

Анарх вийняв цигарку й запалив її; над пеньком спалахнув синій димок, і запахло. Він вбирав запах конвалії й уважно дивився на Майїне декольте. Йому раптом прийшла мисль («яка глупота»), що він ще не прокинувся, і тоді ясно постала перед ним учорашня сутичка з Карно.

Хлоня вже заспокоївся.

— Ви гадаєте, що так не можна сказати, а я гадаю, що так можна сказати, — говорив він.

— Слухай, чижик-пижик, — звернулася Майя до анарха. — Як, по-твойому, можна так сказати? Хлонько, повтори!

— Я хочу перед вами розсипати одуванчик слів — повторив юнак.

— Це щось подібне до старомодного реверансу. Слухай, Хлонько, ти обов'язково будеш десь на провінції парикмахером.

— Хай буде й так: це теж непогано!

— Ну, а як би ти намалював сьогоднішній ранок?

— Я сказав би: «був ранок і все було так прекрасно, як голуба... птичка. Знаєте: скок! скок!»

— І все?

— Цього досить; можна в двох словах передати цілу картину.

— А я сказала б так: ти, Хлонько, enfant terrible*.

— Прошу не ображати мене!

— Хіба ти зрозумів? — зареготала Майя. — Я ж нарочито і вжила сальонової мови, щоб не образити тебе!

Хлоня круто повернувся й пішов до дальньої кручі.

---

* *Enfant terrible* — нестерпна дитина; походить від французького виразу, що виник у XIX ст. та буквально означає «жахлива дитина».

Гинули роси, зник жовтожар. Над рікою випливало сонце й гриміло в простори. Далеко на Ґралтайських Межах кричав санаторійний дурень. І ріка несла цей оклик вниз по течії до моря. Дурень остаточно збожеволів: він до краю налив ріку, він затопив її своїм задушеним криком.

— Чижик-пижик! Все-таки скажи мені… — промовила Майя, коли Хлоня відійшов на декілька кроків, і положила енергійним жестом анархову голову на свої коліна. — Я все-таки не розумію тебе! Чому ти останнього часу такий… я б сказала, розгублений. Може, в тебе є якісь тайни?

Анарх подивився в Майїні прищулені очі й побачив у них не то тривогу, не то докуку.

— Тебе, може, дивує те, що я тебе не так зустрів, як бувало раніш?

— А хоч би й це! — нервово кинула Майя.

— Коли тільки це, то не варт вести нам такі розмови.

Майя замість того, щоб образитись, на всі очі подивилась на анарха.

— Значить, у тебе є якісь тайни? — сказала вона.

— Ніяких тайн у мене нема, — в'яло промовив він і, поклавши руку на Майїне коліно, заплющив очі. Він що далі, то більш почував у своїм тілі якусь неміч. — Покинь мене розпитувати.

— Хіба тобі неприємно?

— Так.

— Дивно! — сказала Майя і ще щільніш притулилася до нього. — Все-таки я не розберу, чому ти останнього часу ведеш себе якось…

— Ти думаєш?

— Да, я думаю. І, по-моєму, не помиляюсь.

— Ну, коли ти так цікавишся, — знову в'яло сказав анарх, — то я тобі скажу: я хорий.

Майя покосила очі на анарха й тихо запитала:

— Чим же ти хорий?

— Хіба тобі не все одно?

— От чудак! — неприродно засміялась Майя. — Я ж тебе кохаю… Хіба ти забув?

Анарх провів рукою по своїй волохатій голові, подивився на довгі Майїні вії, під якими вона сховала очі, і сказав:

— Давай не будемо валяти дурня.

— Ну, я бачу, що з тобою не можна серйозно говорити, — образилась вона. — Ти зі мною просто не рахуєшся. Невже я тільки й валяю дурня? — і потім спокійно сказала: — Я тобі скажу прямо. Я догадуюсь, що в тебе зовсім не така хороба, як у людей. Ти, мабуть, хорієш — тільки, будь ласка, не шукай тут задньої мислі — хорієш на анархізм… Да?

Анарх подивився на Майю. Але й зараз її очей не видно було: їх прикривали довгі вії.

— Ні, у мене інша хороба.

— Ну, от і скажи мені… Чого ж ти мене мучиш?

— Я бачу, тебе дуже цікавить…Так от: я хорий гістерією.

— Тільки всього?

— Тільки всього!

— Ну, я тобі не вірю. Коли б було тільки це, ти б так довго не мучив мене.

— Це, бачиш, залежить від темпераменту, — ще раз в'яло промовив він.

Майя засміялась своїм тихим негарним смішком і грубо скинула з колін анархову голову.

— Ходім на зону! — сказала вона. — Чижик-пижик! Мене не обдуриш! — і погрозила пальцем.

— Як не обдуриш? — спитав анарх і почув, як йому неприємно йокнуло під серцем.

IX

Зійшовши з командної висоти, Майя зупинилась, подивилась на анарха, і від її погляду несподівано повіяло холодком.

— Я йду в палату, — сказала вона.

Він нічого не відповів і пішов на схід, несвідомо для самого себе прямуючи на луки. День було зіпсовано. Розмова з Майєю знову звела кінці мислі на постаті Карно. Він пригадав останню зустріч із метранпажем, всі її деталі — і якесь неясне передчуття обхопило його.

Власне, що його нервувало? Зустрівся він із Карно сам на сам лише один раз, але анархові здавалось, що він метранпажа бачив уже тисячу разів. Він певний, що поводження Карно з ним не є випадкове метранпажеве чудернацтво, — в цім ховається якийсь глибокий сенс, і оскільки це так, то він, очевидно, не помиляється, гадаючи, що Карно почав раптом стежити за його кожним кроком. І випадок із яблуками — не більше, як зачіпка. Тепер він майже не почував колишньої незадоволености, він уже не думав про міщанство, яке оточувало його. Анарх якось ураз примирився з ним. Тепер перед ним поставало щось більше безвихідне й гостре, як метранпажеве обличчя.

Йому знову прийшла мисль, що це рожеве «сьогодні» — не більше, як фантом. «Так буває за час кризи, — подумав він, — проривається життя, але одразу ж гасне, і тоді прискореним темпом проходить процес хороби до останньої руїни».

І зрозумівши, що цей рожевий день є випадкова пляма на його хорій психіці, він зрозумів і те, що бадьорий настрій уже ніколи до нього не повернеться.

До дзвоника залишилось близько години, і він ішов на луки поволі. Він ішов саме до санаторійного дурня.

Там він сяде на горбику й запалить цигарку, відціля санаторійна зона буде маячіти якоюсь заозерною птицею, що відпочиває на перельоті. Дурень буде мовчати, підводитись і знову кричати своє «о». Тоді на горизонті виросте біла стьожка: то кур'єрський чи пасажирський поспішає до города. І буде чути далекий гудок над степами. А по степах, припадаючи, поплívуть клоччя пари. Коли потяг зникне за горизонтом, дурень здивовано подивиться на нього, і в його погляді стане незрозуміла тоска. Тоді анарх подумає, що дурень згадує якусь степову станцію на глухій дорозі, повз котру зрідка, не зупиняючись, пролітає потяг. Подумає, що дурень тоскує за тим невідомим життям, яке, прорвавшись у степ, мчиться до невідомих обріїв. І дивно: коли анарх тікав від санаторійної публіки, він завжди попадав до дурня. З ним було не тільки легко — в нім він находив надто близькі йому рисочки й цілковите заспокоєння.

Передосіннє сонце стояло в згустках опару. З города гулом темної міді крокували дзвіниці. Луна від того гулу бродила по луках важкою примарою й потопала у вогкості надбережжя.

Але ріка мовчазно й байдуже линула в даль. Анарх прийшов і сів біля дурня. Той нічого йому не сказав і, сидячи на пеньку, уважно розглядав конфектну обгортку. Що він у ній найшов цікавого — важко було догадатися. Але він так уважно дивився на цей нікчемний папірець, що можна було з певністю сказати: конфектна обгортка викликала для нього якісь химерні асоціації. Очевидно, по них дурень находив відповідь на свої, йому одному зрозумілі запитання.

На горі кричала Унікум: когось уперто кликала. І анарх, коли вереск її розсипався над луками, машинально повертав голову й дивився на санаторійну зону.

Дурень сидів і зрідка гигикав.

— Чого ви смієтесь? — спитав анарх.

— Оце! — тикнув той пальцем на папірець і задумався.

— Що оце?

Але відповіді не було. Можливо, дурень просто не міг відповісти. Зрідка він кидав погляд на коней: вони стояли збоку й підбирали зелену траву. Дурень уважно дивився на них і потім переводив кудись здивовані очі. А коли теленькав дзвоник, що висів на шиї молодого жеребчика, дурень похиляв голову й монотонно відбивав:

— Телень! Телень!

Коні підводили голови й сторожко прислухались до шамотіння в оселях: то пролітав вітер, біг через ріку й пропадав на Ґралтайських Межах. І тоді ж від санаторійної зони кокетливо кошлатились зелені трави.

Коли анарх іще раз повернувся на крик Унікум, він побачив, як з гори спускаються дві постаті. Він одразу пізнав їх: то був метранпаж і миршавий дідок. Вони, очевидно, направлялись до нього.

Анарх відчув, як йому щось неприємне й гостре проповзло по спині. Карно розмахував руками, нібито щось доказував дідкові, і його гостреньке обличчя витягнулось уперед, як лягашеві на полюванні за час «стійки». Метранпаж раз-у-раз скидав свої очі на те місце, де сидів анарх, і тоді анарх крізь гони відчував нахабність цього погляду. Тут щось було від інквізиції. Це був якийсь неможливий тваринний сарказм.

Він був певний: Карно прямує до нього й прямує саме для того, щоб знову підкреслити, що він, Карно, вже тут, на санаторійній зоні, що він, Карно, вже не допустить приходу нового рожевого ранку, який був сьогодні; що він, Карно, зараз розсипле свій гаркавий сарказм і накаже анархові не забуватись.

«Ах, яка глупота»! — скинувся він.

Але ця думка якось непевно промайнула в голові й одразу сховалась.

Нечутно спадав ранок і плавко сідав на фіолетові озера загоризонтної зони. Прямо горів сизий капусник, а над ним стояли табуни комах. Вище тікали дикі поля.

Карно й дідок підходили до того горбика, на якому сидів дурень. Анарх не помилився: перескочивши рівчак, метранпаж привітався з дурнем і сів оддаля на траві. Дідок, як і завше, метушився і, ніби він нічого іншого й не знав, хіхікав:

— Хе... хе... Тавонароля!

Карно посидів мовчки з хвилину. Потім витягнув своє гостреньке обличчя.

— Да, погодка нічого собі! — сказав він, невідомо до кого звертаючись.

Але анарх, як тільки почув цей голос, інстинктово зібрав мускули на своїх руках і знітився. Він раптом пізнав якусь надзвичайну розгубленість, ніби на нього насувалась безвихідна сила. Щось подібне до цього він пізнав колись у дитинстві, коли батько, зібравши дітвору біля ґанку, повалив його на холодний цемент обличчям униз, спустив з нього штани й почав бити його ременем по оголеному тазу. Це була перша «порка», і з першим ударом він пізнав, як йому в мочовому пузирі неможливо залоскотало, і він в якомусь божевіллі розкусив грудку цементини.

Тільки з цим він міг порівняти свою розгубленість, яка його зараз охопила.

— Будь ласка, дайте мені сірника! — сказав Карно, звертаючись до анарха, і поліз у кишеню за кисетом.

Анарх ураз підхопився, ніби йому обов'язково треба було підвестися з горбика. Але в той же момент знову сів: йому раптом ударив в обличчя сором, і він навіть подумав про себе: «Чорт! Глупота!»

— Я прохаю сірників, якщо вони єсть у вас, — повторив Карно.

Анарх вийняв коробку й недбало кинув її до метранпажа. Той підвів здивовано брови, але нічого не сказав і запалив цигарку.

— А що це у вас лежить? — спитав Карно, показуючи на анархові коліна.

Анарх здригнув і інстинктово схопився за кишеню.

— Ви про що? — вирвалось йому тихе запитання.

Метранпаж засміявся.

— Як я вас налякав яблуками!.. Я кажу про он той листочок... Бачите?.. Ага, от-от? Я кажу — з якого це дерева. З мене недавно сміялися, що я не відрізню кленового листя від дубового... Ви як, відрізняєте?

— Ні! — в'яло промовив анарх і подивився: де ж дідок?

Але дідок сидів позад його й тихо хіхікав. Коли анарх повернувся до нього, він показав гнилі зуби й знову кинув:

— Хе... хе... Тавонароля!

— А я от тепер уже відрізняю, — сказав Карно, — це дуже легко. Хочете, научу?.. От подайте мені цей листочок... Ну, подайте ж! Ну, чого ж ви сидите?.. Ну, скоріш.

— Будь ласка, не мішайте мені відпочивати! — різко кинув анарх, і тут же почув свій голос чужим і порожнім.

— Хе... хе... Тавонароля, — знову захіхікав дідок.

— Який ви запальчастий, — саркастично всміхнувся Карно й витягнув своє гостреньке обличчя. — І потім: чому ви так грубо говорите зі мною? Це, здається, не перший раз?

— Так! Не перший раз! — різко кинув анарх.

— Я розумію, що не перший раз! — сказав метранпаж і підвів брову. — Але ви все-таки не хвилюйтесь! Ще встигнете відпочити. На те єсть мертва лежанка... Хіба забули про неї?

— Хі... хі... Тавонароля, — ще раз захіхікав дідок.

— Забув! — різко шпурнув анарх і взявся за голову: йому прийшла мисль, що це — сон. Ніколи він не бачив на санаторіях і взагалі в житті таких метранпажів. В більшості це були або обивателі, або недалекі ортодокси. Тепер перед ним сиділа воістину якась чудернацька людина.

Дурень, що ввесь час безглуздо дивився на конфектну обгортку, раптом підвівся і, вибрикуючи, мов молоде теля, з гиком побіг до коней.

— Ну, добре, — гаркаво сказав Карно й витягнув своє гостреньке обличчя. — Гніваєтесь — значить, не треба!

Але анархові в цю хвилину несподівано прийшло на думку самому кинути запитання.

— А скажіть мені, — сказав він, і йому йокнуло в грудях. — Ви справді думаєте, що я боюся вас?

Карно не здивувався, ніби давно вже чекав на це запитання.

— Так! думаю!

— А чому ви й досі мені нічого про це не сказали?

— Я бачу, що я не помилився, — засміявся Карно. — Знаєте, мені смішно: така махина, а боїтесь такої маленької людини. Мені, бачите, здалося, що ви — гістерик.

— Хі… хі… Тавонароля, — захіхікав дідок і поліз до того пенька, що на ньому сидів анарх.

Анархові стисло горло спазмами, і він пізнав приплив тваринної радости: все це, значить, з'ясовується просто — він гістерик. Нічого особливого нема. І ніби боячись, що хтось розділить із ним цю радість, він навіть хитренько всміхнувся й опустив голову.

Метранпаж уважно дивився на те місце в комишах, де поринув дурень, і мовчав. Дідок підліз уже і, виставивши гнилі зуби, хіхікав.

Далі, мов крізь сон, він чув, як Карно говорив про Майю. Карно питав: відкіля вона? Анарх не знає? — І підморгнув. Він, безперечно, любить (не тільки цей дідок) гарних смаковитих дівчат. Знаєте, він любить, коли в дівчини білі литки й вона вся пухка. Знаєте — ляжеш на неї, і здається, що ліг на пуховик.

У такому ж дусі незграбними фразами, цинічними до безглуздя, метранпаж говорив із чверть години. Анарх за цей час не промовив жодного слова. Він тепер певний був, що все це — примара, що ніякого метранпажа в дійсності нема, що завтра він прокинеться й буде реготати з себе. Він рішив покірно вислухати Карно, свідомо приймаючи його, як фантом… Можливо, нарешті, він сидить десь зовсім не на луках, а в ізольованому помешканні. Завтра він прокинеться й побачить — нічого нема!

— Значить, за малинкою ходите?.. Ну, і ходіть!.. З Майї гарна малинка, — говорив метранпаж.

Анарх і на це не реагував. Мов волохата статуя, сидів він на пеньку й дивився собі під ноги. — Збоку хіхікав дідок.

Потім він підвівся і, похитуючись, пішов до санаторійної зони.

По дорозі він зустрів сестру Катрю.

— Знаєте, — сказала вона, — я за ніч проглинула мало не триста сторінок. Але я не відкрила жодної сторінки життя. Я думала раніш, що я мало працюю, а тепер я бачу, що я просто бездарна людина.

Анарх подивився на сестру Катрю й раптом скинувся: Що ж, і вона фантом? — Ах, яка глупота!..

— Слухайте, — звернувся він до неї, протираючи очі, — як ви гадаєте: я сплю, чи це…

— Що це? — підхопила сестра Катря.

— Ах, Боже мій! Я вас питаю: це сон, що я з вами говорю, чи це дійсність?

Сестра Катря подивилася на свого співбесідника, і він їй здався, очевидно, дуже комічним. Вона, здається, перший раз щиро засміялась. Сестра Катря взяла анарха за руку, вивела з гущавини, поставила на соняшний бік і прямо подивилась йому в очі. Звичайно, вона зрозуміла цю виходку, як бажання його трохи пожартувати з нею.

X

Після цієї сутички — на луках — із ним скоїлось щось неладне. Моменти фантастики так переплутались із дійсністю, що він іноді буквально не міг відрізнити примари від реальної речі. Але Карно й для решти санаторійців був центром уваги. Анарх остаточно запевнився в цьому, коли випадково прочитав уривок із щоденника однієї хорої. Там було написано це:

«…Наш санаторій поділяється на два табори: плебеї, інтелігенція. Між таборами завжди — іноді мовчазний, іноді буйний антагонізм. Іншої класифікації тут нема. — Але на цей раз усе це згладилось: один табір — весь санаторій, другий складається з одного метранпажа. — Бувають люди, яких не люблять усі. От і Карно. І плебеї вже захищають «свого». Гордий, неприступний, а виходки — ніби його допіру вкусила осіння муха. Цинік і нахаба: куди там до нього слинявому дідкові! І всі вже давно знають, що ця хитра людина кривляється і вдає з себе дурненького. — Власне, головним мотивом незадоволення є шпигунство. Звичайно, шпигунство допустиме, шпигують усі потроху. Але всьому ж єсть межі. Коли шпигунство — нешкідливе явище — нічого. А то, припустім, ходив дехто покурити (курити дозволено, лиш би ніхто не бачив), а тепер не можна ходити. Всюди він, ця нахабна фізіономія. Набачить — і доносить ординаторові. Той, звичайно, лякає випискою із санаторія. Це вже занадто. — І росте мовчазний протест. — А недавно навіть (це коли вже запахло осінню) така була сутичка. Хлоня попрохав, щоб метранпаж відсунув койку, щоб Хлонину койку можна було поставити на сонце. — «Товаришу, будь ласка, одсуньте свою койку», — попрохав Хлоня. — Карно мовчить. — «Товаришу, я вас прошу: одсуньте свою койку», — ще раз попрохав Хлоня. — Карно — ні слова. — І так до трьох разів. — Тоді Хлоня підводиться і каже: «Ви, товаришу, невихована людина!» — «А ви, товаришу, Онан!» — кинув Карно. — «І більш нічого?» — спитав Хлоня. — «І більш нічого!» — сказав Карно. — Це чули інші.Інші захвилювались. Хлоня мовчить, а інші не могли мовчати. Оточили метранпажа й загалділи. Що, мовляв, за чортовщина: ви — погромник, вам не може бути місця на санаторійній зоні. — Метранпаж і тоді ні слова. — Тоді до нього підскочила Унікум і закричала: «Повторіть і мені, що ви сказали! Зараз повторіть!» — «Онан», — спокійно повторив Карно. Це вже було занадто. Це вже чорт знає що! Це ж неможливо! — І піднявся такий гамір, такий крик, що позбігалися сюди мало не всі сестри, мало не ввесь санаторій. — Але метранпаж і зараз лежить і мовчить. — «В чому тут справа?» — спитала сестра. — Всі загалділи, і ніхто нічого не розбере. — «Товаришу, в чому тут справа?» — ще раз спитала сестра. — «А я знаю!» — сказав метранпаж. — «Як ви так Хлоню назвали?» — «Ніяк!» — різко кинув Карно.

— «Але почекайте, — галдів санаторій, — ви, мовляв, назвали його Онаном». — Тоді метранпаж підвівся й почав плести нісенітницю. Припустім, в старовину навіть талмудисти носили таке ім'я, а поети й зараз прославляють його. Що ж тут особливого? — «Але почекайте; ви ж не талмудист?» — «Ні!» — «Ви ж не поет?» «Ні!» — «Тоді ж яке ви маєте право називати його так?» — Ну, а потім усе так переплуталось, що нічого не можна було розібрати. Карно, безперечно, глузував. Він просто погромник. — І хоч усю цю історію було «замазано», але Карно на цей раз, мабуть, остаточно й безповоротно скомпромітував себе. Ми його бойкотуємо.

Так! Очевидно, Карно є найреальніша особа, коли він центром уваги являється мало не для всіх. Так! Карно нічого не має спільного з примарами!

Але чому ж він так неможливо мучить його? — Проте анарх не помилився, коли рішив, що хорий психічний процес піде з прискореним темпом. Він частіш став прокидатися вночі й тривожитись. Якась темна настирлива мисль остаточно не давала йому покою. Підозрілість доходила до абсурду, і він тоді знову дивився в одну крапку, і крапкою цією був метранпаж. Але й обставини складалися для нього невигідно. До Карно й справді тепер мало не кожного тижня приходив якийсь незнайомий чоловік із города й завжди якось таємно зникав у бур'янах. Часто до анархової койки підходила Унікум і, звертаючись до Майї, говорила:

— А я про нього щось знаю!

— Про кого? — питала Майя.

— Про метранпажа!.. Про кого ж! — казала Унікум і робила загадкове обличчя.

Правда, Унікум багато дечого знала, і їй ніхто не вірив. Але анарх цілком серйозно приймав ці розмови, бо вони відповідали його настроєві й загальному душевному станові.

До того ж і Майя не менш дивно почала вести себе: вона раптом перестала сміятись своїм тихим смішком, і в ній анарх став помічати якусь різку переміну. По-перше, вона ніби уникала зустрічі з ним і, по-друге, робилась похмуріша, і над її переніссям несподівано виросла зморшка. Можливо, на Майю впливала природа, бо запахло дозрілою осінню.

Ішов вересень. За місяць прийде листопад. Над оселями, над санаторійною зоною повисне туман. Десь буде рипіти ясень, а далі шелестіти — похилі явори. Із санаторія хорі поїдуть у город. І буде тоді порожній санаторій мовчазно стояти серед степу. Тоді зрідка дійде сюди гул із города, а глухої ночі повз санаторій будуть пролітати — крізь тумани, по невеселих дорогах республіки — червоні очі потяга.

«Іде вересень! Прийде листопад!»

Над санаторійною зоною перелітали аеропляни по маршрутній лінії «від — до». До анарха підходила Майя і говорила про те, що віддаляється літо.

— Я почуваю, як пливе літо до Чорного моря, — казала вона і в'яло гладила своєю виholеною рукою анархову голову. — Я почуваю, що воно пливе в Малу Азію, в країну чорного лебедя.

Майя знала якусь легенду: з тайги, із сіверких північних озер вилетів білий лебідь на австралійські копальні й там сів на темну ріку. І став тоді лебідь, як атрамент. Майя вже не говорила про кохання, і тепер він не чув од неї цинічних фраз. Але вона частіш говорила про осінь і говорила, що осінь хоч і прекрасна, як цей хрустальний, що пройшов, кінець гомінкого літа, але осінь — тьма, і вона боїться її.

Ріка хмурилась. Од ріки бігли жваві вітерці, підіймались вище й летіли на південь. То були північні сіверкі вітерці. І мовчав яблуневий глуш, нагадуючи анархові чомусь первісну архейську добу.

Зрідка до анарха підходила сестра Катря і в сотий раз говорила йому про тупик санаторійного будня й скаржилась, що їй досі не дали командировки.

> «Взагалі вересень на всіх вплинув, — писала в своєму щоденнику хора. — Унікум — і та стала нервовіша. Принаймні, прийшов і такий випадок, коли й Унікум упала в гістерику. Це було на початку вересня. До Унікум прийшов знайомий із города, і вони пішли в ліс. Далеко вони зайшли — невідомо.

Але їх на санаторійній зоні не було з півгодини. — Раптом у палатах почули гістеричні ридання. Коли хорі вибігли на веранду, то побачили заплакану Унікум. — «Що там? Що з вами?» — питали її. — Тоді Унікум розказала крізь сльози це: пішла вона із знайомим за конторський пляц. Відтіля вони пішли на різу й сіли відпочивати. Унікум буде прямо казати: вона любить цього знайомого. І от, коли вони… ну, її, звичайно, всі розуміють… — тріснула гілка. Вона скочила й побігла в кущі. А в кущах — щоб ви думали? — мерзавець-дідок! Він стежив за нею й підглядав. — Унікум заспокоювали. Вона не могла заспокоїтись, бо ж знайомий знервований пішов, не попрощавшись із нею. Це ж чорт знає що! — Дехто хіхікав. Але дехто й обурювався: це вже справді хамство! — Тоді до дідка підскочив Хлоня й з усього розмаху вдарив його по фізіономії: — «Хам!» — Дідок зблід і розгублено дивився на хорих. Він щось плів, що він нічого не думав, що він «просто так». — «Я не тього, не думав, — казав він, — я йшов просто так!» — «Брешеш!» — знову гістерично закричав Хлоня. «Тетнє тлово!» — Тоді Хлоня раптом схопився за голову й з криком «піду утоплюся» вискочив із дверей. За ним вибігли хорі і декілька сестер».

Анарх, між іншим, був у цей час у своїй палаті. Коли йому розказали про цю історію, він навіть не поворухнувся. Він раптом відчув і тут якусь безвихідність, що проти неї смішно боротись. Він згадав миле Хлонине обличчя й подумав: «так треба!» — Коли Хлоню зловили й з криками та галасом привели в санаторій, анарх і тоді спокійно лежав на своєму ліжку.

XI

Ішли осінні місяці. Ранки стояли прозорі й голубі. Повітря було легке, духмяне й хвилювало, як чисте виноградне вино. Ріка спокійно відходила в даль, і була в ній тиха задушевність і сторожка жура. За експериментальною фермою стояла блідосиза далечінь невідомих обріїв. Вже зникла спека, і вже не чути було гуркоту громів.

Але в той день, коли анарх вийшов із санаторійної зони й пішов на путівець, на проселочну дорогу, до вечора неможливо палило сонце, і в повітрі наростала тривога. З города, з індустріальних кварталів насувалась темна, мало не таємна гроза. Літо, згадавши, що не проспівало своєї лебединої пісні, раптом повернулося назад і готувало свій останній вибух.

Праворуч і ліворуч маячіли копи зрізаного жита. Було так тихо, ніби кожна стеблина пізнала тривогу й причаїлась. Зрізані хліба розливали духмяність, і вона проливалась на межі, текла потоками й заливала всі квартали.

Анарх зійшов на путівець. Він зараз, як ніколи, відчував самотність. Він тепер був певний, що і Майя, і Хлоня, і ввесь санаторій — все це не що інше, як фантоми. І коли він помиляється, коли все це вигадки, що їх він здобув за час патологічного процесу, коли навкруги його найреальніші особи — все-таки далі так жити не можна. Нестримна руйнація його психіки набирає з кожним днем усе більшої динаміки. Якась брудна повінь затоплює його. І нема йому виходу. Так можна дійти до будинку божевільних. Треба негайно вжити якихось заходів.

І тоді раптом він згадував, що заходів не може бути, і ламав пальці.

«Але в чому річ?» — і він зупинився. «Де причина такого стану?» І, як раніше він не находив відповіді, так і тепер усе перед ним мовчало. Тоді анарх із острахом запевняв себе, що він цілком нормальна людина, що він, можливо, зійшов тільки на останню межу. Він же знає, що те, що він говорить, що він робить, — все це єсть те, що єсть. Коли він береться, припустім, за ручку палатських дверей, то він знає, що він береться за ручку палатських дверей. Єсть тільки сумніви, і проти них треба вжити якихось заходів.

«Але яких?» — і він зупинився.

Насувалась гроза. Як дальні гармати, глухо грохотали громи. Тоді зникли, пропали, розсіялись, мов передранковий туман, мов кінематографічна ілюзія, його мислі. Анарх зиркнув на чорну гамузу хмар, і його охопив страх. Він подивився навкруги й побачив: хутко спадає темрява. Тоді він несподівано рвонувся, ніби його, велетня, хтось міцно держав, і кинувся до санаторія. Він буквально летів, розкидаючи поли свого халата. Над пустельним путівцем здіймалась курява.

І в ту ж мить стьожка голубого неба пропала, і темний масив розрізала блискавиця. Потім спалахнув удар. Ще удар — і — хмарний — не втечеш! — потоп.

Як наляканий вовк, біг анарх до лісу, до санаторійної зони. Він почував лише тільки, що волосся йому шелестить на голові. Більш він нічого не пізнав у ті хвилини. І тільки коли він наткнувся на групу зарості, зупинився й пішов поволі.

Коли біг, миготіли санаторійні вогні. Тепер загубив дорогу й брів навмання, як йому здавалось, на захід. Він знав, що скоро мусить ударити розбитий черепок міді, і він прислухався. Але нічого не чути. «Котра година?» — не можна сказати: наче так давно й наче так недавно він вийшов із санаторія.

А вдари грому шалено громили ліс, і не знати як шуміли дерева. Блискавиці мчалися в ніч і з тріском розкидали клоччями бенгальський вогонь. Дощу не було. Іноді в електричних фоерверках виростали над лісом темні силюети: то, мабуть, в тривозі підводились у стихію орли.

Але не чути було розбитого черепка міді й не видно було санаторійної зони. Наче зачарована, пропала в глибинах тьми.

І коли б хто-небудь спитав його, як довго блукав він у лісі тієї ночі, він, безперечно, не міг би сказати. Це було так довго, як біг стихії тоді.

Але нарешті закрапало. Із зарості потягло вогким запахом трав.

Гроза стихала, віддалялась і тягла за собою шмаття розстріляного неба. Вже йшов проливний дощ.

Анарх довго плутався між дерев і нарешті побачив будівлю: перед ним раптом виросла її темна силюета.

«Санаторійна зона?.. Чому ж тоді огнів нема?» І догадався: вже за дванадцята, бо не чути мотора електричної станції. Він стояв біля будівлі й не знав, куди йому йти. Кликати сестру не хотілось, і в ці хвилини йому було просто неприємно. Він навіть подумав з іронією: «а людина — людиною, це філософія сіренького дня: навіть великий біль стихає, коли підходить маленький, але ближче. Це філософія світової "кобилки": навіть геній, коли його вкусить несподівано блоха, враз забуває світові проблеми й думає тільки про маленьку блоху».

Нарешті анарх розібрав, де він стоїть. Це було біля сіновалу, що праворуч від центрального будинку. І скільки він простояв би тут — невідомо. Та раптом зареготав санаторійний дурень.

— Ги-ги!

Анарх підвів голову й тоді ж згадав, що саме тут і ночує дурень.

— Хомо, чуєш? — покликав він.

Але відповіді не було. Стихав дощ.

— Хомо, чуєш?

— А хто там такий? — обізвався нарешті дурень.

— Та це я, із шостої палати! — сказав анарх.

— О! Відкіля це вас понаносило!.. Та ще й на дощі! Оце!

Анарх розповів: так-то й так-то, мовляв: те то й те то, мовляв.

— Ну, то лізьте сюди! — сказав дурень. — Підсохнете. Гм... Оце!

Дурень стояв на виступі і також, як і в просвітянських драмах і комедіях забутих архівних авторів, також «чухав» традиційну потилицю, «чухав» під пахвою й патлату голову, і також архівно, до болю безглуздо, всміхався.

З дерев пахнуло сіном.

Анарх ізліз на сіновал і, коли ліг, почув млосний запах чебрецю: він був глибокий, мов мисль, і сухий. Так пахнуть і степові могили, і буйний травневий цвіт. «Так, мабуть, пахне й смерть» — чомусь подумав він.

А духмяні потоки чебрецю текли й текли.

— Котра зараз година?

Замість відповіді біля дурня хтось заворушив. Анарх здригнув.

— Хто це там із тобою? — спитав він, і раптом почув свій голос чужим.

— Я! — чітко відповіло з темного закутка.

І відразу він пізнав його: так, це був Карно. Звичайно, вони не будуть розпитувати один одного, як попали сюди. Але метранпаж заворушився й сказав невимушено, без усякої інтонації.

— Зараз перша. Тільки-но погасили. Душно в палаті. Виліз у вікно на повітря.

Потім помовчав і звернувся до дурня, очевидно, продовжуючи розмову:

— Ну, Хомо невірний, тепер віриш?

— Ги… ги…

Метранпаж наче забув про анарха. Він стільки наговорив тієї ночі, скільки він не сказав за ввесь час свого промешкання в санаторію. І анарх знав: це тому, що він тут. В кожнім його слові почувався виклик і образа. І після кожного монологу анарх нервово підсмикував плече. Це дурневе «ги-ги» нагадало йому дідків смішок на луках.

— Ну, Хомо невірний, — казав далі Карно, — ти думаєш, що ти живеш? Ні! Ти не живеш, а тільки жеврієш. Тебе, Хомо, нема. От нарочито полапай себе. Почуєш тіло, чи ні?

— Ги! ги! — сміявся дурень.

— Смієшся?.. Ну й смійся!.. А все-таки тебе, Хомо, нема! І от що інтересно: станеш ти, скажімо, в отару корів та коней, і хіба тебе можна відрізнити від них?.. Ні! Бо ти, Хомо, не Хома, а — віл.

— Ги! ги! — сміявся дурень.

— Ну да, — казав далі Карно. — А от як я стану серед своїх машин, то я, Хомо, все-таки — я. Ти не скажені, що мене нема. Словом я — метранпаж такої-то друкарні, такої-то профспілки і таке-то моє ім'я, і таке-то прізвище... Розумієш?

Тут, безперечно, була нещирість. Тут анарх зловив інтонацію сарказму. Це був справжній санаторійний метранпаж.

А потоки чебрецю затоплювали сіновал, і здавалось анархові, що вони пробивають йому мозок. Десь, ніби за тисячу верстов, дзвенів лікарів сетер. Раптом і санаторійну зону розстрілювали залпи. То лісовики лякали бандитів.

— А тепер візьмімо ще — говорив Карно. — Ти гадаєш, що тільки тебе нема? Ні! Те ж саме, скажімо, і з нашим санаторієм. Його теж нема. Віриш?

— Ги! ги!

— Знову смієшся?.. Ну, і смійся, Хомо невірний! А я тобі все-таки кажу — нема! Єсть тільки я, Карно (як хтось тут сміється: миша з одрубаним хвостом). Це, Хомо, як каже сестра Катря, — велика філософія. Треба тільки її зрозуміти... От, скажімо, утворюють люди собі якісь ідеали, б'ються за них, проливають кров, гинуть, нарешті, а того й не знають, що...

Метранпаж зупинився.

— Да... про що я? — казав він далі. — Про ідеали... От!.. Це дуже проста філософія. Її треба тільки зрозуміти. Образився тут на мене недавно Хлоня. Знаєш його?

— Ги! ги! — сміявся дурень.

— І образився, щоб ти знав, за те, що я його назвав Онаном. І слід було образитись, бо й справді він не Онан, а невидимий шахер-махер. Ти розумієш, яка тут різниця?.. Ну?

Анарх хотів був щось сказати, але несподівано пізнав, що язик йому паралізовано, і він покірно слухав Карно.

— Це зовсім не погромні промови, як мені сказали недавно — говорив далі Карно. — Але не в цім річ: під шахером-махером я розумію не тільки сконденсоване шахрайство з чорної біржі (ти спостерігав, як воно лякає наших м'якотілих інтеліґешок?), але й типів, подібних до Хлоні. Це ж мініатюрні чирячки на здоровому тілі. Це ж шапочки-невидимки.

— Ги! ги! — сміявся дурень.

— Смієшся? Ну, і смійся, Хомо невірний! Колись, через десять-двадцять років, я тобі й про Хлоню розкажу... А тепер іще про сконденсоване шахрайство з чорної біржі. Бо ж, подумай, це ж воно розбиває так звані «святі ідеали» відомих тобі осіб. Скажімо, утворюють люди собі якісь химери, б'ються за них, проливають кров, гинуть, нарешті, а того й не знають (тут я тобі договорю), що... це, можливо, все-таки не даремно. Віриш, Хомо невірний?.. Це велика філософія, і її треба тільки зрозуміти.

— Ги! Ги! — сміявся дурень.

— Так, можливо, не даремно, — сухо говорив метранпаж. — Треба тільки на момент пригадати дещо. Це ж «дещо» дає непереможні закони, і я гадаю — розумні. Бо нічого в природі, як у природі, дурного нема. Ти розумієш? Це велика філософія. І я, Карно, пізнав інтуїтивно мудрість цієї філософії. Я, наприклад, нічого не маю проти того, щоб перескочити ці непереможні закони. Але невдача на мене, скажу тобі, не впливає. Я просто чекаю тоді чергової надбавки до свого жалування або оголошую страйк, коли мене притиснуть. Я, власне, думаю про одно: мені треба жити й тим, що навкруги мене, теж треба жити. А оскільки життя є тваринна сутичка певних груп, я, звичайно, не забуваю й про революцію. Так то, Хомо невірний! Це дуже проста філософія...

— Ги! ги! — сміявся дурень.

— І я нікого не хочу чіпати, — говорив Карно. — За моєю філософією життя все одно є в'язниця, яку тільки треба обставити так, щоб у ній була канарейка й самовар… Ти не лякайся цього аксесуару. Самовар теж корисний, коли хочеться чаю, а канарейка частенько може замінити славетну симфонічну оркестру… коли грошей нема. Це, Хомо, дуже проста філософія.

Анарх довго й уважно слухав Карно і тільки коли той зупинився на декілька хвилин, він підвівся й пішов із сіновалу.

Він почував себе безсилим і розбитим. Він потребував зараз тихого закутка, де міг би лягти на койку, заплющити очі й завмерти.

Монологи Карно тепер не тільки не стривожили його, але й не заділи, хоч він і знав, що всю цю тираду спеціально для нього призначено.

Не здивувала його й шляхетна, хоч і розхристана будівля мови Карно.

Він і це прийняв як щось звичайне.

За кілька кроків од ґанку анарх скинувся: над санаторійною зоною ще розтявся постріл. Луна від нього пішла до ріки, зійшла на поверхню, піднялася вище й заглухла в лахміттях розстріляного неба.

На захід тяглися хмари.

XII

Біля центрального будинку він знову згадав, що, власне, не розбуркавши сестер, він не увійде в свою палату. Це його трохи збентежило. Але скоро його погляд упав на Катрине вікно. Там горів огонь.

Він підійшов до вікна й подивився: сестра Катря сиділа в стосах книжок і щось уважно перечитувала. Її тихі очі здивовано стежили за рядками. Вона сиділа в легкім капоті й була в нім, як дівчинка. Йому шкода було її тривожити, але безвихідне становище, в яке його поставила гроза, примусило потурбувати сестру Катрю. Він постукав у вікно й направився до Катриних дверей.

Вона зустріла його, як і завжди, ласкаво, хоч і здивувалася цій візиті. Коли анарх розказав їй, у чому справа, вона, не довго думаючи, положила на канапу подушку й запропонувала відпочити. Сестра Катря сказала, що анарх їй зовсім не пошкодить своєю присутністю, лиш би вона не пошкодила йому світлом своєї нафтової лямпочки: вона думає почитати години зо дві.

Анарх скинув пантофлі й ліг на канапу.

Сестра Катря зрідка поверталася до нього й говорила (вона, очевидно, читала в цей час щось із Геґеля), що їй, хоч і зрозуміла різниця між діалектикою Маркса й Геґеля, але її страшенно дивує: як міг Геґель говорити й доказувати, що все, що існує в абстракції і в матерії, є прояв і розвиток вічного абсолютного духу. Все ж вона рекомендує анархові прочитати його «Філософію релігії». Вона вважає це найкращою з його праць.

Бажаючи перевести розмову на іншу тему, він сказав:

— Так коли ж ви їдете?

— Скоро! Скоро вже! — сказала сестра Катря. — Знаєте, товаришу, я вірю, що там, десь на іншому місці, я нарешті найду заспокоєння.

Потім вона говорила, запалюючись, все на ту ж тему: про землю й людей. Вона мусить найти заспокоєння, бо вона хоче любити і землю, і людей. Вона поправляла свій чорненький бантик і малювала прекрасні картини майбутнього, бо вона вся в майбутньому. Але, з другого боку, вона не хоче залишати землю й її хресні муки.

І, можливо, під впливом її гарячих слів і останньої грози, анарх за півгодини до світанку підвівся з канапи й сів до столу. Очі йому горіли хоробливим блиском. Сестра Катря вже спала на своєму ліжку, схрестивши руки, наче і в сні вона віддавала себе на муку. За вікном стояла передранкова тиша. Тільки зрідка лісовики лякали бандитів та дзвенів лікарів сетер. Анарх узяв перо й написав:

«Люба сестро! Запахло снопами. Пам'ятаєш той шлях, де проходила наша юність? Пам'ятаєш той запашний поселок, де тополі летять до горизонту, до цукроварні. Але й тут запахло снопами. Скоро неспокійна Катря й метелик Майя відлетять відціля у вирій (далебі, здається, що вони на моїй невеселій зоні пернаті гості з синіх країн). Скоро відлетять у вирій. І тоді я буду самотній тут, серед степу, без людей. — Люба сестро! Та коли ж його зрізали? Що це: біль чи радість? І здається, що його зрізали так давно, ніби сто літ. — А втім, я, мабуть, не про жито — про юність на далеких зрізаних полях, про димок молодої інсурекції, про далекі вози, які так риплять, наче знову стоїш біля історичного поселку. — Люба сестро! Цього радісного болю ніхто не розуміє. Тільки той, хто знає це дике Лівобережжя, ці кошмарні махнівські тачанки по степах, цю куряву, що мчиться по східній азіятській магістралі. Тільки той, хто знає Запоріжжя, ріку Калку й тринадцятий вік. Це ж тут пройшла татарва із своїм геніальним полководцем Чінгіз-Ханом. — Я писав тобі: «Дивіться на схід!» І тепер пишу. Цей трагічний поклик, можливо, не найде Відголоску. Його не зрозуміють. Одні побачать у нім рупор Івана Каліти, другі — заклик до дикої азіятчини. — Але ж це не те й не друге. Перші помиляються, бо не знають Лівобережжя: воно ніколи спокійно не сиділо під могутньою рукою шовінізму; другі помиляються, бо дивляться на Азію, як на кубло тьми й забобонів. — Люба сестро! Це ж зовсім не так! Ми бачимо, що західня цивілізація гниє, і в ній гниє людськість. І ми знаємо: скоро прийде новий спаситель, і предтечею йому буде — Аттіла. Предтеча пройде з огнем і мечем м'ятежною грозою по ланах Европи, і тільки тоді (тільки тоді!) свіжі потоки прорвуть напружену атмосферу. — Це буде! Я не тільки вірю, але я й знаю! — «Дивіться на схід!» — І вся трагедія Лівобережжя та, що воно сміливо кинуло цей міжнародній клич... Коли ти будеш шукати тут елементів месіянізму, ти їх, звичайно, найдеш. — Але, ти ніколи не найдеш тут дерев'яно-калузької матушки або гопаківсько-шароваристої неньки. Ти найдеш тут Месію, і ім'я йому — майбутній анархізм. — Люба сестро! Колись на шведських могилах, там, де тікає прекрасне Ворскло, де Полтава, де цукроварні й одрізи, — там полки Петра розбили Мазепу. Але майбутній Аттіла (а він не за горами) повісить на гілляці двох; і то буде не тільки Мазепа, але й Петро. — Я згадую зараз своє дитинство й свою юність. І все переплелось: і заводський гудок, і Донеччина, і цигарки з кізяків, і голубоока мати, і Кузьма-халамидник. Я згадую цю милу копійку на рейку, щоб розплескало, і «Невеселе» за рікою, і потяг, що гримить у нетрях слобожанських борів. Я згадую столітні сосни і дороги, і квартали, межі по степах, і повстанчі загони... І я думаю: «що це?» — Люба сестро! Запахло снопами. Я знаю: і в тебе — теж. І на тебе наступають осінні дні. Ти будеш сидіти десь там, у глухому закутку республіки, в розруйнованій школі біля традиційної грубки, і слухати, як у бовдурі шаленіють вітри. Біля тебе буде — теж традиційний — сторож, і він буде запевняти тебе, що це не вітри виють, а домовик. Я знаю! — Ранком ти накинеш на свої плечі полатану хустку, підеш у нетоплену клясу й будеш учити дітей. Діти: «Хо-о-олодно!» А ти почуваєш, що тобі трохи мутить, бо я знаю: ти вчора нічого не їла. Де ж там: вже цілий рік тобі не платили грошей! Але як і заплатять, то невеликі ці гроші. Правда, твої карапети принесуть тобі того жита, яке зараз так пахне. Та я ж знаю: не дуже воно пахуче, коли його їси. І ще знаю: до жита треба й солі, а в тебе вже й жита нема. — І от, люба сестро, мені хочеться впасти перед тобою на коліна й заридати. Так заридати, щоб гримів цілий світ, щоб повстали всі океани, щоб розбити свою прокляту голову. А коли б я був малярем, то кожна рисочка, кожний мазок стікали б моєю кров'ю. І тоді б я залив, затопив у цій крові цю фатальну неминучу осінь. — Люба сестро! Я часто виходжу в степ і дивлюся: навкруги мене дикі поля й дика даль. Тоді я думаю про невеселе життя світової «кобилки», про її темні промерзлі закутки. І думаю: і все це — на просторах надзвичайної земної кулі. Тоді я хочу крикнути, як наш санаторійний дурень, задушеним криком: «О-о-о!» Тоді, сестро, я, безперечно, фанатик. Моя мисль летить. Я простягаю свої руки д'горі й падаю, умираю: — Sic transit gloria mundi*! Так. Не рушу! Я хочу бачити Месію світової «кобилки»! Я омию його тіло в своїй прозорій крові. Розірву груди. Розшматую серце. І побачу — надходить невідома голуба гроза. — Sic transit gloria mundi! — І в цей момент, люба сестро, я шаленію. Я забуваю все: і тебе, і Майю, і Катрю, і санаторійного дурня. Все це сплелося в один терновий вінок. Тоді я кладу цей терновий вінок на свою похилену голову і йду на Голготу. —

Але, сестро, книжники й фарисеї знову наздоганяють мій надзвичайний патос. Я чую вдари глуму й падаю, стікаючи кров'ю. Це бачу, мов крізь сон… — Але вперто й неухильно з терновим вінком на голові йду і йду на Голготу!»

Анарх положив перо на стіл і підвівся. В його очах стояв хоробливий блиск і якесь дитяче надхнення. Сестра Катря, все так схрестивши руки, лежала на ліжку й рівномірно дихала. Повз вікна йшла густа темрява. І тільки легкий і сто-

---

* *Sic transit gloria mundi! (лат.)* — так проминає земна слава!

рожкий шелест тополі, що шамотів крізь відчинене вікно, порушував тишу. Зрідка з дальніх міських перевалів долітали якісь неясні звуки й нагадували глухий розтрощений дзвін. Саме до них анарх і прислухався.

Зиркнувши на Катрине обличчя, він одчинив двері й вийшов на ґанок.

Після грози ходили по санаторійній зоні легкі вітерці. Але не було вже в них тієї теплоти, яка обгортала їх у кінці літа. Це вже були сіверкі вітерці, і вони нагадували осінь. Ясно було, що пройшла остання гроза, що літо проспівало вже свою лебедину пісню. По небу й тепер тяглися розірвані хмари, і була в них невимовна жура, що завжди нагадує провінціяльний глуш і пустельні базарні майдани під одноманітною мжичкою. Саме це й відчув він, зійшовши з ґанку. Він так переповнений був враженнями, що забув навіть зачинити двері, і залишив сестру Катрю під наступом сіверких вітерців. І досі стояв у його очах хоробливий блиск, і досі йому стукало в скронях. — Він ішов по доріжці саду й сам незчувся, як перейшов межі санаторійної зони. Він виходив на перелісок.

Ще розтялося кілька пострілів. Але анарх навіть не здригнув. Навкруги його було тільки одно: запах снопів, і цей запах стояв чимсь невимовним і печальним. Крім цього запаху, навкруги нічого не було: ні звуків, ні кольору, ні речей. І тільки коли він вийшов на поляну, згадав, що залишив Катрину квартиру відчиненою. Тоді він поспішно повернув до головного будинку.

Дерева розступались перед ним, ніби самі спішили дати йому дорогу. Зрідка налітав сіверкий вітерець, і тоді віти здригалися, і падали з них холодні росинки. Падали рясно, поспішно, раптово. Іноді крізь дерева пробивалася пляма голубого неба. Але в ту ж мить зникала: її знову обгортали сірі полотна розірваних хмар.

Коли анарх зійшов на бокову доріжку, він побачив у вікні сестри Катрі тінь. — «Трохи некрасиво, — подумав він, — потривожив дівчину». Але, згадавши про свій лист, що його залишив незапечатаним на столі, покривився. Йому неприємно було, що сестра Катря може прочитала його. І тоді ж він побачив, що тінь стояла, зігнувшись над столом.

...Але він уже знав, хто там. Коли анарх зійшов на ґанок, в дверях стояв метранпаж.

— Карно?

— Я! — просто сказав Карно й додав: — Треба зачиняти двері: так можна дівчину застудити.

— Але як ви сюди попали? — сказав анарх.

— Як? — і метранпаж усміхнувся. — Просто: ішов у свою палату, а по дорозі, як бачите, хотів зробити добре діло: двері зачинити дівчині.

Карно сказав і зник у темряві.

Анарх ускочив у кімнату. Лист лежав на столі. Сестра Катря й тепер рівно дихала. Очевидно, вона не прокидалась.

Анарх узяв листа, положив його в конверт і тремтячими руками заховав у кишеню.

XIII

Він прокинувся й здивовано подивився навкруги себе: фотелі, ліжко, канапа, на якій він лежав, — все це з першого погляду здалося йому через міру надзвичайним. І тільки коли він побачив на цвяшку одну з Катриних блюзок, що її сестра Катря, виходячи з кімнати, очевидно, не встигла сховати в корзину, — згадав ніч.

Вчора, положивши в кишеню листа до своєї сестри, він ліг на канапу й непомітно для себе заснув. Він це добре пам'ятає. Але що ж далі? Він дістав написаний ним лист і хутко пробіг по рядках. Виходить, що все те, що він згадує, — все це було. Анарх поспішно вийшов із кімнати й побрів до поштової скриньки. Він так нервувався, вкидаючи туди свого листа, ніби боявся, що щось пошкодить йому.

З півночі біг холодний вітерець. Енергійно наступав осінній день. Не вірилось, що тільки-но, декілька годин тому, над санаторійною зоною пройшла гроза. Ртуть падала. Стояла холодна ріка й холодні води. Зрідка накрапав дощ. Койки сьогодні не винесли в садок — розташували їх на веранді.

Коли анарх ліг на свою ліжницю й подивився на хорих, — побачив: обличчя всім були якісь сірі й скучні. Очевидно, нікого й ніщо сьогодні не цікавило. Навіть ніде не видно було книжок, що протягом цілого літа відогравали таку велику ролю в суперечках між хорими й сестрами.

— Слухайте! — почув анарх позад себе сухий голос.

Він повернувся й побачив Майю. Лягаючи на своє ліжко, він не помітив її.

— Що таке? — спитав він і подивився на дівчину. В ній уже зовсім пропала колишня бадьорість і тільки зрідка проривався тихий, негарний смішок.

— Пам'ятаєте (вона сказала не «пам'ятаєш», а «пам'ятаєте») той веселий день, коли я з вами востаннє зустрілася на командній висоті?

— Пам'ятаю... А що?

— От що: ви сказали тоді мені, що ви — хорий. Я вам не повірила. Тепер вірю.

— Дуже радий! — кинув анарх і подивився навкруги; навкруги було так сіро й скучно, що в нім у ці хвилини не прокинулось жодної мислі. Навіть зиркнувши якось на дальню койку й побачивши на ній Карно, він тільки й подумав, що метранпаж сьогодні зовсім не такий, яким він бачив його вчора. Що ж до того, чи справді Карно був учора з ним, чи то просто була примара, то він навіть не поцікавився. Наступив момент цілковитої апатії. Анарх і справді попав у якесь зачароване коло: ішла апатія, за нею тривога й манія переслідy, причини якої він і досі не міг розгадати, і нарешті проривалося життя. Останній момент зінову зміняла апатія, і так без кінця.

— Вашій хоробі я тепер вірю, — сказала Майя. — Бо не тільки я, — можливо, і багато з нас захоріло на цю хоробу. Але нашій хоробі ім'я не гістерія, а... Як би це м'якіш сказати... А... entre chien et loup*. Бо ж подивіться: я завжди погоджувалася з тим твердженням, що ми надто гнучке тіло. Я знаю, що ми служимо тільки тій клясі, яка — власть. Але...

— Але ви, мабуть, трохи не погоджуєтесь?

— Ні! — різко сказала вона. — Я цілком погоджуюсь. Я сама належу до тих, про кого говорю, і добре знаю породу цих людей. Але я мушу визнати, що починаю зневажати цей крам. І не на словах, як це часто буває з нами, а щиро, на ділі. Ви подумайте: все ж таки ми колись давали гідних поваги людей. Був час, коли з нашого осередку виходили безгрішні апостоли й святі проповідники. Варт пригадати, хоч би минуле століття й початок нашого. А тепер?.. Тепер я сама собі не вірю. Мені здається іноді, що й я здібна на ту гидоту, без якої тепер не може жити названа порода. Подивіться хоч би на всіх тих, що тікали за кордон і відтіля паплюжили республіку. З якою солоденькою усмішкою плазують вони на задніх лапках. Де їхнє почуття своєї людської гідности? Це ж кошмар!.. Але не одні ці. Хіба ті, що живуть тут, хіба вони не являються крамом? Тепер кожний бувший велетень не більше, як паршивенький інтеліґентішка, міщанин, сволоч, який нахабно дере кирпу й ще нахабніш заявляє «ми». Себто «ми», не ті, що пахали (це між іншим), а «ми» — власть!.. Зі мною було вже багато випадків, коли я таких-о артистів приймала за партійців. Він так упевнено говорить «ми», що ви ніколи не подумаєте інакше. Знаєте, це до болю противно! Саме в цьому я й бачу розклад вершків нашого суспільства.

— Я чув, що це — непогано, — знову в'яло сказав анарх.

— Або подивіться, — продовжувала Майя, не зважаючи на репліку. — Загляньте в магазини де продається марксівська література... Звичайно, за велике завоювання можна вважати той факт, що наші вороги читають те, що ми хочемо. Але ж гидко дивитись, коли вся ця продажна сволоч

---

* Французький вираз *Entre chien et loup* буквально перекладається: «між собакою і вовком» (у фр. мові цей метафоричний вислів означає сутінки).

навалюється на нашу книгу й пожирає її, майже давиться, пожираючи її. А для чого це? Щоб скоріше сказати «ми».

Анарх слухав ці їдкі слова й несподівано відчув, як у нім заворушилось щось подібне до злоби. Він повернувся й сказав:

— Це закон Дарвіна: боротьба за існування!

Майя зневажливо подивилась на нього й знову перевела свій погляд на койку.

— І це розумію, — сказала вона. — Але все-таки людина повинна чимось різнитись від гадини. І та бореться за існування. Де ж людська чистоплотність?.. І коли хочете щирого признання, я скажу: мені буває соромно до сліз за цей продажний крам.

Вона змовкла й одвернулась. Анарх байдуже подивився на неї, прикрив ковдрою подушку і, раптом підвівшись, мовчки пішов на проселочну дорогу. В їдальні він побачив за невеличким столом нервово хору, що кожного дня заносила щось у свій щоденник.

> Їдкі розмови входять у систему, — писала, між іншим у своєму щоденнику хора. — Навіть Унікум і — психопат — і ті почувають потребу висловити свою незадоволеність. «Знову лікарський смотр?» — говорить Унікум. «Тнову лікаткий тмот», — подає дідок. — І тоді ж вияснилося: це просто комедія! Головний лікар запише зарані, кого треба виписати, а консиліюм лікарів — просто так, для блізиру. В цім певні і Унікум, і психопат, і інші. І вони перекидаються отруйними фразами. Як же, мовляв, відціля треба зробити висновок: залицяйся до головного лікаря. Відціля, безперечно, і так званий протекціонізм. І Унікум певна, що тут мусить усе змішатися: і партійні, і безпартійні, і анархи, і радбури, і комбури. А коли змішається, тоді вияснится: нас давить протекціонізм, ми загрузли в протекціонізмі. І тому завтра треба обов'язково побачити головного лікаря й зробити йому «глазки». — Але що ж буде робити другий пол?

— питав психопат. — «Це залежить від його таланту,

— ядовито кидала Унікум і продовжувала, вивертаючи гладкий торс: — А завтра не головний лікар, а прийдуть черевички з губздраву. Подивляться вони на санаторій, покуштують мороженого, покрутять носом і скажуть: «Нам цей санаторій не подобається. Значить, ми поїдемо в Крим. Будь ласка, передайте цю записку секретареві губздраву». І улетить. Тоді санаторій, коли він не дурень, мусить зробити так: написати записку й до першої записки, приложивши цю записку, приложити й камінь, що ним чистять нігті, який теж залишили черевички. А в записці оце: «Посилаємо секретареві губздраву манікюрний камінь і записку, яку залишили черевички. Просимо від себе послати її в Крим. Гадаємо, що це для держави не буде накладно, бо одна людина все одно багато не з'їсть». Оце і все. І це буде сучасна притча про камінь для нігтів, про секретаря губздраву й про черевички, які поїхали в Крим. «Буде» — кричить хтось із своєї койки. «Чи не в Карно ти навчився так язвити?» — «У нього, друже, у нього!» — відповідала Унікум. — «Воно то так, та...» — «Чого ж ти не договорюєш»? — каже Майя. — «Я за тебе договорю. Воно то так, та треба тобі, Унікум, не забувати й тієї байки, де говориться: "чем кумушек считать..." Ну, словом, ти знаєш!» — І тоді вияснилося, що Майя — хамка. Унікум підбігала до неї й дробила: «Я не розумію, що ти із себе корчиш! В тебе, мабуть, ущекнене самолюбство? Да? Кажи!» — Майя не відповідала й виходила з палати...

За кілька хвилин анарх зійшов на путівець. Він ішов по проселочній дорозі й уважно розглядав стеблину на руці, що на ній завмер мініатюрний шашель. Із-за ріки й тепер гулом темної міді крокували дзвіниці. Будинки то вибігали із змарнілої зелені, то виринали, то знову потопали в ній. Дороги й роздоріжжя відходили по кварталах у німу даль. Було зовсім сіро й скучно. І не вірилось, що колись тут, на цій доріжці, видно було, як боковий шлях вилітав із багряної тирси (клекотіло сонце), а другий шлях — від Ґралтайських Меж. Шляхи злітались, зливались і йшли до лісової будки. На ці шляхи часто виходив анарх і дивився на місто. Але місто завжди було таке ж незрозуміле, як і корейський божок. Саме на цей боковий шлях, що біля експериментальної ферми, увечері дівчата йшли з оранжерей і співали пісень у бузковий захід. Це були пісні журні, починалися вони з «гори високої» й кінчалися тим, що «молодість не вернеться». Тоді експериментальна ферма відлітала від санаторійної зони на неможливі гони. Але зате вранці кипіла тут радість. Коли падали роси й шумів ядерно світловій, тоді на дахи експериментальної ферми падали каміння всіх спектральних віт. То розсипалася корона землі — сонце.

Анарх ішов навмання й тільки тоді зупинився, коли з-за перевалу прозвучало соковите контральто. Він підвів голову й побачив: повз нього, направляючись із города, пролетів фаетон. Тоді він раптом скинувся: куди й чого він іде?

Він круто повернув і пішов до санаторійної зони.

XIV

Надходив листяний шум. Хилилися жовті безсилі дерева. Падало листя, а на десятинах міської в'язниці мертво лежала осіння прозора далечінь.

Надходила осінь. І всюди, і на кожнім із хорих почувалась вона. Майю ніхто вже не наважився б назвати легковажною дівчиною. Її не пізнавали. Вона схудла, змарніла й за черговий тиждень не тільки нічого не взяла, але й загубила декілька фунтів. Годинами вона лежала в своїй палаті і вже не виносила своєї койки на веранду.

Анарх не виходив із палати й годинами дивився то на одну, то на другу з чотирьох стін. Але частіш він спирався поглядом у стелю: вона чомусь нагадувала йому туманний день і його перший сніг. Сірий колір проточувався крізь вікно й похмурів, як сам присмерк. У цім була не то розгубленість, не то тоска, не то просто нудна мовчанка. Це, нарешті, була не кімната, а якась сувора пустеля.

Тільки ординатор і досі ходив у травневім костюмі. Але, коли й він заходив в анархову кімнату й зупинявся біля порога — суворий і холодний, — анарх і від нього відвертався, бо і в цім травневім костюмі стояла осінь.

Що ж до Хлоні, то він остаточно поринув у меланхолію. За ним із призначення ординатора стежили тепер, не відходячи, дві сестри. Тим же сестрам наказано було доглядати й Майю. Одного дня вона підійшла до ординатора з проханням відпустити її в город на декілька годин, і, коли їй той не дозволив, вона «закатала» гістерику. Доктор так розгубився, що забув навіть зміряти їй температуру. Сестра Катря мусила розбуркати Майю вночі й поставити їй термометр.

Проте й сестра Катря була сама не своя: вона напружено чекала відкомандировки. Щоб трохи забутись, вона просиджувала цілі ночі за книгою і, заснувши вранці, раптом прокидалась і перелякано дивилась навкруги себе. Перед нею росла темна стіна, і здавалось їй, що на неї наступають якісь важкі незрозумілі квартали. Саме квартали, як щось абстрактне й непереможне. І ці квартали полосували невідомі лінії на безкраїх полях і відходили в сірий дим безвісти.

Надходила осінь. В городі її ще не бачили. Мотори й димарі випускали натовпи диму й закривали небо. На вулицях пахло бензолом. А тут у кожнім ледве помітнім шелесті мініатюрного листочка відчувався осінній переліт. Дерева все глибше вгрузали в червоне золото й стояли в надмірній задумі. На перевалі рипів ясень: його підрізали бандити. Надходили листяні симфонії й затоплювали ліс. Надходив золотий потоп.

Зрідка вибігали з поляни кучеряві дерева, перелякано озирались і зупинялися. Але не було виходу з цього золотого потопу: і експериментальна ферма, і санаторійна зона, і перевали, і межі — все поринало в нім.

Ішла мудрість глухого часу, і анарх знову збентежено дивився в сіру стелю. Він зрідка виходив на доріжку, там озирався навкруги й прислухався до шамотіння: то листя злітало з дерев.

А осінь усе глибше й глибше заходила в колодязь часу. Вже не горів капусник: його зрізали. Іноді поринав у багрянцях захід, і тоді чекали шалених вітрів. Але й вітри не йшли, ніби й вони боялись потривожити цю мовчазну осінню елегію. Санаторійна зона, її будівлі і конторський пляц, і яблуневий глуш — все чутко прислухалось до золотого потопу. І думав анарх, що от-от вибіжить із яру розпатлана темна розпука, розкине руки, впаде на голу вбогу землю й гістерично заридає. Іноді він бачив її: от вона лежить, от стихає її плач, вона мовчки підводиться, дивиться синіми очима в даль і, траурна, нечутно зникає за перевалом.

Надходила осінь. В городі, безперечно, про неї нічого не знали, а тут вона почувалась і в миготінні сухих зір, і в зажурі невеселих доріжок, що плутались і стурбовані відступали в нетрі сторожкого лісу. Дикий малинник відлетів до ріки й самотній стояв під тихим бірюзовим небосхилом. Ріка мовчала. Зрідка над санаторійною зоною чули задушений крик пернатого царства. То по довгій лінії птиці перелітали загоризонтні межі. Ранком на порожній пустелі покинутого поля сідали важкі дрохви, стрепети. І тоді ж ріка приймала в свої води перелітні зграї птиць. То були — крякви, чирки, нирці, шилохвости, турпани. — І ці туди, на далеку лінію, у вирій. Туди плавко линула і ріка, і сторожкий човен, і потяг, що вилітав із промислового центру й шалено нісся в золотий потоп. Місячної ночі, коли тихо коливались осінні хвилі й бриніли вогкі вітри, човен стояв одинокою забутою примарою. Але і в мовчазності ріки була та ж сама невимовна самотність. Іноді стрепети раптом підводились із порожньої пустелі покинутого поля й різали ріку своїм важким польотом.

Надходила осінь. Вночі пахло жовтим диким воском. І тоді простори буйної неспокійної республіки плутались по темних шляхах, бігли до моря й прислухались до шелесту похилої тирси. Саме тоді й пахло незносним диким воском. — Але золотий потоп плинув далі й далі. І вже затоплював він і каганцеві закинуті оселі. — В далині миготів город. На оазі великого степу маячіли люкси своїми холодними вогнями. І на світанку анарх бачив: до города бредуть стрункі тополі. І думав: «Чи це не пілігрими з далекого краю?» І здавалось анархові, що він стоїть серед забутої Аравії. А там, де город, — зовсім надзвичайна крапка: там — Ель-Харам, Кааба й таємний чорний камінь. Анарх несвідомо, в якомусь півсні, шепотів: «Куди, пілігрими?..»

Надходила осінь. І знову незносно пахло жовтим диким воском, і самотньо виглядала веранда санаторійної зони. Тільки калинники цвіли ще гарячим цвітом. І чути було, як за рікою кричить санаторійний дурень своє незрозуміле «о».

Санаторій потроху вилюднявся. Уїхав один, другий, третій, нарешті почали готуватись до від'їзду Майя, Унікум і т. д.

Між анархом і Майєю остаточно пробігла чорна кішка. Тепер їх рідко можна було зустріти вдвох. Декого це почало навіть дивувати: «Що таке? Чому це вони стороняться одне одного?» Зате з Хлонею анарх тепер майже не розлучався. Ті своєрідні фантоми, що ними завжди жив юнак, анархові потрібні були тепер, як саме повітря.

Хлоня сідав на ліжко й говорив:

— І от я йду кудись у поле, і я думаю: «скучно». І я думаю, що моя епоха, як та прекрасна незнайомка, вискочила, схопила мене в обійми, затуманила мій мозок і раптом зникла. Я метнувся: де вона?.. Але її вже нема!

— Так, — машинально повторював за Хлонею анарх.

— Так! Нема! — казав далі Хлоня й задумувався. — А то, буває, здається, що цю незнайомку давить хтось своїми брудними руками. Я схоплююсь. Я горю ввесь. Я спішу їй на допомогу. Але підбігаю до проклятого місця й бачу — знову нічого нема!

— Так! — машинально повторював за Хлонею анарх.

І в таких розмовах вони часто просиджували цілі вечори. Їм ніхто не перешкоджував: два хорих виїхало, а метранпажа знову перевели на своє місце.

Для решти хорих залишилась одна тема: розмова про тих, кого виписували. І було великою несподіванкою, коли одного хмарного дня на санаторійній зоні зчинився енергійний гамір.

Прозвучав розбитий черепок міді: кликали на обід. Хорі мляво підводились із койок і сідали за стіл.

Раптом підвелась Майя і спитала:

— Хто вчора ввечері сидів за моїм столом?

Хто ж сидів? Ніхто нічого не знає! Для чого це їй? Вчора сиділа вона, а пізніш, здається, анарх.

Майя нервово підкинула плече й мало не скрикнула:

— Я питаю вас: хто сидів за моїм столом?

Дехто навіть підвівся: чого їй треба? Тоді Майя вискочила з-за столу й розридалась. До неї підбігли й стали її заспокоювати. Їй подавали вже стакан із водою, але Майїні ридання переходили в якісь гістеричні викрики. І тільки, коли прибіг ординатор, хорі нарешті догадалися підійти до Майїного столу. Там вирізано було ножем це: «Майя є... (нецензурне слово)... з анархом». Літери були великі, і фраза зайняла всю площину стола.

Всі занервувались. Навіть миршавий дідок не посмів увернути цинічної фрази.

Але хто ж це міг зробити? Це ж чорт знає що! Мужчини суєтилися біля столу й радились, як найти негідника. Припущень було багато. Вчора тут сидів анарх. Але не міг же він зробити таку гидоту. Навіщо йому компромітувати і себе, і Майю? Ніхто не здібний був на таку низість, крім дідка й Карно. Але ж ні того, ні другого (це всі добре знають) вчора тут не було. Дідок суєтився й клявся, що він цього ніколи б не зробив. Йому вірили. Вірили проте й тому, що й Карно не був тут (Карно, між іншим, не знав, кого взяли на підозріння). Останнього часу метранпаж вів себе досить порядно, і було б несправедливим думати на нього. Звичайно, тільки від Карно можна було чекати такого стилю. Але ж із-за цього не можна обвинувачувати людину.

Майя того ж дня не обідала, хоч і зрізали парканну фразу. Вона була так схвильована, що після того декілька днів не виходила з палати.

Щодо анарха, то з ним із цього часу й справді скоїлось щось неладне. Коли йому говорили про цю історію (анарх тоді не був за столом), він якось розгублено дивився на оповідачів. Нарешті хорі почали перешіптуватись і запевняти один одного, що цю похабщину саме анарх і написав. Тільки сестра Катря, коли їй говорили про це, хвилювалася й кидала:

— Не смійте казати так!

XV

Звичайно, підозріння на анарха впало помилково. Причиною його розгублености були листи, які він одержав того ж дня, коли з Майєю була гістерика.

Стояло похмуре небо й мовчазні поля. Над санаторійною зоною стояв клекіт перелітних птиць: вони летіли у вирій. Тоді з проселочної дороги виринула поштова дрижула, і скоро чергова сестра розносила по палатах листи. Цією ж поштою анарх і одержав кореспонденцію. Один лист був відповіддю сестри на його поетичний вибух у Катринім помешканні. Другий — анонімний. Анархова сестра писала це:

> «Любий брате! Тільки-но одержала твою писульку й спішу відповісти. Брате! Що з тобою? Відкіля ця екзальтація? Ти ж, здається, ліквідував її? Відкіля

ці Чінгіз-Хани, запахи снопів, голубі грози, Голгота та інша «дребедень»? Я боюсь за тебе: так ти знову загрузнеш у болоті. Невже ти не уявляєш собі, що ця патетика і є той дурацький ковпак, який носили й носять наші доморощені бунтарі — за твоїм виразом — із гопаківсько-шароваристої просвіти. Скоріш поклич свій розум, інакше буде пізно. Лист, як бачиш, попав не по адресі, бо з того часу, як ми бачились з тобою, я, брате, виросла порядком. Не можу сказати, щоб я розлюбила свій народ (між іншим, ця струнка, як ти її не ховаєш за красивими й туманними словами, ввесь час почувається, бо ввесь час бринить у кожнім твоїм слові). Отже, не можу сказати, щоб я розлюбила свій народ. І от чому: я твердо знаю, що щастя моєї нації, її відродження можливе лише через індустріялізацію країни. Відціля — через оптимізм. Між іншим: це зовсім не те, що ти можеш подумати. Щастя я уявляю собі не тим химерним абсолютом, що до нього прагне інша категорія оптимістів, щастя я собі уявляю цілком реальним досягненням. Отже, мій оптимізм не перейде в безпардонну тоску. — Так то, брате! Тільки оптимізм! А на все інше я плюю з тієї командної висоти, про яку ти мені колись писав. І в першу чергу я плюю на слинявих нитиків та інших «символістів». — Скажу тобі щиро: те, що ти написав мені в своєму останньому листі, пишуть гімназисти п'ятої кляси в своїх меланхолійних щоденниках. Я гадала, що ти тепер серйозніший. Де ж твій европеїзм, з яким ти носився колись? Це ж, брате, так далеко від Европи, як сучасним поетам і белетристам від літератури (між іншим: — Слюнтяї! Нахали! Порнографісти! Онанітики! — і головно — невежди! Їм би не в журналах друкуватися, а сидіти під спідницею матері й ковиряти пальцем у роті та вчитися абетки. Як будеш у городі, передай такі ж компліменти й тим ідіотам, що їх друкують і переводять на них народні гроші). Отже, питаю: де твій европеїзм? Це ж, що ти мені написав, є безпардонна психологічна просвітянщина! Хоч ти мені й пишеш про малярство, але я дуже задоволена, що ти ніякого відношення не маєш до нього. Ти був би не малярем, а — пробач за вираз — дешевим фуріозо! — Так то, брате! пора вже знати, де раки зимують. Це цілком серйозно! І я дивуюся, як міг ти так низько впасти. Я тебе таким все-таки не уявляла. До побачення. Твоя Клавдія».

Анарх прочитав листа і положив його на стіл. Різка відповідь не дуже його схвилювала. Він знав добре сестру й міг чекати цього від неї. Тоді він розірвав другий конверт і витяг відтіля брудний папір. Тут було написано це:

«Ясновельможному панові анархові. — Дорогий і шановний революціонере! Я гадаю, що звернувся до вас у свій час. Добре знаючи ваше непевне становище, спішу із своїм слушним листом. — Дорогий товаришу революціонере! Та пригода, що я для вас невідомий, що я для вас тільки загадкова особа, яка сховалася під анонімкою, — можливо, ця пригода на момент затуманить вам мозок, і ви подумаєте: «нісенітниця!» Але я певний: це не надовго. Ви скоро найдете себе й зробите те, що я вам пораджу. — Так слухайте ж, ясновельможний і дорогий революціонере! Це було, здається, на провесні нової героїчної ери. Саме в цей час у канцелярії якогось безбарвного губздраву метушився якийсь каплоухий секретар. І до цього секретаря брели натовпи людей дістати авдієнції: їм треба було попасти на ремонт. Мільйони, більйони, трильйони машиністок та інших «співчуваючих» державних діячів невимушено підкреслювали геніяльного Маркса та геніальну революцію. Проте, тоді вже поганої хуртовини не було, а була прекрасна хуртовина під соусом дикого шовінізму та порнографії. Тоді по оселях ходили трубадури й надхненно співали про педерастію, гнилу проституцію й національний месіянізм. І це м'яко називалося утилізацією Маркса. — І от тоді метранпаж такої то друкарні, такої то профспілки прийшов від консиліюму лікарів до губздраву й підійшов до машиністки. Ця ж, остання, допіру в секретарськім кабінеті розв'язала з секретарем полову проблему в світлі «співчуваючої етики», здається, на канапі. І, здається, у неї горіли не то вуха, не то шия. — Метранпаж сказав, щоб його направили в санаторій, і подав від консиліюму лікарів посвідчення. Машиністка сказала, щоб він звернувся до другої машиністки, але п'ята послала до шостої. Тоді метранпаж пішов до секретаря. — «На ремонт?» — спитав його секретар. — «На ремонт» — відважно відповів метранпаж. Тоді секретар сказав, щоб метранпаж прийшов завтра. А через місяць сказав: «Прийдіть у четвер». — Оце поки що і все, дорогий і ясновельможний революціонере! — Тепер запитання: як рішити цей ребус — чи варт було метранпажеві домагатися санаторія, чи ні? Я гадаю, що ні, бо де ж тоді будете сидіти ви, ясновельможний анарху! — Проте, метранпаж пспав таки в санаторій. І от він дивиться: санаторій стоїть над рікою. І от він бачить: це один із тих, що там на проселочній дорозі, де починаються степи, де колись глушили час джентлмени з города (звичайно, з проститутками, з коньяком, шампанським, з бенедиктином, з лікером: creme de vanille, creme de cafe, creme de the, кюрасо і кюрасо з цитрон-меліс, шартрез), де били верцадла, щоб бити… — Але кожна держава має свою термінологію, і санаторій теж. Отже, мертва лежанка — це та, що після обіду. Але для чого живуть під псевдонімом — невідомо! Наприклад, Майя. Це, здається, з індійських поем «Рамаяна» — богиня ілюзії... Ну, хіба ж таки можна назвати таким ім'ям недорізане порося? — Так то, дорогий революціонере! Коли метранпаж говорив із секретарем, вийшла помилка. Секретар зовсім не припускав, що цей метранпаж уміє думати й зовсім не з тих — à la бидло. Секретар зовсім не припускав, що метранпаж бачив, як у його канцелярії метушиться добродій, ім'я якому — натюрморт. — А втім, цього листа пишу не я, а мій дружок, що конспіративно ходить до мене. Це, між іншим, дуже оригінальна особа: він нічим не уступає вам. Це, так би мовити, ваш двійник, різниця між вами тільки та, що мій дружок має інший темперамент, а, можливо, його просто вкусила осіння муха. Проте він усе таки — не ви. Зараз ця конспіративна особа відограє в житті ролю провінціяльного мефістофеля. Я гадаю: ця тимчасова посада до деякої міри має рацію на існування. — Але, дорогий революціонере! не подумайте, Боже спаси, що цей величезний вступ (може більший від самого листа) не має ніякого відношення до того, що я вам зараз скажу. Про цей вступ ви не маєте права забувати (а ви, здається, забули, так-то, мій прекрасний революціонере!) Але раніш, ніж дати обіцяну пораду, я вам дам декілька нескромних запитань. Скажіть, будь ласка, хто це там у вашому санаторії живе милістю «власть імущих»? Хто там у вас переціню́є вартості ради свого прекрасного шлунку? — О, ясновельможний революціонере! Дозвольте його поздравити! Певно, розум повинен керувати почуттям. Що толку з гарячковосте, коли, припустім, «проти рожна не попрьош». Правда? — І ваш перецінець вартостей, очевидно, добре засвоїв собі мудру формулу: «проти рожна не попрьош». Це робить йому честь і показує, що він не з тих парвеню, які пильнують вискочити з свого природного оточення. Це робить йому честь.

Як же: він тепер, слава Богу, живий і здоровий, чого й нам бажає від Господа Бога. Він нарешті зрозумів, що всі його утопії є плід його недозрілого розуму. І правда, які можуть бути утопії у відсталій економічно й політично країні? Це ж тільки імпресіоніст Бакунін міг мріяти про всесвітній бунт. — Так то, шановний революціонере! Я віддаю честь вашому перецінцеві вартостей за те, що він переборов авторитети і живе своїм власним розумом. Він нарешті зійшов на широкий шлях, і перед ним замаячіли рожеві перспективи. Це вже не утопія, а те реальне, чого ми багато віків чекали. Я вітаю його від усієї душі... — Але я бачу, що знову відійшов у бік. Треба ж, нарешті, сказати, що я раджу, бо ж для цього, власне, і лист писано. Я вам раджу: жити, читати газети, журнали «Огоньок» тощо, любуватися прекрасними краєвидами з командної висоти, «кушати» борщ, котлети й т. п. От вам моя порада. Тільки попереджаю: ніколи не згадуйте свого минулого, в противнім разі ви щось надумаєте. Що ви надумаєте, я, звичайно, знаю. Але я вам про це не скажу. Цілую ваші уста й бажаю цього: хай вам присниться сьогодні запашний апельсин. Ваш і т. д. Підпису не ставлю, бо все одно догадаєтесь, хто вам пише».

Анарх ледве дочитав цей нервовий, розкиданий і нескладний лист. Похитуючись, він пішов до палати. І коли б хто-небудь побачив його в цей час, він, безперечно, здивувався б. Анарх був блідий, якось через міру зігнувся і йшов по коридору, мов п'яний. В цей час у нього не було ні мислі, ні бажань, ніби все це перейшло в стан атрофії. Автор анонімного листа не тільки не ховав себе, але й всюди випирав свою особу, всюди підкреслював її. — А втім, анарх про це не думав тоді. Він бачив тільки сірі стіни своєї палати, в яких стояла осінь, по яких ходили, проточившись крізь вікно, тіні сіверких вітерців із дальнього заріччя. Тільки це — більш нічого.

Того дня падала ртуть. І того ж дня анарх пізнав новий приступ душевної кризи. Мав бути остаточний перелім. Можливо, цей лист тільки прискорив його. До того ж і обставини складувались так, що він не почув за цей час жодного бадьорого слова. Власне, раніш його розважала тільки Майя. Тепер же з Майєю творилося щось надто неладне. Тільки сестра та Хлоня не покидали його. Але розмови з останніми ні в якім разі не могли його розважити. Хлоня остаточно поринув у зажуру. А сестра Катря хоч і заспокоювала своїми чарівними жестами степової дівчини, але й вона була втіленою нудьгою.

Анарх був цілком самотній.

Сестра Катря декілька разів поривалася цього дня розпитати анарха про листи. Вона помітила, що саме з цього моменту він через міру знітився. Але сестра Катря боялась далеко залазити в анархове інтимне життя.

Того ж дня, коли падала ртуть, коли знову, ніби за тисячу верстов, дзвенів лікарів сетер, а над санаторійною зоною йшли отари осінніх важких хмар, анарх почув якийсь шум біля веранди.

XVI

Стояв матовий дощовитий день. За рікою й далі брели важкі тумани. Анарх зійшов із ґанку й став біля клюмби. І тоді ж до веранди підійшов санаторійний комендант. Він попередив хорих, щоб вони не хвилювались, коли почують постріли. Скоро з туману виринули стрільці: вони мешкали на санаторійній зоні для охорони майна.

Комендант розпитував хорих про ту людину, що стояла біля сараю й ніби когось вичікувала. Чи не знає хто-небудь, хто він такий? Чи нема в кого такого знайомого? Комендант бачить цю людину в кепі вже більше двох годин. Кепі то біля кухні вештається, то блукає чогось по доріжках.

— Це, може, ваш знайомий? — звернувся комендант до Карно.

— Мій? — кинув метранпаж. — Ви, очевидно, до мого знайомого ще не придивились.

Потім Карно казав, що його знайомий цілком доросла людина, а цей — не більше, як хлоп'я. Це просто помилка приймати цього кепі за його друга.

— Так? — спитав комендант.

— Так! — кинув Карно.

Ага! Тоді буде полювання за кепі. Комендант певний, що це ракло. Злодій просто вичікує випадку, щоб зірвати з койок застилкове приладдя.

Стрільці стали напоготові. І скоро почалось полювання за кепі. Розтялось декілька пострілів, і в тумані заметушились постаті. Але раптом усе змовкло, і тільки чути було, як по даху одноманітно відбиває дрібний дощ. Очевидно, стрільці зловили кепі й ведуть його до комендантської.

Скоро з туману виринув натовп, і люди підійшли до веранди. Кепі розгублено дивився на хорих і раз-у-раз озирався. Мовляв, у чому справа? Чому за ним стежать? Він же тільки звичайний обиватель, що шпацірує за городом! Крім того, він недоросла людина: йому всього п'ятнадцять років. Його мусять негайно відпустити, бо його на дорозі чекає мама: він шпацірує з мамою!

Ніхто, звичайно, не вірив кепі, бо ж він має надто виснажений вигляд. Кепі надто обірваний, він просто хижак, ракло. Хіба не видно, як у нього очі бігають? Кепі треба негайно вирядити в міліцію: хай там виясняють, хто він такий!

Але кепі хвилювався:

— Почекайте! Яке ви маєте право?

— А таке маємо право… — І комендант смикнув кепі за руку.

— Почекайте! Ви, як бандити, напали на мене! Я обиватель із города!

Але хто наважиться повірити цьому? Кепі, безперечно, злодій! Це всі бачать, не тільки комендант. Кепі негайно треба вирядити в міліцію.

— Почекайте! — кричав той. — Нате мій пашпорт! Я — обиватель Карасик!

Що таке? Пашпорт? Ну, добре! Комендант візьме. Комендант прочитає голосно! Але це не міняє справи... — Ага,

Абрум Карасик... Але це що?.. Відкіля це?.. З біржі?.. Кепі безробітний?.. Ну, тоді всі розуміють. Він, безперечно, злодій, і він напевно хотів зірвати застилкове приладдя.

За цей час туман розплився, і над санаторієм повисла осіння бездонна голубінь. Раптом спалахнули мовчазні трильйони голубого неба, і тільки темна полоска стояла на обрії: туман відпливав на утопічнім аеро. Анарх подивився на захід: у порожнечі земної атмосфери над городом стояла гігантська повітряна куля — обсерваторія. Над аеродромом постав клекіт: то, мабуть, зірвався «Юнкере». Із сходу в безвість бігли пір'їнні пасмуги.

Анарх зійшов на доріжку й пішов туди, де стояв натовп. Кепі пручався й не хотів іти до комендантської. Мусили взяти його під руки й тягти. Але кепі рвонувся й вислизнув із рук. Тоді один стрілець підскочив до нього й розмахнувся:

— Ге-е-ех!

Удар був глухий — в спину.

Але в той же час другий удар у голову звалив стрільця з ніг: серед натовпу стояв блідий анарх, і на обличчі йому грала якась усмішка мало не з тваринним відтінком радости, наче цю сутичку саме для нього й розіграно.

Збитий із ніг стрілець підвівся й збентежено подивився на свого несподіваного ворога. Але й усі хорі також здивовано дивились на анарха. В перші хвилини всі розгубились. І тільки за якийсь час комендант зробив страшне обличчя й підскочив до кепі. Анарх і його відкинув сильним жестом на крок.

— Ну?

Голос анархові був надтріснутий, гістеричний. В такі моменти виривається цілий потік слів, що за них ніколи не можна взяти відповідальности. Але анархові в цю мить вирвалось «ну».

Натовп мовчав, мовчав і анарх. І тільки коли над санаторійною зоною показався «Юнкере», анарх узяв за руку кепі й повів його через конторський пляц на шосе. Ніхто з хорих не рухнувся. Тільки комендант крикнув анархові вслід, що він подасть рапорт на нього до головного лікаря.

Коли анарх вивів кепі на дорогу, побачив: недалеко стояла мініатюрна фігурка. То, очевидно, була мама кепі. Отже, кепі не брехав.

— Живо! — кинув він руку кепі й зупинився.

Кепі побіг до мініатюрної фігурки, яка вже йшла йому назустріч. А коли кепі зійшовся з нею, мініятюрна фігурка, перекинувшись із кепі двома-трьома фразами, раптом повернулась і поспішно пішла до анарха. Це була мама кепі. Скоро він побачив виснажене обличчя обірваної єврейки. Була вона в лахміттях, однією рукою держала дитину, другою розмахувала, прохаючи почекати. Анарх пізнав її: цю єврейку він бачив у городі на бульварі «Перемоги» в присмерках міських вечорів. Вона завжди стояла з простягнутою рукою.

Єврейка підбігла до анарха й хутко заговорила тим типічним акцентом, що його чути в кварталах єврейської голоти:

— Каспатін, ві такой блаґой дєло сдєлал. Я, каспатін, вас бґаґадаґю.

І, сказавши це, вона вклонилась анархові сливе до пояса й мовчки пішла.

Скоро дві постаті поспішно ступали по дорозі. І тільки коли вони зникли за експериментальною фермою, анарх, обгинаючи річні заводі, пішов до веранди.

...Підйом знову підупав. Ішов він поволі. Зрідка він зупинявся на пустельному березі й дивився на осоки. Ріка несла свої холодні води в даль. Самотньо виглядали кущі зрізаного комишу. Стояла тільки одна мисль із листа: «Ви щось надумаєте». Це саме і є те, що його мучило весь час промешкання на санаторійній зоні. «Ви щось надумаєте». Так, йому треба щось зробити. Це він давно вже знає. І автор анонімного листа, живучи з ним, не міг не підмітити цього. Хай ніякого метранпажа нема; хай Карно — фантом, хай він у стані летаргії, і все це важкі темні примари... Але він усе-таки мусить бути консеквентним. Треба найти в собі мужність. Правда, він уже має досить сміливости бути консеквентним: недарма в його душі зараз такий спокій і така ясна прозорість.

За рікою кричав санаторійний дурень. І крик його серед пустельної осені виділявся рельєфніш, і була в нім якась невимовна жура. Дерева поринали в золото сторожкового потопу, і крізь них ясно видно було далеку експериментальну ферму й кучугури. Стояла мертва тиша, і тільки гудок безшабашного потяга порушував блідий, осінній спокій. І зараз анарх відчував: пахне жовтим диким воском.

Він подивився на схід. Там стояла командна висота. Він згадав Майю, і йому зараз до болю захотілось почути її дзвінкий голос. І, коли анарх згадав, що вона тепер зовсім не та, що він, можливо, її тепер такою, як вона була на початку літа, ніколи вже не побачить, йому здалося: він загубив щось неможливо коштовне. Бо з цією командною висотою були зв'язані його кращі хвилини на санаторійній зоні. І цей дикий малинник, і ці тополі, і ця прозора голубінь — все це свідки його світлих надій, що зрідка поставали в нім. Анарх згадав Хлоню й подумав: «Де він?»

Але Хлоні близько не було.

На шосе маячів фаетон і віддалявся до города. В нім, очевидно, виїжджав один із хорих. Санаторій із кожним днем усе більш і більш вилюднявся. — «І буду я самотнім серед степу без людей» — згадав анарх фразу із свого листа до сестри. З невідомих перевалів легкий вітер приносив тривожний запах пожарища.

Біля конюшні він раптом зустрів Карно.

— Я хочу вам тиснути руку! — сказав той, зупиняючи його.

— Мою руку?

— Да, вашу руку!.. Це ж ви, здається, зробили сьогодні такий шляхетний поступок?

— Який це поступок? — не зрозумів анарх.

— А як же! Я про кепі говорю! Це ж Дон-Квізадо ще раз повоював із вітряками.

Анарх круто повернувся й хотів був одійти від метранпажа. Але той узяв його за руку:

— Почекайте!

— Ну?

— Я хочу тиснути вашу руку! — І Карно саркастично всміхнувся.

Анархові знову метнулося в голові, що перед ним ніякого Карно нема, що це просто примара — і тільки... Він таємно всміхнувся й озирнувся навкруги. Набачивши колоду, він сів на ній і сказав, даючи місце для Карно:

— Прошу!

— Що таке? — в свою чергу не зрозумів метранпаж.

— Прошу сісти! Хочу говорити з вами!

— Ви хочете говорити зі мною?

— Я хочу говорити з вами! — чітко сказав анарх.

Осінні хмари закутали небо, і раптом замжичило. Це так скоро зробилось, що анарх, почувши за коміром краплі холодної води, здивовано подивився на небо. Біля центрального будинку було тихо, майже мертво, ніби санаторій зовсім спорожнів. Так буває за тих скучних днів, коли осінь веде в свій безвихідний тупик. На конторськім пляцу іржали коні, і десь тарахкотіла підвода.

Карно деякий час постояв напроти анарха й несподівано сів біля нього на колоді.

— Слухаю! — сказав він.

— Слухайте! — знову всміхнувся анарх і положив свою руку на метранпажеве коліно: йому знову прийшла мисль, що перед ним безплотна істота.

— Ну? — сказав метранпаж.

— Не ну, а от що, друже! — почав фамільярно анарх. — Як ви гадаєте: про що ми будемо з вами говорити зараз?

— Не знаю!

— А, може, знаєте?

— Може, знаю, — спокійно сказав Карно.

— Ну, без жартів, — суворо кинув анарх. — Кажіть, про що ми будемо з вами говорити зараз?

— Вам це дуже потрібно знати?

— Дуже!

— А коли дуже, — і Карно саркастично всміхнувся, — то я вам скажу: очевидно, про лист.

— От! — зрадів анарх і з полегкістю зідхнув, ніби боявся, що Карно цього не скаже.

— Ну, а далі що? — спокійно спитав метранпаж.

— Далі особливого нічого. Я гадаю, що ви й тепер не відмовитесь од своєї анонімки.

— Не відмовляюсь! — сказав Карно — більше того: не відмовляюсь і від тієї фрази, що її написано було на Майїному столі.

— От, я так і думав! — зрадів анарх. — Я певний був, що й це саме ви зробили. Я тільки мовчав.

— А чому ж ви мовчали? — спитав метранпаж.

— Чому я мовчав? — і анарх задумався, прислухаючись до одноманітного шуму в ринвах, по яких стікала дрібна осіння мжичка.

— Так! Чого ж ви мовчали? — ще раз спитав Карно.

Але анарх уже не міг говорити. Він і тепер пізнав якусь розгубленість перед цим маленьким чоловічком.

— Тому, що треба мовчати! — ледве вимовив він. — Пустіть мене, я піду!

— Я вас не держу! — усміхнувся Карно й підвівся з колоди.

Тоді анарх насунув на чоло капелюха й мовчки пішов у свою палату. Там він ліг на койку й уперто протягом кількох годин дивився в якусь сіру крапку, що стояла на стіні.

XVII

Листяні симфонії чергувались із дрібними дощами. Ішла глуха пора. За конторським пляцом стукала молотарка, і відтіля долітав запах молодих снопів. У прозорі дні золотий потоп поширював свої володіння й заполоняв кожний закуток. Але, коли приходили сірі дні з дрібними дощами, тоді чути було тільки печальні мотиви ринв. Тоді сиротливо виглядала оаза закинутого города. День неохоче появлявся на санаторійній зоні й зникав хутко, ніби випадково забрів сюди. Як тільки смеркало, прокидалась електрична станція й одбивала свої глухі удари. Ішли тумани, і в них іноді пропадали не тільки осінні далі, але й експериментальна ферма.

Зранку готувались до виїзду із санаторія: Унікум, дідок і психопат. Санаторійний фаетон стояв уже біля веранди. Чекали, поки скінчиться сніданок. Ішов дрібний дощ. Зрідка з-за ріки доносився задушений крик санаторійного дурня. І пустельні доріжки, і порожня холодна ріка, і сіверкі вітерці, і далі за перевалами — все це зливалось в одну тоскливу осінню елегію. Обличчя всім були бліді, мало не земляні. Покоївки неохоче подавали страву на стіл. В кухні стояв легкий одноманітний дзвін тарілок. І анарх почував у цьому дзвоні сторожку тривогу.

Тоді в його кімнату зайшов Хлоня й сів на ліжко.

— Знаєте, — сказав він, — я тільки-но знову був на командній висоті. Я дивився навкруги себе… Скучно!

— Так… — кинув анарх, заплющивши очі.

— Чули?— сестра Катря вже, здається, одержала командировку.

— Да?

— Да! — сказав Хлоня й спитав: — А коли ж ви думаєте їхати?

Коли він думає їхати? І справді, коли він буде їхати? — І тоді прийшла мисль, що він відціля ніколи не виїде, що відціля, з санаторійної зони, нема шляхів. «І не треба!» — подумав він, так же хутко погасаючи, як і затривожився. І справді, йому більше нічого не треба. Це так просто, це так ясно.

— Скучно! — ще раз протягнув поет. — Пам'ятаєте легенду? І от я думаю: десь там, на сіверкій дикій півночі, лежить геніяльний м'ятежник, закутаний у міцні ланцюги, і теж думає: «Скучно». І справді, можливо, він знову підведеться із свого одра, можливо, він знову зійде на наш азіятський корабель і візьме румпель, але ніколи вже він не прорветься з холодного всесильного льоду й не виведе корабель у стихію. Мені хотілося, щоб він скоріше вмер. Так буде краще, принаймні, для нього.

Хлоня дивився в сіре вікно. За вікном стояв туман. Із сусідньої палати щось виносили: очевидно, виїжджала Унікум. Кроки по коридору звучали глухо й пустельно. Санаторій вилюднявся. Тільки над чорною кухнею стояв цілий день димок. Димок то стояв стовпом, то, розірваний, танув між голих дерев: на нього налітав сіверкий вітерець.

— А інтересно, — несподівано запитав Хлоня, — ординатор не викликав вас?

— Для чого?

— А як же: пожучить за кепі!

— Ні!

— Я так і знав, — сказав Хлоня. — Але річ не в цьому. Я все на ту ж тему. Я знову думаю: десь там, на сіверкій дикій півночі, лежить геніяльний м'ятежник, закутаний у міцні ланцюги, і в нього одна мисль: «Скучно». І справді, така загибель, поза стихією, біля тієї глухої стіни, про яку каже сестра Катря. Це ж неможливо!.. Це ж якийсь всесвітній ідіотизм!

І на чорта ж тоді я існую? Щоб битися з вітряками? Смішно: учень не може бути більший за свого вчителя... А Ленін приходить через п'ятсот літ.

— Так, — машинально кинув анарх.

— Але образливо от що, — сказав Хлоня. — Пройдуть роки: один, два, десять, двадцять — і, повірте мені, невидимий ворог помститься. Я вже зараз бачу, як мислі мойого великого вчителя стогнуть під непосильною вагою бруду й маклерського перекручування. Світова сволоч, що пролізе в святе святих, сховається там за його ім'ям і зробить із нього брудне знаряддя, яким і одкидатиме людськість назад. І, коли б я мав хоч крихту надії, що можу боротися з цією сволоччю, я був би безсмертним. Ви вірите?.. Але я тільки нікчемна крапка перед мовчазною стіною, перед якою зложив свою зброю мій далекий учитель.

Хлоня подивився на анарха. Той і зараз лежав, заплющивши очі, і на нім була якась прозора блідість. Хлоня навіть подумав, що анарх спить.

— Ви мене слухаєте? — спитав він.

— Я тебе, Хлоню, слухаю, — сказав анарх. — Говори, мій неспокійний юначе!

— Хороше ви сказали: «неспокійний юначе», — говорив Хлоня. — Я вже давно не чув таких теплих слів. І взагалі люди не вміють так говорити. Мені здається іноді, що і я, і всі ми скоро розучимся промовляти один до одного. Скоро ми зовсім забудемо тиху задушевність і будемо не то машинізованими хижаками, не то хижими машинами.

Хлоня взяв із тумбочки газету й мовчки пішов до вікна. В кімнаті було тихо. Змовкли кроки і в коридорі. Але анарх уже був далекий від Хлоні. В цій тиші перед ним раптом постав якийсь бюст, червоною плямою він різав стіну. «Чий це бюст?» — пригадував він. Художник поставив його на фоні заграви пожару, і була в цім якась таємна символіка. І фон, і сам бюст виступали на сірій стіні суворим і незломним рельєфом.

А надворі не переставало мжичити. Сірі шмаття набивали собою кімнату, і було сіро. З конторського пляцу доносилось виття собаки: то здихав лікарів сетер. Його недавно невзначай підстрелив стрілок. Виття було темне й незрозуміле, і здавалось анархові, що це не виття, а мла вогкої чвирі, і по ній простягнись осінні дороги.

І знову перед ним виріс бюст. І тут же анарх пригадав: колись він підійшов до вітрини й там побачив цю голову. Саме вона й стояла в червоній заграві. Обиватель сказав тоді: «Чорний папа комуни».

І тепер йому стало дико, що він так просто слухав Хлоню, ніби й справді він давно вже зріднився з ним. Це ж про чорного папу комуни говорив Хлоня. Хай не про того, що його анарх бачив у вітрині, але це ж усе одно. Виходить, він зовсім не те, чим уявляє себе. — Чи, може, Хлоня попав не на свій шлях? І за асоціяцією «Чорний папа комуни» він пригадав якусь картину. Серед буйної стихії повені стояли на острівку два коні й тоскно дивилися в даль. Навкруги бушувала вода, і під нею пропадали і оселі, і ліси, і кучугури. Скоро й цей острівок порине в повінь. З ним зникнуть і ці два коні, що так тоскно дивляться в даль. — І анарх не міг не порівняти себе й Хлоні з цими одинокими постатями серед буйної стихії.

Хлоня мовчки постояв декілька хвилин біля вікна. Потім повернувся й знову підійшов до анархового ліжка.

— От що, — сказав він тихо, — декілька років тому почалась нова епоха. Це були прекрасні незабутні дні. Я тоді був зовсім хлоп'яком. Але я й тоді почув цей надзвичайний грохот... Чого ж мені так скучно? І сьогодні стоїть туман, і завтра буде туман. І в цих туманах я нічого не бачу. Де ж моя епоха? Отже, до побачення, товаришу, — раптом повертаючись, сказав Хлоня. — Піду шукати своєї епохи!

І Хлоня вийшов із палати. Анарх подивився йому вслід: «скільки йому років?» І ніяк не міг пригадати. Потім він і сам підвівся. Він подумав про сестру Катрю і, згадавши, що вона одержала командировку, пішов до неї. В коридорі він зустрів Майю. Вона йшла, похиливши голову, і навіть не привіталась до нього. Анарх хотів був звернутись до неї з якимось запитанням, але почув у всім тілі неміч, а тому й пройшов мовчки.

Мжичка не переставала йти. Над чорною кухнею стояв димок. Крізь млу видно було полоски води. Далі стояв туман. Командна висота маячіла сиротливо й непривітливо, і зараз чути було, як із города гулом темної міді крокували дзвіниці. І цей дзвін, долетівши до конторського пляцу, зупинявся, і тоді його продовжувало виття лікаревого сетера. Пес, очевидно, здихав.

Коли анарх увійшов у кімнату сестри Катрі, вона стояла біля корзинки й складала туди білизну. По кімнаті розкидано було строкаті клапті якоїсь матерії, посередині кімнати лежав підсвічник. Із стін сестра Катря вже познімала свої картини. На туалетнім столі не було статуеток, і на ліжку лежала біла подерта сорочка. В шахві було порожньо: очевидно, вона зібрала вже й свою бібліотеку.

В кімнаті було непривітливо, як і надворі. Пустелею віяло з кожного закутка. Особливо неприємно вразив анарха подертий черевик, що лежав біля корзини: на нім уже зацвів зелений хихлатий морошок. Сестра Катря, очевидно, витягла його з-за шахви й не встигла викинути в помийну яму. Черевик мав якийсь надто гострий носик, трохи на кінці загнутий він нагадував татарські сап'янці.

Сестра Катря зустріла анарха радісною усмішкою. Як же: вона завтра їде! Вона без кінця рада, що нарешті дочекалась цього. Анарх не може й уявити, як далеко вона поїде. А саме: вона перекинеться в Сибір, до самого Байкалу, за тисячу верстов. Вона хоче пожити ще в глухій тайзі, подалі від санаторійного життя. Сестра Катря, можливо, там скоріше розв'яже ті важкі проблеми, що тут їй ніяк не даються. До Уралу вона буде їхати почасти кур'єрським, почасти пасажирським, а коли перевалить через гірський хребет, вона пересяде в звичайну «теплушку»: їй здається, що там вона скоріше збереться з мислями. Сестра Катря добре знає сибірське життя, і вона його ніколи не проміняє за який-небудь блискучий Париж або Лондон. Саме в Лондоні тощо, їй здається, і є справжня пустеля. Що ж до Сибіру, то не такий вже він жахний. Сестра Катря гадає, що туди не тільки їй, але й багатьом слід було б помандрувати. Де-небудь у занесеній снігом оселі й народжуються справжні мислі. Саме в глухій тайзі, на краю світу, вона й найде заспокоєння. То нічого, що там виють північні вітри — це гарно. Можливо, вони то й принесуть їй те, чого вона так довго чекає.

— Уявіть, товаришу, — говорила сестра Катря, радісно всміхаючись і поправляючи свій чорненький бантик, — можливо, де-небудь там, за Байкалом чи над Байкалом, і Геґель постане в іншім освітленні. І це буде зрозуміло, бо по суті ж ви напевне не скажете мені, що я таке: дійсність чи фантом. Навіть коли ви візьметесь за мою руку й почуєте під пальцем моє тіло, і тоді ви не маєте права сказати, що я зараз існую. Можливо, просто це ваш сон, бо й уві сні ви можете те саме почувати... Все відносне!

Анарх так звикся із своїм химерним становищем, що й зараз подумав: і справді, можливо, ніякої Катрі нема, можливо, нарешті, ніколи він не був на санаторійній зоні й сидить зараз десь в ізольованому помешканні для душевно хорих.

Сестра Катря ще довго говорила про Сибір, про тайгу, про філософію й зокрема про Геґеля. Вона раз-у-раз радісно всміхалась, ніби й справді найшла свою хресну путь. В її кімнаті зовсім потемніло, коли анарх стиснув її руку й вийшов на ґанок.

XVIII

Біля чорної кухні він зустрів санаторійного дурня. Дурень і зараз безглуздо всміхався і все поглядав у туман, туди, де тікали темні дороги крізь республіканський глуш. В його погляді й тепер стояла незрозуміла тоска, ніби дурень думав усе про ту ж пустельну степову станцію, що повз неї, не зупиняючись, пролітає експрес.

— Що, Хомо? — машинально кинув анарх.

— Ги... ги!.. — зареготав дурень і, як завжди бувало з ним, метнувся вбік і пропав у тумані.

Анарх обминув кухню й пішов до конторського пляцу. Коли б хто-небудь спитав його, куди й чого він іде, він, напевне, не міг би відповісти. І справді, він ішов без мислі, автоматично. Зрідка він зупинявся, проводив рукою по чолу, ніби щось пригадував. Але мислі не приходили, і він знову брів уперед.

Мжичка не переставала поливати землю промерзлими краплями. Висіло темно-сіре небо, а по ньому поволі проходили важкі хмари. Вив лікарів сетер.

«Так, він тепер знає, що йому треба зробити» — думав анарх. Це так просто, це так ясно й головне — це консеквентно. І в тому, і в другому випадку він мусить саме так зробити. В тому випадку, коли він живе в ізольованому помешканні і ця дійсність є лише натовпи примар, він нічого не загубить, зробивши те, що йому треба зробити.

Навпаки, коли він і після цього буде жити, він буде певний, що навкруги нього лише самі фантоми. — Але й у другому випадку йому нічого губити. Карно, безперечно, фікція. Він певний, що коли й справді навкруги нього дійсність, то Карно на санаторійній зоні нема. Карно — примара і є одна частина його власного «я». Він мав не один випадок запевнитись у цьому. Одно те, що ніколи таких метранпажів не було, є доказом правоти даного припущення.

Виття собаки наближалось. І скоро анарх побачив лікаревого сетера. Собака лежав на боці й зализував величезну рану. Проходячи повз нього, він побачив, як пес тоскно подивився своїми розумними очима й ще голосніше завив. І це виття таке було нудне й неприємне, що анарх інстинктово прибавив кроку.

Обминаючи темні дерева, він ішов до командної висоти.

Збоку, над рікою, стояв туман. Крізь нього блимали дальні міські огні. В огнях була специфічна осіння тускліть. І, зиркнувши на них, анарх згадав чомусь недавню розмову з сестрою Катрею, Байкал і Сибірські нетрі. І подумав: «Сестра Катря, безперечно, має рацію їхати туди». Тоді перед ним постали дикі азіатські поля, білі хуртовини й тривожні станції на татарських прольотах.

Анарх сходив на гору. Чим далі він ішов, тим легше становився туман. Здавалось, розвидняється. — І справді, скоро над ним повисло бездонне синє небо. Тільки по долині відступали тумани. Спалахнули зорі, запахло вогкістю. Перед анархом постала оаза дальнього города, чіткі люкси й ледве помітна силюета експериментальної ферми. На поселку, що за кілька гін, брехали пси.

Анарх ішов далі, до самотньої берези. Він так упевнено ступав гуди, ніби й справді знав, що там найде того, кого йому треба. І тому, зупинившись, він зовсім не здивувався, побачивши Майю.

Притулившися усім тілом до берези, вона стояла, як різьблення.

Інакше й не могло бути. Вона любила ходити до цього місця саме вночі.

Він раптом почув у тілі дрібний дріж, і йому прилила кров до голови. Ніби щось давно загублене він найшов зараз.

Майя не рухалась.

Тоді анарх несвідомо рвонувся і зупинився біля дівчини. Вона стояла, заплющивши очі й закинувши голову на суху гілку. Темні овали під очима говорили, що це не та вже Майя, що з нею анарх проводив літні ночі.

— Маййо! — сказав він, чомусь лякаючись свого голосу.

— Що таке? — тихо спитала вона, не розплющуючи очей.

Анарх подивився на неї й тут же відчув, як йому здавило спазмами горло. Але він просто й спокійно сказав:

— Я хочу говорити з вами.

— Зі мною?

— Так!

— Для чого ж це? — спитала Майя. І анарх перший раз за кілька тижнів почув її тихий смішок.

— Просто так!

— Це цікаво, — сказала вона й додала іронічно: — Ви, очевидно, думаєте виступати десь у ролі трагіка? Так?

— Ні, Маййо! — сказав він.

— А… ідіть ви к чорту! — раптом занервувала дівчина. — Обридли мені такі розмови!

Але анарх не образивсь. Він одійшов, став над кручею й дивився на далекий город. Так він простояв декілька хвилин у якомусь півсні і ввесь час чекаючи, що його покличе Майя.

Майя й справді покликала.

— Савонаролечко! — раптом почув він.

Але, коли він зупинився біля неї, побачив: її обличчя було таке ж холодне й німе, як і раніш. Першого моменту анарх навіть подумав, що він просто помилився, бо ж вона таки давно називала його так. Але скоро Майя й справді заговорила:

— Ви хотіли розмовляти зі мною? — спитала вона.

— Ну да!

— Для чого?

— Не знаю!

— Ну, тоді слухайте! — кинула вона, і на цей раз не розплющуючи очей. — Скажіть мені, чого вам треба від мене? Невже ви й досі мрієте, що я вас коли-небудь кохала? — Так?

— Так, — одгукнувся анарх.

— Даремно! — сказала Майя. — А втім, мені не треба говорити вам, що в данім разі моє кохання для вас не більше, як соломинка, за яку хапається тонучий… Так?

— Так! — майже не думаючи, кинув анарх.

— Виходить, — і Майя розплющила очі, ще раз засміявшись своїм негарним смішком, — виходить, що ви мене не кохали, не кохаєте й не будете кохати. Це, безперечно, так, бо ж я чула — кохання зовсім не таке... Так?

— Так.

— А тепер я вам скажу, що й я вас точнісінько так кохала. І ви для мене були такою ж соломинкою, за яку я хапалась... Але зараз я вас трохи ненавиджу... Тільки, будь ласка, не зрозумійте цього, як прояву ущекнутого самолюбства... Я вас ненавиджу от за що: я колись казала вам про те, що між нами є тайні чекісти. Я навіть натякала на те, що й я належу до тієї категорії людей. Ви мені тоді не повірили. Тепер, гадаю, повірите!.. Я тайна чекістка, агент червоної охоронки. З самого першого дня вашого приїзду на санаторійну зону я стежила за кожним вашим кроком. Я чомусь вірила, що ви є справжній анарх, який провокаційними засобами затесався в наші кола. І знаєте, тоді по-своєму я покохала вас. Я багато знала мужчин. Але по-своєму (можливо, як і ви мене) кохала тільки двох: вас і того юнака, про якого я вам уже говорила. Ви вірите, що я вас кохала? — і Майя скинула на анарха очі.

— Вірю.

— Як хочете, — і вона на хвилину зупинилась.

На санаторійній зоні електрична станція одбивала удари. Знову чути було, як на конторськім пляцу вив лікарів сетер. То тут, то там спалахували люкси: і на санаторійній зоні, і біля домів відпочинку, і на поселках, і в далекім городі. Огні стояли в степу мовчазно й нерухомо. Повз них і далі виблискували холодні води ріки.

— Так, я вас кохала! — казала Майя. — Бо я думала, що ви є справжній анарх. Я сподівалась, що ви мені дасте декілька прекрасних хвилин. І віддаватися вам, скажу щиро, було для мене щастям. Я знала, що моє тіло, моя ласка розв'яже вам язик, і ви мені розкажете те, чого я потребую. Так! Я вірила в це: до осені ви будете сидіти в підвалі... Бо ж подумайте: в цім уся я. Ви розумієте?

Майя похилила голову й задумалась. Анарх мовчав. І хоч він узнав од неї зараз, що був її черговою офірою — і тільки, що вона не як коханка, а як тайна чекістка ходила за ним, стежачи за його кожним рухом, навіть більше — бажаючи, щоб він зробив якийсь непевний крок, котрий привів би його до тюрми, анарх не тільки не пізнав злоби чи то ворожнечі до Майї, — саме тепер, як ніколи, він почув близькість до неї.

— Так, — говорила Майя. — В цім уся я! Бо ж подумайте: я принесла в офіру все, що могла дати. Я порушила свій дівочий стан із випадковим самцем, я віддала свою чистоту і навіть не через звичайну тваринну злучку. Мої пацієнти були віртуозами. Але я робила це, як ті ідіотки, які із спокійною душею йшли на вогнище… І що мені з того — сто чортів! — що моїх пацієнтів одправляли на той світ у «двадцять чотири години»?

Майя зупинилась і положила долоню на своє чоло.

— Але не забувайте, — продовжувала вона. — За кілька років барикадних боїв я мала справу не з одним мужчиною і не з десятьма і, можливо, не з двадцятьма. Звичайно, перша гарячковість пройшла, але її місце запосіла звичка. Ви розумієте? Я просто звикла вислiджувати, доносити. І, оскільки до інших справ була постійна індиферентність і оскільки я завжди пам'ятала, що охранці я віддала все, що могла, я не тільки полюбила цю справу — я просто — сто чортів! — не можу без неї жити.

З дальніх перевалів донісся дзвін: очевидно, в городі бив годинник. Майя здригнула й зупинилась. Анарх застиг, як різьблення, і мовчав. З-за ріки насідав туман. Але небо було синє й спокійне.

— Так, сто чортів! — і Майя знову закинула голову й заплющила очі. — І от тепер, зустрівшись випадково з вами, я подумала: стій, чижик-пижик, я до тебе доберусь! Я стежила за кожним вашим кроком і, чого б ви од мене не вимагали, я все б зробила… Але я помилилась… Нарешті я бачу, що ви є просто остання соломинка, за яку я схопилась і не вдержалась. І тепер ви розумієте мене?.. Так?

— Так, — коротко кинув анарх.

Тоді Майя несподівано підійшла до нього й обхопила руками його шию.

— Чижик-пижик! — сказала вона, і в її голосі зазвучала інша інтонація. — Що ж тепер прикажете мені робити?

— Не знаю.

— І я не знаю, — і Майя ще щільніш притулилась до анарха.

З Ґралтайських Меж прилетів сіверкий вітер. Туман зійшов за ріку й наближався до командної висоти.

— От що, — помовчавши, раптом сказав анарх. — Я найшов! — і якось хоробливо засміявся.

— Що ти найшов? — скинулась Майя.

— Це, власне, паліятив, — сказав він, — але це, можливо, на деякий час дасть тобі задоволення... Я от що надумав... Як ти гадаєш? Не було б краще тобі, коли б я... одійшов... у двадцять чотири години... ти, знаєш, куди...

Майя здригнула.

— У двадцять чотири години?

— Так... І це, власне, зовсім не буде офірою для тебе.

— А для чого ж це мені потрібно? — спокійно спитала вона.

Але в її голосі анарх почув і легкий дріж, і сховану радість.

— Як для чого? Ти підеш тоді в охранку й скажеш, що от, мовляв, була така то людина і... Словом, ти щось там придумаєш. Ти можеш сказати, що мене перехитрила, розкрила мою «провокацію», і я мусів би втікати (а куди тепер утечеш?), або зробити те, що зробив. Можна навіть найти якісь фальшиві документи, якими ти й докажеш мою провину.

— Ти серйозно говориш?

— Цілком серйозно.

— А в тебе револьвер є? — несподівано спитала вона й приставила свій погляд до анархових очей. І в її очах він побачив тваринну радість.

— Револьвера в мене нема, — сказав анарх.

— Так тоді, — і Майя фальшиво засміялась, — я тобі дам свій!

Але, хоч як вона невимушено кидалась фразами, їй не вдавалось одурити його. Безперечно, це був не жарт: Майя тільки вдавала з себе жартівницю.

Раптом вона нахилила анархову голову до себе й кріпко її притиснула до своїх грудей.

— Чижик-пижик! — фальшиво засміялась вона. — Ніколи я не дам тобі свого револьвера! Звичайно, я жартую!

Але він уже не вірив їй: вона саме тепер говорила нещиро.

З Ґралтайських Меж іще прилетів сіверкий вітерець. Туман дійшов до командної висоти й збирався на неї. Далекі міські люкси підбито легкою димкою. Пахло вогкістю, і чути було в степу гудок нічного потяга. — Але небо й зараз було синє й спокійне.

— Чижик-пижик! — говорила Майя, і голос її задрижав. — Все це гарно, але ти мене — сто чортів! — не розумієш!

Дівчина не говорила, і анарх почув, як її тіло здригнуло, і вона мовчазно й гістерично зареготала.

І сливе в цей момент над рікою пронісся тривожний крик.

— Ей! сюди!.. Скоріш!..

— Де? де? — обізвалось на санаторійній зоні.

— Кличте до човна рибалку!.. Хлоня втопився!

Анарх остовпів. Майя подивилась на нього сухими очима.

— Скоріш!.. Скоріш!.. Хлоня втопився!.. — знову над рікою розтявся тривожний крик.

Майя нервово відкинула голову й мовчки рвонулась уперед.

XIX

На далеких бойнях ревів віл, і рев був тягучий і тривожний.

Надходив сірий осінній ранок. Ртуть падала. Над гнилими болотами, над пустельною рікою посувалися сконденсовані води. Дощу не було. Ринви застигли в мовчанці. Над чорною кухнею вже стояв димок і танув у навкольній вогкості. Десь по шосе рипіли підводи: то з околиці крамарі посувались на міський базар. Командна висота стояла в тумані, і ледве вирисовувалась її темна силюета. Зрідка на центральний будинок налітали сіверні вітерці, і тоді билась на сході бокова віконниця. В степу довго й протяжно кричав паровик, затихаючи неясним відголоском за дальнім перевалом.

Цілу ніч на санаторійній зоні суєтились люди. Першої години відкачували Хлоню, але потім, коли вияснилось, що спасти його не можна, обмивали труп, увільняли для мертвого палату й т. д. Але, коли Хлоня лежав уже на столі, і нічого було робити, і покоївки, і сестри і хорі, пригнічені цією подією, мовчки ходили з кутка в куток, і тільки перед світанком декого з них поборов сон.

Коли вчора Хлоня пішов до анарха, сестри, що стежили за ним, сиділи спокійно в одній із палат, знаючи добре, що від анарха Хлоня йде тоді, коли покличе дзвоник. Скинулись вони приблизно за годину. Не найшовши юнака в кімнаті, сестри побігли до Катрі шукати анарха. Вони гадали, що Хлоня пішов із ним. Це було тоді, коли анарх сидів у Катриній кімнаті. Але й там вони, звичайно, Хлоні не найшли. Тоді сестри метнулись по санаторійній зоні. Незважаючи на те, що Хлоня декілька разів обіцяв утопитися, сестрам і в голову не прийшло негайно побігти до ріки. Вони ходили в контору, на конторський пляц, шукали в кухні й на шосе. І тільки коли до них пристав санаторійний коняр, сестри згадали про ріку. Бігти туди треба було через легку трясовину, і по ній, звичайно, не можна було пройти в черевичках. Тому й до ріки побіг один коняр. Він іще застав Хлоню на березі біля кручі. Але не встиг коняр перебрести невеличку заводь, як Хлоня мовчки зробив помах руками й кинувся у воду. Тоді то й покликав коняр собі допомогу. Саме цей крик і чули Майя і анарх.

Хлоню витягли мертвим. Того ж вечора викликали міліцію і склали відповідний акт.

Анарх, прибігши з Майєю на санаторійну зону, одразу ж пішов у свою палату. Він не тільки не захотів дивитись на Хлоню, але й, лігши на койку, навалив на свою голову подушку, щоб не чути було метушні. Опівночі, коли в центральному будинку стихло, він одкинув рукою збите волосся й подивився навкруги себе.

Стояла тиша, і за вікном усю ніч дзвеніли осінні води в ринвах. Очевидно, всій санаторії ця ніч здалася неможливо довгою. Але анархові вона пройшла зовсім непомітно. За декілька темних годин осінньої темряви перед ним пройшло стільки примар і спогадів, скільки він не бачив за все своє життя. Він остаточно вирішив, що вже не існує, що мешкає «на тому боці» реальности. І він не тільки примирився з цим, йому навіть радісно було, що він уже, нарешті, так просто, без усяких перешкод, попав у цей невідомий край. Він цілком свідомо найшов тоді порівняння цьому станові. Саме так він почував себе колись у дитинстві, захорівши гарячкою. Він бачив навкруги себе цілком реальні речі, чув найреальніші розмови, але все це набирало химерних відтінків, якусь неясність і прозорість. І тепер, як і тоді, йому хотілось бачити біля себе когось надто близького, хто б держав свою руку на його гарячій голові. Це було воістину якесь царство фантомів, але тихих, задушевних, і вони не тривожили його.

Перед ним проходили і Майя, і сестра Катря, і Хлоня, і далекі сибірські сніги, і татарські прольоти на неможливих гонах. Знову виринали неясні згадки з дитячих літ, і він бачив забуті обличчя, тихий поселок, дорогу в диких бур'янах на високу гору, де стояло кладовище й де завжди пахло чебрецем. Дорога ухилялась у бік, брела через гони чорного пару, добігала до цукроварні й нарешті пропадала в сизій димчатій безвісті. Він чув, як риплять вози в дикім степу серед гарячої тиші, обминаючи польові дзвоники. Воли йдуть вільною ходою, а з гарби плине невесела пісня, проходить бур'янові гони й тане, завмираючи в глухім степовім повітрі. Перед ним виринав порожній майдан, хата на краю села, де він прожив своє дитинство, графський парк, що царить над усім селом, ставок, стрункі тополі, і знову бігла дорога й її неможлива безмежність. Десь у степу курив димок, і цей запах дальнього пожарища ніс анарха на своїх легких крилах у якісь казкові обрії.

І так цілу ніч фантом за фантомом — ціле царство прозорих і задушевних примар.

І коли нарешті крізь вікно пробився хорий світанок і в кімнаті почало розвиднятись, він розплющив очі й важко зідхнув: він знову пізнав дійсність. І йому до болю шкода було цієї ночі. І тоді ж він почув дрібний дріж по всьому тілі. Він узявся за голову: вона палала. В скронях йому стукало, а коли він вдивлявсь у стіну, в очі забігали голки.

Анархові прийшла мисль, що він захорів. І ця мисль, як тиха радість, повисла над ним. Він безперечно, захорів гарячкою, і хороба прийшла вчасно. Він зрадів їй, бо вона могла його без усяких перешкод знову перенести в царство фантомів. Анарх пам'ятає, як учора, переходячи болото, він нарочито, хоч і інстинктово, ступав туди, де було глибше, щоб набрати в черевики холодної води. Це була хитрість, і вона йому вдалася.

Він розплющив очі й подивився у вікно, що виходило в коридор: повз нього хтось пройшов, несучи в руках свічу. І тільки зараз анарх згадав про Хлоню.

Але не почув він ні жалости, ні болю, наче це було звичайне явище на санаторійній зоні, наче він давно вже вирішив, що інакше не могло бути. Однієї хвилини йому прийшла навіть мисль: «чого це сестри так суєтились учора? Невже вони надають так багато значіння цій події?» Він гадає, що тут нічого особливого нема. Жив чоловік — і вмер. Можна пошкодувати тільки, що Хлоні, коли він топився, було холодно у воді.

І тут анарх пригадав те місце, де загинув хлопчик, і він — пам'ятає — любив сидіти на цьому місці. Влітку відціля маячіли прекрасні далі. Він пам'ятає: з боку кручі ріс комиш, такий стрункий і суворий. І комиш якось надзвичайно сторожко мовчав, коли заходило сонце. Тут біля кручі завжди незносно пахло осокою.

Цікаво: анарх думав зараз про себе так, ніби він уже не існує. Він брався за своє чоло, і йому було приємно почувати під рукою гаряче тіло; воно розганяло дрібний і в'їдливий дріж.

Анарх і не помітив, як наступив глибокий ранок.

Та й трудно було помітити: надворі було також сіро, така ж стояла півтемрява, як і тоді, коли тільки-но розвиднялось. Дощу не було. Над санаторійною зоною нависли темні масиви вод і ніби застигли. На далеких бойнях знову ревів віл, і рев був тягучий і тривожний.

— О-о-о-о! — крикнув раптом біля вікна санаторійний дурень, і все затихло.

І тоді ж почув він, що йому пече в горлі. Він подивився на тумбочку: графіна не було. Він підвівся й став на ноги. Коліна йому боліли, і все тіло було в такому стані, ніби його хтось недавно побив. В коридорі він зустрів двох сестер. Одна з них несла якесь шмаття, і воно било в очі своєю надзвичайною білизною.

— Де вода стоїть? — спитав він.

— Там! — махнула кудись рукою сестра й хутко зникла в палаті.

Анарх побрів на веранду, але води й там не найшов. В їдальні він теж не бачив графіна. «От ідіотський випадок!» — подумав він, бо згага вже почала тривожити його. Горло йому остаточно пересохло, і пекло тепер не тільки в нім, але й у грудях стояла неможлива спека.

Йому здавалося, що він стоїть серед огню страшенної пожежі. Дрібний дріж теж не залишав його. Все анархове грандіозне тіло здригалося в надзвичайній зимниці.

Раптом на порозі показалася Майя.

— Я вимагаю, щоб ви мене виписали! — гістерично кричала вона комусь. — В противнім разі я й без вас найду дорогу!

— А цього я не маю права зробити! — донісся знадвору суворий ординаторів голос.

— Тоді я сама піду!

— Ні, ви не підете, бо ви ще хорі! — знову вперто сказав ординатор.

Анарх зупинився: Майя стала на порозі й затулила собою вихідні двері.

— Це чорт знає що! — гістерично закричала вона, і в цей момент їхні очі зустрілись.

І анарх побачив у Майїних зіницях стільки зневаги, що мимоволі здригнув. Майя круто повернулась і дала йому дорогу.

Тоді він кинувся до сестри Катрі.

Біля ґанку стояла самотня підвода: вона, очевидно, мусіла відвезти сестру Катрю на станцію. — Він подивився у вікно. В кімнаті був такий же розгардіяш, як і вчора. На корзині лежали розкидані книжки, а біля шафи — той же підбитий хихлатим морошком черевик. Сестра Катря з розпущеним волоссям сиділа на ліжку, обхопивши руками голову. На неї, очевидно, сильно вплинула Хлонина смерть. Вона й досі не могла прийти в себе. І анарх не ризикнув потривожити її.

Але згага не давала йому покою. Анарх відчув, що, коли він скоро не найде хоч декілька крапель води, він може збожеволіти. І тоді він знову кинувся до графіна. Він кидався з одного кінця в другий, підбігав до колодязя, заглядав туди, випивав його очима, але води ніде не було.

Навкруги було тихо. Надворі жодної людини, наче вимерла вся санаторійна зона. На конторськім пляцу й зараз вив лікарів сетер. Над городом стояв туман і важке мовчазне небо. Хмари зупинились і не рухались. Зрідка з високих тополь спадали краплі води й тривожно дзвеніли в ринвах.

Дріж не зупинявся. Анархове тіло раз-у-раз підкидало. Голова йому горіла й розколювалась на дві частини. Згага давила горло й спирала дихання. Тоді йому прийшло в голову крикнути, покликати когось на підмогу. Але він почув, що язик йому не рухається, ніби його одняло. Він знову озирнувся, але й тепер навкруги було порожньо. Тільки самотня підвода стояла біля Катриного ґанку, і на ній не було візника.

І тоді ж він раптом згадав ріку і її холодні води. Ні, він і справді збожеволів. Як він не міг досі догадатись, де йому дістати води? Там же її так неможливо багато. Саме там він і загасить свою згагу... Це так просто, і це так ясно.

І тиха радість, і заспокоєння прийшли до нього. Голові стало легше, і спека погасла в грудях. Анархові здалося навіть, що в цю хвилину на нього налетів сіверкий вітерець і заграв у його волоссі. Тоді він, підібравши поли свого халату, обійшов центральний будинок і поволі побрів до ріки. Інстинктово він прямував саме до тієї кручі, де вчора втопився Хлоня.

На далеких бойнях ревів віл, і рев був тягучий і тривожний. Стояв стіною туман, і за ним не видно було ні города, ні поселків, ні експериментальної ферми. Тільки командна висота виділялась одним своїм отрогом.

Він перейшов уже санаторійну межу. Продираючись крізь дикий малинник, він і тепер почув задушливий крик санаторійного дурня. Скоро він був на трясовині. Він тепер обережно переступав калюжі, ніби й справді боявся, що замочить ноги. Але вода все-таки попала в один ботинок, і ботинок весь час кумкав. Це навіть знервувало його, і він, побачивши горбик, сів на нього, зняв ботинок і вилив відтіля воду.

Але анарх помилився, гадаючи, що спека в нім погасає. Дріж теж не зупинявся, і різниця була та, що тепер він брав його приступами. Голова чим далі, то більш набирала ваги, і зараз вона не тільки горіла: її буквально охоплено було нагартованим полум'ям.

Нарешті з туману виплила круча, і анарх скоро був біля неї. Переплигнувши останню калюжу, він став на берег і озирнувся. Навкруги було тихо, з дальнього города долітали неясні звуки розтрощеного дзвона.

Він спустився з кручі й став на пісок. Холодна вода поволі, ледве помітно пливла в темну даль. — «Але як же я води нап'юся?» — подумав він, ніби й справді не знав, як це можна зробити.

Нарешті він нагнувся, набрав у долоню води й приложив до неї свої гарячі уста. Разів із п'ять він пробобив таку процедуру, але згаги не міг погасити. Тоді він сів на землю й почав роздягатись. Скинув ботинки, халат, сорочку. А коли налетів на нього сіверкий вітерець, він подумав, що тепер глибока осінь і він може застудитись.

Коли анарх увійшов у воду, він навіть здивувався: вона була така тепла, ніби зараз стояв літній ранок. Він одійшов од берега й став по груди.

І тоді ж на другому березі він побачив крізь туман Карно. Той сидів на горбику й дивився на нього. Але анарх не звертав на це уваги, наче й справді таке явище було цілком природним. Перед ним знову постали тихі прозорі фантоми, і йому було легко й радісно. І знову постала перед ним безмежна дорога, сивий димок молодої інсурекції й голубе дитинство. І знову він побачив далекі сибірські поля, азіятську магістраль і занесену снігом монгольську станцію.

На далеких бойнях ревів віл, і рев був тягучий і тривожний. Але анарх його не чув. І вже не бачив він другого берега, де сидів Карно й саркастично всміхався.

Упала одна крапля, друга — і раптом замжичило. Невеселий осінній дощик біг, спотикаючись, до санаторійної зони. Зашуміли ринви. І печальну елегію осінньої чвирі замкнула похоронна процесія.

Це було на третій день після події з Хлонею.

Із палати виносили двох: Хлоню й анарха. Біля Катриного ґанку й тепер стояла самотня підвода і віяло пустелею навкруги. Катря не пішла виряджати подорожників у вічність. Вона й зараз сиділа на своєму ліжку з розпущеним волоссям. Вона так дивилась у вікно, ніби чекала, коли ж нарешті здохне лікарів сетер. Пес і тепер нудно й тягучо вив. — Проте, можливо, сестра Катря тоскувала, що ніяк не попаде на холодну станцію дикої сибірської тайги. І зараз біля шафи лежав подертий черевик, і з нього витикався зелений хихлатий морошок.

Але й Майя не пішла виряджати подорожників у вічність. В той час, коли процесія пересікала роздоріжжя, вона стояла із заплющеними очима на командній висоті, одкинувши голову на гілку. Майя щось шепотіла, наче творила якусь невідому молитву.

...І раптом знову впала одна крапля, друга — і замжичило. Невеселий осінній дощик біг, спотикаючись, до санаторійної зони.

XX

Із щоденника хорої: «...і стоїть той тихий осінній сум, що буває на одинокому ставку, коли не листя, а золотий дощ ізлітає з печальної білоногої берези, коли глибокою пустелею відходить голубе небо в невідомий дальній димок...» — Але я й тут не можу поставити крапки: по-перше, мені шкода героїв, що з ними мушу я розлучитись; по-друге, я ще раз хочу сказати, що повість про санаторійну зону мені все-таки невдалась. — А втім так і мусіло бути: рівне, спокійне письмо ніколи не передасть запаху епохи, коли цю епоху пише сучасник. І мої далекі нащадки, витягнувши з архіву ці нерівні рядки — я вірю! — мисленно стиснуть мою руку й скажуть: воістину ця женщина вміла любити. — Але річ і не в цьому: тепер, коли я почуваю, що мої легені остаточно розруйновані, коли я й сама підходжу до процесії подорожників у вічність, — тепер (нарешті), скінчивши свою повість про санаторійну зону, я не можу не сказати, як я безумовно люблю життя. Отже, з тих двох початків, що борються в мені, життя і смерті, перемагає перше. — А втім, да не подумають мої далекі нащадки, що XX главу я написала спеціально для цензора.

Така думка образила б пам'ять м'ятежних комунарів. То нічого, що я женщина з женственною натурою, — в добу горожанських воєн я — солдат революції, і моє перо — гострий багнет, який завше сторожко прислухається. — Так, я безумовно люблю життя. Я вірю, що в темних очах моєї буйної неспокійної республіки нарешті заграє голубий промінь, і вона найде те, чого так довго шукає. І зараз у мене один біль: я тоскую, що я не можу бути безсмертною. Бо ж подумайте: я не зробила й трильйонової частини того, що хотіла зробити, і я не розказала того, що мусіла розказати. Бо ж подумайте: я бачу перед собою не тільки Хлоню, анарха, Майю й сестру Катрю, — я вже бачу перед собою нових невідомих людей — сильних, як леопард, прозірних, як чека, і вільних, як воля. Невже ж фортуна не допустить, щоб я про них написала повість?

...І стоїть той тихий осінній сум, що буває на одинокому ставку, коли не листя, а золотий дощ ізлітає з печальної білоногої берези, коли глибокою пустелею відходить голубе небо в невідомий дальній димок.

СЕНТИМЕНТАЛЬНА ІСТОРІЯ

I

...Вікно було чорне, як атрамент, але по темних садках уже брів тихий провінціяльний світанок.

«Ну, пора» — подумала я й вийшла з кімнати.

Біля ґанку стояла підвода, і ледве чутно іржав кінь. Мама плакала й казала, що я зовсім неможливо поводжуся з нею. Ну, навіщо, мовляв, їхати кудись у невідомий край? Ну, навіщо? Мама прожила свій вік у чотирьох стінах нашого біленького домика, і для неї все, що простягається далі Загадайського мосту, все було темною й страшною загадкою. Я поцілувала маму й сказала їй, що я все-таки не можу зостатися дома. Невже вона не уявляє собі, як мене тягне в даль? Невже вона бачить тут самодурство. Пам'ятаю, я схопила її в обійми й майже простогнала:

— Моя ти милуська! Милу-усько!

Мама перелякано подивилася на мене і ахнула. Тоді я зареготала й ще раз поцілувала її. Потім узяла букет квітів із нашої малесенької оранжереї й сіла на підводу. Золотий півник злетів на флюгер і голосно закукурікав. Провінціяльний домик, ґанок і мама з тоскою подивилися на мене. Я сказала їхати. Потім упала, на свіже пахуче сіно і вже сказала сама собі: «Навіки». Я прикусила губу й так боляче, що аж сльози покотилися мені по щоці. Але хіба можна було відмовитися від цієї поїздки?

Пам'ятаю дитинство, його передчуття й неясну тривогу. Коли мені було щось біля шести років, я сама тягла маму до церкви, щоб стати десь у темному закутку й прислухатися до таємного шамотіння.

Бабуся розповідала мені про катакомби, і здавалось, що я стою в катакомбах. Я любила ходити й на луки, любила запах осоки й це зелене море трав, що хлюпотіло за рікою, я безумно любила вечорові кучугури і червінькову шелюгу, і димки над нашою оселею. Але я ненавиділа наших провінціяльних людей, таких темних і диких, як дичавина тамерланівщини, і завжди тоскувала за тим незнаним, що загубилося десь у далеких краях. Колись небіжчик-брат (він був страшенний мрійник, і він загинув на барикадах), колись він патетично декламував мені:

— Б'янко, я вже, мабуть, не повернусь додому, і багато нас, очевидно, не повернуться. Але йдемо ми з такою радістю, ніби чекає нас не смерть, а якесь надзвичайне безсмертя.

Потім він говорив мені про світові пожари, про невідомий фантастичний край. Я довго слухала його, і перед моїми очима виростало химерне коло, і я вже бачила внутрішніми очима нових людей якоїсь ідеальної країни. Пам'ятаю, я випрямилась на ввесь свій дитячий зріст (я й справді тоді була ще дитиною) і сказала надхненно:

— Клянусь тобі, брате!

Більше нічого не сказала, бо знала, що далі не треба говорити, і він зрозумів мене.

Але потім раптом побачила (тоді вже брата давно не було), що прийшла якась нова дичавина, і над нашою провінцією зашуміла модернізована тайга азіятщини, і тільки зрідка проривалися молоді вітерці. Тоді почала вірити, що десь живуть інші люди, і мене неможливо тягнуло до них.

Очевидно, і це зміцнювало моє бажання полетіти кудись, до того ж і журавлі принесли мені сімнадцяту весну. Я виходила вночі в садок і вже не могла спокійно слухати їхнього крику. Ця весна так затривожила мене, ніби я була перелітною птицею й мусіла летіти кудись за море.

Я не оглядалася назад і вже не бачила (це візниця мені говорив), як мама випроводжала мене білою хусткою, і не бачила (це теж візниця говорив мені), як повз нас пройшов наш маленький дячок і здивовано подивився на мене.

— Кукуріку, — стояло мені в ушах, але коник біг жваво, і жваво куріла дорога.

Ми вже давно проминули провінціяльний виконком, потім ми залишили за собою й комсомольський клюб. «Ах ти, клюб, ти мій клюб, зелененький клюбе» — подумала я й зідхнула. Це місце нашої оселі я обминала з якоюсь полегкістю. Мені було відкрито дорогу до комолу, але я рішуче відмовилася вступити туди. Мене ненавиділи за це, бо знали, чому я стою осторонь. А я стояла осторонь от чому. Я пам'ятала, скільки відважних комольців загинуло в часи горожанської війни, і частенько десь у закутку прославляла цих незнаних героїв. Але тут, у нашому комолі, була якась дика розгнузданість, і дівчата, що йшли туди, вже з п'ятнадцяти років робились «чесними давалками» — так у нас називали їх. Я прилюдно говорила про це, і мене називали реакціонеркою. Пам'ятаю, тільки один комунар, що раптово приїхав у наше містечко, тільки він обурився колись:

— В чому справа, хлоп'ята, — сказав він, — хіба вона неправду говорить?

...На нас почала наступати синя полоска далекого лісу. З боку вже розправляло свої малинові крила золоте, як і завжди, невідоме сонце. Ми раптом поїхали поволі: попереду нас ішла отара овець, і йшов пастушок. Пастушок заграв на сопілку. Він був маленький, але він заграв щось сумне, і мені стало ще сумніше. Я свиснула, сказала їхати скоріш — і коник знову побіг. За ним побіг і ранковий вітрець.

— Гоп! Гоп! Гоп! — кричала я.

Потім підставляла вітрові свої молоді груди, і вітер їх лоскотав. Я реготала й реготала всю дорогу до самої станції. Але візниці так і не сказала причини. Справа в тому, що я вже тоді хотіла бути матір'ю, а вітер мене збентежив: мені (хоч це й смішно!) захотілось завагітніти від нього. Мені хотілось так чисто завагітніти, як завагітніло голубе небо, що вже мільйони віків хоронить у собі таємницю найпрекраснішого й найчистішого зачаття. Моя дика фантазія не давала мені спокою й цілу дорогу тривожила мене. Бігли поля, і суворо обминали нас шведські кургани. Я згадала Марію Кочубей.

На станцію ми приїхали, коли вже зовсім стемніло. Я купила квиток, поцілувала візницю (він страшенно здивувався) і взяла з возика свій маленький пакунок.

«Саме тепер навіки» — прийшла мені мисль, бо візниця був останньою близькою людиною.

Тоді, як ніколи до того, я відчула великий біль розлуки й саме тому, що цей біль був сильний і справжній, саме тому пізнала себе найщирішою людиною.

«Очевидно, теличка нездібна переживати цього» — промайнуло мені в голові, і я почала філософствувати.

Це, звичайно, була страшенно наївна філософія, бо я тоді знайома була (і то поверхово) тільки з Платоном. Але вона мені зовсім не шкодила, і навіть більше того: тільки через неї я діставала собі заспокоєння.

...Візниця давно вже зник із своїм возиком за кучугурами, а я все стояла й дивилась йому вслід. І тільки за півгодини опам'яталась. Треба було кінчати, і я скінчила: махнула рукою й пішла на темну станційну силюету.

Станція була глуха, як сотні степових станцій, і там лежали якісь чужі люди. Трохи пахло приїсним запахом, бо відціля, здається, за дев'ять верстов була цукроварня. Я подумала, що, коли прийде осінь, наші дівчата підуть на буряки. Тоді будуть сумувати полтавські кургани, і побредуть мої спогади крізь мариво віків за виконкомом, за комольську леваду. І мені здавалось, що такі мислі приходять усім, хто знає вишневооку Україну — цей химерний край диких і темних доріг до романтичної комуни. Я знову згадала Марію Кочубей.

Потім пішла на пустельний перон і дивилась на рейки, на зелені вогні й відчула присмерк. Хтось пройшов повз мене (очевидно, начальник станції) і уважно подивився мені в очі. Потім із степу прилетів потяг, заревів, зашумів, загоготав. Я ще раз подивилася в степ — туди, де стоїть наш біленький домик і сидить півник на флюгері, де невеличка оранжерея й темні провінціяльні садки. Але вже нічого не хотіла згадувати й рішуче полізла у вагон. Те, що було, зникло навіки. Ще раз побачити? Ні! Ні! Ні! І тільки, коли потяг заревів і рушив, я в останній раз уклонилась напівтемній степовій станції. Силюети будівель промайнули перед моїми очима й зникли. Я вже не думала повертатись сюди. Життя було таке широке й безмежне, а вік мій такий коротенький, як носик горобчика.

— Тра-та-та! — одбивали колеса.

Уночі блимала свіча, десь гомоніли пасажири, потяг похитувався, але я не могла заснути. Вдень бігли поля, летіли кургани, але вони мене вже не цікавили. Пам'ятаю, я всю дорогу безумствувала: мислі шалено летіли, наздоганяючи одна одну. Такі переживання не могли не відбитися на моїм обличчі, і тому пасажири раз-у-раз здивовано поглядали на мене.

На третій день я була в Z.

II

Коли йшла з вокзалу, мені було страшенно весело. Я оглядала вітрини, автобуси, трамваї, а мені казали збоку:

— Подивіться, яка пейзаночка!

Ішла по великій вулиці й раптом попала на ринок. Стояли селянки з клубникою. Клубника так пахла, що я тут же купила два фунти. Потім довго блукала по городу й зовсім незчулась, як прийшов синій міський вечір. Пам'ятаю, вийняла з пакунка одну соковиту клубнику (одну ягоду) і взяла її на губи. Я взяла її необережно, бо рожевий сік потік і зробив мені на блюзці рожеву пляму. Це було неприємно, і я посіпала себе за вухо.

Коли вечір заглибився, тоді по вулиці пішли проститутки. Вони страшенно лаялися, так що мені кілька разів почервоніли уші. І я ніколи б не знайшла в цьому городі свою Лізбет, коли б не випадок.

Стояв літній сад, а біля нього рекламний плякат. Тоді вискочив хлопчик і закричав мені в обличчя: «Бути-тути! трап-трап!» Потім почали під'їжджати фаетони, спалахнув люкс, і вечірнє небо зробилось таким синім-синім. Я пішла в літній сад, з'їла там на п'ять копійок морозива й звернула на алею «Синього кабачка». Там я й зустріла Лізбет. По дорозі товаришка потріпала мене по тазові й сказала:

— Як гарно, як гарно, що ти приїхала!

З Лізбет я товаришувала ще із шкільного часу й ніколи не губила з нею зв'язків. Вона мене страшенно любила. Лізбет працювала в установі машиністкою й обіцяла в ту ж установу й на ту ж посаду пристроїти й мене.

Але як вона зробить це, коли я в цьому нічого не розумію? Лізбет зареготала й запевнила, що за місяць або за півтора з мене буде робітниця «на ять». І дійсно: за місяць я вже була машиністкою «на ять». Я навіть сама здивувалась, як скоро це вийшло, і ми з'ясували такий успіх моїм не абияким хистом. Потім Лізбет хитренько примружила око й сказала, що я мушу тепер піти з нею в установу й там трохи посидіти.

— Для чого це? — спитала я.

Вона ще раз зареготала й назвала мене наївною. Невже я й досі не доміркувалась, що моїм обличчям і моєю фігурою можна цілий світ перевернути? Лізбет піднесла мені дзеркало й запропонувала подивитися на себе. Тоді я запротестувала: невже вона радить мені продати своє тіло? Лізбет почала запевняти, що ніякого тут продажу нема: на мене будуть дивитись і тільки! Я погодилась і одержала посаду. За кілька тижнів Лізбет поїхала до тьоті й залишила мені свою квартиру.

— Ну, прощай, — сказала вона. — Може, ще колись побачимось.

Вікно моєї кімнати виходило з підвалу в невеличкий дворик, де стояла стара зелена альтанка. Я любила сидіти біля нього й дивитись на клаптик голубого неба: воно було тут таке надзвичайне, ніби всю його радість природа сконцентрувала в цьому закутку. Тут, біля цього вікна, я так багато передумала, скільки, очевидно, мені вже не прийдеться думати. Я думала про химерну даль, що потягла мене з рідного краю, і думала, що до неї — ах, як далеко! Власне, в Z я не сподівалась найти її, але вірила, що в Z я зустрінусь з якимсь великим чоловіком, і тоді станеться чудо.

Іноді після роботи я не йшла додому, я йшла куди очі дивляться. Тоді городяни здивовано оглядали мене. Ішла в південно-східню частину города на край, де тулились по ярках убогі хатки. В степу блимали вогнища, надходила ніч. Я зупинялась на якомусь кургані й згадувала «Пісню Нібелюнґів» і юнака Зіґфріда й думала, що для нашої країни примітивний «Кобзар», як Нібелюнґи. Потім споглядала. Я довго споглядала, і мені здавалось, що якась невідома сила насувається на мене. За кілька годин я йшла додому, лягала на ліжко й довго лежала з заплющеними очима. На міській башті бив годинник:

— Бов! Бов!

...Отже, в своїй установі я, очевидно, була одинокою. Коли правду говорити, то тільки в машинці я находила свого друга. Один час я так полюбила її, що вона навіть снилася мені. І снилось мені так, ніби вона зовсім живе створіння і ніби вона на всі мої запитання відповідає таким теплим, хорошим голосом. Тоді я схиляла свою голову на її літери, і валок щось мені муркотів і тихо наспівував. Підводились і літери й вистукували так зажурено, наче б потяг летів у невідомий край. Тоді знову бачила дорогу, степ і руді пахучі обніжки.

— Ах ти, дружечок мій, — говорила я іноді, виймаючи з неї якусь інструкцію для діловода Кука.

Я маю на увазі того діловода, що взяв мене на посаду. Він був дуже спокійною людиною, носив чистенький костюм і завжди мав на голові прилизаний проділ. Він мало чим відрізнявся від гоголівських героїв. Підписував папірці чітко, і від другого «к» (Кук) робив униз розчерк, подібний до маленького бутончика. Перед тим, як поставити печатку на той чи інший папірець, він страсно потирав руки й робив язиком незрозумілий звук задоволення. Ніс його був надзвичайно великий і в усякому разі не відповідав дрібному обличчю. Мені було відомо, що він пристаркуватий і аморальний холостяк, і саме цим я й хочу з'ясувати його шалену любов до молоденьких машиністок. Особливо часто він підходив до мене й грав своїми маленькими олив'яними очима. Ця «гра» робила з нього майже мавпу, але він цього не помічав. Діловод був страшенно малорозвинена людина й говорив такою мовою, ніби шаржував когось.

— Яка краса, — говорив він мені, — іти з красунею в парку, припустім (Кук натякував на себе й на мене), і почувати, що вона гідна тебе.

Мені було дуже неприємно вислухувати цю парикмахерську пошлятину, і я поспішала від нього відійти.

Але тоді в коридорі я обов'язково зустрічалась із сіроокою журналісткою. Це була досить таки приємна жінка, але вона ніколи не давала спокою моїм рукам. Проходячи повз мене, сіроока журналістка обов'язково зупинялась біля мого столика й запитувала мене на вухо: «Чи не дозволю я їй іще раз "ущипнути" Б'яночку». Я їй, звичайно, не дозволяла, і все-таки на моїй руці було кілька синців, і навіть був один синець на правому грудному яблуку. Вона безперечно була садисткою, і я за кілька місяців у цьому остаточно переконалась.

— Я примушена буду, — говорила я їй колись, — звернутися до місцкому.

Сіроока журналістка реготала: звертайсь, мовляв, звертайся, я вже давно знаю, що ти «ябеда» (вона так і сказала — «ябеда»)... Але що я могла їй на це відповісти?

Отже, залишалась тільки єдина жінка, що з нею я почувала себе досить спокійною. Я говорю про товаришку Уляну, комуністку, жінку колишнього комуніста, товариша Бе. Вона жила зі мною в одному будинку, і, коли я приходила додому, товаришка Уляна стукала мені в двері й прохала дозволу зайти. Я казала «прошу» — і вона заходила. Вона відразу починала запевняти мене, що в неї страшенно некрасиве обличчя. Я розуміла свою сусідку й тому завжди заспокоювала її: мовляв, нічого подібного нема, вона не така вже некрасива, як це їй здається. Я говорила, що в неї, наприклад, і волосся прекрасне, і очі добрі. Товаришка Уляна не погоджувалась зі мною й дуже сперечалась. Вона приводила убивчі аргументи й нещадно била ними мене. Так що утворювалось таке враження, ніби я захищаю не її, а себе, і ніби некрасива не вона, а я.

Товаришка Уляна чекала чуда, а чуда не було й не могло бути. Вона була досить таки розвинена людина й прекрасно знала ціну своєму обличчю й своїй фігурі (моя сусідка була високою й тонкою щукою й до того з перебитим носом). Але вона зі мною відводила душу, і я їй з охотою допомагала в цьому. Мені було відомо, що товаришка Уляна дуже погано живе із своїм чоловіком, але про товариша Бе вона ніколи зі мною не говорила.

— Бідний, бідний товариш Бе, — тільки зрідка проривалось їй, і тоді вона глибоко зідхала.

Товаришкою Уляною, власне, і замикалось коло моїх знайомих. Всі ці люди були, на мій погляд, маленькими людьми, так чи інакше подібними до мене, і, очевидно, не могли допомогти мені вийти з того зачарованого круга дичавини, що загородив мені якусь таємну даль.

Колись після роботи до мене підійшов діловод і почав умовляти мене, щоб я пішла з ним обідати. Він говорив: «Позаяк» (він так і говорив — «позаяк») йому видавали аванса й «позаяк» сьогодні день його народження, він хоче трохи пошпацірувати зі мною на бульварі й випити зі мною ж пляшку пива. Я погодилась — і ми пішли. Ми пішли в б'єргалку, сіли за столик і замовили десяток раків. В пивній стояв гомін і стояв дим. Пахло п'яним запахом. Запах був різкий, перегорілий і одразу ж п'янив голову. Оркестра грала щось похабне з якоїсь похабної оперетки.

Ми випили дві пляшки, і Кук почав тулитись до мене. Потім ми випили ще чотири пляшки. Тоді діловод почав цілувати мені лікоть і розповідати мені про своє нещасне життя. Його нещастя було в тому, що на нього мало уваги звертало начальство й не давало йому вищої посади, а «позаяк» він хотів бути управділом, то «така затримка кар'єри» не могла не тривожити його. Він навіть трошки заплакав, і мені його стало шкода.

— Ах, Б'янко! — говорив він мені. — Яке чудове життя, коли, наприклад, перед тобою стоїть широка кар'єра і ти можеш бути управділом Раднаркому.

Діловод вимовляв це з красномовними й патетичними наголосами, і я ще більше пожаліла його. Він мені знов цілував лікоть і запевняв, що тільки одну мене кохає. Кук мені цілком серйозно говорив про кохання, наче я й справді була зацікавлена в цьому.

Ми вже випили добре, діловод попрохав мене, щоб я його провела додому. При всій своїй малорозвиненості він завжди жив задньою, захованою думкою й знав, що пиво його добре сп'янило й сам він буде похитуватись. Під руку ж зі мною він не боявся себе скомпромітувати. Я погодилась — і ми пішли.

По дорозі ми зайшли в театральний садок і там сіли на стілець.

Збоку нас сидів якийсь мужчина. Я зиркнула на нього. Йому були зажурені і (мені так здалося) прекрасні очі. Він сидів, як різьблення, і дивився кудись у небо. Раптом Кук підвівся, посіпав із боків свій піджак, наче збирався відрекомендуватись якомусь начальникові, і звернувся до незнайомого мужчини:

— Так що, дозвольте вас запитати: ви, здається, художник Чаргар?

— Так, я — художник Чаргар, — сказав мужчина, і таким м'яким і приємним баритоном, який я чула тільки в любовних романах. — Чим маю честь служити вам?

Я здригнула. Хіба я могла не здригнути? Мені довелося сидіти поруч із славетним малярем нашої країни. Присутність художника так схвилювала мене, що я відразу спалахнула й відчула, як мені загорілись уші.

Чаргар повернув голову й уважно подивився на мене. Можливо, він подивився звичайними очима, але я тоді не могла витримати цього погляду й знизила вії.

Кук говорив, що він давно вже знає художника й давно вже хотів познайомитись із суб'єктом (він так і сказав «суб'єктом») незрівнянних Чаргарівських картин. Тоді художник його поправив: «Ви, очевидно, хотіли сказати творцем?» Діловод розв'язно сказав, що під суб'єктом він саме це й мав на увазі.

Потім сиділи мовчки й дивилися, як горять дроти синім блиском (трамвай летів після дощику). Десь кричала сирена. Кук похилився й почав засипати. Тоді художник сказав:

— Я маю честь говорити з дружиною діловода?

— Ви маєте честь говорити зовсім не з дружиною діловода, — сказала я й зареготала.

Кілька хвилин надзвичайного внутрішнього напруження розірвались у напівгістеричному реготі. Я реготала якось зовсім не до речі (очевидно, хміль заохочував), але Чагар і натяку не подавав, що він може мене вважати за дурочку. Потім художник іще раз уважно подивився на мене й сказав:

— Я, знаєте, і не припускав, щоб у нашому городі були такі прекрасні женщини.

— Хіба? — спитала я і знову спалахнула, бо це була найвища похвала моєму тілу.

Потім я нічого іншого не придумала, як сказати той же комплімент і Чаргарові. Він усміхнувся й говорив, що йому страшенно подобається моя простота й непримушеність. Мовляв, у наш брехливий вік це велика рідкість і, коли хочете, навіть моветон. Був він стрункий, із добре виголеним смуглявим обличчям, у простій толстовці й без усяких претенсій на якусь оригінальність. Але він увесь час якось розгублено дивився.

Тоді почало вечоріти, і, коли звечоріло, на вуличному екрані застрочила вечірня газета. Небо посиніло. Діловод хропів. Я покликала візницю, записала його номер, номер кватири Кука, — і візниця повіз діловода додому. Все це я робила, не оглядаючись. Але серце мені так хутко билось, що я певна була — художник стоїть десь іззаду й чекає мене.

Я не помилилась: він стояв. Тоді підійшла до нього (так підійшла до нього, ніби ми були давно знайомі), і він мені запропонував руку. Я взяла, і ми пішли по алеї. Чаргар поцікавився, хто я? Сказала. Потім ми вийшли з садка й пішли по вулиці Повстання. Дійшли Раднаркому й зупинились. На чатах біля дверей стояв червоноармієць у буденівці. Він стояв, як різьблення, і Чаргар сказав:

— Вам він нічого не нагадує?

Я сказала, що нагадує. Тоді Чаргар чомусь усміхнувся. Я спитала «чому», він нічого не відповів і раптом подав мені руку. Ми попрощались. Я пішла в одну сторону, він — у протилежну.

Додому я прийшла з таким почуттям, що з ним я йшла в дитинстві з великодньої «заутрені». Світ мені став таким милим і рожевим, що я готова була вибігти на вулицю і обіймати й цілувати першого зустрічного.

— Мій милий, хороший! — кричала вся моя істота. — Саме тебе й бракувало мені.

Заснула я тоді тільки перед світанком: цілу ніч думала про те, де знову зустріну Чаргара.

III

Зустріч і знайомство наше було зовсім випадковим, і мені вже спадало на думку, що більше такого випадку не трапиться. Не трапиться саме тому, що художник уже, мабуть, і забув про мене. Хіба мало, думала я, зустрічав Чаргар на своєму шляху подібних мені жінок?

Колись я вийшла з установи й кілька годин блукала по городу. Блукала якось без цілі, а підійшла все ж таки до того місця, де ми розлучились із Чаргаром. Я зупинилась.

Праворуч мене стояла темна будівля синагоги, і над нею прорізав розірвані хмари ріжок молодика. Під ногами мені грали фіолетові тротуарні реклями. Раптом мене хтось узяв ззаду за руку. Я повернулась і побачила сіроокy журналістку.

— Добрий вечір, — сказала вона. — Нарешті я побачила тебе на вулиці. Я гадала, що ти взагалі нікуди не ходиш.

— Даремно, — сказала я. — Я майже кожного вечора буваю в міських садах.

— Скажіть, будь ласка! А я й не знала!

Потім вона говорила мені, що «в тихому болоті чорти водяться», що... і т. д.

Я сказала, що «чорти» тут зовсім ні при чому, бо ходжу сама й навіть не маю знайомих мужчин. Сіроока журналістка поправила свій капелюшок і кинула:

— Що ж це — світова скорбота з'їдає твоє серце?.. Чи, може, інтелігентська самотність спокою не дає?

Вона раптом сплюнула. Був це жест чи був це прояв справжнього обурення — я й досі не знаю. У всякому разі це цвіркання крізь зуби ніяк не йшло до її худенької фігури. Я їй, звичайно, про це нічого на сказала й тільки трохи покривила обличчя.

Але вона не вгомонялась і фанфаронствувала далі. Вона розказувала мені про білі петербурзькі ночі, про страсть, яка кипить у ці ночі, і т. д. Особливо її інтригують ці ночі, коли на Невському проспекті блукають юнаки з задуманими очима й продають своє тіло.

Я здивувалась: невже й юнаки продають своє тіло? Сіроока журналістка зареготала й заціпила зуби. Потім вона казала мені, що це звичайна річ, і її дуже дивує, що їх нема в нашому городі. Вони б добре заробляли: хіба вона, припустім, не купувала б їх?

— Але до такого розпутства, — сказала я, — може дійти тільки гнила людина.

— Покинь наливати (вона так і сказала — «наливати»), знаємо вас, тихонь: на словах одно, а на ділі — зовсім інше: все одно в ком'ячейку не візьмуть!

— При чому тут ком'ячейка? — усміхнулась я.

Вона відповіла якось неясно. Потім повернулась до колишньої розмови й знову настирливо запевняла мене, що юнаки мають рацію продавати своє тіло. Коли б її фортуна зробила панянкою, вона б обов'язково держала при собі козачків для розпутства.

Журналістка з таким цинізмом розмовляла зі мною, що мене взяв сумнів: чи не з божевільною я маю справу. На цю тему вона говорила мені дуже багато, але, коли я рішуче хотіла вклонитись їй і сказала, що поспішаю, вона раптом зідхнула й вже зовсім іншим тоном кинула мені:

— Яка ти, Б'янко, наївна! Їйбо! Невже ти не бачиш, що земля давно вже летить у безодню й що ми напередодні світової катастрофи. Ну?

Я подивилась на неї. Вона мрійливо дивилась у небо й ніби розмовляла сама з собою.

— Ах, як мало нам жити залишилось! Хіба ти не відчуваєш, що на землі холодніш становиться?

Вона здригнула, наче й справді їй зимно було. Я не знала, що їй сказати, і мовчала.

— Можливо, іде льодовиковий період. Можливо, щось інше... От якби нам богами зробитись?.. Правда?

Потім раптом запропонувала мені піти з нею в бардачок, і, коли я відмовилась, журналістка ще раз цвіркнула і, не попрощавшись, пішла від мене.

Повз мене пролетів трамвай, далі пролетів автобус, і я почула крик: автобус роздавив дитину. Ішла мати, перелякалась і випустила дитину. Тоді наскочила машина — і від дитини залишилось одно м'ясо. Мати тут же збожеволіла, і її повезли в лікарню. Далі над ратушею заблимала вечірня зоря, і побігли квадрати будинків у присмеркову даль. Стояла струнка вулиця, починалась від клюбу товариства радянських асенізаторів.

Я пішла далі й чомусь зупинилась біля японського кабачка: висів химерний ліхтар, і закликала автоматична японочка.

Раптом я здригнула: мене знову хтось узяв за лікоть.

Я повернулась і побачила Чаргара. Я, очевидно, сильно збліда, бо він подивився на мене своїми прекрасними очима й промовив:

— Що з вами? Чого вам таке бліде обличчя?

Я сказала, що це йому просто здається, бо почуваю себе цілком добре. Він говорив, що він давно вже хоче бачити мене, але не знав моєї адреси.

— Хіба? — спитала я.

Він почав гаряче наступати на мене: мовляв, я не маю підстави сумніватись. Він запевняє мене, що в останні дні він тільки й думав про те, як би зустрітися зі мною. Хіба це не його так зворушила «свята» (він так і казав — «свята») простота?

Чаргар іще щось говорив мені, але й цього було досить. Я з безмежною вдячністю подивилась на художника.

Ми пішли в підвал. Коли йшли по східцях, Чаргар узяв мене за руку. Нас зустрів вірмен. Я зареготала й спитала, чому ж називається японський кабачок? Вірмен нічого не відповів і запросив нас до окремого кабінету.

Поки нам готували вечерю, ми стояли в загальній залі, де грав на скрипку циган і танцювала проститутка. Чаргар кинув циганові кілька срібних монет, і той заграв щось із «Корсара».

Я тоді цілий вечір сміялась і пила коньяк. В кабінеті ми сиділи години дві. Чаргар гладив мої пальці й говорив, що йому подобається моя рука, і особливо йому подобається те, що мої нігті обрізані й вони зовсім не такі, як у сучасних жінок.

— Щось хижацьке й розпусне, — говорив він, — символізують ці довгі нігті.

Потім умочив хустку в склянку вина і, усміхаючись, попрохав дозволу «провірити моє обличчя». Я дозволила, і він переконався, що я й не підмальовуюсь. Він розповідав щось про полову невинність і нарешті звернув на мою.

— Я не помиляюсь? — спитав він.

— Ви не помиляєтесь, — сказала я, одразу зрозумівши, про що йде мова. Тоді він говорив, як його хвилює невинність і зовсім не в тому сенсі, що в нім прокидається самець, а в тому, що в нім прокидається художник.

Ми випили брудершафт. Він замовив іще пляшку шампанського, і, коли ми виходили з кабачка, я похитувалась. Чаргар держав однією рукою мою талію, а я уважно дивилася йому в очі. Очі йому блищали, і я бачила в них таку безмежну даль, що можна було збожеволіти.

— Чаргаре, — сказала я. — Ми зовсім випадково зійшлися. Але чи не почуваєш ти в цьому…

Я не підібрала слова й замовкла. Тоді він сказав: «Судьба» — і я його зрозуміла.

— Тебе ніколи не мучила даль? — раптом спитала я.

Він помовчав. Я його знову спитала. Він забрав свою руку з моєї талії й сказав якось неохоче:

— Я тебе не розумію!

— Ти мене не розумієш? — здивовано спитала я, бо мені і в голову не могло прийти, що Чаргар міг мене не зрозуміти.

Тоді плутано почала виясняти свою мисль.

Від абстракції раптом перебігла до конкретних засад. З одного боку, мою даль було обумовлено певними соціальними взаємовідносинами, з другого — вона мені стояла якось самітно, одірвано від життя, від його буденних інтересів. Мені перший раз довелося відповідати на пряме запитання, і тільки тоді я зрозуміла, яка без кінця складна проблема стоїть переді мною. Це трохи збентежило мене, але зате ще з більшою силою спалахнуло в мені бажання пізнати цю таємну даль.

— Я, очевидно, плутано говорю, — сказала я. — Але ти не можеш не розуміти мене. От що: віддайся, будь ласка, на волю інтуїції — і тобі все буде ясно.

— Мені вже ясно! — раптом сказав Чаргар.

— Значить, і тебе мучила?

Він щось хотів відповісти, але потім якось нервово відкинув назад волосся й перевів розмову на іншу тему. Від нього повіяло холодком. Я спитала, чому він ухиляється від відповіді. Чаргар став іще суворіший і вже всю дорогу мовчав. Мені прийшла мисль, що я дуже некоректно поводилась із Чаргаром. Це ж була тільки друга наша зустріч, і я, по суті, не мала права бути такою в'їдливою. Я хотіла попрохати пробачення, але так і не попрохала й тільки щільно притиснулась до художника. Він, очевидно, зрозумів мене і взяв мою руку. Він мовчки гладив її цілу дорогу.

Коли ми підходили до моєї вулиці, в авіаційному городку забігали вогні й раптово піднялись до неба. То були люкси, і небо стало агатовим. Десь кричав перепел. В саду Паризьких комунарів пускали ракети. Вони різали небо червоними хвостами й розсипались на мільйони зір.

Нарешті ми стояли біля мого будинку. Чаргар стиснув мені руку й сказав трохи холоднувато:

— До побачення!

Ну, що ж «до побачення». Тоді я на цей холодок не звернула уваги. Але, коли залишилась сама, я довго думала, чому він сказав холоднувато. Мені прийшла мисль, що Чаргар хотів у мені бачити тільки наївну дівчину, і тому його знервували мої запитання. Потім прийшла мисль, що художник чомусь ревниво береже підступи до свого внутрішнього світу. Це припущення здалося цілком правдивим, коли я пригадала нашу розмову.

«Ну, і добре — подумала я — бережи! Але ти їх не вбережеш, бо ти вже дав мені право фамільярничати з тобою».

Колись до мене зайшла товаришка Уляна. Вона була страшенно схвильована, і під очима їй були темно-сині синці. Ми сіли на канапі й почали розмовляти. Спершу ми говорили щось про театр (не пам'ятаю добре), потім товаришка Уляна раптом сказала мені:

— Я вам, Б'янко, страшенно заздрю й зовсім не тому, що ви красуня. От догадайтесь, чому?

Про театр я говорила якось механічно, ввесь час підтакувала (я думала про нову зустріч із художником) і тому сказала коротко:

— Не знаю.

Товаришка Уляна підійшла до дзеркала й почала поправляти волосся. Був сірий день, і над городом ішли сірі хмари, так що в моїй кімнаті майже стемніло. Напроти в кравця-єврея спалахнув навіть каганець.

Я подивилася на товаришку Уляну: їй було бліде чоло, і вона всміхалась. Вона так неприємно всміхалась, що на моєму обличчі відбилось, очевидно, почуття страху. Вона спитала, чого я перелякалась.

— Мені здалось, — сказала я, — що ви дивитесь на мене надзвичайно злим обличчям.

— Нічого подібного! — різко сказала товаришка Уляна, нервово хапаючись за перебитий ніс. — Я на вас дивилася звичайнісінькими очима. Але скажіть мені, чому ви не хочете мене слухати?

Я згадала, що товаришка Уляна подала якесь запитання, і я справді неуважно поставилась до нього. Тоді я попрохала пробачення й сказала, що в останні дні почуваю себе якось розгублено.

— Я вам заздрю от чому, — сказала вона. — Я вам заздрю тому, що ви людина нового покоління, і для вас наші терзання — порожній звук.

— Ви зовсім даремно так думаєте! — сказала я.

— Не говоріть! — замахала вона руками. — Справа в тому, що ви ніколи не були в ролі Єви і ви ніколи не можете затоскувати за раєм, як я й тисячі нас, надломлених людей громадянської війни.

— Ви зовсім даремно так думаєте! — уперто повторила я.

— Не говоріть! Ви ніколи не були на тому березі і ви нічого не знаєте. Тільки ми, і тільки нас вигнали відтіля. І от ми ходимо з тоскою. Боже мій, ви й не уявляєте, яка це прекрасна країна. Під її сонцем не тільки внутрішній світ кожного з нас перетворювався й робив нас ідеальними, мало того: ми фізично перероджувались. Клянусь вам! Навіть фізично це були зразкові люди.

Товаришка Уляна глибоко зідхнула. В кімнаті вже зовсім посіріло, але я бачила, що її обличчя світилося в сяйві якоїсь надзвичайної радости. Вона довго мовчала і тільки коли за вікном закричали діти, сказала здригнувши:

— Ви, звичайно, не вірите мені, що я кілька років тому була красунею — це я знаю! Але повірте мені, що товариш Бе любив мене. Клянусь вам! Він так любив мене… так любив мене…

Товаришка Уляна раптом похилилася на спинку канапи й тихо заридала. В квартирах було тихо (тільки в зубного лікаря якось жалібно тявкала болонка), і ридання товаришки Уляни так глухо розривалися в повітрі, ніби вона лежала в домовині.

Я почала її заспокоювати. Вона довго не могла заспокоїтись, і тільки за півгодини я почула, як товаришка Уляна крізь сльози прохає мене не звертати на неї уваги, бо після плачу їй завжди легше буває. Вона навіть усміхнулась, і ця усмішка була такою дитячою, що я стала перед нею на коліна й цілком серйозно сказала:

— Товаришко Уляно, клянусь вам, що я вас ніколи не бачила такою! Ви світитесь сьогодні неземною красою й нагадуєте мені Рафаелеву мадонну.

Але вона мовчала. Тоді я схилила свою голову до її подертих черевиків і завмерла. Потім обняла її ноги й жагуче їх поцілувала. Мене обхопило майже релігійне почуття любови до цього маленького людського страждання. І коли б товаришка Уляна в цей момент захотіла мене повести на смерть, я б пішла, не здригнувши.

Тоді почав виступати цвіркун, і десь довго й протяжно кричала зарізана сирена. За вікном плакав кравців хлопчик, і щось глухо кричав єврей. Товаришка Уляна підвелась. Вона взяла в свої руки мою голову й поцілувала її. Вона так поцілувала, що мені й зараз ходить дріж по спині. Потім вона пішла від мене.

Я раптом заплакала. Це були мої перші сльози в цьому великому городі.

IV

З Чаргаром я зустрічалася дуже часто, але на квартиру до нього попала через три місяці після нашого знайомства. Я зовсім не уявляла собі, як бідно живе наш славетний художник. Кімната його, як і моя, була в підвалі. Із стін завжди несло льохом, а із стелі ніколи не сходила вогка руда пляма. Над його кімнатою був клюб радслужбовців, і тому його стеля завжди дрижала від тупотіння й крику. Чаргар мені сказав, що він уже кілька разів звертався до комхозу, але… словом, він, очевидно, ніколи не вибереться відціля. Я сказала, що треба поговорити з головою виконкому, але, сказавши, махнула рукою. Він теж махнув рукою. Ми зареготали.

Пам'ятаю, я скинула жакетку, поправила волосся й стала переглядати важкі томи, що їх у безпорядку розкидано було по кімнаті. У вікно зазирав промінь сонця й зайчиком грав на стіні. Чаргар сидів напроти мольберта й уважно дивився на полотно. Я спитала, чи не хоче він намалювати моє тіло — я з охотою буду йому позувати. Він сказав, що не має в цьому потреби, бо це не його фах.

— Я жінок іще ніколи не малював і, очевидно, не буду малювати.

Я спитала, чому. Він не відповів. І тоді ж мене зацікавила важка книга: це була розвідка про шведські кургани. Художник це помітив і сказав, що він уже кілька років мучиться над ідеєю дати широке полотно, що по ньому будуть мчати Карло XII і Мазепа після поразки. Він думає написати картину універсального значіння.

Чаргар взагалі мало говорив. Фрази йому виривались якось несподівано, ніби він і справді ненормальний був. Але на цей раз він виступив із цілим оповіданням. Говорив він, правда, страшенно плутано й незрозуміло, але мені й цього було досить: я могла вже доводити нашу інтимність до останньої межі, і я рішила взяти його нахабством. Він держав мою руку в своїй руці й цілував мої пальці. Але поцілунки ці були якісь холодні, німі.

— От ти мені цілуєш руки, — сказала я, — але скажи мені: які це поцілунки?

— Що ти хочеш сказати? — спитав Чаргар.

— Я питаю: це ті поцілунки, що ти їх можеш уживати (я нарочито сказала «уживати») при зустрічі з любою жінкою?

Він знизав плечима й подивився на мене здивовано: мовляв, він рішуче відмовляється розуміти мене.

— Pardon!.. Але мені здається, що я говорю ясно, я посунула від нього мольберт.

Чаргар нервово здригнув і якось жалкенько відповів мені дрібним смішком:

— Знаєш... давай покиньмо ці розмови!

Мене це раптом зірвало — і я сказала досить таки різко:

— Ну, а коли б це справа йшла про кохання, то й тоді б ти теж саме сказав мені?

Він прибито подивився на мене й ледве чутно промовив:

— Я не вмію кохати.

Його м'який приємний баритон якось загубився, і говорив він майже дитячим дискантом. Тоді перший раз мені прокинулось до нього щось подібне до огиди.

— Ну, добре, — сказала я. — Я й не хочу, щоб ти мене кохав, я й мріяти про це не смію. Але дозволь мені кохати тебе.

Він знову дрібно засміявся, і, враз перетворившись, суворо промовив:

— Чи не час нам покинути цю розмову?

— Ти так гадаєш? — кинула я. — Ну, а коли б… я хотіла віддатись тобі… ти взяв би мене?

Ця остання фраза вирвалась мені якось зовсім несподівано.

До такого цинізму я ще ніколи не доходила, але тоді передчуття чогось надзвичайного, що раптом із страшною силою затривожило мене, це передчуття могло штовхнути й далі.

— Може, про це сьогодні не будемо говорити? — холодно сказав Чаргар.

Він, як мені здалося, зробив наголос на «сьогодні», і тому я спитала:

— Тоді ти, може, дозволиш мені зайти до тебе завтра?

Чаргар нічого не відповів і заплющив очі. Обличчя йому було майже мертве — і я перелякалась. Якось одразу я усвідомила собі весь жах мого становища. Я ж така випадкова постать на життьовій дорозі славетного художника. Варто йому сказати «досить» — і я вже його ніколи не побачу. «Ах, Боже мій, — думала про себе, — яке нахабство. Хто мені дав право так поводитись із ним? Хіба він не розуміє, що мої цинічні пропозиції — це є тільки один із прийомів, що ними я намагаюсь вивести його на світло».

Але «ахи» («Ах! Ах!») якось тихо прозвучали в моїй душі. Другий голос диявольськи нашіптував уже зовсім інше. Він говорив, що на життьовій дорозі художника я зовсім не випадкова постать. Хіба в мене не всі дані? Інтелектуально я досить розвинена людина, фізично мене вважають красунею, на моїм боці і молодість, і полова невинність. І потім, що значить «випадкова»? Мене вже це слово почало нервувати, бо я якось раптом узнала собі ціну.

— Словом, ти мені рекомендуєш не чіпати цього питання і мовчати? Я мовчу.

— Це краще! — сказав він і раптом спитав: — Ти зі мною підеш обідати?

— Обідати? Який різкий перехід!.. — Але я все-таки погодилась, і ми вийшли на вулицю.

За півгодини ми були вже в їдальні Каракадзе. Там ми зустріли молодого композитора. Я познайомилась (прізвища зараз не пам'ятаю). Композитор запропонував нам піти після обіду в зоологічний сад. Він запевняв, що ми не пошкодуємо; туди нещодавно привезено прекрасні екземпляри.

— Мене трохи дивує, — сказала я, — що композитор цікавиться зоологією.

— Це й справді трохи химерно, але в наш вік без природознавства не обійдешся.

Він це сказав з іронією. Але я її не зрозуміла.

— От тільки погано, що наш шановний Чаргар не цікавиться цією наукою.

— Правда? — спитала я, звертаючись до художника.

Чаргар суворо подивився на мене. Композитор, що, мабуть, вважав мене за Чаргарову любовницю, раптом підвівся й уклонився нам: мовляв, він забирає свою пропозицію назад, бо зовсім не хоче бути виновником сімейної драми.

Коли композитор пішов, я звернулася до Чаргара:

— Чуєш, — сказала я, — він зовсім не сумнівається, що я вже твоя любовниця.

— А хіба тебе це дуже цікавить? — тим же рівним і холодним голосом сказав Чаргар.

— Коли б не цікавило, я б не говорила, — сказала я й зрозуміла, що між нами вже почалась якась внутрішня боротьба.

Я підвелась і підійшла до дзеркала. Я знала собі ціну, але такою прекрасною я ще себе не бачила. Тоді мені ще ясніш стало, що Чаргар сьогодні свідомо й проти бажання відштовхує мене від себе. Для мене ясно стало, що він запобігає більш інтимних стосунків між нами. Він чомусь (це вже для мене ясно було) боявся їх.

Але мені вони були потрібні, як повітря, бо тільки такі відношення приводили мене до останнього, невідомого мені закутка людської душі, що в ньому найкраще мусіли віддзеркалитись химерні озера загадкової далі.

Я сказала, що йду додому; він запропонував провести мене. Я відмовилась. Тоді між нами виник іще такий діялог:

— Так-от, не турбуйся, я сама піду, — сказала я. — Але дозволь нагадати, що я подобалась тобі за одвертість... правда, за одвертість?

— Ну да, — сказав Чаргар.

— Так-от, одвертість. Міщанська умовність не дозволяє жінці першій заговорити про кохання. Я від цієї умовности далеко стою й тому кажу тобі: я безумно кохаю тебе.

— Я це знаю, — холодно сказав Чаргар.

— І ти, очевидно, знаєш, що я досі не знала мужчини?

— І це знаю.

— Так-от, я хочу, щоб ти був моїм першим мужчиною. Я хочу віддатись тобі.

— І це знаю, — знову холодно сказав Чаргар.

— Значить, фізично я противна тобі?

— Нічого подібного, — кинув він і зціпив зуби.

Це була страшенно зворушлива картина. Серед шумної вулиці стояла красива жінка й пропонувала своє тіло. Повз нас пробігали городяни і здивовано оглядали і мене, і Чаргара. В мені палало те почуття, яке переживають спортсмени в часи гри. Я сказала, що мені треба піти в книгозбірню. Чагар запропонував провести мене. Я не відмовилась. Але, коли ми підійшли до дверей, їх було замкнуто. Я згадала, що сьогодні день відпочинку бібліотекарів.

— Ти мені дозволиш прийти до тебе завтра? — сказала я й подивилась на Чаргара.

— Я тобі вже сказав!

— Ти мені сказав, що цього не хочеш?

— Так!

Тоді я стиснула йому руку й пішла додому. Я йшла і ввесь час здригалась, ніби мені була зимниця. Я й не могла не здригатись: в перший раз мені довелося так одверто й так цинічно говорити. «Як сіроока журналістка» — подумала я.

Пам'ятаю, тоді в перший раз я розгорнула Біблію й почала її уважно читати. Читала мало не всю ніч. Коли я одривалась од неї, переді мною поставав наш біленький домик, золотий півник на флюгері й дорога до нашої глухої степової провінції. «Боже мій, до чого я дійшла! Що це таке? Навіщо мучити себе й другого?» Але тоді якийсь голос диявольськи шепотів мені:

— Він знає все, ти мусиш його побороти й взяти в нього те, без чого тебе нема, без чого ти не існуєш!

Це був, звичайно, страшенний ідеалізм, але я його й зараз поважаю. Поважаю за його непохитну волю, за прояви справжнього людського безумства. Справа в тому, що я, як це потім вияснилось, відважно намагалася протиставити себе своєму вікові, а він, вік, глузував із мене. Я хотіла прилучити чистий, я сказала б, святий романтизм своєї натури до заголеної й брудної правди життя, але це моє бажання розбивалось об глуху стіну наманікюреного віку. Уже з останньої зустрічі з Чаргаром щось ворухнулось мені, що з цього, мабуть, нічого не вийде, в цій нерівній боротьбі мене буде деморалізовано — і тільки. Проте все це я, мабуть, лише відчула, але не пізнала, бо інакше Чаргар не маячів би мені так довго серед бурного моря сірої, нудної й частіш за все паскудної буденщини.

— Ах, ти, мій нещасненький Дон-Квізадо! — думала я про себе.

Вся трагедія була в тому, що я народилася все-таки людиною свого часу. Були такі хвилини, коли я й сама глузувала з себе. Тоді всесильний скепсис з'їдав мою гарячу віру — і від мого романтизму залишалося розбите корито. Вісімнадцяти років я вже знала: знала і глуху провінцію, і столичний рух і навіть знала, чим живе цей прекрасний цвинтар — так звана гнила Европа. Інших доріг я вже не бачила. Повертатися на провінцію я не могла, і ніякий Руссо не зміг би привабити мене сільськими пейзажами.

— Ах, ти, мій нещасненький Дон-Квізадо! — знову я думала про себе.

Повз моє вікно йшла синя міська ніч, і десь торохтіли традиційні підводи. Тоді я нарешті покинула Біблію й підійшла до вмивальника. Я почистила зуби, витерла холодною водою свої тугі грудні яблука й лягла спати. Але і в ліжку я довго не могла заснути.

Уночі пішов дощик. Була гроза, і блискавиці різали скло мого підвального вікна. Я підвелась і довго дивилася на зелену альтанку. Я згадувала княжий теремок і Ярославну, і згадувала Турґенєвських женщин — таких чистих і хороших — і подумала, що вже таких женщин ніколи не буде й що навіть я, що не знала ще жодного мужчини, навіть я давно вже загубила свою чистоту й свою невинність.

Блискавиці різали скло. Я відчинила вікно. Цвіла десь липа, і запахло чимсь прекрасним далеким. Город спав, але я тієї ночі не спала.

V

Коли я тепер мислено перегортаю сторінку того часу, тоді мені здається, що з моєї історії вийшов би не зовсім поганий людський документ. І як я шкодую, що мені бракує тієї елементарної майстерности, якою обточують слово.

Отже, пройшло літо, прийшла осінь, а я з Чаргаром бачилась, здається, тільки два чи три рази. Але й ці зустрічі були страшенно коротенькі.

Чаргар після тієї розмови, коли я пропонувала йому віддатись, якось замкнувся і, безперечно, запобігав мене. До нього я, звичайно, жодного разу не ходила, бо тут уже голосно говорило моє самолюбство. Але я ввесь час чекала чогось і тому завжди була в стані якогось неясного передчуття.

Колись до мене підійшов діловод і, як завжди, почав зі мною загравати. Він питав мене, чому я не ходжу в міський парк.

— Так що, — сказав він, — мені дуже хотілося б пройтись із такою красунею по парку… біля бюсту Карла Маркса, припустім.

Я сказала, що взагалі рідко виходжу з дому, і, щоб якомога швидше відв'язатися від нього, подала йому для підпису папірець. Але діловод, очевидно, на цей раз не хотів кінчати розмови.

— А що ж ви робите після роботи? — спитав він. — Книжечки читаєте? Просвіщенське діло! Я теж люблю різні романси (він так і сказав «романси») читати. Знаєте, — чомусь захоплено продовжував він, — ляжеш на ліжко, розгорнеш книжечку й читаєш! Про любов та про всякі пригоди.

Я рішуче не мала охоти його слухати й сказала йому, що поспішаю, бо в мене лежить строчна праця. Тоді він знову почав запрошувати мене до парку…

— Нє, — говорив він. — Їй-богу, прийдіть! Там, наприклад, увесь цвіт нашого города збирається. Це ж прямо таки Бульйонський ліс! (він так і сказав «Бульйонський»). З одного боку, дивишся, прийдуть народній комісар, з другого — ідуть сливки художества. Недавно бачив, наприклад, отого художника… Пам'ятаєте?

Мені раптом забилося серце. Кілька останніх днів я навіть спеціально блукала по городу з надією зустріти Чаргара.

І тому, коли діловод сказав мені, що бачив його в міському саду, одразу ж рішила поїхати туди.

Як тільки смерклось, я негайно пішла до автобусної стоянки. Там сіла на шостий номер і за півгодини була вже біля входу в міський парк.

Стояла тепла й прозора осінь. По алеях шелестіли парочки. В глибинах гаїв падало листя. Коли я зупинилась на дальньому горбику, мені здалося, що йде частий дощ. Я тоді подивилась на небо — воно було криштально чисте, і його тиха бірюза ласкала мої очі. За парком, десь на польових гонах, співали дівчата. Я згадала нашу провінціяльну дичавину й шведські могили. З-за дерев сходив місяць. Мене затривожило. Передчуття зустрічі з Чаргаром після довгої розлуки примушувало моє серце то стискатись, то прискорено битись. Хвилинами мені навіть здавалось, що цей вечір буде судним днем мого неспокійного життя. Коли я тепер оглядаю пройдену путь, то мені цілком ясно, що в мені менше всього говорила самичка. Але в той вечір мені навіть приходила мисль, що хочу я одного: хочу віддатись художникові. Я хочу взяти його голову на свої коліна й ласкати її.

— Яка безумна радість, — навіть раз прошепотіла я, — бути рабою цієї людини. Яке щастя лежати біля його ніг і почувати себе такою маленькою й нікчемною.

Мені тоді і в голову не приходило чогось вимагати від нього. Мені вже не потрібні були його тайники — так принаймні здалося мені того вечора. Я просто чекала Чаргара.

Тоді, як завжди було зі мною в такі хвилини, мені захотілося реготати й свистіти. Я свиснула. Потім вивернула свій капелюшок і вивернутим наділа його. Я пішла й сіла на стілець. До мене летіла тоска віольончелі: на обсерваторії стояв радіорупор, і це почалися вечорові концерти. Віольончеля тоскувала над парком. Потім я зірвалась до виходу: мій терпець луснув — так я хотіла бачити Чаргара.

Але в цей момент із-за дерева виринула діловодова постать і зупинилась біля мене.

— Добрий вечір! — сказав він.

Я незадоволено відповіла. Кук сказав мені, що він уже давно шпаціріує по алеях і зовсім не припускав, що й я тут. Потім він зробив мені руку калачиком і запропонував трохи поблукати з ним. Я хотіла відмовитись, але згадала нашу вранішню розмову й пішла: я боялась, щоб він мене не запідозрив щодо Чаргара.

— Ви, наприклад, не думаєте виходити заміж? — раптом спитав діловод і подивився мені в очі.

— Це мені подобається, — іронічно сказала я.

— Що вам подобається? — не зрозумів мене Кук.

— А от те, що ви з місця в кар'єр приступили до діла.

— З місця в кар'єр? Гм... Цю справу, як той казав, треба розжувати.

Кук грав олив'яними очима й так піжонськи помахував хлистиком, що я ледве втрималась, щоб не зареготати. Це було в буквальному сенсі втілення шаржу. Я дивилась на нього й думала, як могла затриматись до нашого часу така архівна фігура та ще й у великому городі.

Але довго тішитись із діловодом я, звичайно, не мала охоти, і в слідуючий момент він почав уже нервувати мене. Щохвилини озиралась по сторонах, приглядалась до городян і шукала серед них художника. Я вже проклинала діловода й шукала зачіпки якось одійти від нього.

— Ервика! — раптом крикнув Кук.

— Еврика! — поправила я його.

Він, мабуть, почервонів, бо йому заблищали очі. Кук одвернувся і змовк. Він був страшенно самолюбний, і всякий казус, подібний до «ервики», його страшенно хвилював. Тоді я, щоб зам'яти неловкий момент, спитала його:

— Ви, здається, хотіли мені щось сказати?

— Так, я вам хотів щось сказати, — ледве чутно промовив Кук. — От скажіть мені, чому ви на мене розгнівались?

— Коли це я на вас розгнівалась? — здивовано спитала я.

— Тоді ж ото, як з «місця в кар'єр». Ви, може, подумали, що я вас хочу покомпреметувати (він так і сказав «покомпреметувати»)? Так це зовсім напрасно: Боже спаси, — і в думках не було!

— В чому справа? — занервувалась я.

— Ви, може, подумали, — сказав Кук, — що я насмішки строю над вами (він так і сказав «насмішки строю»): мовляв, не беруть її — от і не виходить заміж!

Я зареготала. І справді: як було не реготати? Ця мавпа не тільки була високого розуміння про себе, більше того: він хотів якось там співчувати мені!

— А, може, ви мене візьмете за дружину? — іронічно запитала я.

Діловод зам'явся: виходить, і ця мавпа не хотіла брати мене. Власне, цей уже не хотів мене брати за дружину.

— Не турбуйтеся, товаришу Кук, — сказала я. — То просто жарт, я не думаю виходити заміж.

Діловод одразу ж пояснів. Тоді я сказала Кукові, що я хочу просто бути його любовницею, я хочу віддатись йому, бо мені скучно жити. Я хочу, щоб він заходив до мене на квартиру, і ми вдвох будемо вбивати час. Я, мовляв, завжди була проти міщанської сім'ї з геранню на етажерці. Навіщо, мовляв, це? Можна й так прожити.

Ми виходили в місячну полосу. Це було далеко від головного виходу, і городяни тут майже не зустрічались. Зрідка пройде боковою алеєю парочка й раптом зникне за деревами. На вокзалі кричав традиційний паровик голосно і протяжно. Падало листя, як тихий дощ.

Я подивилась на Кука: він тулився до мене і був блідий. З рота йому (можливо, це мені здалося) текла слина.

— Так що ви це правду говорите? — сказав він тремтячим голосом і змовк.

— Істинну правду! — сказала я.

Тоді він спитав, чи дозволю я йому переночувати в себе. Я спитала для чого — він мовчав. Я сказала, що хочу в нього переночувати. Кук зідхнув: в нього, мовляв, не можна, бо до нього на ці дні приїхала мати. Тоді ж я спитала, що ж робити? Діловод знову мовчав. Мені прийшла мисль і я кинула:

— А, може, зараз підемо в кущі?

Він здригнув і погодився піти в кущі. Він іще щільніше притиснувся до мене й взявся правою рукою за моє ліве грудне яблуко. Я обережно відхилила йому руку. Потім діловод зупинився.

— От тільки я думаю, — сказав він, — скільки тепер аборт коштує?

— А вам це для чого? — спитала я.

Кук знову зам'явся... Тоді я зрозуміла його й кинула:

— Я з вас на аборт нічого не буду вимагати.

Діловод знову прояснів. Він із вдячністю подивився й ще щільніш притулився до мене. Тоді ми прискореним кроком пішли до кущів. Небо було таке прекрасне, а на душі мені лежав камінь. Я тоді вже забула про Чаргара, ніби й справді мене цікавив тільки Кук — цей діловод із мавпячою фізіономією.

Над парком тоскувала віольончеля. Місяць стояв над гігантським дубом і байдуже продовжував свою гігантську путь. Я спокійно йшла поруч діловода, але тепер я не найду епітета тій бурі, що кипіла тоді в моїх грудях. Раптом я зупинилась:

— А знаєте що, — сказала я. — Аборта я не думаю робити!

— Як так? — зупинився й Кук.

— Дуже просто: я хочу народити дитину.

Діловод зам'явся. Я зрозуміла його й сказала, що перед coitusom йому прийдеться трохи подумати. Він не вісімнадцятилітній юнак і повинен знати, чим це пахне.

— Ви, мабуть, говорите про аліменти? — хутко зрозумів він.

— Так, я говорю про аліменти.

Тоді Кук свиснув і сказав розв'язно, що на таке діло він не хоче йти, бо це йому не по кишені, і він краще буде користуватись проститутками. Та не встиг він договорити останньої фрази, як я з усього розмаху вдарила його по фізіономії. Кук зблід і стояв з опущеними очима.

Але я вже погасла. «За віщо я його вдарила?» — метнулося мені в голові, і моє серце занило. Справа в тому, що, по суті, на землі я не бачила винних, і себе я завжди вважала за добру наволоч. Кук був такою маленькою й нікчемною крапкою, що мені до болю шкода його стало. Тоді я похилилася на дерево й ледве чутно промовила:

— Пробачте мені, товаришу Кук. Що хочете робіть зі мною, але не гнівайтесь на мене!

— Нічого! Нічого! — говорив він. — Це залишиться між нами… Я не думаю віднімати у вас посади.

Він так і сказав «я не думаю віднімати у вас посади». Я тільки це почула. Ця фраза, як ножем різонула мені в грудях, бо Кук так і не зрозумів мене.

…Діловод давно вже зник за деревами, а я стояла біля дуба на пустельній алеї й тупо дивилась у голубе небо.

VI

З Чаргаром мені так і не вдалося побачитись, аж поки прийшла зима. Зимою я бачилась із ним кілька разів. Ці зустрічі були холодні — і тільки нервували мене. Я вже й сама стала запобігати його. Але мені ввесь час було таке почуття, яке буває людині, коли вона ще щось не скінчила й мусить скінчити. І те, що вона мусить скінчити, прийде обов'язково, бо воно таке ж неминуче, як і природна смерть.

Я ходила з порожнечею в душі, але розглядала такий свій стан, як тимчасове явище, як необхідний і цілком природний етап на темній дорозі мого неспокійного життя.

Вранці я йшла до установи, працювала там вісім годин, потім брала якусь роботу додому й дома працювала ще кілька годин.

Зима була вогка, брудна. На вулицях завжди тонули в тумані міські ліхтарі, і мені зовсім не хотілось іти на бульвари.

Іноді до мене заходила товаришка Уляна, але я рідко розмовляла з нею. Іноді я писала листи до мами — і тоді мені знову прокидалися далекі спогади: біленький домик, півник на флюгері й темні провінціяльні садки. Але додому мене тепер зовсім не тягнуло — я вже знала, що туди мені нема повороту.

Розбуркала мене, як і треба було чекати, весна. Ця нова весна й була, коли так можна висловитись, початком мого кінця. Вже в перших числах березня я знову затривожилась, і мій зимовий сон якось хутко відлетів. Я знову затоскувала за даллю. Але ця тоска була така неможлива, що мене й справді взяв сумнів, чи не захоріла я. З тоскою знову прийшло буйство, веселий сміх і безтурботність. Іноді підходила я до дзеркала й дивилась на себе. Тоді я бачила дві гарячі й вогкі темнокриваві вишні: то були мої очі.

Очевидно, і Чаргар захвилювався. Колись він прислав мені листа й прохав мене поїхати з ним у пригородний молодняк. «Моя хороша Б'янко (писав він), сьогодні так пахне весною, і сьогодні мене так тягне в даль (він так і написав «в даль»), сьогодні летіли з вирію гуси, і ми мусимо побачити захід сонця. Ти згодна?»

Ще б пак: хіба я могла не погодитись? По дорозі до місця зустрічі я купила плитку шоколяду і ввесь час облизувала губи.

Я іноді працювала по п'ятнадцять годин на добу, я жила так, як хотіла, і за це, до речі, мене в установі називали князівною. Я любила шоколяд, голубе небо й прекрасні очі художника.

Чаргара я застала на призначеному місці зустрічі, біля площі Трьох комунарів. Я міцно стиснула йому руку, він відповів мені тим же. Коли я сідала в фаетон, Чаргар невзначай зачепив мені груди. Це так мене схвилювало, що я всю дорогу почувала, як поширюються мені ніздрі.

Коли ми виїхали з останнього міського кварталу й перед нами спалахнув безмежністю степ, я подивилася на Чаргара й сказала:

— Чому ти протягом цілої зими був такий холодний до мене?

— Чому я був холодний, ти мусиш догадатись, — усміхнувся він. — Цю зиму так почували себе всі хмурі люди города.

— Рішуче всі? — спитала я. — І комуністи, і радслужбовці, словом усі ті, хто не може помиритись із своїм оточенням?

— Рішуче всі! — знову усміхнувся він.

— Значить, і ти належиш до категорії хмурих людей?

Мені раптом прийшла мисль, що Чаргар в тяжкому ж становищі, як і я, і боліє моїми дрібненькими болями. Це припущення було таким несподіваним, що я зареготала. Зареготала не то від радости, що я зовсім не самотня в своїх терзаннях: їх, мовляв, не запобіг навіть великий художник, чи тому, що мені гірко стало на душі, бо ж мій кумир мусів при такому припущенні негайно полетіти із свого п'єдесталу.

— А що значить хмурі люди? — спитала я. — Як мені розуміти тебе?

— Я думаю, цей термін такий же старий, як і сам світ, — ухилився він од відповіді.

— А от я й не пам'ятаю, де я чула його.

Я збрехала, і Чаргар це помітив. Тоді він прикусив нижню губу. Так завжди було з ним, коли він починав нервуватись. Я рішила не чіпати його, і далі ми поїхали мовчки.

З фаетону ми вийшли верстов за десять від города. Ми наказали візникові чекати нас і пішли на узлісся. Якраз заходило коротке сонце. Була хрустальна тиша. Дерева стояли ще голі, але рання молода весна вже побідно ступала з півдня. То там, то тут проривалась зелена трава, і всюди гомоніло птаство.

Ми пішли по якомусь лісовому кварталі. Ішли довго й мовчки. Потім перекидались якимись фразами (я зараз забула їх). Раптом Чаргар зупинився й сказав:

— Я хочу тебе залишити на якісь п'ять хвилин. Ти нічого не маєш проти?

— Прошу, — спокійно сказала я, припускаючи, що йому треба... Ну, словом, ясно.

Чаргар пішов, і я залишилась серед лісу сама. Тоді я знову подивилась на небо. Воно було надзвичайно чисте й молоде. Тільки з півдня наступала якась хмарина, але й вона скоро розтанула в просторах. Я глибоко зідхнула й подумала про незнані світи, про мільйони соняшних систем. Ці мислі якось придавили мене. Я відчула себе страшенно нікчемною й маленькою. Всі мої болі й радості були такими смішними на фоні цього Грандіозного космосу, як смішний мені біль комахи. Я подумала, що такі мислі приходять уже тисячі років мільйонам людей і що вони будуть приходити ще тисячі років і новим мільйонам людей. Тоді зачарований тупик постав переді мною з такою ясністю, ніби я відчула його якимсь новим, невідомим мені почуттям.

Я стояла без Чаргара вже більше десяти хвилин, і це мене затривожило. Чи не трапилось із ним якогось нещастя? Я рішуче ґушила в тому напрямку, куди пішов художник. Ішла по гущавині, і гілки раз-у-раз били мене по голові. Ішла довго (так здавалось мені тоді), а Чаргара не було. В лісі стояла надзвичайна тиша, і було вечірньо. Що далі, то більше сутеніло. Тоді мені прийшла мисль, що я можу тут заблукатись — і мені стало сумно. Я зупинилась і скрикнула:

— Агов!

Але тільки луна відгукнулась мені й замерла десь у гущавині. «Наче ліс життя» — подумала я й кинулась у другий бік. Раптом я вийшла на поляну. Я вийшла на поляну й зупинилась, як укопана. А втім, інакше й не могло бути. Бо й справді: Чаргар стояв серед дерев на колінах обличчям до вечірнього сонця, і було таке враження, ніби він молиться.

Це мене так здивувало, що я навіть не найшла, що йому сказати, і мовчки чекала його.

На дальньому дереві жевріла полоска конаючого сонця, і відблиск її падав на південний край чорного лісу. Був прекрасний момент для споглядання. Я пригадала Індію й священні гімни «Рамаяни». «Чи не найшли вже на вітчизні Тагора, — подумала я, — мою химерну даль?»

Нарешті Чаргар підвівся. Він пішов тихою ходою до мене, ніби нічого не трапилося. Його хода буквально загіпнотизувала мене, і я зустріла його мовчанкою.

— Ходім! — спокійно сказав він.

Очі йому було затуманено, він ішов, похитуючись, мов п'яний. Пам'ятаю, зідхнув і взяв мене під руку. Потім забрав мою руку й притиснув її до свого серця. Почуття радости обхопило мене, бо мені прийшла мисль, що тільки сьогодні Чаргар став близькою мені людиною. Я вже не хотіла тривожити його своїми, частенько невдалими запитаннями й тому мовчала. Але на цей раз він сам почав розмову.

— Я гадаю, Б'янко, — сказав він, — ти розумієш мій душевний стан і простиш мені, що я тебе примусив так довго чекати.

— Я тебе розумію, — сказала я.

Потім він говорив, що йому приблизно такий стан, який був Мойсееві, коли він сходив з гори із скрижалями. Але потім він чомусь усміхнувся, наче не довіряв сам собі чи то іронізував над своєю останньою фразою про Мойсея.

— Я тебе розумію, — ще раз сказала я.

— Ти мене й не можеш не розуміти. Я вже не раз думав про споріднення наших душ.

— Спорідненість наших душ? — якось хутко спитала я.

— Спорідненість наших душ! — ще раз підкреслив Чаргар.

Ця остання фраза знов, як обухом, ударила мене по голові. — Отже, і він говорить, що я нічим не відрізняюсь від нього? Я жодним рухом не показала цього Чаргарові. Я тепер так боялась, щоб він не покинув свою одвертість! Я вже добре знала його — і знала, що найменша моя цікавість одразу викличе небажану мені реакцію, і Чаргар знову стане неприступним.

— Ти знаєш, — раптом зупинився він, — мені на поляні блиснула така геніяльна мисль, якої існування я й не міг припускати. І цікаво, — говорив він далі, — сиджу я десь у підвалі, а наді мною клюб… як його…

— Радслужбовців.

— Ну да, радслужбовців, — раптом занервувався він.

— Чому ти хвилюєшся? — спитала я.

— А тому, — різко скрикнув він (і мені знову здалося дитячим дискантом), що я не виношу цієї самовпевнености нашого віку. Всі ці ячейки, комісари, комуністи — все це така дешева демагогія… Така…

Чаргар не міг підібрати слова і змовк. Потім зупинив мене, подивився уважно мені в очі й сказав тихо:

— Тобі можна довірятись?..

— Що з тобою? — здивовано кинула я.

— Я тобі вірю, — сказав він і схопився руками за голову.

— Ах, Б'янко. Якби ти могла зрозуміти мене! Ну навіщо?.. Ну навіщо ці комуністи, ці ячейки, ці профспілки й тисячі інших організацій? Боже мій, ну навіщо? Я задихаюсь! Я їх зовсім не хочу чіпати — Боже, спаси! Хай вони завойовують цілий світ. Але при чому ж тут я? Чому я повинен кожної хвилини озиратись і повинен слухати ці мітинги? Боже мій, як я хотів би, щоб вони зовсім не знали про моє існування!

Чаргар іще раз у розпуці схопився за голову і змовк. Я подивилась на нього. Він плакав. Далебі він плакав: я бачила, як кілька сльозинок покотилось йому по щоці. Тоді мені прокинулось почуття неможливої огиди — і я різко й чітко сказала:

— Сер Чаргаре. Що з вами?

Він стояв спиною до мене, похилившись на дерево. Він так простояв хвилин дві. Але коли він повернувся, то я вже знову бачила колишнього неприступного художника.

— В житті все буває, — нарешті зовсім іншим тоном і холодно сказав він.

Я здивовано подивилась на нього. Мені прийшла мисль, що Чаргар побачив, як він далеко забрів у розмовах зі мною, і поспішив замести сліди. Спеціяльно для цього й було розіграно жалкеньку мелодраму. Ця мисль здалася мені такою правдивою, що я на другий день навіть забула про цей епізод. «Ну нє, — подумала я. — Тепер ти в моїх руках — і я примушу тебе сказати недоговорене».

...Ми вже знову стояли на узліссі. Сонце зайшло. Стояв темний ліс, і бігла темна дорога. На дорозі маячів наш фаетон. Скоро ми сіли в нього й повертались до города. Чаргар усю дорогу мовчав, і розпрощались ми також мовчки. Пам'ятаю, я стиснула йому руку й трохи її придержала. Він здригнув, але я руки його все-таки не випустила. Тоді Чаргар мусів її вирвати. Я зареготала, він на це ніяк не реаґував. Він просто повернувся і пішов од мене прискореним кроком.

VII

За кілька днів я знову бачилася з Чаргаром, але ця зустріч нецікава — і я її обминаю. Пішла я від нього, коли на небі стояв уже молодик. На вулиці Деляклюза я зустріла сіроку журналістку. Вона попрохала в мене п'ять карбованців. Я дала. Вона сказала, що їде до своєї матері, що «живе на північному краю города». Вона хоче повезти їй подарунок. Я їй, звичайно, не повірила, бо знала, що вона просто їде до свого любовника — він, здається, тайний розпусник. Вона трохи збентежилась, але потім зупинила мене біля вечірньої вітрини й тихо, на вухо, запропонувала поїхати з нею. Вони — її любовник і вона — хочуть улаштувати ніч п'янки й любовної оргії.

— Ну, Б'янко, поїдемо на п'янку, — зробила вона гру слів і всміхнулась.

Я сказала, що я, можливо, і поїхала б, коли б загубила свою невинність.

— Себто яку невинність? — здивовано спитала вона.

Я сказала й хотіла йти. Тоді журналістка схопила мене за руку й нахабно зареготала.

— Так ти ще… — і вона кинула непристойне слово. Потім затягла мене в куток підворіття і, майже захлинаючись, говорила мені:

— Так ти не брешеш, що не знала мужчини?

Я побожилась і раптом відчула, як мене обхопило пожаром бажання. Тоді сіроока журналістка здавила мені руку вище ліктя й так сильно, що я мусіла її відштовхнути. Вона казала мені, що я красуня, що за моє тіло дадуть дві тисячі карбованців, що такі жінки живуть в Одесі й Москві, де багато буржуа з капіталом. Я, мовляв, мушу негайно йти з нею — і я найду такий чудовий закуток, який мені й не снився.

Вона мені малювала напрочуд привабливі й цинічні картини. Але вона такими божевільними очима дивилась на мене, що я мусіла її ще раз одштовхнути.

— Ти не поїдеш зі мною? — нарешті в розпуці скрикнула вона.

— Не поїду!

Я сказала рішуче. Тоді вона замахнулась і хотіла вдарити мене в обличчя. Але я вчасно схопила її руку й одвела вдар. Я її так міцно схопила, що вона мусіла стати на коліна. Я й сама не знала, що я така сильна жінка. Журналістка раптом заплакала. Тоді я поцілувала її в голову (пахло поганенькою пудрою) і посадила її в трамвай. Вона поїхала, а я пішла додому.

Додому я йшла переулками, не поспішаючи. Легенька тривога раз-у-раз примушувала мене здригатись. На площі Повстання я зупинилася біля шоколядного кіоску й купила плитку міньйону.

Я прийшла за півтори години й сіла за стіл. Пам'ятаю, до мого вікна підійшла товаришка Уляна й спитала, чи не хочу я посидіти в альтанці. Мені не хотілось виходити з кімнати — і я сказала:

— Чи не холоднувато надворі?

— Що ви? — сказала товаришка.

Я не знала, що їй говорити й мусіла вийти до альтанки. Ми сіли на стілець і почали розмовляти. З півгодини ми перекидалися якимись незначними фразами, а потім між нами виникла така розмова:

— Ви вірите в судьбу? — спитала товаришка Уляна.

— Як би сказати вам… очевидно, не вірю.

— Знаєте, — сказала вона, — теоретично, коли так можна висловитись, я теж не вірю. Власне, я і не маю права вірити (вона, очевидно, натякала на приналежність свою до партії), але от на практиці якось інакше виходить.

— Чи не думаєте ви, — сказала я, — що ідеалістичні теорії мають рацію існувати?

Товаришка Уляна замахала руками.

— Що ви! Як може прийти мені така мисль, — перелякано сказала вона. — Я думаю тільки, що в світі завжди варіюються два світогляди. Але коли ідеалізм має багато недоговорености, то я думаю, що й матеріалізм не без слабих боків.

— Іншими словами — вас не задовольняє ваша партія?

Товаришка Уляна знову замахала руками.

— Нічого подібного! Мені тільки хочеться внести деякі ясності в свій світогляд. Я, знаєте, — казала вона далі, — раніш ніколи не задумувалась над цими питаннями, а тепер вони мене страшенно тривожать.

— Без причини нічого не буває, — резонерствувала я.

— Очевидно, і у вашій тривозі єсть якась причина.

— От! — раптом підхопила товаришка Уляна. — Ви цілком справедливо кажете. Я, знаєте, почуваю якусь небезпеку. Я певна, що зі мною трапиться якесь нещастя.

Вона зробила не зовсім логічний висновок, але я на це не звернула уваги й стала її заспокоювати. Тоді вона відстоювала свою думку й ніяк не могла заспокоїтись.

— Саме якесь нещастя, — говорила товаришка Уляна. Я ніколи не помиляюсь. Колись на фронті мені прийшла мисль, що вночі трапиться несподіванка. Я сказала, мені не повірили. Один комісар запропонував навіть викинути мене за пророцтво з партії… А вийшло все-таки по-моєму: наш штаб захопили, і тільки я вирвалась.

— Ну, це — випадок! — сказала я.

Тоді товаришка Уляна знову запротестувала, і я вже з нею не сперечалась. Я тільки думала, що товаришка Уляна, може, й має рацію настоювати на своєму, і думала, що вона одна з тих невдачників, що приходять на світ тільки для того, щоб мучитись.

Раптом по садках долетів до нас рев із зоологічного: то ревів лев за ґратами. Рев був якийсь сумний і безвихідний. Можливо, звірові приснились далекі простори його вітчизни, можливо — щось інше.

— От! — з великим наголосом на «от» сказала товаришка Уляна. — Реве лев! Іноді й людям хочеться так ревти.

Потім вона зідхнула. А потім вона багато говорила мені про часи громадянської війни. Вона довго говорила мені того вечора про той дикий і тривожний час, коли люди ходили голі й голодні й були велетнями й богами. Вона так тепло говорила про свою епоху, як про неї не скаже жодний поет. Той химерний час я зачепила тільки одним крилом своєї юности, але товаришка Уляна зовсім даремно думала, що я не розумію його. Він і мені лежав на серці. Я подумала, що тоді всі пізнали таємну даль, але той час уже не прийде ніколи, як не прийде ніколи й голуба молодість.

«Значить, і даль треба шукати на якихось інших шляхах?» — подумала я.

На другий день я не пішла на службу: я прокинулась із головними болями. Коли вийшла в сіни, щоб там скип'ятити чаю на примусі, в наш коридор хтось постукав. Я пішла й відчинила двері. Увійшов товариш Бе. Обличчя йому було пом'яте й бліде: він, очевидно, не спав цілу ніч. Я до цього часу ніколи з ним не розмовляла (був він якийсь суворий і нелюдимий). Але на цей раз якось механічно кинула:

— Здраствуйте!

Він здивовано подивився на мене й підморгнув мені лівим оком. Тоді я в свою чергу здивовано подивилась на нього. І тоді ж я побачила, що він п'яний. Щоб якось одв'язатись од нього, я сказала йому, що його чекає товаришка Уляна.

— Ви кажете Уляна? — сказав він і підійшов до мого примусу.

— Так!

Товариш Бе вийняв із кишені портсигара й несподівано кинув:

— А ви, знаєте... бабйонка нічого собі... цимес!

Я суворо подивилася на нього й сказала, що він краще зробить, коли піде до себе.

— Чого ж це до себе? — п'яно забелькотів він.

— Там вас чекає товаришка Уляна! — різко сказала я.

Товариш Бе стукнув ногою й вилаяв свою дружину матернім словом. Я круто повернулась і пішла в свою хату. Я довго думала про життя товаришки Уляни, але як їй допомогти — не знала. А втім, можливо, це тільки тепер мені здається, що я турбувалась за товаришку Уляну. Можливо, і товаришка Уляна, і сіроока журналістка, і діловод — всі вони давали відпочинок — і тільки. Бо, і справді, всі вони були, по суті, епізодичні особи в моїй історії й не могли мене цікавити. Я просто дурила себе.

Але цьому мусів прийти кінець, і він прийшов.

VIII

Отже, ішла весна, прилетіли солов'ї. Я кілька разів була в театрі, але частіше я блукала по городу, як бродячий пес.

Легенька тривога ніколи не покидала мене. Як і раніш, я ходила безтурботною пейзанкою, посвистуючи. В ці дні я з'їла стільки шоколяду, скільки не з'їла його за ввесь свій вік.

Уже надходило свято Першого травня. Напередодні я зробила ванну, вимила й надушила своє тіло. Все це так ретельно робила, ніби й справді збиралась до шлюбної ночі. Я наділа сорочку з рожевими стьожками й лягла спати.

Прокинулась щось о восьмій годині, і мені на душі було, як ніколи, радісно й дзвінко. Стояв добрий весняний ранок. На вулицях уже грали оркестри й носились автомобілі до загороднього поля. Я хутко одяглась і побігла до установи. Там ми мусіли зібратись і відтіля йти на гіподром. Мені місцком дав ролю організатора, і я перев'язала руку червоною хусткою. В першому коридорі мене зустрів діловод. Я поклонилась, він мені не відповів. З останньої нашої розмови він став уникати мене й завжди сухо звертався до мого столика. Проте поводився він зі мною досить чемно. Я це з'ясовую не так його порядністю, як тим, що до мене гарно ставився місцевий комгурток (я проводила в установі досить таки велику громадську роботу), Кук страшенно боявся комуністів і завжди ходив перед ними на задніх лапках.

Ми вийшли організованими шеренгами на майдан Ляссаля й відтіля пішли на гіподром.

Всі вулиці ломилися від городян, і я подумала, що свято Першого травня стало вже нашим національним святом, бо навіть буржуазія святкує його. Я згадала Париж, Францію, тамтешнє всенародне свято й подумала, що між нами й французами є багато спільного. Цю думку я сказала одній машиністці, що йшла поруч мене. Вона мені нічого розумного не відповіла, бо вона була страшенно нерозвинена. Тоді почула нашу розмову сіроока журналістка й підійшла до мене.

— Ти гадаєш, що між нами й Францією можна провести паралелю? — спитала вона.

— Так!

— В якому сенсі? — і вона чомусь зло подивилась на мене.

Я сказала. Я говорила, що велика французька революція страшенно нагадує нашу, що... і т. д.

— Ти говориш, як Ціцерон! — іронічно сказала вона.

— При чому тут Ціцерон? — спитала я.

— А при тому, — раптом занервувалась вона, — що не тобі тикатись із своїм носом... в політику!

— Припустім, я помиляюсь, — спокійно сказала я. — Але хіба я не маю права думати?

Сіроока журналістка мовчки подивилась на мене й пішла в бік. В цей момент нашу групу зупинили: ми вже підійшли до гіподрому.

Було море квітів на величезному майдані, і стояв грохот десятка оркестр. На головному пляцу піонери й комсомольці робили фізичні вправи. На кількох трибунах оратори виступали з доповідями. Ревли сирени, метушились автомобілі. За півгодини великі групи почали розбиватись на невеличкі гуртки, потім уже блукали й одиночки. Тоді передвижні трупи розкинули передвижні сцени, і на майдані виросло кілька мініатюрних театрів.

Я покинула своїх і пішла блукати. Десь тут я мусіла зустріти Чаргара, бо я не припускала, щоб він не вийшов сюди

Пам'ятаю, зупинилась біля ларька №4. Взяла пляшку квасу й пожадливо випила. Потім пішла до екрану малярів. Там художники за п'ять хвилин малювали карикатури діячів революції. Там я й зустрілась із Чаргаром.

Він був веселий і весело стиснув мені руку.

— Сьогодні надзвичайно чудовий ранок! — сказав він.

Я притиснулась до нього, і ми пішли. З годину ми блукали по гіподрому, потім рушили в степ. Мені прийшла мисль пожартувати.

— Ти знаєш, — кинула я, — сьогодні ти йдеш зовсім не з дівчиною, а з молодичкою!

— Що ти цим хочеш сказати? — спитав він.

Я зареготала й сказала йому, що я вже вийшла заміж. Він почервонів чомусь і, ґалянтно вклонившись, поцікавився:

— Дозвольте ж тепер запитати, хто ваш чоловік?

— Діловод Кук, — сказала я. — Ти, мабуть, знаєш його?

— Так, я його знаю. Здається... прекрасна людина!

Я певна була, що він не вірить мені й жартує, і тому перейшла на іншу тему, не думаючи робити спростовання.

Ми йшли в морі безсмертників. Праворуч нас летів у небо величезний спис радіо. Пам'ятаю, мені раптом здалося чомусь, що Чаргар під невеличким «градусом».

— Ти сьогодні наче трохи підвипивши? — спитала я.

— Я сьогодні трохи підвипивши, — усміхнувся він.

Я спитала, чому так рано. Він сказав, що він уже кілька тижнів починає дні горілкою. Він горілку не дуже любить, але не може не визнати, що «горілчані» дні безтурботніші й веселіші. «Невже він серйозно плакав тоді в лісі?» — подумала я й сказала:

— Чому тобі такий безнадійний погляд на життя?

— Відкіля це ти взяла? — усміхнувся Чаргар.

Потім запевняв мене, що він на життя дивиться дуже весело. Він у той день багато реготав, реготала й я. В такому безтурботному реготі і в таких розмовах ми проблукали до вечора. Нарешті Чаргар сказав:

— Ну, пора вже й додому... Ти не думаєш зайти до мене?

Я погодилась, і ми пішли до нього. З півгодини ми блукали по переулках, поки нарешті не вийшли на майдан Трьох комунарів. Біля Чаргарової квартири ми були, коли вже почало темніти. Раптом до нас підійшла циганка. Я погодилась, щоб вона погадала мені. Чаргар занервувався й сказав, що це некультурно фанфаронствувати своєю некультурністю.

— Це — резонерство! — сказала я.

Потім говорила, що він теж деколи впадає в містику, натякуючи на історію в лісі. Чаргар занервувався. Але я вперто стояла на своєму. Тоді він порадив мені відійти в бік, щоб мене хоч не бачили в клюбі радторгслужбовців. Я нарешті зрозуміла його й сказала циганці, що гадати не буду. Коли ми сходили на ґанок, я звернулась до Чаргара:

— Скажи мені, коли б циганка підійшла до нас десь у безлюдному місці... ти дозволив би їй гадати?

Чаргар мовчав. Але я вже без нього знала, як би він зробив у цьому випадку, і негарне почуття знову прокинулось у мені до художника.

В кімнаті ми сіли на ліжко. Я взяла в руки якусь книгу. Чаргар теж. Так — мовчки — ми просиділи кілька хвилин. Тоді на небо налетіла темна хмара, і в кімнаті майже зовсім стемніло. Десь замирали Першотравневі оркестри. Город стихав. Потім за вікном закрапало, і пішов дрібний дощ. Легенький вітер увірвався в кімнату, і запахло якимись польовими квітами.

Хоч Чаргар і зіпсував мені трохи настрій, але я ще переповнена була враженнями дня, і тому, коли він положив свою руку мені на коліно, я із вдячністю подивилась йому в обличчя: в очах йому стояв тихий блиск і нагадував мені нашу першу зустріч. Очі його знову вабили мене своєю неясністю. Що далі, то більш мене хвилювало тіло художника. Нарешті він узяв мене за руку й промовив:

— Б'янко. Ти й сьогодні скажеш, що говорила колись?

— Що саме? — спитала я й здригнула.

Чаргар зам'явся й мовчав. Тоді я впевнено підійшла до електрики й погасила її. Потім я знову сіла на ліжко.

— Ти, може, маєш на увазі циганку? — спитала я, свідомо відтягаючи рішучий момент.

Чаргар мовчав і ласкав мої руки. Потім він цілував мені пальці.

— Ну, в чому ж справа? — знову спитала я.

— Я говорю... — замнявся він і рішуче додав, — ти говорила, що кохаєш мене?

— Так. Говорила.

Він знову помовчав. Потім плутано почав запевняти, що й він покохав мене, що... і т. д.

— Ти теж говорив мені про це! — усміхнулась я.

Але — почекайте! — то ж були, мовляв, несерйозні розмови! Словом, він тільки тепер відчув, як він кохає мене. Я згадала недавній свій жарт про весілля з Куком і спитала, чи не трапилось із ним того, що з Онєгіним. Коли Татьяна була вільна, він її відштовхував. Як вийшла заміж… Ну, ясно: історія повторюється. Тоді Чаргар став божитись, що нічого подібного не трапилось, що це мої вигадки.

Я занервувалась. Невже це говорить славетний художник? І тоді ж мені блиснула жахна мисль. Чи не думає він і справді, що я вийшла заміж за Кука? «Так от чому покохав він мене!.. Теж аліменти!» Я обережно стала його випитувати.

— Ну, добре, — сказала я. — Припустім, що ти мене кохаєш, і припустім, що я обдурила тебе.

— Себто як? — не зрозумів мене Чаргар.

— А так, — спокійно сказала я. — Я й не думала виходити заміж. Це просто був жарт.

Він ураз одхилився від мене й захвилювався: мовляв, навіщо ці жарти? І потім, хто мені дав право так жартувати з ним? (Він так і сказав «хто мені дав право»). Тоді я вмить підвелася й засвітила електрику. Я стала напроти Чаргара й різко сказала:

— Що значить — «хто дав мені право»? Відкіля цей тон?

Він сидів блідий і мовчав. Мені знову прийшла мисль, що я перебільшую, що я зовсім не зрозуміла його (він, мовляв, просто не любить жартів у серйозні хвилини), що я зовсім даремно турбуюсь: Чаргар і не думав мене ображати. Я підійшла до нього й закинула свою руку на його шию.

— Милий мій, — сказала я, — не гнівайся! Я, їйбо, проти волі образила тебе.

Він довгим і уважним поглядом подивився мені в очі. В ці хвилини мені буквально забило дух і бракувало повітря — так хвилювалась я. За один момент мені в голові пронеслось мільйон думок. Вони летіли, як блискавиці, наздоганяючи одна одну.

— Добре, я на тебе не гніваюсь! — сказав художник. — Але все-таки ти мені мусиш сказати: ти вийшла заміж, чи ні?

Тоді мені блиснула мисль, і я сказала:

— Вийшла, мій милий! Вийшла!

Він рішуче взяв мене за руку й посадовив на ліжко. «Аліменти», — якось мляво подумала я й відчула в усьому тілі неміч. Чаргар мене ласкав. Свіжий вітрець летів у кімнату, і знову запахло якимись польовими травами. Дрібний весняний дощик ущух, і в вікно зазирала темна ніч. Чаргар підійшов до електрики й погасив її. Він обережними рухами примусив мене розтягнутись на ліжку. Чаргар хотів уже брати мене, як у цей момент мені вернулись сили. Я так одштовхнула його, що він ледве вдержався на ковroutines. Потім я скочила з ліжка й знову запалила електрику. Я підійшла до Чаргара. Він здивовано поставив на мене свої очі. Тоді я красномовно подивилась на нього, плюнула в обличчя й мовчки пішла до дверей.

IX

Так скінчилась моя історія з художником. Так ганебно скінчилось це святе (він так і говорив колись: «свята простота») і тепле кохання. Хіба можна написати ту муку, що творилась тоді в моїй романтичній душі? Сьогодні я на життя дивлюсь цілком реально. Сьогодні я й сама іноді посміхуюсь із себе. Але тоді в моїх очах маячіла Сентиментальна даль, і тому, коли я побачила, що Чаргар, моя остання надія, не міг утекти від світового бардачка, я кинулась у розпач.

Пройшло кілька днів із того часу, як я бачила Чаргара, але мені здавалось, що це було так давно й так далеко, як далеко маячить глухий закуток моєї неповторної молодости й тих духмяних золотих півників, що не то ліденцями на ярмарку снились мені, не то серед «анютиних глазок», кануперу й м'яти закукурікали моє дитинство.

Вечір Першого травня рішуче й навіки відкинув усі мої надії й сподівання, і я раптом зупинилась перед порожнечею канцелярських буднів.

Як я тепер ненавиділа художника! Боже мій, як я його ненавиділа! Тільки тоді я зрозуміла, що, по суті і біленький домик, і золотого півника на флюгері, і темні провінціяльні садки — все це я покинула в ім'я його. Спершу, як і треба було чекати, я хотіла якось помститись на розбитті надії. Мені так хотілось принизити й наочно показати Чаргарові, чого він вартий. Але потім це бажання погасло в мені, і я вже просто не згадувала його — таким маленьким і нікчемним зробився він у моїх очах.

Але тоска за даллю не покидала мене. Більше того: вона тепер так розгорілась, як ніколи. Це було її останнє полум'я.

Ніхто з радслужбовців не брав такої великої громадської нагрузки, як я в ці дні. Я, як п'яничка горілкою, захлиналась нею. Мені здавалось, що я затоплю в цій роботі своє лихо. Але скепсис уже з'їдав мене. Мені ввижалось, що я, по суті, виконую дрібну й зовсім непотрібну роботу дрібних і нікчемних людей, що живуть, як воли, як корови, що коло їхніх інтересів обмежується «геранню» на столі. Я брала активну участь в організації жінок, в делегатських зібраннях, в редагуванні місцевої стінгазети, але я завжди думала, що нашу стінгазету зовсім не випадково називають «Стінгазом» («стінгаз»). Саме все це — газ, димок. Горить вогка солома, а люди сидять біля цього ілюзорного вогнища й гадають, що «без огню не буває диму».

Колись я виходила з установи й на порозі зустріла сіроокую журналістку. Вона якось нахабно подивилась на мене, взяла мене під руку й пішла зі мною. Коли ми підійшли до театрального садка, вона сказала:

— Ну, так ти й досі Париж згадуєш?

— Який Париж? — спитала я.

— Ах, Боже мій, — сказала вона. — Навіщо ховатись від мене? Я говорю про той Париж, що… Велика французька революція?

— Одмовляюсь тебе зрозуміти! — холодно сказала я.

Тоді журналістка запевнила мене, що Париж уже ніколи не повернеться й не може повернутися. Вона говорила, що бачить мене наскрізь. Але вона мені радить не турбуватись, бо я зовсім не те, чим здаюсь собі.

— Ти знаєш, — раптом сказала вона, — єсть багато непомітних людей. Ну… комісарів, припустім, але вони живуть так, як усі живуть. І саме тому вони й герої. А що таке ти? Ну, скажи — що таке ти?

Я здвигнула плечима й мовчала, бо я й справді не розуміла, чого вона хоче від мене. Тоді журналістка потріпала мене по плечу й несподівано зареготала.

— От що, — сказала вона, — поспішай на мою доріжку, а то буде пізно.

Потім вона покинула мене, і я пішла додому.

Того дня я не обідала. Мені в'їдливо лізла в голову якась мисль, і я вперто затримувала її в підсвідомості. Так пройшло кілька годин.

В коридорі товаришка Уляна роздмухувала чоботом самовар і гулко кахала. Вже пройшло кілька днів із того часу, як вона заходила до мене, і мені прийшла мисль, що я проти волі холодніш тепер поводжуся з нею. Тоді я пригадала її перебитий ніс, і він зупинився переді мною якоюсь настирливою плямою. Ще я пригадала товариша Бе і його дику розкуйовджену голову й ніяк не могла уявити його в ролі закоханого юнака.

Раптом біля мого вікна сіла якась птичка й заспівала. Це було так химерно на фоні темно-голубого неба, що я згадала дитячу казку про щастя: «Жив-був дід із бабою, і от прилетіла до них…» і т. д. У дворі кричали діти єврея, і я подумала, що старий єврей і досі мудрує над талмудом, як тисячі років тому мудрували такі ж старі євреї.

В моїй кімнаті стемніло, і мені прийшов у голову таємний «голем», чорт-хапун, і судний день єврейської провінції.

Вечоріло. Товаришка Уляна й досі роздмухувала самовар. Десь настирливо кричала сирена. І тоді я раптом відчула, що я вже не гідна далі тікати від себе.

— Отже, журналістка пропонує мені поспішати? — сказала я. — Але куди поспішати? Що значить поспішати?.. Боже мій, що це зі мною робиться!

— Ага! тепер і «Боже мій»! — подумала я.

І саме тоді мені раптом усе ясно стало. І справді: хіба я ввесь час не боролась із Богом? Я хотіла своїми власними силами пізнати напівабстрактну даль. Але без «Нього» (я пишу «Нього», бо він і справді був мені тоді безвихідною судьбою) це неможливо було зробити. Я хотіла пізнати даль без «Нього», але він не міг мені пробачити цього.

— Так, — подумала я. — Це мені за нахабство.

Я підвелась із ліжка. Я ще ніколи не вірила в Бога й тому обрушилась на нього з такою силою свого нового почуття, з якою звертались до неба тільки фанатики. Тоді я відчула потребу стати на коліна перед образом Спасителя.

Я хутко пішла до дверей і вийшла в коридор. В кладовій товаришки Уляни я колись бачила стару ікону: її туди викинув, очевидно, тов. Бе. Я рішила взяти її відтіля й поставити в своїй кімнаті. Але, як я зроблю це? Товаришка Уляна кладову завжди замикала, і мені треба було дістати ключ. Але тут же я згадала, що в кладовій стоїть прас. Тоді я пішла до товаришки Уляни за прасом. Я постукала. Вийшла товаришка Уляна з замотаною головою.

— Що з вами? — спитала я.

Вона почервоніла й подивилась на мене зажуреними очима. Вона говорила, що необережно опеклася водою з самовара, і говорила, що це скоро пройде. Але я їй, звичайно, не повірила, бо синці під очима говорили зовсім інше. Це була справа тов. Бе: він, безперечно, бив її цієї ночі.

Товаришка Уляна зідхнула важко і раптом прошепотіла:

— Бідний, бідний товариш Бе!

Потім ми ще з півхвилини постояли в напівтемному коридорі мовчки. Потім у кладовій зашаруділи пацюки, і я сказала:

— Чи не дозволите мені забрати ваш прас?

Товаришка Уляна засуєтилась і побігла в кімнату. Я гадала, що вона винесе ключ, а вона винесла прас: він був на кухні. Так що на цей раз я так і не дістала ключа. Але зате я його дістала пізніш, коли зайшло вже сонце.

Ікона, що я за нею схопилась якось похапки і з тривогою, була старою дошкою, і на ній ледве-ледве вирисовувався образ Спасителя. Спаситель мав надзвичайно привабливе обличчя й одразу настроїв мене на відповідний лад.

Я внесла його в кімнату, прив'язала до нього (до неї, до ікони) невеличку мотузку й повісила в куток.

Потім я побігла в місто й купила там у якоїсь торговки біля базару лямпадку й пляшку лямпадкового масла.

Потім прибігла додому й засвітила лямпадку перед Спасителем. Я не світила електрики, і тому в кімнаті стояв напівмістичний присмерк. Збоку в кладовій шаруділи пацюки.

Тоді я впала на коліна, схрестила на грудях руки й мовчки фанатично дивилась на образ Спасителя. Я молилась. Я так молилась, як молилась тільки в дитинстві. Раз-у-раз я зідхала тяжко і тоді я думала, що стою в катакомбах перших християн і несу на собі великий хрест. Переді мною проходили фанатики середньовіччя, велика інквізиція й глухі манастирі моєї вітчизни. Страждання людей, їхня хресна путь до світової Голготи — все це так ясно постало переді мною.

Я дивилась на образ Спасителя, але я думала про темну ніч нашої дійсности, що загубилась у таємному космосі, про придавлених фортуною людей моєї вітчизни, і я так хотіла, щоб легенда про фантастичного доброго ангела перетворилася в дійсність, і я так безумствувала всім тим чистим, що залишилося в мені.

— Боженько! Мій милий, хороший Боженько! — шепотіла я й уважно дивилась на образ Спасителя.

Тихі дитячі сльози падали мені по щоках, і я вже вірила, що прийде якесь чудо раптово й несподівано. Я стояла на колінах кілька годин, але я не почувала втоми.

Вже давно над городом стояла темрява. На башті годинник пробив два рази. Свіже повітря рвалось у мою кімнату й колихало вогненний язичок моєї лямпадки. Знову шаруділи в кладовій пацюки.

— Боженько! Мій милий, хороший Боженько!

Я молилась так тепло, як тоді, в дитинстві, коли ми з мамою виходили з білого домика і йшли по темних провінціяльних садках зустрічати світле Воскресіння Христа.

Я простояла на колінах цілу ніч і тільки тоді підвелась, коли в кімнаті зовсім розвиднилось.

З того часу я кожного дня світила лямпадку й кожного дня ставала на коліна перед образом Спасителя.

Іноді я молилась за товаришку Уляну, за сірооку журналістку і навіть за Кука. Чаргара я не згадувала, і не тому, що мені була злоба до нього, а просто тому, що він якось вилетів мені з голови. Він уже не існував для мене: його місце на моєму серці запосів образ Спасителя.

Пройшла весна, прийшло знову гаряче літо. Я працювала в установі так акуратно, як раніш. Більше того: комуністи вважали мене за зразкового робітника. Тільки тепер я не вміла реготати й не вміла так смачно їсти шоколяду.

Колись я прийшла з роботи страшно стомлена й рано лягла спати. Уночі до мене хтось постукав. Я запалила електрику й тільки-но хотіла піти до дверей і одчинити, як двері знову загриміли ще з більшою силою. Я ніколи, здається, нічого не боялась. Але на цей раз я просто обурилась. — Мене здивувало нахабство. Така пізня ніч — і так стукати до одинокої дівчини. Я знову погасила електрику й лягла спати. В мої двері стукали ще з півгодини, але я не звертала уваги й засинала. Місячна пляма впала на спинку мого ліжка, і я згадувала молоді роки й пригадала сусіда-візника. Він теж так уперто стукав на свою жінку, як цей невідомий, що стоїть за моїми дверима.

Нарешті я заснула. І сниться мені химерний сон. Ніби я напередодні якоїсь подорожі й чогось чекаю. Завтра ніби буде якийсь карнавал і буде мандоліна. Завтра біля степового вогнища під вечірнім небом — Декамерон. І тоді мій край, як ідилія узамітної Ніцци. Раптом Дон-Квізадо виносить на прилюдний диспут (і думає захищати) магістерську дисертацію на тему «душа матерії». Маестро Дантон усміхнувся.

— О, маестро! — скрикнув Дон-Квізадо. — І на моїй мові каламар звучить надто прозаїчно, бо він асоціюється з паламарем. Але от я беру це слово і, як індійський факір, зачаровую ним ваше притуплене ухо. Тоді твій мужній голос у мемуарах твоєї доби — як тигр серед чвирі. Бери перо, наливай у свій каламар атраменту й пиши.

Тоді маестро Дантон пише. І його древній каламар, що з нього подають ножі дві сотні літ, зачаровує таким незначним деталем, як спогад, коли він уперше взяв у руки перо й з тривогою вивів першу літеру. Це була «М». Мисль? Милість? М'ятеж? — не знає, але він думає, чи не була то Марія.

— Я тебе заклинаю, як індійський факір! — кричить Дон-Квізадо. — Я хочу пізнати твою душу, о матеріє! Невже ти, як панцерник, і сила моєї художньої інтуїції не найде дороги до твоєї темної душі?

Маестро Дантон усміхнувся й кинув царственно-похабний жест. Дон-Квізадо змовк. Балаганчик заревів, загримів, зарокотав. Вискочив циган, метнувся перед публікою і пропав за тиром...

— ...Фу, чорт! яка нерозбериха! — скрикнула я й прокинулась.

За вікном стояла мертва ніч. Але я, очевидно, недовго спала, бо в двері мені знову настирливо стукали. «Стукаєш?» Ну, і стукай!.. — подумала я, і знову почала засинати. Тоді сниться мені другий сон.

На краю оселі, де праворуч порожній майдан і старовинна козацька церква, стоїть хатка на курячих ніжках. І хатка, мов казка, мов Пушкінська няня, як Гофман, як бризки Вайльда, як ночі, що тисяча їх і одна. Летять у ніч безшумно кажани. Кричить тривожно сич:

— Угу!

В хатці я, аферистка, провокаторка, убивця, і моя сестра — проститутка. Сестра допіру прийшла з тайного публічного дому й сидить на печі біля сибірського кота. Кіт таємно муркотить своє одвічне муркотіння.

— ...Але, як мені обмити руки, — з тоскою думаю я, — коли вони в людській крові? Кому розповім свою муку — я, аферистка, провокаторка, убивця? Вчора я зарізала на великій дорозі, що ховається за мигдальними кучугурами, що пересікає тракт Карла XII, — вчора я зарізала жінку з дитиною. Три дні позад я спровокувала цілу країну.

— Б'янко, — раптом звертається до мене сестра і в її очах стоїть невимовна скорбота. — Яка тоска!

Тоді я повертаюсь і бачу в первіснім степу над вітром тирси гострі списи. Іде ватага, і стоїть степ, як мариво в пожарах. Тисяча й одна ніч, забута країна, медові ландшафти, екзотика круторогих волів...

— Чи не це понесе Чаргар на олтар світового мистецтва? — думаю я.

Тоді мене знову зажурено перебиває сестра:

— Б'янко, ти чуєш?

— Що чуєш? — скрикнула я. — Сволоч! Замовчи, потаскухо!

Сестра уткнула обличчя у вовну сибірського кота й тихенько заплакала.

— Сестро! — говорю я далі. — Ти не знаєш, хто буде цезарем майбутньої імперії — світовий мільярдер, чи світовий чиновник?

І каже сестра крізь сльози:

— Яка ти чудна, Б'янко, хіба ця мисль і тебе тривожить?

Тоді починає колихатись хатка на курячих ніжках. Мене хилить. Я безумовно хочу заснути. Сестра пестить мою голову. В кімнаті домовина — така змертвіла тиша, і... раптом очі мої зупинились: вони найшли крапку.

— Морітурі те салютант! — скрикнула я, як римські ґлядіатори, що йдуть повз імператора на бій.

Але це було тільки передчуття. Навколо мовчазно, і лише цвіркун, як дячок над мертвим, одбиває речитативом. Тоді я підходжу до вікна й бачу: на темно-синьому фоні бездонного неба, над порожнім майданом, над козацькою церквою, що одиноко стоїть на краю оселі, в повітряних просторах маячить велетенська чорна силюета. Це була така божевільна фантастика, що я мимоволі відкинулась од вікна. Але — даремно: дика кішка тривоги вже торкнула мене своєю ласкавою лапкою. Ще раз торкнула і так м'яко, і так енергійно. І впало моє серце, і розсипалось ледве чутним тривожним дзвоном. Я напружую мислі, де я бачила цю велетенську силюету в кепі?

— О, далекий! — раптом скрикнула я й побачила: з жахною силою, розсікаючи темно-сині простори, летів на землю витвір геніяльного скульптора. Потім удар — і тиша.

— О, далекий! — знову скрикнула я і, як божевільна, вискочила з хатки, що на курячих ніжках.

І знову переді мною змертвілий порожній майдан і нічне темносинє небо. «Де ж він упав»? — думаю я. — Де ж цей геніяльний витвір у кепі?

Тоді я побачила: там, де впав він, замаячіли три могили. І лежать у цих могилах у середньовічних капелюхах три витязі. І сказав перший:

— Морітурі те салютант!

...Я знову прокинулась. На чолі мені лежали краплі холодного поту. У вікно вже зазирав міський світанок. Я підвелась і наділа виступці. Якесь передчуття охопило всю мою істоту. Невідома сила потягла мене до дверей. Я в розпуці відчинила їх і побачила перед дверима закривавлений труп товаришки Уляни з розрубаною головою. Але дивно: я навіть не скрикнула. Я тільки подумала тоді, що товаришку Уляну вбив, очевидно, товариш Бе.

«Бідний, бідний товариш Бе!» — згадала'я її теплу фразу. Тоді я заперла двері й підійшла до ікони (перед нею жевріла лямпадка). Я спершу здивовано подивилась на образ Спасителя, а потім суворо сказала:

— Ну, Боженько! Чому ж ти не відчинив дверей, коли до мене стукала твоя раба Уляна? Ну?

В кімнаті стояла півтемрява, і на неї поволі і обережно насувався міський світанок. Лямпадка ввесь час миготіла й робила на образі Спасителя химерні тіні. Було тихо й урочисто.

Але я вже безумствувала. Якась дика злоба свердлила мені мозок, і страшна образа лягла на моє серце. Мені прийшла мисль, що образ Спасителя — це не що інше, як мертвий Чаргар. Я відкинулась від ікони й підійшла до вікна. Я буквально ковтала свіже повітря, бо мені здавалось, що от-от задихнуся. Потім я підійшла до Спасителя й з неменшою насолодою, як і Чаргарові, плюнула в його прекрасне обличчя. Потім узяла із стола кухонний ніж і порубала дошку з образом Боженьки на маленькі трісочки. Я погасила лямпадку й викинула її у вікно.

Ішов світанок. Я вийшла в коридор, переступила через закривавлений труп товаришки Уляни й пішла на вулицю. В коридорі біля розрубаної голови, очевидно, було багато крови, бо я трохи забруднила свою спідницю.

Я йшла поволі. Я вийшла на ту дорогу, що веде до глухої провінції. Тоді я круто повернула й пішла до квартири Кука. Повз мене проїхав асенізаційний обоз, і вулиця раптом запахла важким калом. Але я не тільки не кинулась убік, навпаки — з якоюсь пожадливістю я вбирала носом важкий запах міських нечистот.

Наді мною, очевидно, стояло м'яко-голубе ранкове небо, але я його не бачила. Я виходила на нову дорогу, де так усе просто й ясно, де люди живуть і вмирають, як справжні епікурейці. Ця дорога ніколи не була для мене загадковою, і я знала, скільки м'ятежних людей пройшло нею. Це мене підбадьорювало. Я вийшла на майдан Трьох комунарів і звернула в кривий заулок.

X

На цьому я й мусіла б скінчити свою бліденьку історію, коли б не маленький деталь, що остаточно схарактеризує мого останнього бога.

Я прийшла на квартиру Кука, коли він іще спав. Я постукала. Він вийшов у кальсонах і став прохати в мене пробачення. Тоді я сказала, що нічого не маю проти. Він мене, звичайно, не зрозумів. Я сказала йому, в чому справа.

Мовляв, я хочу віддатись йому, але... з умовою: він мусить негайно дістати мені посильного. Кук спершу не повірив мені — він, очевидно, боявся, щоб я його знову не обдурила. Але ранній час і моє бліде обличчя його переконали, що я не жартую. Він заметушився.

Тоді я зайшла в кімнату й сіла до столу. На конверті я написала: «Художникові Чаргарові», а в листі прохала Чаргара спішно прийти до Кука (я дала й адресу), — інакше я негайно віддамся діловодові. Я написала, що я й справді ще не виходила заміж і взагалі не думаю виходити. Але сьогодні вранці я хочу подарувати свою невинність. Коли він встигне — я дарю йому, не встигне — її забере діловод із мавпячою фізіономією.

Я писала дуже незв'язно, але все-таки так, що Чаргар мусів мене зрозуміти. Потім я передала листа посильному.

Коли посильний побіг, я сіла біля Кука й обняла його. Від нього пахло неприємним потом, і я подумала: «асенізаційний обоз». Потім я йому віддалася.

Але я ще не встигла й підвестися з ліжка, як у двері постукали. Я вже знала, хто там стояв. Тоді я взяла простиню й понесла її за двері.

Чаргар стояв блідий. Я йому мовчки показала на кров (мені на мить блиснула розрубана голова товаришки Уляни) і сказала, усміхаючись:

— Це рештки моєї невинности… Забери, коли хочеш.

Чаргар мовчав. Тоді я круто повернулась і пішла в свою установу.

НАРЕЧЕНИЙ

Вона була тихесенька собі телефоністка з волосної телефонної станції. Вона жила й виросла в такій глушині, де, крім фанта, ніяких розваг не знають. Ім'я їй було Катруся. Її не можна було назвати красунею, але навіть місцеві кумушки добачали в ній багато симпатичних рисок. Якось так трапилось, що вона закохалась у волосного писаря і якось так трапилось, що волосний писар пішов у партизани — у ті партизани, що проти білих загонів. До цього часу вона буквально нічого не розуміла в політиці. Але тепер вона зрозуміла, що треба воювати проти генералів і що не треба царя. Вона, нарешті, навіть зробилась справжньою революціонеркою, бо Михайлик (так звали її коханого) писав, що справжні революціонери не тільки проти царя, але й проти соціял-угодовців. Коли приходили нудні й довгі степові ночі, вона сідала до столу й писала: «Дорогий мій, золотий мій Михайлику! Пишу тобі на твою колишню адресу, але не знаю, чи дійде і чи дістанеш ти цього листа. Я тебе кохаю, як і колись кохала — дуже, так, що аж зідхати важко. Я вже тепер не тільки проти царя, а й проти соціял-угодовців. Коли до нас приходять червоні, я страшенно радію і навіть плачу від радости. Всі вони такі гарні й хороші, ніби всі вони були твоїми близькими товаришами. Так що, дорогий мій, золотий мій Михайлику, тільки вони мене трохи втішають у моєму самотньому житті».

І далі вона писала в такому ж дусі і довго потім плакала і радісними й сумними слізьми.

Михайлик написав їй колись, що листів від неї зовсім не одержує, бо їхній загін весь час пересувається з одного місця на друге. Їй боляче було прочитати це, але вона мусіла примиритись з таким становищем.

Так пройшов рік, другий і, нарешті, надійшли останні дні громадянської війни. Одного ясного дня, коли над забутим селом стояло ласкаве осіннє сонце, Катруся одержала від Михайлика звістку, що він днями, мабуть, пройде з загоном своє рідне село. Він нічого більше не писав, але вона певна була, що він тепер обов'язково залишиться біля неї, бо не вік же йому воювати за революцію і страждати по фронтах: мовляв, тільки його та ще двох, здається, нема на селі, а решта давно вже сидить по своїх хатах. Вона думала, що вони тепер обов'язково поберуться і заживуть щасливим життям, бо Михайлик тепер не звичайний собі писар, а червоний і, можливо, навіть писар-комуніст.

Сидячи біля телефонного апарату, вона раз-у-раз зазирала у вікно й дивилась на дорогу, що йшла від далекої сиротливої станції, де мусів зіскочити з потяга її наречений: вона не припускала й мислі, що Михайлик може прийти зовсім не зі станції, а з широкого степу, з якоїсь іншої слобідки, походом.

На селі було зовсім тихо, ніби тут ніколи й не було громадянської війни.

Зрідка із степу тягнулися вози зі снопами і пахло молодим хлібом. На бані самотньої церкви лежало спокійне сонце і спокійно випроваджало з вигону першу череду ідилічних корів. Бігли пастушки і чітко замикали коло селянського сентиментального ландшафту.

До Катрусі увечері приходили подружки: Таня-попівна й Соня — молода вчителька. Вони довго й багато говорили про Михайлика і страшенно заздрили Катрусі. Приходила ще до Катрусі й її мати і теж говорила про Михайлика. Але й мати, й Таня-попівна, і молода вчителька йшли додому, і тоді Катруся брала з полички якусь книжку про життя (у телефонній кімнаті була ще й місцева бібліотека томів на 20) і читала її, сторожко прислухаючись до кожного шелесту за вікном, бо вже було зовсім темно й не видно було дороги до станції.

Так пройшло кілька днів. Кожного дня над волосним селом сходило ласкаве осіннє сонце і кожного дня заходило за золотою банею самотньої церкви. Кожного дня пахло молодим хлібом і з вигону повертались сентиментальні пастушки. Катруся навіть змарніла трохи: коли ж, нарешті, повернеться її Михайлик? Вона вже не боялась, що його десь уб'ють злі вороги-царисти й соціял-угодовці, але вона вже боялась, що її нареченого одіб'є якась інша жінка з тих невідомих країв, що про них вона буквально нічого не знає. Жінок на світі багато і кожна з них може покохати її Михайлика й навіть може його причарувати. І тепер їй так тривожно билось серце, як ніколи. «Боже мій! Хоч би скоріш він їхав!» — колись прошепотіла вона і тяжко зідхнула.

Саме в цей момент телефон задзвонив. Катруся здригнула. Дзвоник був якийсь незвичайний і тривожний. Вона взяла до вуха рурку й сказала:

— Я слухаю.

— Дуже приємно, що ти слухаєш, — фамільярно сказав незнайомий голос.

Катрусі хутко забилось серце. Їй раптом прийшла мисль, що говорить з нею ніхто інший, як її довгожданий Михайлик. І справді: він же йде з отрядом і, очевидно, вони їдуть на конях, а не по залізниці.

Як це вона досі про це не думала?

— Це ти, Михайлику? — ледве вимовила вона від хвилювання.

В рурці зареготало.

Регіт був якийсь неприємний і такий образливий, що їй одразу ж тоскно заскиміло в грудях.

— Я слухаю! — уже тремтячим голосом промовила вона.

— Дуже приємно, що ти слухаєш, — знову фамільярно сказав той же голос.

Іншим разом Катруся, очевидно, з обуренням положила б рурку на місце і вже не відповідала б нахабі, але тепер вона цього не могла зробити й стояла біля апарату з розгубленими і стривоженими очима.

— Так ти чекаєш Михайлика? — нарешті, спитав її той же голос. — Відкіля ж він мусить дзвонити тобі?

— Коли ви щось знаєте про нього, то, будь ласка, не жартуйте зі мною! — у розпуці промовила Катруся.

Тоді голос сказав їй, що він, звичайно, знає Михайлика, але все-таки цікавиться, відкіля вона чекає його.

Тоді Катруся сказала, що вона чекає його з Червоної армії і що він мусить днями приїхати додому. Голос спитав, чи не наречена вона його? Вона сказала — «так!» Тоді виявилось, що той, хто говорить з нею, начальник її Михайлика, і вони за якісь дві години будуть у неї. І ще він спитав, як вона ставиться до червоних. Катруся почервоніла і сказала, що вона давно вже на боці червоних і проти царя та соціял-угодовців.

І ще він спитав, чи нема в її селі зараз загону якогось.

Вона сказала, що загону ніякого нема і що взагалі тут давно вже бачили військо. Тоді той, хто говорив з нею, покинув рурку, і вона одійшла від апарату. Вона дуже хвилювалась і навіть розчервонілась від хвилювання, бо за якісь дві години мусіла, нарешті, побачити свого довгожданого Михайлика.

Уже зовсім звечоріло. На ліве вікно впав промінь від срібного місяця, і сам він, срібний місяць, почав зазирати в кімнату. На селі співали дівчата. На дзвіниці старий дзвонар почав довго бити у розбитий дзвін, ніби доба має не 24 години, а ніяк не менш, як 240. Катруся метушилася біля своєї скрині, а потім метушилася біля дзеркала, що стояло на столі біля запаленої лямпи. Вона готувалася до зустрічі зі своїм нареченим. На ній уже було найкраще її блакитне плаття, пошите за останньою провінціяльною модою, і також її найкращі черевики, що вона їх торік купила в найближчому городі, на толкучці. Їй дуже хотілось зараз поділитись з кимсь своєю радістю, але їй ні з ким було поділитись, бо мати, як і Таня-попівна та молода вчителька, сьогодні не прийшли до неї, а до них побігти вона боялась, бо їй здавалось, що от-от застукають у двері й на порозі появиться її золотий Михайлик.

Вона раз-у-раз виглядала у вікно і прислухалась до степу.

Але поки що в степу було тихо. Тільки вози зрідка рипіли та перегукувалися селяни. Десь угорі кричали гуси і так далеко, ніби вони були вже за невідомими морями. Колись Катрусі було сумно слухати їхній сумний ґелґіт. Але тепер вона ставилась до нього зовсім байдуже.

Катруся подивилася на годинник: треба було чекати з хвилини на хвилину.

Але вона вже не могла чекати. І тоді ж вона почула, як у степу раптом зашуміло, загоготало й пішов кінський тупіт. То до села наближався дорогий загін з її Михайликом. Вона одійшла від вікна й сіла до апарату. Вона зараз уже покине виглядати, бо — хто його знає! — може, Михайликові й ніяково буде перед товаришами, коли вони побачать, як тоскує за ним його наречена.

Шум, гоготіння й кінський тупіт наближались. Нарешті, вона почула голоси якоїсь команди і, нарешті, біля телефонної станції зупинилось кілька коней.

Хтось зійшов на ґанок і постукав у двері. Катруся відчула, як їй затремтіли коліна, і вона ледве-ледве дійшла до сіней. Вона так довго шукала защіпки, що за дверима навіть почали гніватись.

Та от руки їй зупинились і защіпка з дзвоном одлетіла в бік.

Вона пропустила гостей і пішла за ними в кімнату. При світлі своєї маленької лямпочки вона побачила, що поки що нема її Михайлика. І тоді ж їй чомусь одразу ж тоскно стиснуло серце. Люди, що зайшли в кімнату, були дуже озброєні, але якось химерно виглядали вони. На них зовсім не було червоноармійських зірок і не було навіть ніяких прикмет, що вони червоні. Коли б це було рік тому або навіть півроку, вона б подумала, що це ті, що за царя і соціял-угодовців. Але тепер вона цього не могла подумати, бо їй, як і всій волості, було відомо, що фронтів уже нема і навіть Крим давно вже забрано. Катруся зовсім розгубилась і мовчки стояла перед химерними людьми.

Тоді підвівся зі стільця чорнявий (очевидно, старший серед них) і сказав, звертаючись до Катрусі:

— Так що ви, баришня, чекаєте свого нареченого?

Вона одразу ж пізнала цей голос — це той, що говорив з нею по телефону і так неприємно реготав.

— Чого ж ви мовчите? Вашого нареченого, здається, звуть Михайликом?

— Його звуть Михайликом, — сказала Катруся і зблідла. — Але чому його нема з вами?.. Чи, може, він позаду залишився?

Чорнявий зареготав: мовляв, її Михайлик дійсно позаду залишився. Але чи не розповість вона йому ще раз, як вона ставиться до червоних? Чи може вона вже не має охоти розповідати про це?

Катрусі раптом прийшло в голову, що ці незнайомі люди запідозрюють її чомусь у прихильності до тих, що за царя й за соціял-угодовців. Вона сіла на стілець і почала розповідати, як вона любить червоних, як їй подобається обличчя Леніна і як вона, нарешті, рада бачити їх у своїй кімнаті. Словом, їм зовсім нічого турбуватись за неї, бо вона вже давно мріє вступити до більшовицької партії.

— Так ви, баришня, так би мовити, уже більшовичка? — зареготав неприємним реготом чорнявий.

Зареготали й інші гості. І інші гості реготали також неприємно. Катруся здивовано подивилась на чорнявого і знову зблідла.

— Ну, а як ви, баришня, нащот п'ятикутньої зірки? Не проти неї?

Боже мій, як вона може бути проти? Чи може вони все-таки гадають, що вона з тих, що за царя й соціял-угодовців? Так хай тоді вони спитають Михайлика — він їм розкаже. Це просто непорозуміння — не довіряти їй. Словом, вона ніколи не була проти п'ятикутньої зірки.

— Коли ви, баришня, не проти п'ятикутньої зірки, — неприємно усміхнувся чорнявий, — то ви її мусите носити при собі... А ну бо, хлопці, заголіть їй, — звернувся він до білявого, — подивимось!

Тільки тут Катруся зрозуміла, що вона в лабетах невідомих ворогів. Вона кинулась до дверей, але вже було пізно: на плечах її лежали дві важких руки. Вона хотіла закричати, але й кричати було пізно: обличчя їй затулено було величезною долонею. Вона відчула тільки, як щось слизьке черкнуло по її коліну і як кінці її блакитного плаття залетіли їй на голову.

— Ні!.. Поки що нема! — зареготав чорнявий, і важкі руки покинули її.

Катруся знову стояла серед страшних химерних людей.

— Чого вам треба від мене? — спитала вона і раптом заплакала.

— Я маю бажання бути твоїм нареченим! — сказав чорнявий і, схопивши її в міцні обійми, посадив на свої коліна. Вона ще раз хотіла закричати, але й тепер їй не дали цього зробити. Тоді вона якось враз відчула в собі велику порожнечу й мовчки дивилася сухими очима на підлогу. Все це трапилось так несподівано й так дико, ніби це був важкий кошмар. Їй навіть прийшло в голову, що це їй сниться і що цього ніколи не було і не буде, в її тихому житті.

Але коли гості почали пити горілку й коли один із них повалив її на підлогу, вона раптом згадала про свого Михайлика і закричала диким криком. Вона кусала чиїсь важкі руки, билась об підлогу, і тільки тоді стихла, коли загубила свідомість.

— Ну, а тепер чия черга? — спитав чорнявий і сплюнув на блакитне плаття нареченої.

До Катрусі підійшов білявий з важкими руками і смачно облизався.

...А за якісь півгодини в кімнату зайшов стрункий хлопець і одрапортував:

— Батьку отамане! Варту всюди розставлено і можна бути спокійним!

Він ще щось почав був говорити, але, зиркнувши на підлогу, де лежала в блакитному розірваному платті Катруся, раптом змовк і подивився на отамана очима божевільного.

Це був Михайлик, Катрусин наречений, — той, що не тільки проти царя, але й проти соціял-угодовців.

Ранком, коли ще в небі стояв блідий осінній місяць і темноголубе небо тільки-но займалось добрим, здоровим світанком, махнівський загін поспішав на захід, до Румунії.

БАНДИТИ

I

До самого вечора сліпа Килина сиділа на призьбі й наставляла вухо в той бік, де по зеленому оксамиту луків сріблястою гадюкою плазувала ріка: там погрозливо шуміло. Вона раз-у-раз зідхала й христилась: мовляв, спаси мене, Царице небесна! Потім, налапуючи кілочки на тину, ішла до воріт і кликала:

— Марько! Де ти є?

— Осьдечки, тьотю, — озивалась дівчинка.

— Пасеш?

— Пасу, тьотю!

— Ну й паси з Богом!

І знову прямувала до призьби, і знову прислухалась. Все їй здавалося, що хтось скрадається до хати, і шепотіла:

— Одведи, Мати Божа! Змилуйся, Заступнице! Яка ж то заздрість людська! Безпремінно одберуть, чує моє серце!.. Та воно й так: де ж таки водиться, щоб чужу корову у дворі содержати?.. Незаможниця, кажуть... Яка ж то я незаможниця — сліпенька я.

І ще раз зідхала.

В цей час дячок Нечипір, обгорнувшись добре свіжими снопами, дививсь у невеличку дірку на село. З Гордієвої клуні, де лежав він із Кажаном, Грушівка була майже на долоні. Видно було, як сновигали люди по дворах, іноді чути було навіть, про що говорять. Згадав дячок, як за ним гнались: от-от доженуть, от-от!.. І дріж пробігав по спині! Згадав червоне Кажанове обличчя, і було гидко; мабуть, тому, що той такий величезний парубок, а мав вигляд переможеного півня. Навіть волосся йому стовбурчилось, як у того.

Кажан зарився в снопи й сопів.

І подумав дячок про свого товариша: «їйбо, можна зарізати, як кабанця. Тільки зареве, мабуть».

Було навіть трохи весело. Так завжди почував, коли мав біля себе боягуза.

Липневе сонце стояло вже над Котелевським лісом. Але надворі було душно, і майже в кожній хаті селяни порозчиняли вікна. Чути було, як хтось під вікном люшню лагодив, а недалеко гавкав собака.

Надвечір почало стихати і, нарешті, зовсім стихло.

— Чи не час нам вилазити? — сказав дячок.

Але Кажан і слухати не хотів. Він прохав тремтячим голосом помовчати, поки стемніє.

Тоді хотілось говорити голосно, навіть налякати цього кабанця. «Плаче, чи ще?» і нарочито давив ногою у той сніп, де лежала Кажанова голова.

На ріг до обідраної хати сходились уже цікаві молодиці, і доносились відтіля розмови про Бурися: мовляв, це з ним баталія. Вже потяглися й фури із степу. Вже й селяни пішли до розправи. Видно, як посідали на ґаночку, дехто до пожежного інструменту побрів.

Подивився Нечипір на луки й не міг не продерти ще більшу дірку. Парувала ріка, а над нею скиглили чайки.

На покрівлі клуні цвірінькали горобці, і він згадав, як у дитинстві драв їх. Теж у клуні. Дядько в нього був, любив цю справу. Візьмуть лантухи, свічку й сірники — і під стріху. Горобці від світла зовсім дуріють. Ну й складали їх, як грудки. А як накладуть досить, дядько несе лантух на середину двора й б'є по ньому великим кийком. Пищать горобці. А на завтра хоч лантух і в крові, зате на обід гарних засухарених горобців подають. Тоді він, пам'ятає, частенько в кутку плакав — шкода було пташину...

Нечипір повернувся й сказав:

— Мабуть, незручно лежати, друже?

Заворушився Кажан і якось жалібно прошепотів:

— Та що там говорити... Ех!

Дячок витер рукавом піт на лобі і скинув із себе снопи. Він подивився на селянина, що спокійною ходою пройшов повз клуню, і промовив:

— Може, хоч тепер підемо?

Але Кажан і зараз боявся вилазити. Тоді Нечипір сплюнув і поліз у кишеню по цигарку.

II

Біля розправи стояв гомін.

Підбіг до голови Ванько Петренячий і закричав тоненьким голоском:

— Дядю, а якщо вони вискочуть із тієї вулиці, що на Олексієву леваду веде?.. Що тоді буде?

— А тобі яке діло? — сказав голова.

Хлопчик не зрозумів «дядю» й весело застрекотав: мовляв, він напевно знає, що «вони» саме відтіля вийдуть. Він не бачить, що селянський патріярх уже брови зводить докупи. І тільки тоді почав угомонятись, коли хтось із селян порадив голові:

— Та ви його паличкою! — порадив хтось і додав: — Ану бо, вишкварок, додому гиля!

— Та я ж кажу, дядю, що вони вискочуть, а вам і не видно буде, — образився хлопчик.

— А воно й справді, — сказав один.

— Та й на самім ділі, — додав другий і звернувся до Ванька: — Чий ти є? Чи не вдовиної дочки?

— Та це ж Петренячий. Ось і батько сидить.

— Так би ти й казав одразу. Отож, мабуть, іди до Омельчиного тину та дивись на шлях. А як забачиш кого, то й подавай знак рукою.

Хлопчик побіг, а чоловіки запалили люльки.

Прителіпався й дід Кудря. Довго не хотів з льоху вилазити: ховався від куль.

— Про мене що? — сказав дід Кудря. — Моя хата з краю. А все ж таки жалько хлопців. Це я завсіди скажу.

— Жалько? — насів на діда Микита Гордійович (глитай місцевий). — Чом же ти їх тоді не жалів, як вони закликали до них у «партію»? Ну?

— Куди мені в партію, як я вже на кладовище дивлюсь.

— Отож бо й є: як цукор роздавали, то й ти брав. А як підсобити їм, то й нема.

Підійшов до гурту й Онисько Кривий, і одразу ж до Микити Гордійовича звернувся:

— А по-твоєму, Микито, як? За кого нам руку держати? Чи за цих, чи за тих?

— Це вже ти, голубчику, спитай у Панаса: він більше звісний у цім… Ось іди сюди, Панасе! — покликав глитай худе обличчя із зляканими очима.

Онисько рішуче махнув рукою.

— Ти мені не наливай! — сказав він. — Панас батько Кажанів, а Кажан у Бурисевій сотні. Ти мені сам кажи.

— Що казати?

— Те, що я спитав.

— А що ти спитав?

— Не хитруй, Микито, не хитруй!

А Микита Гордійович до людей спрожога:

— Людоньки добрі! Чого він присікався до мене? Чим я винний перед ним? Увільніть, спасибі вам!

— Та й справді, Онисько! — загомоніли селяни. — Чого ти прилип до чоловіка? І вічно ти, кривий, з Микитою Гордійовичем вовтузишся!

Одійшов Онисько вбік і похилив голову: мовляв, знає сорока, про що стрекоче.

Та тільки не встиг він це промовити, як усі — на ноги! Що там таке? Та що там таке?

Подивились на Ванька, а він ніби сказився. Голівку в плечі втяг, руками, як вітряк крилами.

— Та що там таке? — скрикнув, нарешті, хтось.

— Ку-урява! По вулиці… біжить! — закричав хлопчик.

Одразу трапилась надзвичайна метушня: хто куди. Той через тин, другий у двір, а дехто навіть під ґанок заліз — тільки ноги видно.

Патріярх ніяк не влучить, куди йому бігти. На лиці жах. Та зиркнув у цей момент на Ванька. А той присів, аж за живіт береться та регочеться.

— Кажи ж, сукин сину, що там таке? чого регочешся? — закричав голова.

— То, дядю, — кричить хлопчик, — Мар'янчина дівка біжить. Мабуть, до Палажки Христиної.

— Ах ти, байстря незаконне!.. — сказав патріярх. — Чуєте, хлопці?

Знову зійшлися. Не дивляться один на одного — соромно. І кожному хочеться над Ванькою помститись, та не знають, як зробити це.

Перший заговорив дід Кудря. До Петренячого звернувся:

— І коли це ти вилупив такого?

— Це ти про Ванька?

— Авжеж!

Мовчить Петренячий — ніяково і йому. А Микита Гордійович стоїть біля дверей і обтрушується. Шкода: нову жилетку уболотив.

— Та ви б його хоч за вухо посмикали, — порадив хтось патріархові.

— Звісно, що слід, — нерішуче додав другий.

Голова одкашлявся і сказав «несміло»:

— Ванько, ану бо йди сюди!

— Чого, дядю?

— Іди, я тебе за вухо...

Крутить голівкою хлопчик: мовляв, що це ви надумали?

— Як ти кажеш? — спитав патріярх.

— Нє!

— Як це «нє»?

— Не хочу!

Шипить Микита Гордійович:

— Порядки нові! — «не хочу!». Теж у товариші приписалось. Сказав би мені це літ п'ять позад. Я б тебе «не захотів».

І витер чоло хусткою.

...А сонце вже зовсім сховалось за Котелевським лісом. Дмухав суховій. Заговорили про врожай. Скаржились, що озиме нікуди. Ванько хотів додому бігти — не пустили.

Проте, вийшло зовсім несподівано. Гості, хоч і явились у Грушівку, та не з того боку. Вискочили з Гордієвого городу — і вже біля збірні. Дехто не встиг навіть підвестись. Були це ніхто інший, як дячок Нечипір із Троїцької церкви, що торік пішов у партизани, та Кажан.

...«Тюхтії! — думав дячок і нахабно дивився на селян. Очі бігали йому, як у миші, зовнішньо вів себе спокійно й почував, що викликає своєю маленькою постаттю повагу.

Кажан, порішивши, що вороги сюди не прийдуть, одразу ж закричав на людей і замахав одрізом. Був на півтори голови вищий за Нечипора, а селяни все ж таки дивились на дячка.

Стояли, похиливши голови. Кажан нахвалявся:

— Ви думаєте, що це нас так і розбили? Чорта з два! Хай спробують узяти Бурися.

А коли хтось кашлянув несміливо, Кажан майже проверещав:

— Може, хто зачепити нас хоче? Ану спробуй. За селом цілий отряд стоїть.

Подивились у той бік, куди Кажан головою мотнув — нічого нема.

— Так то, люди… — усміхнувся єхидно дячок і думав про Кажана: «дурень!».

— Недарма амнестію випустили, — казав далі той. — Миритись хочуть! Дзузьки! Хай повернуть тих і те, що в чеку забрали. Правда, Нечипоре? Не дозволимо цього!

Селяни з цікавістю дивилися на Нечипора, а він сидів на дровиняці й пахтів кільцями. Знали його раніш, чули про його діла, і чомусь не вірилось, що це є він. Хотілось підійти й полапати його. Це ж таки була права рука Бурися. А Бурися хто не знає? От уже цілий рік ловлять і нічого не вдіють — як в'юн крутиться.

Кажан ще казав про згоду, хоч його ніхто й не питав.

— Да! Доки не повернуть — миру нема.

— А що ж у тебе, голубчику, забрали? — спитав Кудря.

— Це вам звісно.

— Та я про те кажу, що в тебе нібито й не було нічого?

Засіпався Кажан, а дячок знову єхидно усміхається.

— Ось я тобі покажу, що в мене було, — і зняв одріза.

— Та про мене, голубчику, все одно… — сказав дід Кудря і зблід.

Дивиться дячок на Кажана й ніби нацьковує: ану бо ахни! Правда, і думав про це. Але Кажан опустив гвинтівку й підійшов до Микити Гордійовича. Одійшли в бік. Шепотіли. Пішов і Нечипір, став оддаля. Чув:

— Мені незручно. Ви вже йдіть до себе… Як би ж у мене не кумував Нечипір…

— Ну й добре…

Потім Кажан покликав свого батька й Нечипора і пішли од розправи.

Дивилися їм мовчки услід, аж поки їхні ледве помітні у присмерках постаті зовсім зникли за кучугурами.

— Розбили їх, мабуть — сказав хтось і зідхнув.

— Звісно, розбили.

— Отож їм і тікати б куди-небудь. Воно ж, мабуть, цього діла так не зоставлять. Шукатимуть.

— А звісно, війська хоч сьогодні жди.

— Одно слово, буде шаламотня, — сказав дід Кудря й підвівся. — Мабуть, ходім, хлопці, додому.

І, спираючись на ґирлиґу, зашкандибав по вулиці.

III

Уже зорі почали бліднути, а біля Потапової хати, що на тім краю села, на піщаних кучугурах, стояв галас і п'яні вигуки. Грушівці почували себе в цю ніч моторошно. Майже всюди чекали, що от-от хтось загуркотить у вікна або підніметься стрілянина з гвинтівок. За цей рік так засіпали бійками, що вже й на світ дивитись не хотілось.

Але на селі було тихо. Тільки в Потапа дим коромислом.

— Неси ще! Кажу тобі? — куражився Кажан. — Та гляди — найкращого. Ми звикли гарний самогон пити.

— З удовольствієм, — п'яно лепетав Онисько й звертався до Микити Гордійовича:

— Дозвольте вас, хороший чоловіче, улобизати.

Микита Гордійович ухилявся:

— Іди од мене, причина! Не можу тебе і квит!

— За що ж така немилість приключилась?

— За те, що і нашим, і вашим. О!

— От тобі й два… чи то пак раз! Це ви нащот сьогоднішнього?

— Звісно, не вчорашнього!

Підсів і Кажан. Хрипить:

— А що там таке? Ну бо, Микито, кажи! У нас не довго — під ніготь — і в дамках. Одно слово — жир козир, а по пиці — лясь!

І вдарив кулаком об стіл. Задріб'яжчали пляшки.

— Правильно, Нечипоре?

Дячок сидів біля богів і їв яблука. Він випив усього три наперстки й почував себе тверезим. Тільки очі йому підмаслились, а ліве ніби підморгувати стало. Він знав, що тут не тільки пиячити, а й сидіти небезпечно. Але все-таки думав: «правильно, бельбас! Правильно...»

Микита Гордійович і не радий був, що нагадав про сьогоднішнє.

— Ну, годі, Кажане, годі!.. Схаменіть його, Нечипоре!..

Дячок значно промовив:

— Карьожиться треба покинути!

Кажан подивився на Нечипора й зразу замовк. А Микита Гордійович виправдував Ониська:

— Така проклята вдача — ніколи не піде однією стежкою. Йому щоб одразу дві.

Потім підвівсь і підійшов до вікна:

— Щоб, чого доброго, не заснуло кляте хлоп'я. Слухай, свате, чуєш? Не засне твій Ванько?

Але розбуркати Петренячого не можна було. Він схилився на стіл і, держачи в одній руці пляшку, хропів. Микита Гордійович махнув рукою й вийшов із хати.

А Онисько говорив до дячка:

— Це, так би сказати, ви попівську халамиду на вольноє життя змінили? Хороше діло! Як це в святім писанні сказано: і променях отця і матір свою і пойди за мною. Ну, як ви нащот того... Мабуть, багацько зарізали?

Нечипір здригнув, але промовив спокійно:

— Всяко бувало.

— Правильно! Це мені ндравиться. Одно слово — атльоти!

— А як ці «атльоти» і з тобою те ж зроблять?

Дячок підняв брови й наставив гострі свої очі на Ониська. Той подивився на Нечипора й усміхнувся полохливо.

— Воно, звичайно, ваша власть і сила, але цього робити не можна. Забороняється, як той казав.

Думав: «дурить сволоч». Знає, що тепер нічого з ним не вдіємо. Хотілось підвестись і вдарити по пиці.

А Кажанові похвалятись хотілось. Випив випалом із стакана й почав:

— Воно, конешно, всяко. А як розказати, як слід, то вийде іак. Значить, візьмеш його, положиш горічерева — і нумо видовбувати очі. Звісно, не фунт ізюму. Та ще й нігті на пальцях обценьками поодриваєш. Да! Одно слово, помститися ми майстри. Ну, а Нечипір молодець. Майстер первий сьорт!

Дячок хотів сказати, щоб Кажан помовчав і не знав, як це зробити.

А Кажан випив ще і ще розказував. Онисько слухав уважно, а Панас сидів біля дверей і миготів очима. Потім підійшов до Кажана і говорив йому пошепки:

— Так що, сину мій дорогий, покинь, прошу тебе, оції напасті. Незручно нам. Він же таки (і Панас кивав головою на дячка) вийшов із панів, мабуть. Бог із ним, а нашоє діло сторона.

Кажан похилив голову на стіл і цідив крізь зуби:

— Ви, тату, нічого не понімаєте. Звісно, ваше діло сторона, а моє ні! Бо як був я у пліну, в Германії, скажем, то говоріть мені…

Сів знову струнко:

— Ну, як для приміра содержати картошку в нашім селі? Га? От бачите, і не знаєте. А я цю прахтику пройшов. Скажемо так: вирили ви яму в піску…

Розказав, як збудувати дешевенький льох для бараболі на піщаному ґрунті.

А Потап утирав очі кулаками й хитав головою:

— Вмерла матір, не зумів я тебе призвести до діла. Ох! бідна моя головонька!

— Воно звісно так, — згодився Кажан. — Я сам думав, коли їхав з полону: батько чоловік плохенький, а з матір'ю треба було хатню революцію строїти. Конешно, мати з клевером пшениці не схоче сіяти. А це первоє діло!

В хаті було душно й повно диму. Смерділо паленою ганчіркою і — від розлитого самогону. В розчинене вікно бігли струмки свіжого повітря і чути було крик перепела.

Кажан і Онисько ще наливали в чарки, але Нечипір давно вже не пив і, схилившись на підвіконня, думав про щось. Раптом він підхопивсь і запитав:

— Де Микита Гордійович?

Заспокоїли: щойно був на дворі, Онисько бачив його за ворітьми. Сидить, вартує, а то, мовляв, клятий хлопець утік, мабуть, додому.

...Поки Кажан не розказував про «їхні діла», дячок почував себе спокійно. Тепер була напруженість, і кожне маленьке шамотіння змушувало серце стискатись. Не думав уже із зловтіхою про Кажана, навіть радісно було, що одурив його: Кажан безумовно втік би куди-небудь далі, якби знав, що Нечипір тільки тому й залишається тут, що має на це наказ від Бурися. Удосвіта хтось тихесенько підійшов до вікна, біля якого сидів дячок, і постукав Нечипір від несподіванки аж відкинувся. Підхопився і Кажан, одріз узяв.

Але за вікном було тихо, а через хвилину увійшла сліпа Килина з поводарем Марькою.

— Це ви стукали?

Стукала, звісно, не вона, а Марька. Побачили, що в хаті майже всі сплять, діло ж таке, що треба Нечипора й Кажана побачити.

Дячок, як почув це — до дверей, а в Кажана знову чуб настовбурчився.

Виявилося: сліпа хоче дізнатися в них, чи не одберуть у неї корову, що комнезам подарував. А як ступила, перехристилась:

— Хай вас Мати Божа спасе й помилує!

Кажан одразу зрозумів, у чому справа:

— Не підходь, стара, — сказав він, — за сто верстов. Кажи просто: чи дозволимо держати її чи ні?

— Отож, отож, мої дітоньки, — закланялась у пояс сліпа.

— Ну, то ще подивимось! — кинув Кажан.

Так і пішла Килина, не заспокоївши свого серця. Аж поки сонце зійшло, ходила все коло хліва й прислухалась до шамотіння корови.

…А коли зайнялась рожева зоря, в хату вскочив Микита Гордійович і ледве промовив:

— Тікайте, хлопці, їдуть!

Як убачив Кажан лице Микити Гордійовича — одразу зійшов і хміль, і сон.

— Куди ж ховатись? — забігав він по кімнаті й раптом став, як стовп. Очі витріщив, з місця не рушить і так жалібно до дячка звернувся:

— Що ти наробив, Нечипоре? Було б же зарання сховатись куди-небудь.

— Було б, — перекривив Нечипір і сплюнув.

…Як кішка стоїть він біля дверей: от-от плигне кудись. Шию витягнув, нібито вищий став. Обличчя червоними плямами взялось.

Прокинувся й Онисько, розпух весь, і каже таким насмішкуватим голосом:

— Оце — атльоти, вже й полякались!

— Тікайте в мій очерет, — сказав Микита Гордійович.

Кулею вискочив з хати. Кажан по дорозі згадав, що рушниці забули. Микита Гордійович махнув рукою:

— Та що там про отрізи думати, як «вони» вже цепом ідуть по селу!

Бігли через городи на луки. Зупинились біля розбитої блискавкою верби, перевели дух.

Микита Гордійович указав те місце, де безпечніш було, і вони побігли в болото. Через дві хвилини зникли в очереті.

На селі гавкали собаки — завзято, погрозливо.

Постріл один, другий. І знову тихо. До села вступав загін червоноармійців.

IV

Кажан присів навшпиньки й ледве чутно, спроквола, промовив:

— Ді-іла!

Нечипір, як і раніш, стояв нерухомо, мовчки устромивши погляд кудись у даль.

На корчах було дуже незручно. Перш за все ніяк було присісти, бо прийшлось би ввесь час держати ноги в воді, по-друге, призвичаїтись босоніж до гостряків — теж не легка справа.

А жити тут невідомо скільки прийдеться. Принаймні, доки не виїде з Грушківки отряд, покинути це місце небезпечно. Куди там, — мабуть, усе село облазили, в кожну хату заходили. Вийди тільки — так тебе й підхоплять.

— Люди ж які, — каже Кажан, — сьогодні одному богові вклоняються, а завтра другому. Не встигнеш із очерету вилізти, як уже вкажуть, де ти є...

«Так!.. Різні люди бувають, — продовжує далі думати Нечипір. Інший так і розпинається перед тобою, а за очі готовісінький у спину ніж устромити».

Особливо хвилює дячка Онисько: це ж такий мізерний чоловік. Що він надумав? Чи не викаже? І пробігають по спині холодні колючки. Сидіти ж треба. Нічого не вдієш. Тепер уже тікати нікуди.

Дивиться на Кажана. Читає на обличчі:

«...Чого я забіг із тобою в Грушівку? Показати, з якими людьми валандаюсь? Не варто було!..»

Думає, мабуть, що то є він, дячок. «Мабуть, здаюсь йому нікчемним. Вигляд у мене який?» — і подивився у воду. Потім знову на Кажана.

В очереті тихо. Іноді забреде на лисину дике молоде курча і, побачивши людей, швидко закрутить голівкою й пурхне прожогом у гущавину. Потім по річці пройде дикий пташиний крик. На воді, біля корчів, як у люстерці, відбився шматок блакитного простору. Зелений перстень водяних трав боязко зазирає сюди. А по стрункому стану очерету пробігає легке тріпотіння: — «Ч-і-і-ч!» — і зникло. Високо над головою пролетіли качки.

— Мабуть, і Бурися піймали вже… звісно!.. Може, й розстріляли вже… Авжеж не помилують. Діла!

Кажан став на ввесь зріст і, як кінь, що десь застоявся, спирався то на одну, то на другу ногу. Сплюнув.

— Хоч би табаку захватили… А тепер і живи, як хочеш.

Нечипір мовчав. Почував, що Кажан до нього недоброхітно ставиться, й хотілось його як-небудь задобрити. Не знав. Пожалів, що послухав Бурися. Ця людина, що чарувала його цілий рік, тепер робилась звичайною й навіть непотрібною.

Зате розкуйовджена постать Кажанова раптом почала якось перетворюватись, і він не міг уже глузувати з неї.

— Ну, чого ж ти нічого не кажеш? — кинув Кажан.

Нечипір здригнув. Провів по голові долонею — боліла після випивки. Проте вона, мабуть, боліла й Кажанові.

— Чого я нічого не кажу? — сказав він. — Що ж я буду говорити?

— От тобі й маєш: що ж це ми на печі лежимо, чи що? Треба щось думати.

«…Треба думати — це він правду говорить. І саме мені думати». Але придумати нічого не міг і кинув:

— Будемо ждати. Може поїдуть сьогодні.

— А як не поїдуть?

— Не поїдуть?.. Ні, як же, поїдуть!

— Тьху! наче пообіцяли йому… — сплюнув Кажан. — А я кажу — не поїдуть!

Тоді стало якось дражливо. І тому, що він не міг чогось розумного порадити, відчув себе дячок майже нікчемним, тим більше нікчемним, що постать Кажанова робилась загадковою й навіть страшною.

Хотів сказати щось бадьоре, а вийшло огидно слізливо:

— Не треба, братіку, серчати. Хто ж винен у тім, що приключилося?

Дячок подивився на Кажана. Бачив, як той похилив голову, — мабуть, і йому стало ніяково. А голова ще більш боліла, ніби її хтось обценьками схопив.

От уже сонце й на полудень повернуло, а чуток ніяких. Микити Гордійовича нема, а обіцяв був прийти, коли виїдуть. «...Може, його вже забрали?» — стиснуло серце дячкові, і знову пригадав він Ониська.

Кажан скаржився, що вже їсти хочеться. Нечипір почував те ж.

З далекого заходу підіймалась величезна синя хмара. Повагом сунула вона з обрію вгору, охоплюючи мало не ввесь краєвид. Над очеретами стрілами носились ластівки, а десь скиглила чайка: різко, нібито в неї були не пташині легені. Пурхали зграями шпаки.

Кажан знову підвівсь і злосливо сказав:

— Сволоч!

— Що ти кажеш? — спитав дячок.

— То кажу, — зло усміхнувся той, — що інший страждає, а другий задається. Приміром, надіявся я на декого із своїх, а долучилось — ніщо. Так, аби казати та вводити нашого брата.

— А ти що — маленький? Не знаєш, куди тобі йти? — суворо кинув дячок: йому раптово прокинулась ненависть.

Кажан, мабуть, уже не чекав бачити таким свого приятеля й змішався. Змішався він, правда, не на довго, бо Нечипір знову відчув себе безсилим.

— Робили всі, а розквитатись одному, мабуть, прийдеться, — казав Кажан далі.

Дячок подивився на нього: стоїть блідий і щелепи розвернуло, тільки нібито понижчав.

— Інші, може, вже й розплатились, — кинув він. — Та й мене не забувай, бо не один ти тут.

Зрозуміло Нечипорові, чого це Кажанові самому розквитатись прийдеться. Натякає, певно, на його: мовляв, стане осторонь, а його, Кажана, розстріляють. Але це дурниця: хитрує, бельбас, не знає, як вигородити себе.

В цей час нібито хтось когось покликав. Нашорошились — нема. Але в другий раз уже Кажан попередив.

— Хло-о-пці! — нарешті долетіло з очерету.

Кажан заметушився й ледве не впав з корча. А коли голос покликав іще ближче, дячок спитав пошепки:

— Хто там такий?

— Це я, Ванько Петренячий, — долетіло з гущавини і забулькотіло по воді.

— Чого тобі треба? — знову запитав дячок.

— Та їсти приніс.

Почуття голоду зразу дало знати про себе. Хай буде, що буде, — аби наїстися. Кажан уперед дивиться, — очі як у вовка: голодний. Так в отряді не приходилось голодувати.

— Це Килина сліпа прислала, — казав хлопчик, оддаючи клуночка. — Молоко тут та хліб. Просила, щоб корову не одібрали.

Нечипір усміхнувся: де там уже одбирати!

Їли із смаком, випереджаючи один одного. Коли в горнятку нічого не залишилось, почували, що тільки роздратували себе. Кажан утер губи рукавом і сказав:

— Мало.

— А вона казала, що й завтра пришле…

Почали розпитувати, як на селі, чи великий загін стоїть.

Розказував Ванько багато, а того, що треба — не знає: мовляв, де там йому до справи, коли дядьки там такі гарні поприїжджали.

— А не бачив, скільки їх? — спитав Кажан.

— У нас двоє стоїть… Книжку мені подарували… а далі ще кільканадцять.

— А довго вони тут будуть, не чув?

— Мабуть, недовго. Казали, тільки позавтра виставу зроблять. А там, мабуть, і поїдуть… А може й ні!

Кажан нахмурився, повернув обличчя вбік і — мало не скрикнув. Крізь очерет дивилась на нього пара очей.

— Дядю, чого ви так зблідли? — спитав хлопчисько.

Побачив Нечипір обличчя Кажанове й зрозумів: «Пропали!»

Ванькові теж, мабуть, страшно стало, бо хтів кинутись назад, а ноги не несуть, нібито прив'язані.

— Діду Кудря, де ви є? — проскиглив він жалібно.

Дивиться — у Кажана знову обличчя почервоніло.

— Так ти не сам прийшов? — зідхнув з полегшенням Кажан.

— От ще дурне! Чого ж ти не сказав? — кинув дячок і подивився в гущавину: — Чого ви прийшли, діду?

— Як це, Господи, чого? Вам же, бідненьким, мабуть, тут нелегко стояти.

— Ну?

— Навшпиньках, кажу. Це хоч би кому. Біда з вами, хлопці! Жалько мені вас, та й годі!

Скаржився далі Кудря, що занапрасно його вчора Кажан вилаяв. Довго говорив дід, а Нечипір думав: «Прокляті люди, навіть умерти спокійно не дають».

Дід Кудря зовсім розійшовся, навіть доліз до корчів і розказував:

— Дивлюсь — хлоп'я біжить до очерету. Я за ним. Міркую — безпремінно до них. А як догнав — призналось. Спасибі, небрехлива дитина. Ну, оце й побачив вас.

Ще раз пожалів, що на корчах стояти приходиться, і нарешті догадався, що вже час йому й додому поспішати. За кілька хвилин дід і хлопчисько зникли в гущавині.

День хилився до вечора. Синя хмара хоч і повагом плазувала, але вже майже половину неба охопила. Сонце остільки до обрію схилилось, що його вже не видно було за очеретом. Лише золоте проміння проточувалось і лягло на синю воду, що відбивала на собі охмарені рожеві плями. Рипів деркач. На селі іржали коні.

...«Кінні», подумав дячок. І хтілось, щоб були піші. Злість брала на діда й на хлопця. Наче з неба скотились. Невже не можна було роздивитись усе як слід?

Згадав Микиту Гордійовича. «Яхида! Хоч би їсти приніс». Але зате трішки заспокоївся за Ониська: мабуть, не викаже.

А Кажан що темніш, то похмуріш робився. І тоді знову стискало серце.

Не хотілось говорити. Навіть слова виходили з легенів якісь чудні, кострубаті, ніби на шмаття розірвані.

В очереті сумніло. Знову прошумували шпаки й зашарудів очерет.

Думав про життя. Згадав Килину: «Дурна!»

V

Накрапав дощ і поволі перейшов у мжичку. Синя хмара загубила свій колір і сірим шматтям звисала над землею. Ніде не було просвіту. Із сходу дмухав свіженький вітрець і хвилював ріку. Булькотіло в гущавині.

Йшла 12 година ночі.

Кажан і Нечипір удягнені були легко, і швидко їх сорочки так ізмокли, що прийшлось знімати й викручувати. Пізніш дощ перестав, але не розпогоджувалось, і знову мусіли чекати, коли за комір поллються струмки холодної води.

Уже виходили на берег, сиділи навіть там. Дивились на село, слухали, як десь під повіткою хтось вигравав на балабайку — мабуть, із отряду. Дивились на вогники, що фаркали по вулиці й раптово зникали — запалювали цигарки, мабуть. Прийшла думка перебратись на той берег, хоч і не бачили в цім нічого певного, бо на березі зараз за великою могилою починались Золоті Півні, де йшов учора бій і де безумовно розставлено варту. Але коли підійшли до того місця, куди завжди витягував свій човен рибалка — човна не було: мабуть, поїхав рибалити. Далі йти не наважились. — Знову сиділи на старім місці. Потім Кажанові вздрілося, що хтось скрадається по цій вулиці, що на луки веде, і потихесеньку полізли до корчів, в очерет.

З годину стоять мовчки.

Нечипір підложив на корч трави й сів, спустивши ноги у воду. Навіть тепліш було, бо після дощу ріка приймала в себе з радістю й м'яко та тепло обгортала покалічені колючками ноги. Кажан стояв, як пугач, настовбурчившись. Його постать нібито закам'яніла, навіть рухів непримітно було.

Дячок слухав звуки балабайки, що ледве долітали сюди, і йому було сумно. І сіре небо, і жалібна пісня, яку вигравали там — усе сприяло такому настроєві. І тому, мабуть, що ногам було тепло, хотілось думати про минуле.

Згадав духовну семінарію. Коли закрили її (держава коштів не видавала), він приїхав до свого батька — диякона поганенького приходу — і тут вирішив помститись.

Він певний був, що йде боротись за щось світле й справедливе. До ватаги він завжди ставився з презирством, але ж ватага — тільки засіб. Правда, «світле й справедливе» з часом стушувались. Але ж…

Тут йому раптом прийшло на думку: що ж таке це «але ж»? За віщо ж він боровся так уперто? І коли боротьба загубила свій сенс, то чого бракувало йому? Тоді промайнуло йому в голові якесь просте слово і соромливо сховалось. Воно справило на нього таке враження, нібито він його почув уперше, нібито скотилось воно з цих сірих хмар і упало в воду — тому так тепло стало йому.

А вода дійсно робилась усе тепліша і тепліша. І, коли по спині проходив дріж від подиху легенького вітру, хотілось зовсім залізти в воду.

Кумкали жаби, і знову рипів деркач.

Просте слово прозвучало несподівано так: «любов». Але кого любити? Бідних? Смішно. Але «любов» виходить все-таки природно, а «смішно» — пусто. Правда, раніш любов уявляв дячок в образі християнки, яка буде носити йому яйця в клуночку, коли він одержить парафію, але ця любов зараз була ще безглуздіша й недоречна.

Дячок сидів до Кажана спиною і, коли той заворушився, спитав, зідхнувши:

— Що там таке, друже?

Кажан мовчав.

А хмари пливли кудись у далечінь, і здавалось іноді, що й очерет пнеться вгору і от-от досягне сірого шмаття. І ще десь булькотіло: водяна твар жила своїм нічним життям.

Знову долетіли звуки балабайки. Хтось грав невміло, але з надхненням.

Кажан кашлянув і ніби пробурмотів щось.

— Що ти говориш? — сказав Нечипір і повернувся до приятеля.

Кажан заговорив чітко, з розпачем у голосі.

— Хліб із поля звезли, жити будуть... Мабуть, байдуже, що і як.

— Жалієш, що пішов з нами? — спитав дячок.

— Якби не втік тоді, — казав далі Кажан, не відповідаючи, — то, може, призвів би до діла хазяйство... Год мій одпустили... Да.

Дячок почув у голосі Кажана тоску і скаргу на те, що втік він, мовляв, зовсім даремно.

— От, скажемо луки... Хіба їх так содержуть? Як зійшла вода — треба граблі в руки та зібрати все, що зверху. А в нас цього нема. Дідів слухають: що Бог дасть... Він дасть...

Кажан зідхнув, а Нечипір почував, що перед ним росте якась велика досі невідома йому сила. Це вже був не той бельбас, якого хтілось ногою в голову штурхнути, це було щось таке, що перед ним він був занадто маленький.

— Да! Взяти хоч би й попіл. У нас ним двори закапостили. А германець не дурак, на ці самі луки розвій той попіл — от тобі й трава... Травище!

Останнє слово сказав Кажан так, ніби йому трудно було вимовляти його.

Щоб не мовчати, щоб легше було, дячок спитав:

— Це ти в Германії, в плину?

І коли приятель не відповів, йому знову стукнуло в голову: — «Любов». І вже важко було від цього слова, як у дитинстві бачити уві сні чиїсь допитливі очі.

А Кажан, що все більш загублював свої людські форми, гудів:

— Отож і пісок… Да! В пісок, як у нас, треба садовити картошку з гноєм. Тоді й буде більш од кулака. Германець не дурак!

Потім змовк і довго переступав з однієї ноги на другу. Почувалось, що головного він ще не сказав. То був лише вступ до чогось жорстокого, що повинно трапитись на воді, розбуркати цей байдужий очерет і розрядити напружену атмосферу.

Дячок хвилювався. Робилось зимно і трясло: зуб на зуб не попадав.

І от спершу тихенько, потім голосніш завило на корчах: «Ву-у-у». «Це кажан», — метнулося дячкові в голові і знову стукнуло в голову: «любов».

— Куди ви мене призвели? — раптом сказав Кажан.

— Призвели? — розгублено спитав Нечипір.

— Да, призвели… Микита їсти не принесе… Атож!

Він говорив на ввесь голос, і від голосу йшла луна по річці. В Грушівці кричали завзято півні.

— Якби знати про амнестію. Як воно… ну?..

— Мабуть, помилують, — кинув дячок і чомусь сам перелякався свого голосу.

— Помилують? Не знаю… мабуть, не всіх.

Кажан, як велетень, стояв перед дячком, навіть цей голос розпачу був не його, а когось другого, що сховався за ним в очереті.

Кажан мало не плакав і довго говорив про те, що він нічого нікому не зробив, що його одурили, що він невинний. Але була якась безвихідна упертість у цих словах, і Нечипір зрозумів: свідків Кажанові не треба. Що було — того нема. Кажан невинний. І знову боліла голова, а в висках знову стукало.

Десь далеко падала вода, і здавалось іноді, що це торохтить по бруку віз. Вже не перекликались і півні. Затихли перед світанком. Тільки хмари, як і раніш, сунули кудись та шарудів від легкого подиху очерет.

Раптом розтявся постріл. Загавкали собаки, і заіржав десь кінь.

Змовкла вже й балабайка.

І чує тут дячок напружений голос.

— Нечипоре!

— Що таке? Я тебе слухаю.

— Нечипоре, ти не скажеш? Ти нічого не скажеш? — говорить Кажан.

— Про що? Кому?

Знав, про що питає, хотів сказати й не міг: «свідків не може бути».

А Кажан ліз уже в воду. Близько. Навіть чути, як важко дихає. Серце закалатало. Хотів дячок кинутись убік і не міг, ніби скований був. Вже не видно було — ні неба, ні очерету, не чув нічого. Ніби величезна гамула нависла над ним, і темніло в очах.

От простигло руку.

...Ой! — розрізав повітря задушений крик, і раптом стихло.

Промайнуло в голові «любов...»

...А пальці здавлювали горло все міцніш і міцніш. Спершу налилось лице кров'ю, а потім стало пусто, тільки десь у кутку билась думка.. Потім і її не стало.

...Шарудів очерет.

ПУДЕЛЬ

I

Виходили на іскрясте шосе, в перлямутр гарячого полудня. Утомно дрижали наливні поля, і перелітав димний легіт. Небо брякло; нечутно й зів'яло скрадалися полинялі сонячні дороги до незнайомих горизонтів, до туманово-бузкової маси.

На повороті почули останню міську пісню: трамвайна путь розлетілася в яри й раптом плавко спланувала півколом назад. На перепутті під зеленою мжичкою дерев дрімав парк: бюст Лассаля, стежки, алеї. Потім і він одійшов у бік. — Тоді знову іскрясте шосе й даль молодих лісів.

На двадцять кроків уперед ішли: мадмуазель Арйон (опереточна співачка з «Не ридай») і дві баришні з редвидату: Тоня (так говорив студент) і, може, Дуня, може, Катя — невідомо: з нею ніхто не говорив. З ними: якийсь тип і студент — організатор вечора.

Вечір (музикально-вокально-танцювальний калямбур) на віллі «Зелений Гай», сьогодні, «на користь». Ще alma mater прохала Сайгора сказати вступне слово на тему: біжучий мент.

Арйон ішла під рожевою парасолькою, яку ніс тип. Тоню вів під руку студент.

Тераси іподрому й павутиння далекого радіо поволі й рішуче зливалися з будівлями. І коли входили в сутінь придорожніх верб, повернулись і бачили один одномасний узамітміста.

Сайгор узяв сиґаретку й передав портсигара. Григорій переложив ремінь рушниці на праве плече й закурив. І говорив — потім — про Богомольські Болота, про крижнів, про вечірній переліт. Його руде обличчя наливалося кров'ю, і творчо, по-дитячому світилися зіниці. І знову згадував очерети, село, нирців, заячі стежки, полювання, ще полювання.

Тоді Сайгор примружив сірий погляд і зняв кашкета.

— Добре!

І сказав прозу: одкомандирує в райком, а відтіля Григорій поїде далі, на сельроботу, на село.

Підхопив:

— На село?

Григорій довго путався в незв'язних фразах і нарешті рішив, що йому все-таки тут кур'єром веселіш, ніж десь «на задрипанках».

— Полювання — гарна річ, та бачте...

Сайгор бачив. — Сонце стояло над головою. Город відходив по шосе, а за ним плентались яри, іподром, радіо. Сизою ртуттю коливались далі.

І в цей момент, як звичайно, Сайгор думав про ті ж засідання й згадав термінові пакети.

— ...Глядіть же, не забудьте однести.

— Не турбуйтесь, — сказав Григорій.

Марчик — дворняжка: літом — лягаш, зимою — гончак, дома — сторож — зірвав гаву й помчав за нею по тирсі. Тоді ж відстав пудель мадмуазель Арйон від компанії і з кошиком у зубах пішов поруч Сайгора. І тоді ж повернула голову баришня з редвидату — не Тоня — і чогось подивилася на Сайгора й посміхнулась тихою звичайною усмішкою. Потім кожного разу, коли пудель залишав Арйон, баришня — не Тоня — поверталась і усміхалась тихою звичайною усмішкою.

Сайгор погладив пуделя по кучерявій левиній гриві й сказав:

— Гарний пес. Чудова порода для дресировки.

Григорій, мабуть, образивсь за свого Марчика й подав бандитський посвист у тирсу. А коли дворняжка підлетіла, помахуючи хвостом, і показала зуби, він тут же, на шосе, примусив її служити на задніх лапах.

— Все-таки я скажу, — промовив Григорій, — не люблю я цих пуделів. Так: ні те, ні се. Користи мало. Ну, тягає у зубах кошика, а що з того? Подумаєш, штука!

Потім із любов'ю посіпав Марчика за вуха й рішуче заявив:

— Молодчик!

Певно, Григорій був патріотом своєї батьківщини. — А породистий пес труснув левиною гривою й помчав до мадмуазель Арйон.

Входили в ліс. На узліссі рожева парасолька прикрила траву: компанія сіла відпочивати. Коли підходили до них, із глибини зелені постав раптовий вітер і з шумом помчав на шосе. Сайгор і Григорій сіли праворуч.

— Сеньйоре, — сказала Арйон, граючи до Сайгора льонними дзвониками на скронях. — Ви цілком певні, що наш вечір пройде щасливо? У мене якесь передчуття. Знаєте?

Сайгор сказав, що він нічого не знає, що його попрохали сказати вступне слово — і тільки. Все ж інше його не торкається.

— Ах, сеньйоре, як ви індиферентні...

Тоді Сайгор підвів нервово брови й подивився кудись у бік.

І тоді ж мадмуазель Арйон скинулась, показуючи рядок прекрасних зубів.

— До жорстокости, знаєте — до жорстокости.

— О, божественна медхен, — вмішався довгоногий-довговолосий тип, — шпрехен зі?

— Ну?

Тип закинув волосся і взяв виточену руку мадмуазель Арйон.

— Я чув! це велике! слово! товариш!.. — і продеклямував якусь чергову банальність надто театральним голосом.

Сайгор одвернувся й невимушено ліг на траву. Григорій сидів далі й уважно розглядав свою рушницю. Потім розложив ладунку й переглядав набої.

Студент тихо розмовляв із Тонею й зрідка, тьмяно поглядаючи на неї, обережно клав свою руку на її білосніжне мереживо, що виглядало від сорочки до матової шиї, від тугоперсого молодого взгір'я. Тоня розширяла жваві ніздрі, шелестіла віями й бавилась руками в траві. Баришня з редвидату — не Тоня — самотньо сиділа збоку й дмухала на «божу коровку», що застигла в неї на долоні.

З іподрому зірвався аероплян і, розрізаючи повітря клекотом мотору, закружляв над узліссям.

Тоді ж на крайовиді від города показалась крапка. Наближалась, збільшувалась, і бачили фаетон із парою вороних коней. Коли фаетон порівнявся з компанією, Марчик зірвався й полетів у куриво. Іще чути було буйний бандитський посвист.

Пудель одмахнувся від мух левиною гривою й розумно дивився на кошик, що стояв біля Сайгора біля ніг. — Спека перевалювала за гарячий полудень — непевно й млосно. Але дихати стало трохи легше. За дорогу нагартовані простори стомили, і через деякий час Григорієва фляжка була порожня.

Знову підвелися продовжити путь. Тоді Сайгор пішов до Григорія, сів біля нього і, вийнявши з бокової кишені бльокнот, повертів його в руках. Тільки коли компанія з шумом улетіла в ліс і гулко залунала луна, Сайгор сказав:

— Ходім.

Пішли. З листяника чули чергову банальність. Кричав тип:

— Майне кляйне лібе медхен, іх лібе діх зер тут.

Мадмуазель Арйон, очевидно, не знала жодної мови й плутала німецьку з французькою.

— Парле ву франсе?

— Уй! Уй! — кричав тип на ввесь ліс.

Ішли. На півдорозі до вілли бачили хлоп'яків-чабанів, бачили корів, що тріщали між дерев, продираючись на узлісся. Томилася вільха, безсило опустивши крила. А ввесь ліс жив якимсь невідомим життям. В'ялі літні мислі хмарою купчилися над головою, і було нерозгадано, таємно і прекрасно.

Григорій насвистував пісню, і від неї линула жура: і пісня, і бандитські буйні посвисти були також надзвичайні.

Сайгор уперше за все літо вибрався за город із стосів відношень, із димних кімнат засідань, з мітингових, ячейкових, — ових промов, дебатів, преній, дискусій. Перший раз за все літо дихав вільним чистим повітрям. І, мабуть, перший раз за довгі роки відчував якийсь радісний біль, якусь неясну тривогу. Біль тягнув кудись на невідомі шляхи, і від болю були невідомі шляхи. А навкруги гримав день і чути було — на сопілці — тоскно-радісний гімн життю.

Виходили до соснової посадки, зрідка бачили на взгір'ях білі крила забутих вілл. І був далекий гомін.

Десь ізбоку Марчик зірвав звірину і гулко, завмираючи, помчав за нею в гущавину.

II

Григорій — не встигли підійти до вілли — захвилювався й покликав свого собаку. Поспішно зібрав у Сайгора декілька сигареток. Потім збільшив крок і забіг уперед. Сайгор думав був піти з Григорієм, але потягнуло до ставка — освіжитись від спеки нагартованого дня.

— Подивимось, що наполюєте!

Відповів:

— Якби ви знали, що то за Богомольські Болота — птиці сила!

І знов надхненно говорив про полювання, про крижнів, про вечірні перельоти.

Нарешті, поправивши ладунку, Григорій кинув декілька слів і хутко попрямував у бік. Сайгор не злився з компанією й сам пішов до ставка. Пудель очевидно, передав кошика мадмуазель Арйон і доганяв його.

— Сеньйоре! Бережіть мого Дружка. На вашій відповідальності. Чуєте?

— Чую, — голосно відповів співачці й звернув із доріжки в шелест торішнього листя.

До купальні не пішов — відчув раптом сором'язливість. Трохи здивувався своїй нелюдимості й зупинився. Дивився на білі статні фігури голих людей, що вовтузилися у воді, слухав бадьорі побідні крики мужчин і лемент — різкий, як розбите скло — женщин. Ще раз попрямував був до купальні, але на півдорозі знову повернув.

Пішов півколом. За ним, помахуючи левиною гривою — породистий пудель.

Сайгор гадав купатися на тім березі, де лементували підлітки. Але, коли прийшов туди, побачив, відчув: це постійна резиденція юнаків, тут кипить, горить, скаженіє кров, тут коливається голова й повно запашного туману в ній...

Сайгор хутко пішов далі й доти брів сутінковим верболозом, поки нарешті не найшов спокійного місця.

Над ставком клекотів побідний крик сотні баритонних голосів. Сонце мчало з тепло-блакитного неба і з розльоту вдаряло у води. Тоді дзвеніла поверхня міріядами бризок, і в діямантовій млості стогнали береги. Це було життя: і побідний крик, і вороні островки на жіночих тілах, і резиденція підлітків, і запашні перса, і надзвичайний політ божевільного сонця.

Коли Сайгор виліз із води, чув на тім березі, як горошив вереск мадмуазель Арйон.

— Сеньйори! Сеньйори!

Мабуть, підлітки залізли в купальню.

Від вілли «Зелений Гай» розходились доріжки, стежки в ліс, далі, де поринали в океані зелені інші вілли, інші доріжки, інші стежки. По дорозі виростали сади, парки, білі крила будівель.

І тут, де сонце злилося з зеленим океаном в одну тремтячу симфонію, Сайгор знову пізнав надзвичайний солодкий біль. І тоді ж світ, вся земля — буйна й радісна — поринули в цім болю. Ліс рожав загадкові звуки в безмежність. Фаркали крила лебединих вілл.

В гущавині на схід ударив дзвін на першу вечерю... Звук розрісся, потім знітився, потім пішов стежками, сторожко ступаючи оксамитною лапкою. Потім тихо зідхнув і навіки поринув у глибині дерев.

Пудель обережно брів по торішніх листях і ні на крок не відставав від Сайгора. Подумав: чому так несподівано прив'язався до нього цей пес? І тут же згадав, що, виходячи з городу, з пропозиції мадмуазель Арйон, кинув пуделеві з її кошика декілька конфектних плиток.

— Ах, ти! — і потріпав левину гриву.

Ще потріпав. Собака подивився на нього холодними розумними очима. Здалося: погляд здивований.

— Ах, ти!

Пудель холодно й мовчазно приймав ласку. Сайгор згадав Марчика — цю універсальну дворняжку. Звичайно, Марчик на ласку показав би свої гострі зуби, лизнув би руку, а то потерся б об коліна й помахав облізлим хвостом. — Пудель мовчазно й холодно приймав ласку. Входив під біле крило далекої вілли.

Раптом із воріт вискочила ватага.

— А ви як сюди?

Студенти, мадмуазель Арйон і баришні з редвидату зупинилися біля Сайгора.

— Шпацірую.

— Шпацірен! Шпацірен! — кричав довгоногий-довговолосий тип, прогримів на ввесь ліс для чогось «віват» і ні з того, ні з сього гаркнув:

— Іст шон цайт цу шляфен!

Як і треба було чекати, співачка серйозно спитала:

— Парле ву франсе?

Потім скаржились, що вже обійшли майже всі вілли, а продали всього чотири квитки.

— Я ж казала вам! Мене ще ніколи не одурило передчуття. Але це не все: обов'язково скандал буде.

Про який скандал говорила мадмуазель Арйон, Сайгор не розумів і машинально дивився на її льонні дзвоники на скронях. І було нудно.

Компанія далеко відійшла від вілли, і мадмуазель Арйон побігла доганяти її. Тоді ж Сайгор повернувся й побачив біля себе баришню з редвидату — не Тоню. Очевидно, вона вже давно стояла тут. Бачив: як і раніш, усміхалась своєю тихою усмішкою. Чогось збентежився, не знав, що сказати, і сказав:

— І ви тут?

— І я тут, — і ще всміхнулась.

З лісу кричала співачка: «Дружок! Дружок! Але пудель, мабуть, остаточно рішив не покидати Сайгора і, залишивши компанію, знову виходив на ріжу.

Баришня з редвидату — не Тоня — мовчала. Тоді, червоніючи, спитав Сайгор:

— Прошу пробачення… я не знаю, як…

— Татьяна, — підхопила баришня й теж почервоніла.

Баришню Татьяну Сайгор — згадує — десь бачив, і, звичайно, він саме її, мабуть, не бачив, а бачив їх у своїй установі, в інших установах — сотні. Машиністки, ремінґтоністки, стенографістки, журналістки, — істки, сірі — може, красиві, може, погані, просто манекени, просто автомати, на яких можна прикрикнути, коли треба, бо це ж вони, радянські баришні, які бояться скорочення штату більш, як гармат, революції, вибухів, Махна, бандитів. І тут же згадав якусь сіру стенографістку, котра згоджувалася працювати підряд сімдесят дві години, лиш би їй довелося записати промову тов. Раковського.

Відчув себе ніяково, бо стрів баришню в інших умовах, про які, здається, забув, може, не знав, не чув. Якось дивно було, наче попав у полон, у ворожий табір.

Баришня Татьяна мовчала. Потім іще всміхнулась і йшла поруч із Сайгором по зеленому океані.

На віллі на північ жагуче виводив хтось у гущавину жагучий мотив якоїсь примітивної забутої пісні. За лісом у степу ревів автомобіль. Раз-у-раз підлітали білі крила будівель. Зрідка по дорозі виступали лапасті дуби й розкидали буйне шатро. Тоді хотілося зірвати дубовий листок, положити його на чоло і вбирати п'яний міцний лубовий запах.

Знову розбігались доріжки, і ступила по них, як тиха луна дзвону, пляма блідо-голубого неба й теж — оксамитною лапкою повз вілли далі, щоб у млості поринути десь. Зірвалася птиця й дико, побідно закричала над лісом. Тоді ж закричала друга птиця — кволо й тоскно. Тоді ж полетіли на доріжку білі й сірі пелюстки: то хижак рвав тіло своєї жертви. Потім іще крик — дикий і побідний.

— Хороша погода.

— Погода гарна.

І подивився на баришню. Вона говорила про погоду. Мабуть, серйозно тягнула цю одвічну нудну тему. Сайгор спробував був перевести говірку на інше, але зрозумів так: Татьяна воістину недалека дівчина, типічна міщаночка з обмеженим світоглядом.

І все-таки він мав себе з нею ніяково. І не відсутність теми робила ніяковість — було щось інше, чого він ніколи не відчував там, в установі, на мітингах, на засіданнях, на лекціях. І зараз порівняв це з тим, що було колись у юнацтві, коли батько сказав у перший раз «закуримо», і він хотів закурити, і боявся закурити, і боявся загубити батькову повагу. Це були почуття: і злочинця, і юнака, і ними відчував себе.

— Закуримо?

Сайгор здригнув.

— Закуримо, — і вийняв портсигара. Тетяна, очевидно, хотіла, щоб Сайгор взяв її під руку. Очевидно.

Виходили на узлісся. Пудель сів на траву и лизав лапу.

III

Зійшлись випадково: тип, звичайно, раніш не знав мадмуазель Арйон, студент тільки сьогодні познайомився з Тонею — з баришнею з редвидату — а Сайгорів знайомий був тільки один: Григорій, кур'єр з його установи, який, як відомо, пішов на полювання. І тому спершу, коли зібрались, відчувалась натягнутість.

Але, як завше буває на віллах, природа взяла своє, тим більш, що прибуло ще декілька студентів-організаторів вечора «на користь». Правда, ці студенти держались окремо. Все ж над віллею повис гомін.

Літній театр студенти зайняли звечора з усім ужитком: сцену, будку з розбитим роялем, поламані стільці. Студенти ремонтували кін, утрамбовували ґрунт залі з голубою покрівлею — небом. Поставили біля входу стіл на трьох ніжках (без четвертої) і посадили колегу продавати квитки.

Зібралися з будівель, з лісу, від купальні хлоп'ята, заглядали в щілини, дивилися на мадмуазель Арйон, на довгоногого-довговолосого типа й подавали пікантні репліки.

Зрідка проходили гранд-дами з усією фамілією й заглядали в театр, іронічно посміхаючись. Все-таки підходили до афіші й «негліже» розглядали її.

— Ах! Мадмуазель Арйон теж тут? Обов'язково прийдемо.

Касир пропонував купити квитки, гранд-дами ухилялись: купимо, мовляв, купимо, почекайте.

— Мадам! це на користь студентів. Будь ласка, квиток.

Тоді говорила гранд-дама:

— Ах, Боже мій, знову на користь!.. Мар'я Петровно! Ви не можете уявити, як обридла ця «на користь».

— Так… Так… і на голодних, і на голодаючих, і на дітей, і на інвалідів, і на чахоточних. Прямо ужасть!

— А ви, господин студент, маєте мандант? — підпливла до столика третя й змахнула з чола батистовою хусткою сало. — А то, знаєте, разнії бувають…

Студент вийняв мандата. Тоді спитала друга:

— Мар'я Петровно!.. Ваш Коля ще не приїхав з ком'ячейки? А мій, знаєте, Іван Дем'янович учора обкутався яблуков і таке, знаєте, засореніє желудка…

— Ужасть! — зідхнула Мар'я Петровна й порадила: — Візьміть же, душенька, від доктора записку. Що ж поробиш — комуніческая дисципліна. Порядок.

Гранд-дама кивнула головою й докірливо дивилася на студента. Потім обидва виводки плавко почали віддалятись.

Віддалялось і сонце: все нижче й нижче сідало за віллою. Криве проміння стояло в задумі, потім гладило оксамитом мигдальний колір лісу. Запахло вечірнім цвітом — таким незносно млосним, мов фаркнули десь кропив'яні пожежі. Летіли на ночівлю птахи. Десь прокричав одуд свою одноманітну пісню. Проходили до купальні з рушниками — одиночки, аси, фамілії. За ставком на луках іржав кінь.

Тихо, крадькома ступав надзвичайний голубиний вечір.

Треба було починати музикально-вокально-танцювальний калямбур (так усі учасники казали, тому що вечір був імпровізований, тому що не з'їхались усі учасники й не приїхав гармоніст).

Зійшлись усі — від купальні, з вілл, з лісу. Але авдиторії не було, і навіть на десять-дванадцять квитків, які продали на віллах удень, ніхто не приходив. Організатори хвилювались, тому що були учасники з гонором, для яких треба було дістати авдиторію.

Але порожньо виглядали доріжки, і тільки хлоп'ята осіли дерева навкруги літнього театру й заглядали на сцену, знову подаючи пікантні репліки.

Сайгор давно вже прийшов із лісу й ходив тепер із будки від розбитого роялю до сцени, на повітря. Звичайно, більш за всіх хвилювалися студенти, що утрамбовували імпровізовану залю, і більш за всіх — мадмуазель Арйон, яка бачила в цім якийсь скандал.

Все-таки розклали вогнище біля театру під деревами і зварили один куліш, і варили ще другий куліш. Баришні з редвидату дістали десь ложки й запрошували до вечері.

— ...Чого ж ви нічого не їсте, товаришу?

До Сайгора підійшла Татьяна й рішуче потягла його. І тому, що сходив вечір, сходились межі світла: сонячного, що вмирало, із багаття, що чим далі, то більш розгорялось. Сайгор у Татьянинім звичайнім обличчі побачив хороші теплі лінії, до яких потягнуло. Він узяв її під руку, і вони пішли.

— Я сама не люблю цієї публіки. Обивательщина.

Татьяна сказала безумовно серйозно й щиро, і, мабуть, тому, що серйозно й щиро, Сайгор за неї, чи не за неї, а за себе почервонів, відчув, як прилила до щік хвиля крови. І раптом подумав, що стріне, можливо, цю баришню в городі, що вона й там фамільярно заговорить із ним про обивательщину, і було неприємно.

Після кулішу сиділи за театром на заході. Бачили, як, обнявшись, промайнули в глибокий присмерк дві фігури: Тоня й студент.

— Ви — комісар? — спитала Татьяна.

— Так.

— Я вас бачила. Ви приходили в наш редвидат у тім місяці. Я там машиністкою.

— Мабуть, *приходив*... — і згадка про редвидат іще далі відкинула від нього Татьяну. Він сухо сказав:

— Пора б починати! — і підвівся. І в цей момент прозвучав перший дзвоник. Смеркло.

Авдиторія була з трьох фігур. Тоді рішили пустити хлоп'ят, які сиділи, чекаючи, на деревах. Сайгор, звичайно, одмовився говорити вступне слово: для кого? Потім сказав студентові, що даремно турбували його і всіх учасників. Студент прохав пробачення й дивувався некультурності публіки з вілл.

— Дружок! Дружок! — закричала з лісу мадмуазель Арйон.

Сайгор інстинктовно повернувся й побачив у напівтемряві два холодних розумних ока пуделя. І тоді ж його раптом знервувало. Він із злістю кинув:

— П'шов! — і вдарив собаку ногою.

А на сцені стояв уже тип. Він узяв на себе ролю й конферансьє.

— Відомий балабаєчник Букетов-Розін зіграє зараз імітацію на знаменитого санкт-петербурзького Андреєва: «светіт мєсяц ясний».

Тип оголосив, як конферансьє, і взяв балабайку, як артист. Звичайно, ребята гучно вітали його. Тоді він іще зіграв. Потім виступали з декламацією революційних віршів «робочого» поета Бальмонта баришня з редвидату Тоня і ще якісь баришні з іншою декламацією.

Сайгор пішов у будку, де стояв рояль, і ліг на сіно.

Через півгодини, коли розтанули на заході останні відблиски й вілли поринули в темряві, з лісу побрели парочки, і купували квитки на «користь». Через годину заля була повна й не було квитків, але вже нікому було виступати. Студенти викидали хлоп'ят: дати місця дорослим, і тут узнали, що спектаклеві finis, і побігли на сцену. Авдиторія захвилювалась.

Мадмуазель Арйон підійшла до учасників:

— Я ж казала — скандал буде!

Учасники дивувались, чому вона радіє, а вона раділа тому, що її не одурило передчуття.

Іще один скандал: контролер не впускав фігуру, фігура кричала:

— Як смієте! Непманів понаводили, комуністи на задвірках!

Авдиторія ще більше захвилювалась. Хтось закричав з авдиторії:

— Спитайте в нього партійного квитка.

Студент-розпорядник підійшов до воріт.

— Товаришу, ваш партійний квиток!

Фігура раптом знизила тон і ласкаво сказала:

— Знаєте, товариш-студент, у мене партійного квитка нема, у мене дядя і папаша, і сестра — комуністи і брат страдал на фронті.

Тоді хтось закричав:

— Геть комуністів, — і тихо додав: — таких!

Фігура змовкла. Нарешті договорились і з авдиторією.

Договорились так: виступить мадмуазель Арйон і тип Букетов-Розін. Тип на цей раз хотів здивувати публіку єврейськими анекдотами, але авдиторія його освистала. Тоді він заграв на балабайку імітацію. Його ще раз освистали. Тип скочив на лаву й закричав:

— Нєвежди!

Тоді його зняли із сцени й виштовхали під оплески з театру. Мадмуазель Арйон казала:

— От. Вийшло по-мойому. Хіба не скандал?

Спектакль скінчився все-таки нічого: мадмуазель Арйон проспівала «душещипательний» романс, який подобався авдиторії. Навіть більше: Букетов-Розін зійшов на кін і попросив у присутніх пробачення за свою нервовість. Йому «пробачили» — і він зіграв свою імітацію.

Потім виходили з натовпу одиниці й нарешті цілі групи імпровізувати: декламували, співали, а наприкінці хтось ударив по клавішах розбитого роялю, і явились танцори. Іще хтось крикнув:

— Інтернаціонал!

Але голос його не найшов відгуку й поринув в аматорськім шумі.

Розходились. І тоді повернувся Григорій із повною торбинкою качок. Витягав важких крижнів і побідно держав їх над головою. Біля його вертівся й показував зуби Марчик.

Небо поринуло в зеленій перебіжці зір. Зорі казково жевріли над віллами, над лісом: бавились, перелітали, сковзались над ставком.

Дерева таємно відступали в темряву і, як велетні невідомих країн, тяглися до синіх верховин, до синьої прекрасної безодні. З села на віллу залітали неясні звуки й танули на темних ріжах.

IV

Глуха ніч. На віллі, на віллах, за віллами — темно-зелена тиша. Причаїлась, слухає. Тільки де-не-де прошелестить торішнє листя, трісне гілка: то закохані юнаки й коханки пізнали в урочистій задумі дерев радість великого таїнства.

Після шумного вечора не спалось. Лежали на свіжім запашнім сіні біля театру й дивилися в надмрійну безодню неба. Тип — із мадмуазель Арйон в кутку. Студент із — Тонею за стіжком. Тільки Татьяна окремо; до Сайгора фатально тулився пес. Хотів його потихеньку відштовхнути, але пудель не рухався. Нарешті Сайгор не витерпів і спитав:

— У вас він завше такий нав'язливий?

— Ви до мене?

— Так.

— Уявіть собі, сеньйоре: Дружок ніколи не забуває своїх друзів. Ви йому дали тільки три конфети, а він і досі охраняє вас... Поки образите.

— Да, цікавий пес.

Мадмуазель Арйон це подобалось — і вона ще розказувала про талановитого пуделя. Сайгор мовчав. Вдарити ж собаку він не рішався, бо це б значило викликати ще один «скандал».

Хотів заснути й не міг: комарі дзижчали над вухом і палили руки й обличчя. Стихло. За стіжками важко дихала

Тоня й щось незв'язно говорила. Студент мовчав. Зрідка верещала мадмуазель Арйон, і тоді незв'язно говорив тип.

— ...Ви не спите?

Сайгор повернувся. Сказала баришня Татьяна.

Іще раз:

— Вам не холодно?

— Ні.

— Я думаю, — і засміялась.

— Що думаєте?

— Думаю — не холодно.

Несподівано фаркнуло: «ідіотка». Потім рахував до сотні: заснути. Хотів, щоб було байдуже, але дратувала і баришня Татьяна, і інші баришні, шо безцеремонними рухами в сіні чимсь щось тривожили. Просковзнула мисль — мабуть, від нуди — як клапоть туману: підлізти до Татьяни й навалитись, облапати її — один чорт, натякає ж сміхом!

Мадмуазель Арйон раптом стихла й важко задихала.

Тоді Сайгор не витримав: підвівся й пішов повз стіжки. Але не пройшов і десяти-п'ятнадцяти кроків — почув голоси. Потім знайомий мотив: тихо співав Григорій. Зупинився.

— Будьонновець на коні,
Комісар в кареті,
А бідненькі партизани
Сидять в очереті, —

вивів Григорій і стих. Сказав жіночий голос:

— Бач, і сам співаєш! Чого ж ти так за камісарів?

— Дурна! — відповів Григорій, — сам я і комісар, і камуніст.

— І камуніст?

— І камуніст, — роздратовано сказав Григорій і враз іще випалив:

— Хіба агітнуть тебе? Га? Ну от говори: ти знаєш, що таке «чон»? Не знаєш? Ну й мовчи!.. Відкіля ти? З вілли? Видно, що від бариньки... Ех! Щоб бариня вгарела... много сахара посла... Держись! Ще раз агітну!

— Хі! Хі! Куди поліз? Ач, який! Спершу полапай як слід!

— Що там лапать? Не кадетка ж? Ні?

Далі Сайгор не чув. Прийшов і ліг на своє місце.

Зареготала мадмуазель Арйон і голосно сказала:

— Сеньйоре, не спите?

Відповіли: студент, Тоня, Татьяна — не спали. Сказав тип:

— Майне кляйне медхен, у нас чудова фантазія. Сеньйори, айда на ставок купатися. Це ж прелість: купатись уночі.

Тільки Сайгор мовчав. Тоді підійшла до нього баришня Татьяна:

— Хіба ви не підете?

...Не думав, підвівся і взяв її під руку, потім інстинктовно нахабно прижав їй лікоть. Татьяна тягнула його: бігом! Побігли.

Зайшли всі в одну, здається, жіночу купальню. Тип роздягався поволі. Тоня прикривалася спідницею. Сайгор не купався. Мадмуазель Арйон звернулася до типа:

— Вам подобається моє тіло? Ви бачите?

Тип іще сказав якусь банальність, а мадмуазель Арйон спитала:

— Парле ву франсе? — і з розльоту полетіла у воду.

Говорив тип:

— У вас, Татьяно, чудове тіло!

Студент захіхікав. Татьяна мовчала. Сайгор уп'явся очима в темряву, в тіло. І в ту ж хвилину відвернувся, мов спіймав себе на якомусь злочині. Потім і Татьяна з розльоту полетіла у воду. Купались: і студент, і Тоня, і тип.

Через півгодини вийшли з купальні. Сайгор взяв знову під руку Татьяну. Від неї пахло свіжим тілом, тому ще більше дурманило голову. Всі побігли вперед. Татьяна й Сайгор пішли через кручу.

Простори закутав темний серпанок ночі. Далеко за ставком лунало перепелине поле. Поверхня сріблясто сковзалася до верболозів. Коли звернули з доріжки, шелестіло листя.

Обходили столітні дуби. Пролетів кажан, і обізвалась якась птиця над ставком. Проходила глуха, густа, післяпетропавлівська темрява.

Сайгор подумав: що сказати в цей момент? Що кажуть у цей момент? І інстинктовно давив Татьянину руку — пухку, вище ліктя. Ішли до стіжків.

І тоді несподівано сказала Татьяна — і несподівано, ніби не вона, з легким відтінком болю:

— Думаю от про що: жила була собі дівчина — це казка-бувальщина — росла, підросла, ходила в гімназію, училась, училась і ще училась. Нарешті вийшла з гімназії з золотою медаллю. І нарешті — стала машиністкою. Щаслива доля? Як ви гадаєте?

— Це ви про себе? — здивовано спитав, ніби машиністка не могла мати такого доступного минулого.

— Так. Ну як ви гадаєте: щаслива доля? — І поспішно сказала: — Проте не треба. Це важке запитання — важко відповісти.

І тут же інстинктовно, як притискав, залишив її руку. Помовчали.

Заверещала мадмуазель Арйон.

Проходив тихій тепловій. І він, як дзвін, легко ступаючи оксамитною лапкою. Невідомо росла ніч, росли нічні звуки, і невідомо ріс запашний дуб. Збігалися зорі на тайну вечерю, і нечутно зідхав зелений Оріон на голубиних гонах.

Росла ніч.

Хотілось упасти на землю, крикнути збентежений крик, потім надхненно молитися в тайну вечерю зір. І ріс невідомо запашний дуб. І хотілося взяти запашного дубового листа, приложити його до чола й зойкати радісним зойком і положити в дуб шматок живого серця й струмок — від нього — диму, і знову впасти на землю і крикнути збентежений крик.

За пів верстви кричали сичі.

Од ставка запахло осокою.

Баришня Татьяна говорила просто, не так, як баришні з кавалерами, спеціально підготовляючи розмову про кохання.

І Сайгор не міг не відчути це.

— От, скажімо, небо, — і Татьяна зідхнула. — Це ж дивне явище в житті людини. Але ми його ніколи не бачимо. Правда? Думаю зараз: загубилися сотні, тисячі, мільйони в темряві, і загубились сотні, тисячі мільйони в стосах паперу, і думаю: хіба вони помічають це надзвичайне, дивне явище в житті людини — небо?

Татьяна «дивне» вимовляла якось надто тепло й чітко.

А густа темрява вже непевно брела між дерев: незабаром із загірних гін фаркне перламутровий ранок. Задумається за ставком — рожевий, чуйний, як сантиментальний юнак, і здивовано подивиться на світ повноросими очима.

— І от десь у стосах паперу загубилась людина. Просто — людина, — Татьяна зупинилась. — Як ви гадаєте: банальне це слово? Я думаю, ні. І думаю, що мислі на тему «людина», поки існує земля, завжди будуть свіжі, як наливне яблуко на яблуні... Так от: загубилась людина в стосах паперу, і ніхто не бачить її, бо видно тільки машиністку. Це я, звичайно, не про себе — взагалі.

Потім Татьяна скинулась.

— Проте, може, вам не цікаво? Воно й так: і справді, все це тільки інтеліґенщина. Може. Не знаю. Знаєте, всього не пізнаєш: життя коротке, а Маркса пробувала читати, та якось не дочитувала: ніколи й дуже нудно.

Сайгор був здивований. І більше за все дивував цей тон — надто впевнений. І тут же відчув себе — не перед Татьяною, перед кимсь — не то винним за те, що досі не давив на сіні цю баришню, як тип мадмуазель Арйон, не то винним за щось інше.

І знову пізнав той надзвичайний біль, коли радість і жура сплітаються в єдину гармонію.

— Що ж ви мовчите?

Підходили до стіжка.

— Знаєте, по правді, ви мене трохи здивували, — просто несподівано для себе сказав Сайгор.

— Я цього не хотіла, — засміялась баришня Татьяна і, хутко лягаючи, не то жартома, не то серйозно сказала:

— Ну, ідіть до мене.

Потім розкидала біля себе сіно, очевидно, готуючи для нього місце.

Мовчала.

Сайгор стояв і дивився на Татьяну.

Мовчала.

Тоді, не думаючи, ліг на своє попереднє місце.

Компанія рішила, мабуть, не спати всю ніч. Мадмуазель Арйон верещала, і по черзі запитували:

— Ви самотня? Ха! Ха!

— Я — самотня, — напівжартуючи зідхала Татьяна.

Тоді ж Сайгор знову примітив пуделя, який і тепер лежав біля його ніг. І тоді ж раптом занервувався.

Від компанії кричали:

— Ви самотня?

— Я — самотня! — зідхала Татьяна.

Іще кричали сичі. Десь загавкав Марчик — дзвінко, як дзвоник. Зірвався метеор, помчав і в розпуці розбив собі голову об дерево.

Сайгор даремно гадав заснути — не міг.

Знову важко задихала мадмуазель Арйон.

— Чорт!

Сайгор якось похапцем підвівся й пішов скорим кроком від стіжків далі на дорогу.

Хто чорт — невідомо. І інстинктовно оглянувся. Побачив: за ним, як примара, брів пес.

— П'шов!

Пудель подивився розумно й холодно й помахав хвостом.

Цей ідіотський випадок із собакою підносив матеріаліста Сайгора тут, на порожній дорозі, в темну даль, на верхів'я фаталізму.

І це, звичайно, дратувало, і дратували згадки про сьогоднішній день: і резиденція юнаків, і порнографічні малюнки з купальні, і тип, і мадмуазель Арйон, і Татьяна, і запах жіночого тіла.

— П'шов!

Але пудель не відставав на крок. Сайгор засунув руку в кишеню — нічого не було. Згадав — щось забув дома, в городі.

На сході невідомо ріс день. Починався світлими стежками. Запахло ранком.

Ріс невідомо ранок. І впали на обрій бліді червінці. Кричали з сіл півні, і тремтіла, горіла буйна земля. Скоро зійде сонце, зазгучить проміння, і хтось упаде на землю, і хтось крикне збентежений крик. Назустріч пливли буйні трави й зелений океан дерев.

На другій верстві пудель нарешті відстав і повернувся на віллу. Сайгор подивився йому вслід: до болю хотілось розможжити собачу голову.

І тільки на шостій верстві, коли раптом брякнуло вогняне сонце, згадав день, ніч — там — і почервонів.

Перша вілла на узгір'ї майнула білим крилом і пропала за обрієм.

Сайгор, суворий і блідий, поспішав до города.

«ЛІЛЮЛІ»

Павлові Тичині

I

Вилітає експрес і курить.

Тоді в калейдоскопі:

— жита, степи, гони й північний туман із осінньої магістралі. Провалюються темні горизонти, оселі, байраки, глухі нетрі. Виростають фабричні поселки, содові заводи, шахти, домни. Експрес перелітає яри, могили, похмурі перевали, і чути далекий надзвичайний гул.

...А за Тайгайським мостом,

де починається робітничий поселок:

— реальні результати капебеу.

То заводський квартал, що вже не мовчить — вийшов із німого мертвого кола й шпурляє в блакитні межі крицевий і грізний клекіт.

Це знає город.

...А вранці, ввечері, вночі в завданий час довго й спроволока гудить заводський гудок. — В центрі города гудка не чути.

— ...А що під Тайгайським мостом?

Там теж гудки: то паровики — і в степ, і на станцію.

То за кар'єрами пронизливо «кукушка» — кар'єри далі, за кілька гін.

Товариш Огре живе за мостом: справа, недалеко, коли з города. Він татарського, казанського походження. Татарського мало: смуглявість, матовість, тьмяність, от. З ним живе двоє.

Так що газетна сучасність. Прекрасна газетна сучасність, як запах на клумбі: тютюн. Тоді ранкова зоря надіне нові сап'янці й тихо, нечутно рипить по траві.

Тоді каже горбун Альоша:

— Ізмайле, ти чудак.

Товариш Огре мило всміхається:

— Чому чудак?

І справді, чому чудак?.. А у вікно ллється блакить, а десь кричать паровики. — Горбун теж усміхається.

...І прийшла ще Маруся, і тому, шо вона якась екзальтована дівчина (горить і тече п'яною вишнівкою), думайте: каесему.

Так. Верещить:

— Бачила барахло минулого: академтеатр. Точка... Айда, хлопці, на суботник. Це ж чудовий пережиток каламбурного часу... Чуєте?.. А ти, Альошко, живо в райком!.. Що?

І розказує: політперевірка, готовляться. Ха-ха! — Горбун узяв партквиток.

...А Льоля подивилась на Марусю й подумала: «Боже мій, хоч би скоріш вечір, хоч би не провалити пародії на «Лілюлі».

Так що сьогодні дебют: пародія на «Лілюлі». І Льоля надзвичайно наелектризована.

...А це в даль майбутніх віків:

— Зима в п'ятім році нової ери була хора, бо довго не було снігу, а була чвиря. Потім випав сріблястий сніжок, але задмухав південний з Озівського моря вітер, і сніжок — сріблястий — розтанув. Зимою були калюжі, і туберкульозний город (90 % сухотних) занидів у журі. Це, безперечно, було боляче.

Капебеу формально забігло вперед на тринадцять день — по календарю, місяцеслову, Юліанському, і Україна стала жити по Григоріанському новому стилю, «в стилі» уесесер.

Саме про тринадцять день, чортову дюжину: сьогодні новий рік був раніш Різдва приблизно (хто знає?) на тиждень. І це були не диканські фантазії геніального Гоголя, а просто — факт.

Під новий рік снігу не було, і, здається, за Тайгайським мостом не гув гудок. Тільки гули паровики — і в степ, і на станцію. Але про ці гудки потім.

...З товаришем Огре в тім же домі живе й француженка Фур'є. Коли Фур'є брала віольончелю (а в степу кричав гудок), вона, Фур'є, думала і про віольончелю, і про Бордо.

І ще сказати: дім із фасаду — в дим, а задні вікна виходять туди, де рейки спішать од станції й пропадають у лісах, в перельотах далі.

...Так що сидить горбун Альоша (некрасивий карлик) біля вікна, що в степ, і переписує героїчні п'єси для Льолі. Льоля з волоссям різдвяних ляльок і з тендітним білорожевим обличчям. Обличчя нагадує серпанкову фату — під вінець. Вона працює в місцевім пролет —

— культі,

в театральній студії, де керують (в пролеткульті) один бувший половий тульського трактиру, один бувший-небувший швайцар (відкіля — в анкеті не записано) і вісім чи дев'ять інтелігентів. Інтелігенти щиро віддаються праці, деякі навіть члени капебеу.

...Але Льоля надзвичайно наелектризована: як вона поставить пародію на «Лілюлі»?

...І ще сказати: напередодні нового року над городом паслись зоряні отари, а місяць, може, був, а, може, і не був, бо кожному багато справ, і кожний кудись спішив.

...— Здається, не був: були зоряні отари й майже весняна теплінь.

От.

...Вечір. О дванадцятій ночі буде новий рік. Це веселечність. Це всі знають. Бо тоді ж згадують молодість, коли хочеться рости вперед, мов дерево, мов рослина, щоб потім умерти, але про останнє не знати — про смерть. Так. Люди завше хочуть жити — і це велика правда, яка на землі, без якої буде порожнеча. — Про інші правди дехто любить говорити й гадати, як під новий рік або водохрещу: на воді, з воском і як: «Світлана». Це так; сказано так, бо митець пізнає світ.

...А трамвай теж дзвенить, а коли на поворотах — тоскує, або рипить і виє. До цього звикли, цієї жури не знають. Митець знає... — Маруся улетіла.

І знову до товариша Огре підходить горбун. І знову у вікно ллється блакить.

...— Ти будеш на пародії?

— Буду, Альошо.

Так що пародію на «Лілюлі» будуть ставити під новий рік, сьогодні, в пролеткульті.

...Товариш Огре — в капебеу, в експедиції, в редвидаті і ще десь. Любить більш за все відділ хроніки. Колись був членом капебеу, але потім механічно вийшов. Каже: філософські непорозуміння з капебеу. Товариша Огре можна бачити всюди й ніде. — Льоля в партії не була.

...Льоля?

— Ну да, жінка товариша Огре.

...Вечір.

З площі Рози Люксембург трамвай до Тайгайського мосту. Побувати треба дома, щоб потім до півночі збирати хроніку в новорічний випуск.

Приїхав давно.

Дома Льоля й горбун Альоша (горбун шваґер, брат Льолін). Горбун і зараз переписує героїчні п'єси для Льолі — для пролеткульту, для інших клюбів, де працює тендітна Льоля.

Горбун каже:

— Ізмайле, подивись у вікно.

Товариш Огре підійшов і подивився у вікно... (Горбун некрасивий карлик, євнух, без рослини й пом'ятий, але його очі нагадують Голгофу, коли йшов легендарний Христос на Голгофу).

Горбун задумливо дивиться в присмерк і каже:

— Бачиш? Завше так: паровики чогось суєтяться, шиплять, свистять, гудуть. А навкруги — бруд, грязь... Що це? Не знаєш? А коли паровик, минувши депо, вилітає в степ, він кричить не то радісно, не то журливо: «Гу-гу-у!»...І от недалеко спускають пари: «Чох-чох!»... А я чомусь думаю, що аровик гудить спроволока так: «Ка-пе-бе-у! ка-пе-бе-у!»

І Альоша провів «капебеу», мов голодний вовк у голоднім і дикім степу.

Льоля сказала:

— Ти, Альошо, фантазьор. От і все.

Товариш Огре сказав:

— Так, він фантазьор. Але він художник. Це правда: паровик у степу кричить «капебеу». Я теж думав про це, але я не найшов образа. Ти, Альошо, художник.

Тоді некрасивий карлик іще сказав:

— А пар по насипу стелиться — ви знаєте, чому?.. Коли потяг мчить од семафору — ви знаєте, чому?

І засміявся тихо й щиро.

Товариш Огре спитав:

— А чому?

...Альоша не говорив і ще сміявся тихо й щиро й дивився Голгофою, коли вели легендарного Христа на Голгофу.

...Сказала й Льоля:

— Ну, говори...

...Вже зовсім присмерк. І далеко, за паровиками, що шиплять, свистять, за брудом вугілля й пару, далеко фаркнув зелений вогонь семафора. І був такий нетутешній, ніби химерний вартовий забутих заулків города...

А далі степи причаїлись на глухих неосяжних гонах.

Із станції вилетів потяг і кричав на ввесь степ:

— Гу-у!..

...Альоша не сказав, чому, і знову переписував героїчну п'єсу для Льолі... А Льоля біля вікна й поспішно пришивала до панталонів (білих, як сніг) мереживо. Бо Льоля, хоч і сама прала панталони, але без білих, як сніг, панталонів ходити не могла, і без мережива на панталонах.

...Запалили електрику.

Посередині — залізна пічка, а збоку — рояль. А ще збоку біля стіни — туалетний столик. Їдять мало. Іноді Льоля радить, жартуючи, в помкомгол. Але це буквально. А втім, без одеколону ніхто не може: ні Льоля, ні Ізмайло, ні навіть Альоша.

На туалетнім столику й художні фігурки. Льоля ще з першого курсу (курси покинула — революція) купувала й любила туалетні прибори, щоб пахло від неї молодістю, радістю, гімназією, закоханими вечорами, коли хочеться кохати й без кінця когось невідомого, де малинник, де крижовник, де, може, ходять серпанкові тіні забутих дівчат із забутого теремка, де цілий світ минулого.

...Товариш Огре похапцем різав на маленькі шматки маленький шматок білого хліба й дивився у вікно, де стояв зелений вогонь семафора... І знов у вечорових сутінках степу шипіли, свистіли й вовтузились паровики.

Альоша теж зрідка поглядав туди, і невідомо було, чого поглядав туди некрасивий карлик Альоша.

II

Дивно: під новий рік весна. Це так геніяльно, мов замріяні фантазії геніяльного Гоголя. Це так прекрасно, так надзвичайно...

...Товариш Огре вийшов і поспішно пішов у задуму зимової весни. Льоля піде потім — ще рано, вона ще встигне зробити репетицію пародії на «Лілюлі».

...До трамвайної постоянки — сорок кроків, іде. Калюжі тихо замислились на вечірнє небо. Біжить собака, понюхав калюжу й побіг далі. Ще вийшли з двору, що напроти, меланхолійні гуси. Потім із ґеґотом кинулися знову до двору, бо собака раптом звернув і рішуче помчав до воріт.

...Але не калюжі думають про небо. То зорі подумали в калюжі й одразу сховались... Так буває часто, коли починає темніти і в порожній вулиці біжить тротуаром похилий пес.

...Товариш Огре, звичайно, буде збирати хроніку до одинадцятої, а потім піде в клюб пролеткульту, що на Садовій, 30. Це ж там Льоля буде стрічати новий рік по новому стилю «в стилі» уесесер. Це ж там вона буде ставити пародію не на Ромен Роляна, а на постановку «Лі-лю-лі», п'єси Ромен Роляна. Так що на постановку мільярди, а колізей без плебеїв. І от ставили пародію на «Лілюлі». Товаришка Льоля Огре.

На постоянці була й Маруся. Прилетіла, влетіла, ковтає слова й так розказує газетну сучасність, так од неї пахне життям, що хочеться заверещати на всю землю, як Глаґолін у «Собаці садовника».

І летять уривки:

— Тоді духмяний сум не буває п'яною радістю, коли вмирають дзвони кармазинового сонця за тихими гаями сільської ідилії. І як Міклуха-Маклай на острові Нової Гвінеї вивчає побут папуасів, так...

так...

...Маруся верещить:

— Я питаю. Я питаю: що за журнал? А він мені: «Купіть, баришня: тут запрещонноє про Леніна». І це так серйозно, так підпільно... Ха-ха-ха!.. Максимільяна Тардена з De profundis.

Присмерк. На тротуарах лежить присмерк. Іще заплутався в заулках і біжить до «Дикої Кішки», до «Дитячого Спартака»… а десь «ундервуд» шаленіє, а десь стихійна композиція.

І знову Маруся ковтає слова, і знову розказує анекдоти, правду, про це:

— На веранді сидить стара діва й плаче. — «Чого плачете?» — Тоді вона скаржиться, що вона, мовляв, до сорока літ була чиста, мов сльоза, а тепер її спокусив курортний лікар (на веранді) і погубив навіки. Це ж жах! Ви чуєте: навіки! Тепер вона хоче їхати в столицю й ознайомитись із програмою капебеу, бо тепер хто її візьме… Га?.. Кому вона потрібна?..

— Ха-ха-ха! Да-ха-ха-ха!

І Маруся так заливається, що прямо — чорт!.. А потім знову про веранду, про скелі, про море, про морський вітер, що голубий, мов запах, і запашний, мов смак.

Все переплуталось. Стихія.

…А трамвай підійшов і одійшов у задуму зимової весни — з товаришем Огре, з Марусею, через Тайгайський міст, до центру города, повз міські будівлі, заквітчані червоними стягами. В стягах ходив химерний вітер і перебирав полотнища.

По всій вулиці на всім протязі стояли ватажки світової революції, наче вулиця й справді хотіла, щоб більш було ватажків світової революції.

Але була жура: ватажки розтаборились, загатили всю вулицю з наказу виконкому, і були тільки рисунки:

— Так?

— Так!

Звичайно, справа зовсім не в рисунках. Безперечно, ілюзія прекрасна річ, але —

— на жаль, не завше.

…Чуєте потенціяльні підсвинки з «прекрасної синьої свині»?

— Так?

— Так!

...І шумів трамвай.

— Гражданін, ваш білет?

Товариш Огре подав гроші.

Минали червоні вітрини. Назустріч курив автомобіль і дивився гарячими очима. Такими ж очима дивилась і Маруся — вперед, назад, навкруги. І знову верещала:

— Це ж прелість, Огре! Чуєш?

Тоді товариш Огре розказав про фантазію некрасивого карлика — про гудки, про капебеу. Маруся заливається: це ж чудовий матеріал для поеми. Але...

— Ха-ха-ха! Да-ха-ха-ха!.. Ну, уяви ж, голубчику Огре: прийшов поет із своєю поемою в редакцію, де сидить суворий редактор із золотими окулярами на носі.

Поет дивиться на окуляри, на золоті дротики, і вони нагадують йому золоті зстралійські розсипини і, може, далекий Індійський океан, і, можливо — нарешті! — невідомий південний бігун. Але він ніяк не знає, чому не приймають його поему. І тоді виходить поет із редакції з безпорадною тоскою й рве на маленькі клапті свою поему «Лі-лю-лі».

...Товариш Огре згадав

Альошу й суворо спитав:

— Що ж тут смішного?

— Що ж тут смішного? Дурний! Це ж побут революції. Це ж прелість, Огре!

Потім вискочила з трамваю й крикнула:

— До побачення, Огре! До вечора! Буду і я на пародії... Хай живе Пупишкін — голова пролеткульту і його заступник — Мамочка! О-о, як стрінемо новий рік!.. До побачення, Огре!

...Знову летіли, минали червоні вітрини. Знову!

...І знову була в цьому така химерна фантастика, що провалитись у безодню, захлинутись, умерти. Воістину в той день город жив невідомим загоризонтним життям.

І здавалось, що тротуаром бредуть надхненні мінестрелі. Здавалось…

…І раптом — здалось: — в шумі трамваю хтось розплющив сантиментальні очі й скрикнув нечутно — в розпуці, в божевіллі — невідомо:

… — О, мій прекрасний загоризонтний краю!

Вірю! Вірю так глибоко, так незносно, як пахнуть на забутих кварталах степові бур'яни. Вірю!.. Бо бачу — і Дафніса, і Хлою, і молоде кохання, а далі Боккаччо Ameto, а далі ідилія на обніжках духмяних степів. Отари золоторунних і зелена пісня, мов хміль, тиха, мов пух на скроню…

…І дрижить підо мною земля, мов полонянка з диких озер! І пливе мій радісний біль у столітні далі, і мій біль, мов перша пастораль про золоторунну Хлою…

ПУПИШКІН І МАМОЧКА

(Цей фрагмент вставлено, мабуть, для контрасту)

…Товариш Огре зиркнув у вікно.

— Хто це?

…Ну да, товариш Пупишкін. Він поспішає до Тагайського мосту до товаришки Огре в такій справі: у справі сьогоднішньої пародії на «Лілюлі».

… — І справді: хіба таки поганий товариш Пупишкін?

Безперечно, хороший! Живе він, значить, на такій то вулиці, такий то №…

— Живе?

— Живе!

— Ну, і Бог з ним!

Але хтось не вгомоняється.

Тоді це:

— Товариш Пупишкін, голова пролеткульту — не просто голова: і письменник. Оповідання його починаються фатально так: «Галя внесла самовар і розставила чашки. Петро допіру прийшов із заводу й приніс із собою декілька прокламацій etc». Пише товариш Пупишкін свої оповідання за чашкою чаю; говорить: «Я вам кажу понятним руским язиком. Як же так, що ви не розумієте?». І дійсно: як не розуміти? Навіть тульський акцент чути!

...— Це який? Це той, що йде!

— Ну да, той, що йде: товариш Пупишкін. Він же ще не прийшов — не підійшов до Тайгайського мосту. Він розминувся з товаришем Огре.

...Товариш Пупишкін має «чотирьох ребятьонков» і щиро стоїть на посту. Він дуже задоволений із балетної студії. Там такі еластичні дівчата (учаться), що «антік маре з шоколадом». Правда, хтось каже, що це міські міщаночки... — Ну, то вільному воля! Знаємо цих архінитиків! Все їм не так!

...— А як же так?

— А так, значить, «вопче».

І от Сонгород. За Тайгайським мостом гудуть паровики.

...Товариш Пупишкін любить говорити, як він захищав Петроград: «Ми захищали Петроград»... А коли приходить товариш Мамочка, заступник його, товариш Пупишкін питає:

— Так як по-твоєму: битіє не определяет сознаніє?

— Нє!

— Дурак! Битіє завше определяет сознаніє. От тобі приклад і доказ: що таке битіє?

— Сознаніє!

— Дурак!.. А що таке сознаніє?

Товариш Мамочка хилиться на канапу:

— Душенька! Яке може бути сознаніє, коли сплошна безсознательність.

Тоді товариш Пупишкін розгортає книгу й рішуче парирує удар:

— От тобі й Бухарін сказав... нарешті, й я тобі кажу!

— Нє!

— Дурак... Ти, мабуть, і сьогодні підпив?

Тоді Мамочка в обійми:

— А ти не дурак, а дура. Ти, голубок, так би мовити, під пресом авторитарности. А я от кажу: «геть усяку авторитарність і да здраствуєт колективное творчество». Понімаєш? От де собака зарита: пролеткульт!

Мамочка, безперечно, тяпнув десь спиртозу: дух нехороший. Правда, і товариш Пупишкін трохи того...

— Ну-ну, не кричи. Лягай спати.

Мамочка:

— Я спати? Потомственний пролетарій? Ні за які коврижки! Будемо бодрствовать. До последнєй каплі крові... Понімаєш?

І т. д. і т. п., ets.

...Здається, товариш Пупишкін підходить до будинку?

— Ну да!

...Тайгайський міст залишився позаду. Знову в порожній вулиці біжить тротуаром похилий пес. Тихо вмирає блакить.

А з заходу насуваються сині тачанки.

...І знову на далеких пустирях тоскує трамвай.

III

Льоля пришила мереживо й слухала, як у сусідній кімнаті віольончеля. Це француженка Фур'є.

Мадам Фур'є вранці ходила на ринок в охотний ряд, розкладала біля себе барахло, що залишилось після революції: вази, мереживо, всякі дрібниці, що їх ніхто не купував, а вона думала — куплять. Удень давала уроки, а ввечері грала на віольончелі. Її вважали за «іскопаємоє», бо гроші за уроки вона віддавала за воду, за електрику, інше, і не тільки за себе, а майже за всіх квартирантів. Сама ж жила «бож'їм духом» і вільончелею, музикою, що сама творила.

Француженка — породиста жінка, і коли вона стоїть в охотнім ряду біля барахла, вона імпонує своєю постаттю й своїм обличчям. До неї підходять і дивляться на неї. А барахло лежить, і його не купують.

Фур'є каже:

— Колего, товар хороший. Може, купите?

«Колега» усміхається й нахабно дивиться на її обличчя. Це більше випадкові завітальники ринку: з кокардами на капелюхах. Спекулянти на Фур'є вже не дивляться, і вона вже їм не каже:

— Колего, товар хороший.

Фур'є вся в зажурних піснях віольончелі. Вона всіх любить, всі для неї друзі: і нарком, і провокатор — це логіка її любови.

...А Льоля підвелась і зідхнула.

Тоді в кімнату входить горбун.

Він розказує про одну комуністку, що має золотий перстень: колись одбирали в парткасу на голодних, а вона «забула» віддати й тепер хоче комусь продати.

...— Як по-твоєму: треба говорити про це, чи ні?

— Покинь дурниці! Нічого я не знаю.

— А я от знаю... — і горбун засміявся тихо й щиро і дивився Голгофою, коли вели легендарного Христа на Голгофу. Потім сів і теж слухав мадам Фур'є: віольончелю.

...А музика така:

— на мільйонних шляхах, на закинутих дорогах брякнула, кинула шпагу зоря. Там же плентаються багряні коні.

...І раптом шум: то за вікном проходять табуни, мабуть, каравани на північ...

— Хеопс-Хуфу! Хеопс-Хуфу!..

Але віольончеля бурю — тоді степовий вітер, і летять в чебрецеву далечінь дороги. Тоді кінь вдаряв на гони й скаженів...

І знову гриміла зоря на далеких шляхах... — Хеопс-Хуфу!..

... — Льольо!

— Я.

— Ти слухаєш?

— Слухаю.

Француженка не втихала.

...І тоді ж, коли чуєш віольончелю мадам Фур'є, хочеться сказати, що в житті не буває такого болю, коли проходять вітри тривожні.

І сідає поет, і хоче творити не безпорадний реквієм, а гімн весняному шумові. Він не хоче творити реквієм, бо редактор із золотими окулярами на носі скаже написати іншу поему. Тоді поет виходить на вулицю й думає про життя, що воно обов'язково прекрасне, і думає про тайфун, якого ніколи не бачив; і тоді золоті ріки течуть біля його серця. Поет каже:

— Савойя!

І думає, що савояри — убогі люди, що уходять з гір на чужину, на заробітки, щоб не вмерти в горах, бо життя —

безмежна капмазинова ріка, і протікає вона по віках невідомо відкіля і невідомо куди.

...Альоша сидить, задумався над героїчною п'єсою, а потяг кричить у степу:

— Гу-гу!.. — довго, спроволока.

І думає горбун тоді про Мафію, і думає, що він ніколи не належав до таємної Мафії — він тільки врізається клинком у нальоти плутократії, його біль у Сіденґемі життя.

...І знову зажурно сказав Альоша.

— Савойя!

МАДАМ ФУР'Є

...Льоля пішла й сказала:

— Драстуйте, мадам Фур'є!

— А, це ви, Льольо?.. Харашо! Сідайте! Драстуйте!.. Знаю, знаю: у вас новий рік. Це радісно... А я сюди вже давно приїхала й звикла по-старому. Але це нічого: новий рік — це радісно... Я буду святкувати і ваш.

Льоля сказала:

— Ви хорошая, мадам Фур'є, і я вас люблю за вашу щирість.

Мадам Фур'є збентежилась, заметушилась, а потім не знала, куди положити руки.

— Ви, Льольо, мене так схвилювали — і мені соромно, бо я забула про ласку.

Потім француженка заспокоїлась і грала Льолі якусь маленьку пісню з Бордо, здається, з департаменту Жіронди. Пісня була тепла й запашна, але й туманна, як винний город далекої Франції, як закинутий берег замріяної Барони.

Льоля думала, що йти на Садову, 30, рано: ще не зібралась студія, щоб готовитись — генерально — до постановки пародії на «Лілюлі». Льоля слухала пісню й згадувала гімназію й товариша Огре, коли він кінчав університета і коли вони стрілись на концерті Карузе на гальорці. Це перший раз. Огре сказав:

— Я люблю Карузе за теплоту в його голосі.

І Льоля тоді подумала, що він сказав:

— Я люблю тебе, моя кохана.

Потім він провів її до самої кватири, і вона цілу ніч не спала: боялась, щоб товариша Огре не зачіпили хулігани.

...Мадам Фур'є два рази зіграла малесеньку пісню з Бордо і ще грала. Француженка прекрасно володіла віольончелею, бо вона була колись у консерваторії.

...Проходив трамвай повз будинок — це було чути. Ще було чути: біля Тагайського мосту гудки. Ще було чути: іде зимою весна.

...У мадам Фур'є була порожня кімната, і тільки стояла біла кровать, а над кроваттю на стіні білий килим із білим лебедем, який хотів улетіти.

Француженці на лівій щоці родинка й три волосики на ній.

Тоді Льоля подумала: мадам Фур'є і «Лілюлі». А потім подумала про Бордо, про далекий город Франції.

Коли віольончеля стихла. Льоля сказала:

— Я слухаю віольончелю і думаю, що все-таки моїй душі чогось бракує.

Мадам Фур'є сказала:

— Я, Льольо, не скінчила консерваторії — і я не передам тонких нюансів моєї симфонії.

Льоля сказала:

— Ах, мадам Фур'є, ви мене не зрозуміли. Ви так надхненно, так талановито передаєте маленьку пісню з Бордо!.. Я думаю, що ваша віольончеля — жива істота, і в ній жодного дисонансу... А от у моїй душі не те.

Француженка обняла Льолю й сказала:

— Ви, Льольо, тендітна дівчинка, яка літає, як метелик. А щоб жити, треба... як це сказати? В Бордо так кажуть: ordre de bataille*.

Льоля тихо дивилася на мадам Фур'є й мовчала. Тоді француженка говорила далі:

— Так. Бойовий порядок. Ordre de bataille. Інакше й ви, Льольо, будете «іскопаємоє». Я знаю, це мене так... Але я вже інакше не можу. Вам треба інакше, по-новому. Інший дух. Більшовизм. А я, Льольо, труп.

Мадам Фур'є схилила голову на віольончелю й задумалась. Льоля теж задумалась. А потім раптом француженка скинулась:

— Я, Льольо, дуже рада, що ви сьогодні стрічаєте новий рік. І я буду стрічати. Новий рік — гарно: все думаєш — «а чи не прийде щось інше»...

Ще шумів трамвай. Льоля подумала, що мадам Фур'є піде стрічати новий рік, і їй було шкода француженки, бо Льоля не могла покликати мадам Фур'є стрічати новий рік у пролеткульті, що на Садовій, 30.

Льоля попрощалась і пішла в свою кімнату, бо вже час було їхати в город. Льоля згадала скриньку з дрібницями біля охотного ряду і на тумбочці підручники й французький роман, здається, Гюґо, і Анна Кареніна французькою мовою з порнографічним малюнком на обкладинці.

---

* *Ordre de bataille (фр.)* — бойовий порядок.

...Сидів некрасивий карлик Альоша, і Льоля йому сказала:

— Ти, Альошо, дійсно художник. Ти гарно придумав: саме так і. кричить паровик, коли вилітає в степ.

IV

Товариш Огре був на тютюновій фабриці — по хроніку. Там його стріла жіночий організатор — товаришка Шмідт, яку він часто бачив у парткомі. Товаришка Шмідт схопила його за руку й потягла у фабричний клюб.

... — От подивіться, як ми будемо святкувати. От подивіться...

...Була заля, в залі — буфет, а в буфеті — конфекти, яблука та інше. Ще в залі було багато дівчат-робітниць із фабрики, які вибігали в залю, підбігали до вікна, дивились у свічадо, і від них пахло дешевими духами. Потім дівчата товпились біля дверей і питали схвильовано.

— Ще?.. Та де ж вони, господи...

Вони чекали оркестрантів.

Ще було: піраміди (стояли для краси) з реклямою — «Папіроси тов. Петровскій» і з реклямою — «Осінні скрипки».

...Товаришка Шмідт схвильовано говорила:

— Ну, скажіть щиро: де це в світі?.. А, може б, хто інший зробив?

Товариш Огре сказав:

— Ясно. Тільки — ми!

Товаришка Шмідт була безмежно рада і рожево-схвильована. Вона підбігла до піраміди «тов. Петровскій» і до дівчат, що нетерпляче чекали оркестрантів, і не знала, що їй іще зробити, бо все вже було зроблено.

...А коли товариш Огре зібрав хроніку, товаришка Шмідт спитала:

— Ну, а як у вашім районі? Ви, здається, в Замалайськім?

Тоді товариш Огре почервонів і збентежено сказав:

— Я — безпартійний!

— ?.. Ви безпартійний?

...І пробігла чорна кішка.

...Товаришка Шмідт холодно сказала:

— А я думала, ви в парткомі...

Товариш Огре гадав, що він згорить, і думав несподівано про Тайгайський міст і — під ним паровики.

Товариш Огре сказав:

— До побачення!

Товариш Шмідт сказала:

— До побачення!

Але це було так холодно, ніби зима, і непривітливо, ніби глибока осінь.

В голові блукали уривки.

«Ясно. Тільки — ми!».

...На Байкальській вулиці товариш Огре бачив великий прожектор, що освітлював усю вулицю й комольську новорічну процесію. Це, безперечно було грандіозне видовисько. Пливло голубе небо, з ріки пахло баговинням, ніби й справді баговиння було зимою. За ріку в темряву відходила міська жура.

...А комольці сурмили в сурми, дзвонили в дзвоники й освіщали вулицю сотнями чарівних смолоскипів. За комольцями гуділи натовпи.

...На розі товариш Отре бачив заступника Пупишкіна — товариша Мамочку. Мамочка біг у трактир до вірмена.

...Сотні ватажків світової революції дивились із будівель із наказу виконкому... Але знову була розпроклята тоска.

... — Гражданін, будь ласка, пропустіть!

... — Полюбуйтесь, гражданін, на кощунство... Сссволочі!

... — Ішла бабка напроти комольців, напроти попів-комольців, і побачила кадила в комольців... Скрикнула!

і — впала!

За бабкою карета допомоги не приїхала, бабку підвели громадяни.

...З південних кварталів города пішов теплий вітер; тоді комольські смолоскипи пускали вогняні язики на тротуари. Біля собору, що напроти виконкому, комольці справляли комольське свято нового року.

...— Гражданін, подивіться, яке кощунство!..

...А висока каланча собору мовчки відходила в синю безодню неба. Ще пролетів вітер із південних кварталів города...

...Новий рік. Щастя. Думаю: чи не прийде щось інше? — Товариш Огре почув у чоботях воду, бо чоботи були діряві — і туди набралась вода... А під новий рік і водохрещу старого стилю, не «в стилі» уесесер, гадають про майбутнє на воді з воском і як «Світлана».

Товариш Огре згадав (бачив у друкарні), що на Різдво комольці мають колядки й щедрівки, але не ці:

— Щедрик-ведрик, дай вареник, грудочку кашки, кільце ковбаски...

...Ні!.. Не ці.. — ...А життя йде рік за роком, і кожного року — стрічаємо новий рік: «чи не прийде щось інше?»...

...Товаришка Шмідт сказала: «Ви безпартійний?» — і стало холодно, як зима, і непривітливо, мов осінь.

...А збоку хтось регоче й розказує про «артемівців»; про дім пролетарського студента, про жінвідділ, про каесему. Тоді блакитнить весна дзвональними дзвониками й похмуро костилить баба-яга костяна нога — сива зима із шкульгальною лицею в зимальну північ.

...— О... О... О, новельний Фальстаф! Як Мануель Сведенборґ, віриш у своє призначення пророка!..

...І тоді дзвональна звена веснальної дзвими блакитнить на душальній душі поета. І припустім, він питає:

— Марусино, скільки років до наших великодніх дзвонів?

Тоді Маруся скаже:

— Я — радість. Я — тема твого життя. Летять журавлі по далеких полинних дорогах. Кричать одуди в гаях: «Уту-тут! уту-тут!». І ти знаєш, як буває біля річки, коли ловимо коропів, коли в прозору воду падає невідоме небо!.. О, дзвональна звена веснальної дзвими!..

...— А коли комольська процесія зникла за собором, прожектор погас. Тільки синє небо пливло в тротуари Байкальської вулиці: 606.

— Браво! Браво! Браво!

Гучні оплески стріли Льолю, коли вона вийшла після постановки пародії на «Лілюлі». Льоля горіла, Льолі згоріли вуха; потім зробила реверанс і побігла за лаштунки.

Вже все. Більш нічого не буде. Там, на Садовій, 30, у пролеткульті.

Тоді із залі вийшла публіка. Була публіка і публіка.

Одна публіка розходилась, друга публіка залишилась стрічати новий рік.

...Героїня вечора — Льоля. Але герой вечора — бувший і т. д. — товариш Пупишкін. У фойє його качали на руках за труди по організації пролеткульту й пролеткультівських ідей. І за постановку — теж — пародії на «Лілюлі», п'єси Ромен Ролана: качали.

Товаришеві Пупишкіну хотіли зробити приємність і піднести від публіки сюрприз.

Пішли за сюрпризом.

...Але в цей момент хтось уже підніс несподіваний сюрприз (це, безперечно, було нетактовно): статуетку з Дон-Кіхота.

Товариш Пупишкін трохи збентежився, але раптом кинувся на підносителя. І, обійнявши його, три рази — по руському звичаю — поцілував.

Тоді публіка (машиністка пролеткультy й писар пролеткульту) вийшли з сусідньої кімнати й піднесли вже справжній сюрприз Пупишкіну. Саме —

ТУЛЬСЬКИЙ ПУЗАТИЙ САМОВАР

Товариш Пупишкін до того був зворушений, що заплакав радісними сльозами й поцілував по три рази — по руському звичаю — публіку, що підносила йому самовар: машиністку пролеткульту й писаря пролеткульту. Потім публіка ще щиро вітала товариша Пупишкіна й качала його на руках.

...А потім одна публіка зовсім розійшлась, а друга публіка зовсім залишилась.

...В театральній студії дзвеніли тарілки.

...Новий рік. Щастя. На вулиці було ясно, бо людське щастя і найсправжніше це: бачити глибоке небо, чути весняні подихи, бачити зиму, літо, осінь, вересень... Це найсправжніше щастя, і не треба для цього гадати на воді, з воском і як «Світлана».

...В пролеткульті був некрасивий карлик

Альоша — з Льолею приїхав. Прийшов уже й товариш Огре.

Але знову дивився горбун Голгофою, коли вели легендарного Христа на Голгофу. Потім раптом із тоскою і спорзно дивився на красивих дівчат.

...Летіла Маруся з товаришем Мамочкою й підморгувала товаришеві Огре. За стіл не сідали до пів на дванадцяту й никали з кімнати в кімнату.

Бігав пролеткультівський поет і всім деклямував: — «О, красний прекрасний цвєт! Рабочій, рабства больше нєт! Впєрьод, впєрьод! Время не ждьот. Так, і вздихая, і вздихая, на панелі ізмизганих уліц струїтся Первоє мая».

Пролеткультівський поет ніяких авторитетів теж не визнавав, — як і Мамочка. Він був, так би мовити, зовні всякої «авторитарности». Маруся каже: «Раніш досить порядні вірші писав. А тепер лаври імажинізму не дають покою... Пороть треба».

І ще Маруся каже: «Буває, люди течуть біля серця... Правда?» — і від неї так пахне сонцем, наче вона переплила сонце, коли ярами проходив туман, а луки співали на «достойно» в юне небо... а хлоп'ята розкладали вогнище й пасли коней. Коні підводять голови, прядуть вухами й тривожно дивляться в ніч.

...Некрасивий карлик спорзно дивився на красивих дівчат, але дівчата не звертали на нього уваги.

Тоді підійшла до Альоші дівчинка, і некрасивий карлик погладив її по голівці.

Віддалік сиділа (теж) некрасива жінка. Від тієї жінки й пішла дівчинка. То була її мама... І мама сказала дівчинці:

— Настенько! Коли тебе будуть питати про маму, так ти не кажи, що я твоя мама, а скажи, що я твоя сестра.

Некрасива жінка, мабуть, хотіла кохати й тому не хотіла, щоб знали, що в неї є уже така велика дівчинка.

...Некрасивий карлик іще раз погладив по голівці дівчинку, по її м'яких, як пух, волоссях. Він спитав, вказуючи на некрасиву жінку:

— Дівчинко! Ото твоя мама?

Тоді дівчинка сказала:

— Я сестра мамина, у мене мами нема!

...Пройшов товариш Огре з Льолею й з товаришем Пупишкіним. Дзвеніли тарілки. В одній кімнаті співали «малоросійських» пісень — трохи зажурних, не таких, як під новий рік.

...А новий рік — щастя. — У Льолі згоріли вуха, Льоля горіла й досі. Товариш Огре розгублено відповідав на запитання...

...Товаришка Шмідт сказала: «Ви безпартійний?»

...О, красний, прекрасний цвєт! Рабочій, рабства больше нєт!..

А в фойє й досі говорили про те, як товариші Пупишкіну піднесли самовар — сюрприз од публіки, і досі кричав Мамочка.

...Нарешті покликали за стіл. Дзвеніли тарілки. Було пиво. В сусідній кімнаті була й «миколаївська». «Миколаївську» пили ті, кого викликав — по секрету — пролеткультівський поет. Були тости.

...Маруся верещала:

— Слухайте про начотчиків. Скоро почнеться політпровірка. Наша публіка майже збожеволіла: зудить-зудить, як приготовішка. Скоро на Сабурову дачу пачками... Словом — Гопсаса!

Але Марусі ніхто не слухав, і вона втекла з вечора.

...Товариш Огре захмілів. Захмілів і горбун. Тоді сказав товариш Огре товаришеві Пупишкіну: — Так, я п'яний. Але що в п'яного на язиці, те в тверезого на думці... Знаєте?.. І скажу правду: боляче! Бо ні сюди, ні туди: біла ворона.

Товариш Пупишкін сказав:

— Совершенно правільно: ні сюди Микита, ні туди Микита... Це участь інтелігенції... Ну, а як і мені правду сказати, то і я трохи інтелігент. Правда, не той, так би мовити...

...А пролеткультівський поет знову кричав над Льолиним вухом:

— Вперьод! Вперьод! Время не ждьот!

Льоля думала про постановку пародії на «Лілюлі», потім подивилась на товариша Огре й задумалась.

...Дванадцята година.

Новий рік. Щастя. Новий рік по новому стилю, «в стилі» уесесер.

...Товариш Огре говорив:

— Так, я трохи п'яний і скажу: сіра осінь на моїй душі... А два з половиною роки я був членом капебеу, і на всіх фронтах... а тепер боляче: знаєте — біла ворона...

Товариш Пупишкін говорив:

— Совершенно правільно! Це закон матеріалістичної діалектики. Битіє определает сознаніє. Іде на зміну пролетаріат.

Потім товариш Пупишкін підійшов до самовара, до свого сюрприза, і сказав:

— Хороший самовар. Справжній тульський... Так що молодці хлопці!

...Некрасивий карлик Альоша раптом зірвався й пішов у куток. Теплий хміль із голови перейшов йому в нутро, і відчував горбун, що наростає в грудах, накипає щось, і дивився на красивих дівчат уже злісно й спорзно. Але раптом усе туманилось — тоді виростали перед очима дикі поля й розстріляний горизонт, — і от загорівся захід. Вечір. Перепелиний бій, і так незносно пахне трава.

...— Чого ви замислились?

До Альоші підійшла некрасива жінка, яка залишила свою дівчинку в сусідній кімнаті. Некрасива жінка, граючи очима, сіла біля горбуна.

...— Сіла?

— Сіла.

...Тоді некрасивий карлик спитав злісно й яро:

— Чого я задумався?..

І плюнув в обличчя некрасивої жінки. Цього ніхто не бачив, і некрасива жінка мовчки відійшла, знизивши голову: покірно, як на Голгофу.

...Ішла друга година. Дехто пішов уже в сусідню кімнату й там заснув. Але більшість сиділа за столом.

Льоля ще випила трохи й була вже весела, і говорила про постановку пародії на «Лілюлі». Товариш Огре мовчки слухав товариша Пупишкіна.

...Тоді підійшов до столу Альоша й сів біля Льолі. Дехто дивився у вікно, де мріяло небо...

ФІНАЛ

...Некрасивий карлик сказав голосно — і всі стихли: — От що: хочу новину сказати... Знаєте, як гудить паровик, коли вилітає в далекий степ?..

Ви думаєте так: гу-у-у?..

Льоля сказала:

— Ну да... Він чудово придумав. Скажи, Альошо!..

Всі причаїлись, слухали.

...Тоді некрасивий карлик голосно й схвильовано сказав:

— Коли паровик вилітає в далекий степ, коли він пролетить зелений семафор, тоді він назад кричить так: в п...— у-у!

Альоша так чітко протягнув на «у» площадне слово, що майже всі підскочили.

Льоля фаркнула.

Всі фаркнули.

Товариш Пупишкін закричав:

— Скоріш ведіть його... він п'яний!..

Товариш Огре підвівся:

— Альошо, ходім додому...

Льоля збентежено підбирала волосся й здивовано дивилася на Альошу.

...Некрасивий карлик мовчав.

ЕПІЛОГ

До Тайгайського мосту йти далеко. Льолю так зденервував Альошин вчинок, що вона не могла йти з ним поруч. І Льоля побігла вперед.

У центрі города о другій годині зимою в п'ятім році нової ери, під новий рік по новому стилю, «в стилі» уесесер — шумували вулиці...

...І думалось, що савояари — убогі люди, які уходять із гір на чужину на заробітки, щоб не вмерти в горах, бо життя — безмежна кармазинова ріка і протікає вона по віках невідомо відкіля й невідомо куди.

...Далі шум стихав.

І нарешті зовсім стих, коли наблизились до робітничого поселку.

З півдня на город насідав туман.

...Товариш Огре й горбун ішли поруч.

Альоша іронічно подивився у вогку заквартальну даль і зідхнув. Потім спитав:

— Ізмайле, ти на мене сердишся?

Товариш Огре сказав:

— Ні.

— А коли ні, то скажу тобі: нудно мені, Ізмайле, і скоро я умру.

Товариш Огре зиркнув на некрасивого карлика і не бачив: жартує він? І в сірих потоках мряки, що йшла на город, знову пізнав Голгофу, коли вели легендарного Христа на Голгофу.

І спитав — трохи патетично — товариш Огре:

— Скажи, Альошо: ти не знаєш, в чому полягає краса й радість земної муки?

— Не знаю.

— А я гадав, що ти знаєш, бо ти, Альошо, художник.

...Підходили до Тайгайського мосту.

Вночі під Тайгайським мостом стикають паровики, тільки біля депа чути задумане шипіння.

...Над Тайгайським мостом — далекі — зоряні верхів'я, і їх прикрив туман.

...Ішов новий рік.

Почався не зовсім весело, і, коли гадати на воді, з воском і як «Світлана», — не весело на цілі довгі-короткі місяці.

...Крізь мряку, туди в степ, маячів зелений огонь семафора.

...Льоля пройшла вже Тайгайський міст і стукала в двері.

Раптом із станції вилетів потяг.

...А коли увійшли в кімнату, чули, як далеко в степу кричав паровик:

Гу-у!..

...Сказав товариш Огре:

— Альошо, у мене болить голова. Будь ласка, подай графин.

Сказала Льоля:

— Води в графині нема. Хай набере з крана.

Горбун підійшов до столика, де лежали героїчні п'єси, і взяв шклянку. Потім некрасивий карлик Альоша подумав, що завтра йому треба йти в райком.

...А за стіною мадам Фур'є, очевидно, взяла віольончелю.

І знову чути було зажурну пісню з Бордо — з далекого города загоризонтної Франції.

Мадам Фур'є, мабуть, стрічала новий рік.

ЗАВ'ЯЗКА

(Етюд)

I

На двадцятій верстві від кордону експрес зупинили бандити. Результатом перестрілки було: одне вибите вікно і затримання потяга на кілька хвилин. Коли експрес знову рушив у сизу далечінь туманного дня, в купе Криленка ввійшов повожатий і попрохав його дати притулок двом громадянам.

— Прошу пробачення, — сказав він. — В розбите бандою вікно вривається вітер, і пасажири вимагають, щоб я їх перевів у інше місце. Чи не дозволите використати купе дипломатичних кур'єрів?

— Будь ласка, — кинув Криленко і підвівся з ліжка.

В купе увійшло двоє. Один із них середнього зросту, з живими мишачими очима — мовчки положив на полицю чемодана і, не привітавшись, сів. Другий, очевидно, супутник першого, не в міру худий, не в міру високий, так що, входячи в купе, мусів низько вклонити голову, щоб не зачепитись, нервово підкинув плече і попрохав пробачення за турботу. Сідаючи напроти Криленка, він поправив ремінь свого саквояжа й сказав:

— Я вам не заважаю, шановний добродію?

— Очевидно, ні, — промовив Криленко і здивовано подивився на пасажира: його увагу зупинила зайва запобігливість.

Не в міру високий пасажир мовчки, не підводячись, скинув пальто й подивився своїми світло-синіми очима у вікно. В такому положенні він просидів декілька станцій, і тільки коли в купе спалахнув ріжок електрики, — пасажир здригнув, кинув швидкий погляд на Криленка і, підсівши ближче до столика, забубонів по ньому схудлими музичними пальцями.

За цей час його супутник встиг декілька разів вибігти з купе і вихопити з подорожніх станційних буфетів кілька фунтів шинки, цукерок, яблук та іншої їжі. Раз-у-раз він наливав чаю в свою металеву чашку і набивав рота принесеним. Коли потяг одходив від станції, швидкий пасажир розгортав якийсь журнал, виймав відтіля записну книжку і щось там занотовував. Іноді, коли вагони пролітали повз оселі, він підбігав до вікна, безцеремонно затуляв його своїм станом і пильно вдивлявся десь. За дві хвилини він знову сідав на своє місце і знову брав олівця. Ні до свого супутника, ні до Криленка він не промовив жодного слова. Очевидно, цей пасажир зайнятий був якимись мислями, що не давали йому спокою. Весь час він наспівував веселу шансонетку, вимовляючи тільки:

— Труля-ля-да-труля-ля!

Осінній вечір несміливо зазирав у вікно. Щс далі, то все міцнішало світло електрики. Одноманітні перебої коліс глухо бились у вагон і заколисували. Експрес летів у тумани, одкидаючи верстви, обганяючи гони. Мчались озера, ліси; одлітали стовпи. Паровик, побачивши далекий червоний семафор, тривожно кричав серед порожнього степу.

Коли Криленко розплющив очі, він побачив: високий пасажир і зараз бубонів по столу, викидаючи свої тендітні пальці. Його супутника не було. Від парового опалення в купе стало душно, і Криленко підвівся з ліжка, щоб скинути піджак. Осінній вечір уже розтанув, і в купе заглядала темна мряка дощовитої ночі. З сусіднього купе, що праворуч, доносились голоси.

— Дозвольте спитати вас, — сказав після довгої мовчанки високий пасажир, коли Криленко, повісивши піджака, знову збирався лягти, — відкіля ви їдете?

— З Німеччини, — не повертаючись, коротко кинув Криленко.

— Мабуть, в посольстві працювали? — спитав пасажир і уважно подивився на свого співбесідника.

— Так!

— Я одразу догадався, — усміхнувся він.— Саме в посольстві, бо інакше ви не мали б такого вигляду.

Криленко швидко поправив рогово-совині окуляри: його неприємно вразила така несподівана фамільярність.

— Якого вигляду? — трохи суворо спитав він і круто повернувсь.

Пасажир враз знітився і обличчя йому перекосилось.

— Коли я вас образив, то прошу пробачення, — промовив він. — Мені здалося, що я з вами можу поговорити. Я дуже рідко говорю.

Криленко, який мав здібність завжди й всюди хутко зорієнтуватись, рішив, що він має справу з людиною не зовсім психічно-нормальною.

— Я теж дуже радий поговорити з вами, — поспішив він сказати іншим тоном, — ви, очевидно, не зрозуміли мене. Але я знову повторюю: якого вигляду?

— Бачите, — помовчавши, промовив химерний пасажир, — коли б ви були випадковим туристом, то ці ваші гостроносі щиблети дуже хамулувато сиділи б на ваших ногах. А втім, — раптом підводячись і несподівано простягаючи руку, сказав він, — дозвольте одрекомендуватися: інженер Сердюк.

— Дуже приємно, — машинально, не називаючи свого прізвища, стиснув руку Криленко, і тут же відчув, що приємного було надто мало. Інженер, не по-звичайному представившись, знову змовк, і на його обличчі заграла хороблива усмішка. І ясно: це не могло не вплинути на

Криленка. Короткий, але химерний діялог з випадковим подорожником нагадав йому чомусь перші дні 17-го року. В уяві йому промчалось кілька несподіванок, і він здригнув. Але зате Криленко згадав і рівні берлінські вулиці, і тихий кабінет над Шпрее, і нормальне й точне, мов годинниковий механізм, німецьке життя. Все це перший раз за всю дорогу пройшло перед ним з кінематографічною швидкістю і залишило за собою в його душі трохи гіркий і неприємний слід. І що його з Берліну зовсім одкликано, він тільки зараз гостро відчув.

— Так от я й дивлюсь на вас, — сказав після невеличкої павзи Сердюк, — не турист ви... А я, знаєте, — і він весело зареготав — знаєте, поїхав колись до Шварцвальду. Це було комічне турне. Хоч як повернусь — усе моветон. Німкеня, знаєте, за мною як за немовлятком ходить. Це, каже, інженер «рюсь» і робить наголос на «рюсь», мовляв, пробачте йому. Це було так комічно...

Інженер уважно подивився на свого співбесідника. Обличчя йому мінялося щохвилини, і на цей раз воно розпливалося в нудну гримасу, яка одразу пристарила його.

— Чи не думаєте ви підкреслити відому банальність про німецьке філістерство? — кинув Криленко з метою розхолодити інженера та добитись таки нарешті, хто перед ним сидить.

— Саме це я й хотів підкреслити, — поспішно сказав Сердюк. — Хіба вас не цікавить таке питання: як впливає на психічну рівновагу людини комбінація, що складається з Лоенґріна, Шпільгаґена та бюрґера? Я маю на увазі цивілізованого тевтона.

— Але в ваших словах звучить якась образа, — усміхнувся Криленко. — Чому ви з таким завзяттям нападаєте на них?

— На кого це?

— На цих же, вищезгаданих, тевтонів.

Інженер подивився й сказав обурено:

— По-перше, ви даремно підкреслюєте «тевтонів»: що було, те не вернеться. А потім, — не вже ви й досі не догадались, шановний пане… будь ласка, ваше прізвище.

— Криленко.

…шановний пане Криленко. Я, бачите, заздрю цим гомункулам. Крім того, я думаю, — і Сердюк узяв зовсім професорський тон, — оскільки наша сучасність характеризується проблемами, так би мовити, вищого інтернаціонального порядку, остільки я, частка цієї сучасности, не можу не цікавитися внутрішнім змістом відомих мені народів. Ви мене, очевидно, розумієте?

— На жаль, ні, — вже трохи різко кинув Криленко.

— І я шкодую, — серйозно сказав Сердюк і раптом по-дитячому зареготав: — Ви мене, будь ласка, не слухайте. Все це — експеримент, не більше. Сидів напроти вас і думав: а що як я візьму та й заговорю з цим добродієм езопівською мовою?

Криленко зміряв спокійним поглядом свого співбесідника і мовчки вийняв з кишені портсигара. На цей раз він і натяку не подав, що інженер дратує його своїми виходками. Тепер не залишалось жодного сумніву, що перед ним сиділа психічно-ненормальна людина.

Одноманітні перебої коліс бились у вагон з колишньою настирливістю. Сердюк мовчав і дивився у вікно, повз котре з тоскним посвистом летіла осіння ніч. Криленко, запаливши сигару, ліг і одвернувся до стіни. В купе стояв той химерний електричнотьмяний присмерк, який буває тільки в вагонах вищої кляси. Було тепло і затишно, і мисль обминала і будні, і невдачі, і нудні обов'язки. Тоді десь кублились тихі асоціації і загортали купе в філософічно-задумливе мереживо.

— Так… так-с! — кинув за спиною Криленка Сердюк.

Але Криленко вже не звертав уваги на інженера. Він найшов вигіднішим для себе подрімати. Він мав добрі нерви, і тому, коли попадав у становище, подібне даному, завжди вмів найти в нім своє місце. І тепер він скоро втямив, що химерний інженер хоч і явно психічно-ненормальний, але, без сумніву, має тихий темперамент, і йому нічого не заподіє. Отже, краще заплющити очі і поміркувати про своє майбутнє. За два дні він мусить увійти в зовсім нову обстановку, що в ній не був більш як чотири роки. Ще декілька станцій — і нова станція його життя. Він поліз у бокову кишеню і, діставши там паперовник, витяг з нього акуратно згорнений учетверо аркуш паперу й посунувся ближче до електрики. Аркуш було списано дрібними, але чіткими літерами — рукою самого Криленка. Це була його біографія, що її він заготував ще в берлінському будинкові над Шпрее. Він завбачливо написав її, припускаючи, що в «Цека» загублено його анкету і що в час призначення його на нову посаду відсутність біографічних даних може ускладнити справу.

— Народився я, — мовчки, через рядки читав він свій життєпис, — в 1891 році, в Києві... Батько мій інженер-путієць, старий есдек (умер)... Мати — відома українська самостійниця (умерла)... Братів, сестер не мав... З двадцяти років с.-д... В есдебе з 16-го року. Освіту маю університетську, вищу школу скінчив у Німеччині... Фах — інженер-механік... З двадцяти років жив у Швейцарії, Німеччині, Росії, Україні... З дружиною розійшовся... Остання посада...

Він перечитав ще рядків 30 і положив листа на груди — одноманітний перебій коліс заколисував — і сплющувались очі. — В купе, що праворуч, зібралась, очевидно, весела компанія, і відтіля, не стихаючи, пробивався гомін. Експрес пролетів уже декілька нічних станцій і, розрізаючи осінній туман порожнього степу, поспішав до вузлового пункту. Криленко мав свій режим і тому рішуче боровся зі сном: в цей час він мусів читати. Положивши в паперовник свою біографію, він почав перебирати в ньому з напівзаплющеними очима акуратно згорнені листи. Не дивлячись, він витяг одного з них і розгорнув.

— Мій коханий Яремо, — байдуже водив він зіницями по претенсійних рядках листа колишньої своєї дружини. — Я знову про те ж: ти покинув мене, але я свого котика кохаю, як і в перші дні безумного медового місяця. Як зараз бачу перед собою твою клясичну постать. Цей високий, енергійний лоб, ці розумні темно-суворі очі, цю іронічну посмішку, що ховається в куточках уст. Цього я ніколи не забуду. Але гадаю, що й ти мене не забудеш, бо за кожним твоїм кроком до самої смерти буде пильно стежити твоя колишня кішечка… І от, як тільки я узнаю, що ти покохав когось — чекай мене: тебе уб'є жінка, яка…

Криленко, не дочитавши листа, спокійно положив його у конверт і засунув у паперовник. І тут же, зиркнувши на Сердюка, який і тепер сидів у колишній позі біля вікна, він в'яло подумав, що Сердюк, по суті, його колега і що в Сердюка таке ж волосся, як і в його колишньої дружини. Криленко, щоб розвіяти сон, навіть хотів заговорити з інженером. Але в цей момент двері з шумом одлетіли вбік і в купе увійшов жвавий пасажир. Він мав трохи розхристаний вигляд, і його червоне обличчя уїдливо підкреслювало, що він допіру провів декілька годин з веселою компанією в купе, що праворуч, і не без участи виноградного чи якогось там іншого вина. Криленко тільки тепер догадався, де був цей супутник, і, зиркнувши на його осадкувату фігуру, на його підсмалені очі та парикмахерський проділ, подумав, що йому, Криленкові, усміхається перспектива дещо узнати про Сердюка і головне — розвіяти сон.

II

— Gaudeamus igitur, juvenes dum sumus!* — надто непримушено скрикнув супутник інженера і підсів до Сердюка… Ну… ну… чи не досить мовчати?

---

* *Gaudeamus igitur, juvenes dum sumus! (лат.)* — Радіймо, отже, поки ми молоді!

— Я не мовчав, — заперечив інженер і підкинув плече.

— Очевидно, вже з вами познайомився? — звернувся жвавий пасажир до Криленка. — Це з ним буває. Так би мовити, «пар оказьон». Але говорив він безперечно не на ту тему, яка його цікавить… Так я кажу, Сердюче, чи ні? Ну?

Інженер не відповідав. По всьому видно було, що його карючить тон і непримушеність супутника.

— Так тоді дозвольте й мені познайомитись з вами, — сказав несподівано жвавий пасажир і подав свою руку Криленкові.

Це знайомство скидалось уже на сценку з оперетки, і не тільки не знервувало Криленка, навпаки: цілком задоволило його.

— Журналіст Шарко, — рекомендував себе пасажир.

— Співробітник усіх газет стольного граду, автор кількох книжок на різноманітні теми, друг і добрий знайомий всіх сильних світу сього, модернізований Хлестаков, коли хочете, про що цинічно й сурмлю на всіх перехрестях. Словом, реклама, реклама й реклама… висловлюючись стилем Леніна.

— Дуже приємно, — усміхнувся іронічними куточками уст Криленко. — Я бачу, що наша країна не жартуючи збирається бути новою Америкою.

— О, безперечно! — скрикнув Шарко. — Вашу увагу (він сам догадався, що його співбесідник довго жив за кордоном) явища сучасного побуту будуть вражати на кожнім кроці. Старої інтелігентської закваски ви не найдете й духу. Звичайно, ми ще й зараз в стадії організації, але homo novus, в кращому розумінні цього слова, проходить, так би мовити, останній процес кришталізації.

— Я запевняю, — несподівано закінчив він, — ви ні в якому разі не пошкодуєте, що вас Цека одкликало сюди.

— А ви ж відкіля знаєте, що я їду сюди за викликом Цека? — здивовано спитав Криленко.

— Ха! ха! — зареготав Шарко, стріляючи в співбесідника своїми швидкими мишачими очима. — На те ж я й журналіст, на те ж я й людина нового побуту!.. А потім я й фізіономіст непоганий: я певний, що вас зовсім одкликано, і ви цим незадоволені, бо ви любите стару матушку Европу, звикли до неї, і наша Евразія вас трохи коробить… Хіба я не так говорю? Ну?

Цей в'юнкий журналіст остаточно шокував Криленка. Він зумів протягом однієї хвилини вивести його зі звичайної колії думання. Досить уже того, що Криленко не найшовся що сказати й мовчав.

— Ну, як же: не так я говорю? — жонглював словами Шарко. — Чи, може, «може так, може ні»? І до речі, як ви дивитесь на Д'Анунціо? Я давно вже збираюсь написати про нього брошуру. Пробачте мені, але цей експансивний суб'єкт безперечно багато має спільного з нашим національним героєм, що ім'я йому Симон. Знаєте — життя, пертурбації, ну, і т. п… А втім, я ухилився від теми. Вас цікавить, як ми, я й мій супутник, вельмишановний інженер Сердюк, забрели в ці краї? Я не помиляюсь?

— Так. Ви не помиляєтесь, — збираючись з мислями, сказав Криленко і усміхнувся: ця зустріч його вже зацікавлювала. Як практична людина, він зробив той висновок, що йому і в дорозі не гріх ознайомитися з побутовими явищами тутешнього життя.

— От і добре, — сказав журналіст і, запаливши англійську люльку, сів напроти Криленка. — Їздили ми, власне, в дуже цікавих справах. Як вам відомо, в сузір'ї Рака появилась нова комета. Обсерваторія встановила, що вона ув образі туманної плями, що в центрі пляма світліша, що хвоста комета не має, і т. д., і т. п. Комету ми вже розглядали в призматичний бінокль: видно добре. Але справа, бачите, не в тому. Мій друг, астроном Ґрахе, найшов, що деталі виднїші на прикордонній смузі. Ясно: комета наближається до сонця, видимість її зменшується, скоро вона зовсім сховається на цілих 1208 днів, і було б злочином перед республікою не вивчити її деталів. І от я поспішив до щасливого місця, саме до прикордонної полоси. І знаєте — не жалію. Завтра дам декілька нотаток у столичну пресу.

Криленко знову усміхнувся.

— А не находите ви потрібним написати цілу брошуру з приводу цих деталів?

— Чому ж, можна й брошуру!.. — і, перескочивши з легкістю лані до другої теми, він кинув: — До речі: ви не можете мені сказати, скільки нових видавництв появилось за останні три місяці в Німеччині?

— Не можу.

— Шкода! — серйозно пошкодував Шарко. — Тоді ви, може, знаєте, яка книга користується там зараз найбільшим успіхом?

Криленко згадав одну з недавно випущених у Берліні «популярних» брошур і сказав іронічно:

— Чув я, книга Клари Гофер користується успіхом.

— Дакую. Це я знаю. «Брачне життя Ґете». Але ви помиляєтесь: більшим успіхом зустріли «Білого Домініканця».

— Виходить, ви краще поінформовані про тамошнє життя, — сказав Криленко.

— Е, все це єрунда! Дрібниці! — скрикнув журналіст.

— Моя поінформованість безперечно бліда. В даному разі я цікавлюсь справжньою сенсацією... Знаєте, не хочеться інтелігентній людині плентатись у хвості подій.

Криленко вийняв з бокової кишені нову сигару й запалив її. Сну як не було. Слухав він Шарка все з більшою увагою і тепер напружував мислі, пригадуючи останні європейські новини: треба було підтримати балакучого журналіста.

— От теж «до речі», — нарешті кинув він.— Астрономічна сенсація. Ви нічого не чули про спостереження потсдамського професора Шнаудера?

Журналіст насторожився і вмить дістав олівця.

— Прошу!

— Так от: його спостереження і справді надзвичайні, — сказав Криленко. — Виявляється, що географічна широта потсдамської обсерваторії протягом 21-го року почала рухатись і нарешті… перемістилась. За кілька років вона одійшла від північного бігуна на 15 метрів.

— Це — сенсація, — скрикнув Шарко, дописуючи останню фразу. — Дуже вам вдячний. Може, ви дасте ще якусь інформацію?

— На жаль, більше не маю!

— Ну, нічого. Будемо задоволені й цим… Але до речі,— і журналіст повернувся до Сердюка. — Невже вас не цікавить, які цілі мав у цій подорожі наш шановний інженер?

Тільки тепер Криленко знову звернув увагу на Сердюка. Той сидів у колишній позі і бубонів по столі пальцями. Тільки тепер він звернув увагу, що його супутники мали однакові костюми, однакові капелюхи, що в них був спільний саквояж, і це його навело на таку мисль: Сердюка й Шарка зв'язано якимись спільними інтересами, вони живуть на одній квартирі, навіть користуються одним магазином. І Криленко, якого в новій обстановці цікавила кожна дрібниця, не міг не зупинитися перед цим припущенням.

Але що ж спільного між інженером і журналістом? Яким чином звела їх фортуна? Чи не винні в цьому неприродньому сполученні якісь цікаві обставини? Криленко згадав туманні поля, що бігли йому назустріч, рештки княжих палаців, які вискакували на кургани і раптом ховались у сиротливій далечині. Вибухи, повстання зробили своє діло з матеріальними цінностями, очевидно, вони мусіли вплинути й на психіку сучасників. Саме тут і треба шукати розгадки.

Шарко не втихав. За кілька хвилин він устиг наговорити ще одну книгу сенсацій.

— Ну, як же ти, інженере, одрекомендувався? — знову звернувся він до Сердюка.

— Залиш мене, Шарко, ти під градусом! — з несподіваною різкістю кинув інженер.

Журналіст підвівся і, роблячи суворе обличчя, спитав:

— Що ви сказали, сер?

— Ти під градусом, — ще раз різко кинув Сердюк.

Журналіст уже стояв перед інженером у трохи комічній, але небезпечній позі. Його присадкувата фігура насторожилась.

— Ви, сер, не думаєте забрати своїх слів?

Криленко чекав скандалу. Але Шарко раптом схопився за живіт і гучно зареготав.

— Умора! — скрикнув він — Оракул ти мій перпендикулярний! Невже ж ти гадаєш, що я, випивши трохи цензурного ларкового вина, не зумію тебе відрекомендувати?

Інженер підвівся, подивився прищуленими очима на Шарка й хутко вийшов із купе.

— Ну, от уже й образився, — звернувся журналіст до Криленка. — Все нерви. «Міжпланетні інтервали», так би мовити... Але я вам не договорив. Які ж цілі мав мій друг у цій подорожі? А цілі мав він от які. Будучи членом товариства міжпланетної комунікації... Він про це вам не говорив? А це ж цимес! Хіба це не блискуча рисочка нового побуту? Га? Ви розумієте: членом товариства міжпланетної комунікації, сиріч — напівмарсіянином, напівбогом!.. І от, будучи такою інтересною особою, він, звичайно, не міг не поцікавитись і новою кометою. І їздив він саме для того, щоб вияснити: чи не пошкодить дана комета його ракеті, що на ній він збирається летіти на Марс. Як ви на це дивитесь? Га?

— Так, це цікаво! — сказав Криленко, шукаючи в чемодані чайника і готуючись злізти на підлогу: потяг підходив до вузлового пункту, де Криленко хотів набрати гарячої води.

Шарко повалився на ліжко.

— Ви хочете подивитись на наші вокзали, — позіхнув він, — подивіться. Це не пошкодить. Европа — Европою, в біленькому кожний полюбить, ти покохай мене в чорненькому... Йдіть подивіться! А я, мабуть, поки заспокоїться мій друг, подрімаю трохи.

Експрес підходив до семафора. Раптом тривожно заревів він, але хутко змовк: червоний вогник, і йому дали дорогу. Метнулися в тумані білим світлом люкси, будівлі, і потяг підлетів до перону. Тут мусіли одчепити паровик і подати новий з депа. Тому вагони стояли біля перону щось біля 30 хвилин.

Мало не весь цей час Криленко блукав по вокзалу. Тієї пустелі, що її він спостерігав кілька років тому, як не бувало. Ані півголих людей з мішками, ані нудних, часто стривожених, облич він уже не бачив. Вокзал виблискував пофарбованою підлогою, такими ж вікнами та підремонтованими жирандолями. В залі першої кляси також холодно й чітко, як і до горожанської війни, стояли стільці й буфети. Навіть люди сиділи тут хоч і заклопотаними, але з холодними обличчями. В кіоску дрімав хлопець, а ззаду нього, на стіні, висіла поруч із сучасним (теж трохи холодним) плякатом об'ява про шустівський коньяк. Було враження, нібито хтось нарочито вийняв її з архіву, щоб підкреслити недоречність мініятюрного оголошення на тій же стіні про зібрання комгуртка.

Чинно й холодно підносив льокай заспаним пасажирам буфетні продукти.

Тільки в «уборній» Криленко перенісся в минуле: на дверях було намальовано якимсь «братухою» похабне обличчя буржуа з відповідним текстом під ним. Але й це було не до місця й різало очі.

Загальна картина вокзалу цілком задоволила Криленка. Але, порівнюючи її з німецькими станціями, він найшов, що якусь нарочиту холоднечу втиснуто сюди і що таке враження в'їдливо лізе в голову. Внутрішній ледве вловимий зміст вокзалу мав щось інше, зовсім протилежне зовнішньому виглядові. Саме це його трохи й непокоїло.

Криленко пішов на перон. Проходив важкий осінній туман. В депі кричали паровики. За білою стіною люксів стояв темний степ. З багажного вагону поспішно виносили якісь кошики. Метушились і кудись поспішали сірі тіні людей.

Коли Криленко ввійшов у своє купе, в ньому вже сидів інженер. Журналіст хропів.

— Не хочете гарячої води? — звернувся Криленко до Сердюка.

Той щось буркнув, і Криленко, не розібравши що, поставив чайника на столик і поліз на горове ліжко. Скоро він, засинаючи з надією вияснити таки місце й значіння своїх цікавих супутників у сучасному побуті, почув, що потяг покинув вузловий пункт.

III

Розворушив Криленка галас. Осіннє небо вже зайнялося світанком, і світанок поволі йшов у купе, блідий, анемічний, непевний. І при цьому світлі, що ніяк не могло пригасити електрики, Криленко побачив таку картину: там, де розкинувся звечора журналіст, лежав з заплющеними очима Сердюк, сам журналіст стояв серед купе і, щось викрикуючи, держав в обіймах низеньку й чорненьку жінку.

— Те-емочко! — розібрав, нарешті, Криленко один із чергових викриків Шарка. — Ну, і щоб ти робила, коли б я не вийшов з вагону? І досі б чекала потяга?

Жінка безпорадно борсалась у міцних обіймах і щось тихо говорила, раз-у-раз поглядаючи на Криленка.

— Ну, сідай но, моя голубонько! — сказав Шарко, цілуючи волосся жінчиної голови, і посадив її на ліжко.

Журналіст так ласкаво й так без кінця фамільярно поводився з новою особою, що Криленко з цією певністю рішив: це — Шаркова дружина, по меншій мірі наречена, і, очевидно, він зустрівся з нею після довгої розлуки. І тому Криленко був дуже здивований, коли почув потім від журналіста, що він жінкою не бачився «цілих» два дні і що з нею він познайомився місяць тому, і що він, нарешті, ніколи не покохає Темочку, бо вона пахне фабричним димом. Шарко і сьогодні говорив з тією ж непримушеністю, як і вчора; але сьогодні в нім більше було заклопотаності.

— Ви пробачте мені, — звернувся він до Криленка. — Я гадаю, що присутність нової особи у вашому купе і без вашого дозволу не вплине на ваші ж нерви. Тим паче, ми вже під'їжджаємо до стольного граду.

Криленкові нічого іншого не залишилось, як прийняти факт. Після цієї церемонії журналіст, як і треба було чекати, познайомив Криленка з жінкою. Вона подала мініатюрну руку й сказала, що її звуть Тема Брук. Це було вже третє знайомство в дорозі, і Криленко мав певний трафарет реагувати на нього.

— Дуже радий!

— От бачиш, Темочко, — скрикнув журналіст. — Тебе навіть з радістю зустрічають. А ти боялась залишитись без місця.

Тендітна жінка підвела свої вишневі очі й хутко заговорила:

— Товаришу Шарко, я вас дуже прошу не конфузити мене... Ну, навіщо це?.. Не треба!

— Не треба? Ну, й не треба! — і журналіст фамільярно обняв її. — Ах ти, моя жидівочко...

Шарко довго не вгомонявся. Він розпитував жінку, як їй «працюється» на фабриці, чи не думає вона покинути цю посаду і перейти в інше місце. Невже вона не розуміє, що їй, інтелігентній партійці, не варт сидіти десь у тютюновому пилу. Це ж безвихідний ідеалізм, це архаїчне народництво. І коли вона запевняє, що нічого подібного нема, то він їй ніколи не повірить, бо інакше б вона не віддавала так багато часу та енергії цій праці. Ні, хоч він і безпартійний журналіст, але вона, комуністка, ніколи його не переконає. І не тому не переконає, що він не має партквитка (це єрунда, бо, по суті, він має більше права називатись комуністом), а тому, що вона справді помиляється, хоч вона й не дівчина, тому, що жодний із визначних комдіячів, з якими він щодня зустрічається, не поділяє її поглядів.

— Слухайте, товаришу, — гостро заперечила жінка. — Відкіля ці фантазії? Невже ви це про мене говорите?

— Про тебе, моя мила жидівочко, про тебе!

Жінка почервоніла.

— Слухайте, — ще суворіш сказала вона, — хто вам дав право говорити таку нісенітницю в присутності сторонньої людини?

Але Шарко не вгомонявся. Розкидаючи скорострільні сентенції, він раз-у-раз притискав до себе жінку.

Це вже переходило межі жарту і набирало безпардонної похабщини. За час цієї сценки Криленко почував себе ніяково, особливо збільшилась ця ніяковість, коли він узнав, що перед ним стоїть однопартійка. Але й втручатись він теж не мав бажання: по-перше — він не знав новітнього місцевого побуту, по-друге, він завжди уникав скандалу, і, щоб вийти з ніякового становища, Криленко спробував був заснути. Але заснути він теж не міг: ані одноманітні перебої коліс, ані рання година не допомогли йому. Звикши до нормального життя, дисциплінованого певним режимом, він фізично не міг піддатися снові більше того, як припадало йому за встановленим у бльокноті розписом.

Криленко похилився на вікно, вдаючи, що він уважно розглядає подорожні краєвиди і нічого не чує.

Потяг ішов з надзвичайною швидкістю, так що треба було припустити — за годину-дві вони будуть на місці призначення. Вже зовсім розвиднилось. І сьогодні стояв туманний ранок, і тільки зрідка, коли розходились хмари, одкривалась убога перспектива в сіру осінню далечінь: Також зрідка одлітали оселі, але Криленків погляд зупинявся лише на тих будівлях, що виникали руїною. Він уважно придивлявся до них, наче шукав тут того майбутнього, яке чекає його. Він так замислився, що й не звернув уваги, як Шарко вийшов.

Інженер уже прокинувся і розмовляв з жінкою. Остання, коли її, нарешті, залишив Шарко, зовсім перетворилась. З обличчя зникла розгубленість, і повеселішали вишневі очі. В особі Сердюка вона найшла свого справжнього співбесідника. Але й інженер став балакучіший.

— А все-таки, панно Темо, ви спізнились на роботу, — сказав він.

— Товаришу Сердюче, який ви чудний, — зареготала Брук: — сьогодні ж неділя!

— Неділя?.. Так чому ж ви так поспішаєте?

— Як чому? От тобі й раз: не вік же мені жити в подруги, я й без того спізнилась на дачний.

— На дачний? — чомусь здивовано спитав Сердюк.

— Ну да, на дачний! — і жінка знову зареготала: — Ой, який ви чудний, товаришу!

Інженер підвівся, подивився на Криленка і, підкинувши плече, кинув несподівано:

— Тільки ви, будь ласка, не кажіть панні Іраїді, що зустріли мене тут.

— Чому ж це?

— Та бачите… словом, я не хочу! — і, помовчавши трохи, додав: — я все-таки певний, що ніхто не догадається, яку ролю зіграє комета із сузір'я Рака.

— Ви вже про комету? — сказала Брук, очевидно, зовсім не дивуючись різкому переходові на іншу тему. — Ну, добре, яку ж ролю?

Вона зложила свої руки і так уважно, з такою легкою теплою іронією подивилась на інженера, наче вона мала слухати трьохлітню дитину.

— Мене цікавить, головним чином, — сказав інженер, постоявши хвилину серед купе, — так звана «червона комета», що пройшла по еліпсі ще в 1811 році. Появитись вона мусить тільки через 3000 років. Припускаючи, що цей термін для істоти, яка живе на землі і зветься людиною, являється терміном поза всяким виміром, я не можу погодитись з вами, що цей же термін для свідомости істот іншої плянети являється ірраціональною величиною... Але ви, будь ласка, не шукайте тут якогось символу: ця комета в астрономії так і зветься «червоною».

— Товаришу Сердюче, ви ж допіру говорили про комету в сузір'ї Рака? — заперечила Брук.

Інженер по-дитячому зареготав.

— Так, я говорив про комету із сузір'я Рака, і ви, будь ласка, не звертайте на мене уваги.

Криленко не витримав, і, повернувшись, зустрівся з очима Сердюка. Той уважно подивився на нього і з легкою усмішкою перевів погляд на жінку. Все це Криленка збивало з тями. В чому справа: ненормальність чи дешевенька інтрига? Це питання його так зацікавило, що він забув навіть основне: потяг наближався до останньої станції, і йому надходив час збиратися. Він знов ув'язався в розмову.

— Скажіть, будь ласка, товаришко, — звернувся він до жінки, — на якій ви фабриці працюєте?

— На шостій тютюновій.

— Ну... а живете де? — підбирав слова Криленко.

Жінка раптом почервоніла: вона згадала, очевидно, поводження Шаркове з нею.

— А вам яке діло?

Криленко теж почервонів: він і справді кинув нетактовне запитання.

— Будь ласка, пробачте мені, — сказав він. — Я погано знаю город, і мене цікавили деякі дані про розположення вулиць.

Брук заспокоїлась.

— Вулиць?.. хіба вам це потрібно?.. Щодо мене, то живу я в провулку Вільної Академії, будинок професора Полоза. Не знаю тільки, як ви скористуєтесь з цієї інформації.

— Професора Полоза? — повторив запитанням Криленко: це прізвище по асоціації знову перенесло його в Берлін.

— Так, професора Полоза.

— Тоді скажіть, коли ласка ваша: сам професор чи не був недавно в еміграції?

— Ви саме про нього й говорите: професор декілька місяців як повернувся з-за кордону. Хіба ви знаєте його?

— Так, знаю. Мені приходилося з ним зустрічатись у Берліні.

— Дуже приємно, — кинула Брук, — виявляється, ми маємо спільних знайомих.

Сказавши це, жінка повернулась до Сердюка й повела з ним колишню розмову. Що ж до Криленка, то він, дивуючись випадкові, пригадував останню зустріч з професором.

Це було ще в посольстві. До нього в кабінет увійшов (він акуратно приходив кожного тижня) низенький вчений з довгою, як у схимника, бородою. Він і на цей раз тихо, вкрадливо говорив, що він хоче повернутися знову на Україну і працювати в радянській республіці, що він буде корисний новому суспільству і т. д. Криленко і на цей раз дивувався, як солодко говорить цей низенький професор, як тонко обходить небезпечні місця розмови. Навіть на пряме запитання, як він дивиться на диктатуру молодої кляси і чи не думає він публічно одмовитись від своєї колишньої політичної позиції, яка привела його до еміграції, професор так відповів, що, з одного боку, можна було розуміти одне, а з другого — зовсім протилежне. Але у всякому разі професор справляв дуже приємне враження і безперечно хотів повернутися на батьківщину. Цього ж разу він навіть показав Криленкові портрет своєї старшої дочки, яка, хоч це й дивно, давно вже належить до комуністичної партії і, очевидно, могла б явитись певною порукою того, що він, не дивлячись на його роки, ще багато б приніс користи суспільству. Уряд амнестував професора, професор зі своєю тонкою дипломатією переїхав на Україну, але образ його дочки на деякий час залишився в Німеччині. Потім в пам'яті Криленка стерся й він.

Тепер, перекинувшись кількома фразами з Темою Брук, він знову пригадав професорову карточку, і щось приємне лягло йому на душу.

— А скажіть, товаришко: нема у професора Полоза дочки? — спитав Криленко, провіряючи, чи дійсно про знайомого йому вченого йшла допіру розмова.

— Яку вам треба? У нього не одна. Вас, очевидно, цікавить Іраїда?

— Можливо, я про неї й чув. Вона комуністка?

— Одразу видно, що ви не тутешній, — усміхнулась Брук. — Але як ви про неї чули?

Криленко розказав про зустріч з професором, про розмову в посольстві і, нарешті, про портрет.

— І що ж: подобалась вона вам? — спитала Брук і в перший раз із зацікавленням зміряла Криленка.

— Я її не знаю, — заперечив той. — Я тільки бачив її портрет.

— Хіба вам не досить цього? — ядовито сказала жінка. — Це ж ще з самого Адама ведеться: женщину судять по фізії. Це, так би мовити, формула... партійна... Ви, здається, теж партійний?

— Так.

— Дуже приємно. Я завжди почуваю себе страшенно зворушеною, коли зустрічаюся з партійним. Так і хочеться кинутись в обійми: як же, такі близькі родичі — я теж належу до тієї ж партії — і така безодня в нас спільних інтересів... Але я ухиляюсь. Добре, я вас можу познайомити з Іраїдою. Завітайте до професора.

— Можливо, завітаю, — сказав Криленко. — Передайте, будь ласка, професорові мій щирий привіт.

Тема Брук ще раз подивилась на свого співбесідника й кинула:

— Як же! не сумнівайтесь. Найщиріший! Я завжди люблю прислужитися там, де спостерігаю зворушливе єднання комунара з безпартійним вченим.

Потяг підходив до перону, і жінка, не слухаючи Криленка й не дивлячись на Сердюка, вискочила за двері. Через хвилину вбіг журналіст. За той час, коли Криленко збирав свої речі, він встиг наговорити йому ще одну книгу сенсацій. Розлучились вони добрими знайомими з надією (так говорив Шарко) зустрітися в городі. Сердюк після розмови з жінкою не сказав жодного слова і, тільки виходячи з купе, несподівано повернувся до Криленка й кинув:

— Ну, а я з вами зустрінусь обов'язково.

МАТИ

Приїхали до матері та три сини:
Три сини вояки, да не 'днакі,
Що 'дин за бідних,
Другий за багатих…

П. Тичина

Батько цих бойових хлопців помер дуже давно — так давно, що й не скажеш. Поховали його на осінньому кладовищі в тому ж таки дореволюційному містечку і саме тоді, коли Остап та Андрій тільки-но розпочинали свою життєву путь. Як пам'ятають старожили, з батька був звичайний собі кравець і — можна сказати — надзвичайна людина. Ну, хто б, скажімо, наважився назвати його Тарасом Бульбою? Хто б ризикнув з цього сморчка зробити хоч би поганенького вояку? А от глядіть же: тільки й думок у нього було, що про тую неспокійну козацьку старовину. Зігнувшись над якимись штанцями, скажімо, та перегортаючи сторінки молодого Гоголя, кравець (розповідають старожили) завжди тяжко зідхав і з такими словами звертався до своєї молодої дружини:

— А чи не думаєш ти, що з мене вийшов би непоганий кошовий отаман?

З історії містечка відомо, що коли Остап (старший кравців син) скінчив т. зв. «приходську школу», кравець ціле літо бігав по сусідських дворах і розпитував у мешканців, як йому добитися із своїм перваком до кадетського корпусу. За всяку ціну хотів кравець зробити зі свого любого сина (як і з другого сина) військову людину й за всяку ціну хотів він бачити своїх синів на вороних кониках. З його біганини, звичайно, нічого не вийшло (не допоміг навіть пан «справник»), і кравець примушений був, продавши своє майно (козу й курку з півнем), повести свого первака до місцевої гімназії. І привів кравець свого первака до місцевої гімназії й благословив його приблизно такими словами:

— Так от що, дороґий мій сину! Не забувай батьківського заповіту: як виростеш, синку, то, просю я тебе, піди ще ти до військової школи і причепи собі там блискучу шаблюку... щоб був ти мені, значить, як Остап для Тараса Бульби.

Остап уважно вислухав батька й побіг на іспити. І поступив він, значить, в тую гімназію, й саме тієї осені, коли чудакуватий кравець навіки розпрощався з нашим білим і без кінця загадковим світом.

Кравець був типовий містечковий кравець, і не наважився він порушити вікову традицію: як і всі містечкові кравці, він був страшенно бідний. Не залишив він після себе буквально нічого, крім двох пар старенких ножиць та поганенької швацької машинки. Так що мусіла, значить, його дружина перебиватися з хліба на сіль та жити в неможливих злиднях. І вже не могла вона віддати свого другого сина в гімназію й віддала його до простенької ремісної школи.

Таким чином, сама судьба повела двох братів по різних дорогах, і сталося так, як у сентиментальних народніх казках: один завжди носив чистенький костюмчик та вже з дитинства мав тенденцію зробитись негативним типом, а другий і не знімав засмальцьованої сорочки. Одного мати мусіла годувати пахучими сосісками («На дві копійки на сніданок, щоб не глузували паничі!»), а другий їв чорний хліб з олією. І тому Остапові, як і треба було чекати, завжди грала на обличчі весела усмішка, а Андрій ніколи й не посміхався: він завжди дивився на світ суворим поглядом незадоволеної людини.

Мати розуміла другого сина, і великим болем стискало їй серце. Як їй хотілось тоді, щоб і Андрій ходив у чистенькій сорочці і ходив учитись у чистеньку гімназію. Хіба він не такий близький і рідний їй, як Остап? Чи, може, й справді вона не на рівні частини поділила свою материю любов? Ні, вона однаково любить своїх дорогих синів, і вона зовсім невинна, що має мізерний заробіток і нездібна виховати обох їх так, як хотілось би... Чи, може, вона мусить взяти Остапа з гімназії і одвести його до ремісної школи?

В таких болях ішли дні, місяці і, нарешті, роки. Над містечком пролітали весни, перелітні птиці та ще якісь невідомі вітри з невідомих країн. Над містечком брели й осінні невеселі дощі, та йшов, нарешті, північний мороз. Улітку в містечку збирали вишні, сливи та яблука, і тоді пахло на базарах забутою старовиною. Містечкове життя не виходило з дореволюційного кола своїх буденних інтересів і нічим не відрізнялося від того життя, що його намальовано в тисячах новель та оповідань.

Мати починала свій день на вранішньому базарі, де купувала вона найдешевші продукти, й кінчала його біля машинки. З десятої, приблизно, години до неї починали стікатись люди, й вона приймала від них роботу. Цілий день вона шила сорочки та костюмчики і зовсім не мала часу розмовляти зі своїми любими синами. Тільки за обідом чи то вже вночі вона підходила до якогось із них і ласкала його своїми тихими сірими очима.

— Ну, як твоє, синку, вчення? — питала вона і пестила дорогу дитину своїми схудлими руками.

Остап на ласку відповідав ще більшою ласкою. Він обіймав свою матір і говорив їй, що його вчення добре йде, що він скоро скінчить гімназію і тоді буде годувати свою мамуську гарними цукерками, що, нарешті, — говорив — вона ніколи вже не буде так поневірятись, як зараз поневіряється. Але Андрій не вмів ласкатись, і ніколи мати не чула від нього теплого слова. І хоч знала вона, що з таких мовчазних хлопців частіш за все виходять гарні люди, та не могла вона знести цього мовчання Андрієвого і йшла від нього в зажурі.

В 1914 році, як відомо, почалась велика европейська війна. В цей час Остап був уже у восьмій клясі гімназії, а Андрій, скінчивши ремісну школу, працював у містечковій кузні. В цей час мати вже не знала колишніх злиднів, бо хоч від старшого сина вона ще й не мала допомоги, але зате Андрій тепер кожного місяця приносив їй той чи інший заробіток. Члени сім'ї могли вже ходити щонеділі до кінематографії і навіть почали думати про власний маленький будиночок. Словом, війна надійшла тоді саме, коли перед кравчихою допіру потихеньку почали розгортатись добрі обрії довгожданого щасливого життя.

Мати, звичайно, затривожилась. Відчула вона, що велике лихо насувається на неї. Як Остапа, так і Андрія — коли затягнеться війна — можуть забрати в солдати (першому йшов двадцятий, другому дев'ятнадцятий рік) і, значить, можуть забрати всі її надії. Вона виходила на вулицю, зупинялась і розпитувала знайомих та прислухалась до таємничих розмов, що шелестіли по закутках колись спокійного містечка.

А містечко і справді зашумувало. Із зовсім невойовничих будиночків повилазили доти невідомі войовничі патріоти своєї вітчизни і, помахуючи кулаками, кричали, що вони Франца-Иосипа знищать в два тижні, а за місяць завоюють всю Австро-Угорщину з Німеччиною вкупі. З державних установ кожної хвилини летіли вісті про наші «надзвичайні» перемоги, і обивателі остаточно збожеволіли від несподіванок. На базарі цілий день товклися люди і передавали з уст в уста напівфантастичні чутки, і навіть можна було бачити, як дуже поважні містечкові крамарі раптом підскакували до своїх покупців і — ні з того, ні з сього — починали вести з ними довгі бесіди про сучасні події. І тільки там, на вокзалах, де матері випроваджали своїх синів у далеку невідому доріженьку, — тільки там було безгоміння. Але й це безгоміння було не буденне. Словом, прийшла якась нечувана тривога й прийшла якась нечувана суєта. Якимсь химерним вентилятором вентилювало заплісняві ле містечкове життя.

Тоді й надійшов перший удар для матері. Надійшов тоді, коли Остап раптом заявив за вечерею, що він вирішив іти добровольцем на фронт, і що він хоче цим вирішенням, так би мовити, вшанувати пам'ять свого батька. Мати ахнула. Вона довго сперечалась із старшим сином, щоб він відмовився від такої безумної думки. Вона доводила йому, що кравець трохи психічно-ненормальний був і що, значить, зважати на його заповіти не приходиться. Але Остап стояв на своєму, і ніяка сила не могла його переконати. Тоді Андрій порадив матері «плюнути на цю справу» і сказав своєму старшому братові:

— Коли вже ти так хочеш заробити хрестика, то, мабуть, паняй, брате, на фронт і не мороч нам більше голови!

І поїхав Остап на фронт заробляти хрестика, і заробив він їх там цілих чотири. І зробився він там паном-ротмістром, і дістав він собі славу бойового вояки. Узнала про це мати не з дорогих синових листів (він за весь час тільки одного написав), а з ілюстрованих журналів, де серед великих героїв вміщено було й його дороге обличчя, і радісно і сумно було дивитись на те обличчя! Радісно було, що вона народила й виховала такого сина. Сумно було, що цей син уже, мабуть, ніколи до неї не повернеться, бо зійшов він на зовсім чужу їй і невідому доріженьку. Як згадка про неповторну молодість, жевріло на серці це колись таке рідне й близьке їй обличчя. І поночіло на душі, і сумно було їй дивитись на цей присмерк, що йде над сірими калюжами її понурого містечка.

А в містечковому житті і справді почало поночіти. Войовничі патріоти вже не виходили на вулиці й не махали кулаками, як на початку війни, і з державних установ уже не летіли радісні вісті. Крамарі мовчки постачали обивателя і вже не мали охоти говорити на сучасні теми. І ранилось щось неможливе: війна робилась звичайним побутовим явищем, і нікого не зворушував лазаретний стогін оборонців вітчизни. Серця почерствіли, і обиватель похмуро чекав на якусь нову екстравагантну несподіванку.

Тоді мати зазнала дальшого удару. Задумала війна одібрати у неї й її другого сина, і покликали Андрія до військової служби. Але не пішов той на військову службу, і оголошено було його дезертиром. Тоді утік Андрій зі свого рідного містечка, і залишилась мати самотньою зозулею у своїй підвальній кімнаті. Це був дуже важкий час у її невеселому житті. Вона навіть відчула раптом, що немилий їй стає сам білий світ. Коли раніш вона знала, для кого поневіряється в своїх злиднях, то тепер вона остаточно розгубилась і тільки дивилась мертвими очима у своє туманне вікно. Надворі вже прокидалась весна, дзюрчали потоки, симпатично ніжилось над містечком молоде сонце, а мати ходила з кутка в куток похмурим автоматом і уявляла собі світ як велику й безвихідну домовину. І невідомо, до чого б привели бідну жінку її муки, коли б не революція.

Перший вибух 17-го року зазвучав матері божественним органом. Коли для звичайного містечкового обивателя революція прийшла тільки новою несподіванкою, що він її так похмуро чекав, то для матері вона була чарівним бальзамом. Мати враз посвіжішала й, виходячи з весняних плякатних вулиць за містечко, з надією дивилась в теплу легко-бірюзову далечінь. Вона вже певна була, що їй тепер недовго чекати своїх любих синів.

— Мені дуже подобається революція, — сказала вона колись своїй сусідці.

Словом, фортуна нібито зжалилась над матір'ю і навіть зжалилась над нею до кінця: за якийсь місяць вона принесла на своїх крилах її першого сина Остапа, георгієвського кавалера чотирьох хрестів. Але принесла вона Остапа саме в той час, коли вже не треба було георгієвських кавалерів і коли зривали погоники з офіцерського плеча. І що ж? Остап недовго прожив у своєму рідному містечку і недовго втішав свою рідну мамусю цукерками, що ними обіцяв колись годувати її. Тільки один раз продзвенів він своєю шаблюкою в її убогій кімнаті і скоро зашумів із своїм отрядом на Дін.

Мати розгубилась: що ж це таке? Чи не солодкий сон приснився їй? Невже ж для того вона виховувала свого любого Остапа, щоб він їй дав тільки одну щасливу хвилину?

Тоді ще раз нібито зжалилась над нею фортуна і принесла їй на своїх крилах другого сина — Андрія. Але й цього вона принесла до рідного містечка з великим отрядом і саме в той час, коли в країні вже зацвіли червоні зірки на кашкетах. І що ж? І Андрій недовго жив у своєму рідному містечку і недовго втішав свою рідну мамусю. Тільки один раз він продзвенів своєю шаблюкою в її убогій кімнаті і, розпитавши добре про Остапа та взнавши, яким шляхом кинувся він, скоро й сам зашумів зі своїм отрядом на Дін.

І став Дін для матері якоюсь страшною загадкою. Вона чула, що на Дону гуртуються якісь офіцерські сили, вона знала, що червоні готуються до смертельної боротьби з ними, але вона ніяк не хотіла зрозуміти, що її сини в різних таборах, що десь на донських степах Остап і Андрій кидаються один на одного, як розлютовані звірі, і що, можливо, десь вони вже у мертвій схватці і якийсь із них уже хрипить на гострому кинджалі свого рідного брата. Мати схоплювалась із свого ліжка і божевільними очима дивилась у вікно. Цей сон був страшніший за всі кошмарні сни, і тільки тепер вона пізнала, що таке справжнє нещастя. І здалося їй тепер життя не домовиною, а безвихідним, страшним виттям смертельно пораненого пса.

Так проходили дні, місяці і, нарешті, роки. По селах, містах і містечках лютувала громадянська війна. То тут, то там блискали пожари, і дні переповнились кулеметним татаканням. То тут, то там розривались снаряди, і банди блукали по всіх великих і малих степових шляхах. То ці переможуть, то ті, і здавалося напівмертвій матері, що цьому ніколи не буде кінця, і вона вже ніколи не найде колишнього спокою.

Тоді десь раптом ударив грім і метнулась блискавка. Ніби хтось мудрий і великий взявся переконати матір, що нічого безконечного нема, і взявся найти їй довгожданий спокій. І ще раз ударив грім і метнулась блискавка: то відступав за своє рідне містечко її рідний син Андрій і насідав на нього його рідний брат Остап.

Мати, звичайно, нічого не знала. Вона не знала, що мало не на порозі її убогої кімнатки стикнулись у мертвій схватці завзяті брати. Цілий тиждень переходило містечко із рук у руки, і мати тільки під кінець узнала, що то її сини воюють один з одним на порожніх вулицях свого рідного містечка. І вона, розпатлана, кинулась до штабу. І побачила вона там Остапа. Вона впала перед ним навколюшки і почала благати його, щоб він припинив бійку. Тоді усміхнувся Остап і сказав матері чужим голосом:

— Іди, стара, додому і, будь ласка, не перешкоджай мені!

Вона подивилась на сина і не пізнала його: перед нею стояла сувора і без кінця далека їй людина. Це вже був не той Остап, що обіцяв їй годувати її смачними цукерками. Це було втілення незнаної їй і хижої мудрости. Тоді ще раз подивилась мати на свого рідного сина сухими очима і мовчки пішла додому.

І в цю ж таки ніч вона стикнулась із другою своєю дитиною. О третій годині ночі хтось тихенько постукав їй у вікно. Вона хутко підвелася з ліжка. Тоді чує вона рідний їй голос, і голос цей просить скинути защіпку з її убогих дверей. Вона кинулась до порога і побачила, нарешті, свого дорогого Андрія.

Але й його побачила вона таким же далеким і чужим, як і Остапа. Він навіть не привітав її, він навіть не дивився на неї і, як неприручений звір, увесь час ховав на підлоб'і свої колись добрі очі.

— Чого ж ти прийшов до мене? — з великою тоскою, нарешті, промовила мати.

— Я прийшов до тебе, матусю, — чужим голосом сказав Андрій, — щоб ти мені допомогла в моїй справі!

— Яка ж твоя справа, синку? — зідхнула мати. — Чому ж вона саме твоя і чому вона не може бути моєю?

Андрій негарно усміхнувся і сів на стільця.

— А тому не може бути твоєю, — сказав він, — що ти нічого не розумієш!

— Боже мій! — скрикнула мати. — Невже ж це не я виховувала тебе, мій любий синку? Чому ж я не найду з тобою спільної мови?

— Не найдеш, матусю, — сказав Андрій, — бо такої мови ти шукаєш і з моїм братом Остапом. З моїм найлютішим ворогом...

— З твоїм найлютішим ворогом? Синку! Що ти говориш? А-ах, Боже мій! — і мати заридала.

Тоді підійшов до неї її рідний син і сказав їй чужим голосом:

— Покинь, стара, виводити, бо мені ніколи зараз, і до того ж я мушу за твоєю допомогою пролізти до братового штабу.

Та не встиг Андрій вимовити своїх останніх слів, як у дворі зашуміло. Він кинувся до вікна і в присмерках місячної ночі побачив вершників. І зрозумів Андрій, що зграя ворогів оточує його, і сказав він матері:

— Ховай мене, мамусю і якомога скоріш! Ховай мене від мого брата Остапа!

Мати кинулась. Мати кинулась ховати свого любого сина Андрія. І сховала вона свого любого сина Андрія на глухому горищі і повернулась до кімнати. Тоді з шумом розчинилися двері, і зупинився на порозі Остап з двома своїми молодими вершниками.

— Ну, так де ти, стара, сховала мого брата Андрія? — грізним голосом спитав він. — Чи не думаєш ти, що мої дозорні прозівали його?!

— Не бачила я твого брата Андрія! — рішуче сказала мати і, зблідла, сіла на своє ліжко. — Не бачила!..

— Не бреши, стара! — скрикнув Остап і взявся рукою за свою блискучу шаблюку.— Чи не думаєш ти, що я помилую свого найлютішого ворога?

І, сказавши це, Остап подивився на вершників. Вершники від задоволення крякнули. Мовляв: наш пан-отаман не знає рідні і для нього в боротьбі нема братів!

— Я радий, що ви так думаєте про мене! — сказав Остап. — Отже, хочу я довести вам, що для мене в боротьбі нема і матері.

І георгієвський кавалер всіх чотирьох хрестів, що поважно виблискували на його груді, сів біля своєї матусі. І наказав він своїм вершникам обшукати двір і горище. І запалив він цигарку і звів свої суворі брови біля перенісся.

Мати сиділа бліда і мовчки дивилась на сина. Духом алькоголю так пашило від нього, що вона мимоволі повернула своє обличчя до вікна. Вона раз-у-раз позирала на двері і прислухалась до шуму: невже ж таки знайдуть її рідного сина? І тільки коли вершники повернулися до кімнати і доложили Остапові, що Андрія ніде нема, вона з полегшенням зідхнула й сказала:

— Хіба я вам не говорила?! Чого ж ви прийшли до мене?

— Так ти, я бачу, хочеш хитрувати? — скрикнув Остап. — Так знай же, відьмо: нема тобі пощади від мене! Коли до ранку ти не видаси мого брата, то...

Остап схопився за клинок і показав його матері. Тоді переповнилась чаша терпіння, і сказала мати:

— Що ти говориш, Остапе? Побійся Бога! Невже ти, мій п'яний сину, забув своє дитинство й «солодкі цукерки»?!

— Ха-ха! — зареготав Остап. — Чуєте, хлопці? Моя мати згадала солодкі цукерки! Моя мати хоче мене розжалобити! Чуєте, хлопці?!

П'яні вершники теж зареготали. Зареготали й шаблі дзвоном якогось страшного розпачу. Тоді знову сказав Остап:

— Нє, матуську, цукерки тебе не спасуть! Спасибі тобі, що ти мене породила й виховала, але не пишайся цим! Бо породити — то зовсім не важка штука... і навіть деяке задоволення... Ха-ха! А виховати — це твій природний обов'язок... Ну, словом, я хочу жити і во ім'я якихось там шляхетних поривань зовсім не думаю підставляти свою голову своєму братові Андрієві!

Мати з жахом дивилась на свого сина і нічого не розуміла. Вона все втішала себе надією, що це — ніщо інше, як п'яний бред п'яної людини, і вже не могла втішати себе такою надією. — «Це пекельний сон сниться мені» — уперто думала вона і раз-у-раз клала на своє печальне чоло свою схудлу руку. Вона клала руку, аж поки підвівся Остап.

І підвівся Остап і сказав матері, щоб вона влаштувала йому ліжко на ґанку; мовляв, він там буде до ранку чекати відповіді і її останнього слова. Вона мусить сказати, де сховала Андрія. І, похитуючись, пішов він на ґанок, а за ним пішли і його вершники.

Стінний годинник одбивав секунди. Час ішов дуже поволі, і якась година здавалася матері за цілу вічність. Вона раз-у-раз підходила навшпиньках до сінешніх дверей і прислухалась. Десь кричали вранішні півні, а ще далі вили собаки безвихідним виттям. Перед матір'ю проходили одна по одній картини її невеселого життя і проходили дорогі обличчя її маленьких синів. Сьогодні в містечку порожньо і дико, сьогодні зчепились в мертвій схватці два рідних брати, а колись над містечком стояло хоч і вбоге, але ясне й ласкаве сонце, і Остап та Андрій були такими симпатичними людьми. Сьогодні грохонуть оселі грохотом громадянської війни, скачуть по шляхах божевільні вершники, і сини не хочуть визнавати один одного, навіть матері уже не визнають. А тоді вони ласкали її своїми дитячими рученятами і так хороше зазирали в її обличчя. Що ж це таке? Невже ж так завжди буває в житті?..

І раптом прийшла матері думка, що ніякого кошмару нема і що все, що діється зараз, є звичайне, й природне явище. І коли вона не може зрозуміти цього, то вона, значить, оджила вже свій час, і, значить, на її земне місце прийшли нові люди, з новими думками й з новими, далекими їй бажаннями. І тоді захотілось матері вмерти.

Вона підійшла до сінешніх дверей і приложила до них своє ухо.

Остап хропів, хропіли й його п'яні вершники.

Тоді полізла мати на горище до свого сина Андрія й сказала йому:

— Твої вороги, синку, сплять. Отже, тікай, якомога скоріш!

— Мені здається, що я від тверезих уже не втік би, — сказав Андрій. — Чи не п'яні вони, матусю?

— П'яні, синку, ти легко вискочиш у вікно... Тікай, синку!

— А де ж мій братік Остап спочиває? — спитав раптом якимсь занадто тремтячим голосом Андрій.

Мати подивилась на сина і в присмерках місячної ночі, що проточились на горище, побачила в Андрійових очах підозрілий блиск. І вона одразу зрозуміла його: Андрій задумав убити свого п'яного брата Остапа.

І, зрозумівши це, вона, не довго думаючи, сказала:

— Спить твій брат Остап на моїй кроваті, — сказала вона.

— Ну, то й добре! Значить, і я ще можу трохи відпочити.

І ще сказав Андрій своїй матері, щоб вона злазила з горища і не перешкоджала йому. І послухала мати сина і, ступивши на долівку, пішла в кімнату та лягла на своєму ліжку.

І лежить мати під легкою ковдрою і ніяк не може вгадати, скільки часу пройшло. Давно вже чує вона, як Андрій шелестить в сінях сторожкими носками і думає: «мабуть, сокиру шукає».

І хоче вона йому сказати, щоб він не шукав сокири, і чомусь не може цього зробити. Місяць починає вже поночіти і, мабуть, десь далеко на землю сходить світанок. Стінний годинник одноманітно тукає, і летять у вічність бистрокрилі секунди. Їх наздоганяють хвилини і — ще повільніш — години. І не чують вони цих пострілів, що тривожать порожнє містечко. Організовано, в шахматному порядку, але й байдуже, поважно ступає його королівська величність сам король-час.

Мати вже бачить, як скрадається до її затіненої кровати її молодший любий син. Вона хоче попередити його й сказати йому, що не Остап, а вона, його мати, лежить на ліжку, і чомусь не може цього зробити. Та й навіщо попереджати, коли так приємно мріяти. І вона продовжує мріяти. І мріє вона про щасливе життя, і мріє, аж поки до неї підходить Андрій, аж поки трапилось те, чого й треба було чекати...

Він і справді підійшов. Підійшов братовбивця тихо, нечутно і зупинився, як примара.

Але чого ж він стоїть? Невже й тепер не кінець! Ні, мабуть, тепер кінець! Недарма ж їй до болю хочеться вмерти, недарма.

І тоді враз гупнуло. То Андрій, гадаючи, що на ліжку лежить його брат Остап, поспішає виконати свій громадський обов'язок.

І замість мрій, перед материними очима раптом загорілись якісь рожеві потойбічні світи. Мати навіть не встигла скрикнути. Матері вже не було. І зовсім даремно сокира знову падала на її голову і так настирливо гупала в передранковій темряві.

Матері вже не було...

Тоді Андрій вискочив у вікно і побіг по порожніх улицях середньовічного містечка. І тоді ж у страшній завірюсі помчались галопом будинки, крамниці, і нарешті, сама земля.

Але матері вже не було. Вже перший удар сокирою переніс її в той загадковий світ, де нема ні печалі, ні зідхань, де ніколи не загоряється ніжна смужка молодого дня і де ніколи так завзято не кричать жовтогарячі півні, як вони кричали в містечку за тієї невеселої передранкової темряви.

Матері вже не було. Матері саме тих бойових хлопців, що їх батько помер дуже давно: так давно, що й не скажеш.

ІЗ ВАРИНОЇ БІОГРАФІЇ

Народилась Варя на Слобожанщині, в повітовому містечку Богодухові, 1900 року, здається. Мати її, Ярина Федорівна, належала до того клясичного типу українських бублешниць, що їх, мабуть, ще ніхто в світі не перекричав. Батько Варин, Трохим Климентович, був, навпаки, тихенький п'яничка (за спеціальність узяв собі — носити жінчині бублики на базар) і, можна сказати, доти не виділявся з кола богодухівських мешканців, аж поки вияснилося, що він, четвертий супруг Ярини Федорівни, зовсім не думає вмирати, як це зробили його три нещасливі попередники, цебто аж поки всі побачили, що він, цілком задовольнивши ненажерливі бажання своєї грудастої й широкозадої дружини, примусив її завагітніти й народити бистрооку дівчинку.

Перші дитячі роки Варя провела на Манастирській вулиці — на тій вулиці, де, крім бубликів, так багато ще виробляють паляниць та смачних брусиків. Коли Варі було чотири роки, Ярина Федорівна дуже вславилась своїм майстерством: кращої за неї бублешниці уже не було в цілому повіті. Прецінь приблизно біля цього часу вияснилося, що Трохим Климентович, остаточно закріпивши за собою славу не абиякого мужчини, все-таки не здібний був відбити в Ярини Федорівни охоту до чужих чоловіків і — головне — приохотити її до народження другої дитини.

Таким чином, бистроока Варя залишилась без брата й без сестри.

В Богодухові, крім вулиці Манастирської, є ще й так звані «Соболі». Це той закуток, що з нього колись вийшов і Трохим Климентович, і де так багато різних кравців та чоботарів тощо. Саме на Соболях Варя й розважалась, коли їй стукнуло дев'ять років. На Соболі вона ходила до свого дідуся, до батька Трохима Климентовича, відомого богодухівського чинбаря. Там її розважав, звичайно, не запах від кожухів, — «чинбарський квасок» (такого, правда, на Манастирській вулиці не було), її розважало там Мерло — річка, що тече у славетне Ворскло, оспіване поетом Щоголевим.

На Мерлі Варя гралася «у крем'яшки» з соболівськими дівчатами і на Мерлі ж вона пізнавала життя та — головним чином — анатомію від різних Петриків та Ваньків, що дуже добре орієнтувалися в цій науці і не згірше за своїх батьків загинали в «трьохетажних янголят». З річки Варя йшла до дідуся-кожум'яки, і дідусь-кожум'яка, теж таки тихенький п'яничка, розповідав їй, що Ворскло тече у Дніпро, а Дніпро — у Чорне море, так що коли західньо-европейська культура «зачепить Расєю», то з Богодухова можна буде допливти до самісінького океану.

Дідусеві казки не дуже зворушували Варю, але вона їх все-таки уважно вислуховувала. Вона знала, що, розповівши казку, дідусь дасть їй копійку, а на копійку Варя купить собі цукерок.

Таким чином, уже змалку Варя зарекомендувала себе і трошки практичною людиною і людиною без зайвих романтичних ухилів. Правда, Варя вміла і захоплюватись, і горіти, і навіть зробити непродуманий вчинок, вона вміла і гірко плакати, і голосно реготати, але і сміх, і плач, і захоплення — ніщо не виділяло її з її ж таки сіренького оточення. Варя росла на звичайну собі українську жінку, на бублешницю тощо, і можна було чекати, що в свій час і в свою чергу вона народить якусь нову бублешницю чи то якогось нового чинбаря.

Кожна людина дивиться на світ очима свого світогляду. Отже, і я інакше не вмію дивитись. Коли на Вариному життьовому шляху були такі, скажімо, роки, як 1905-й, то я й питаю: як же на неї вплинули вони?

1905 рік на Варю, очевидно, ніяк не міг вплинути, бо їй було тоді тільки п'ять весен. Зате 1914-й, що застав її в городській школі, вже трошки вплинув на неї, і саме в тому сенсі, що вона почала мріяти про невідомого прапорщика з золотими погонами, героя й георгієвського кавалера, а також їй дуже захотілося піти на фронт сестрою милосердя. Особливо її провокували на цей вчинок безусі добровольці і ще особливіш — Петя Покровський, син богодухівського старожила й домовласника. Варя була закохана в Петю, але Петя, колишній гімназист, про це нічого не знав, і от Варі дуже хотілось, щоб він про це узнав хоч на фронті, куди він поїхав, про її кохання до нього нічого не взнавши. З мрій про сестру милосердя, звичайно, нічого не вийшло.

— Ти мені гляди, Варко, — сказала колись широкозада бублешниця, побачивши Варю за ілюстраціями «Огонька». — Гляди мені, щоб ці журнали не призвели тебе до мечтанія.

— Ви, мамо, вічно натякаєте на щось, — кинула незадоволено Варя. — Як самі були молоді, то тільки й знали, що до хлопців… Одчепіться від мене!

— До хлопців, кажеш? — здивовано промовила бублешниця. — Ну, й падлюка ж ти, Варко!.. Ну, й виродок! Ач, куди вже закидає: до хлопців! Гляди мені, щоб за ці твої ранні слова не вибила я тебе цією ось кочергою.

— Ти, того… не дуже, — вставив своє слово і Трохим Климентович — персона з малоросійської комедії. — Щоб значить, як мати каже…

На цьому розмову й було скінчено. Ярина Федорівна взяла собі в голову, що Варя не така вже маленька дівчина, як це їй здавалося. Ярина Федорівна подумала, що Варя пішла саме в неї, а не в батька (бублешниці теж з 14 років закортіло до хлопців), а Варя подумала, що їй і справді не варто на фронт іти, коли прапорщик може й сам у Богодухів приїхати. Словом, Варя не сперечалася.

Але коли Варя чотирнадцяти років тільки мріяла про вищеназваних прапорщиків з золотими погонами, то сімнадцяти вона вже ходила з ними по алеях богодухівського скверу — того скверу, що його місцеві баришні називали чомусь «шквирею». Гуляти, до речі, було страшенно весело: по-перше, тоді якраз трапилась революція, і були різні веселі гулянки, по-друге, Ярина Федорівна вже прямо порадила Варі, щоб вона не дуже ґавила і, коли підвернеться порядна людина, поспішила «закрутити любов». От що сказала Ярина Федорівна в 1917-му.

— Нічого не зробиш, Варко, — сказала Ярина Федорівна. — І тілом і лицьом ти вилита мати, та й характером, мабуть, пішла в мене. Отже, я й боюсь за твою жіночу долю. Одним словом, крути. Але крути з розумом і без мечтанія. Як приведеш дитину несвоєвременно, їй-богу, з двору вижену!

Варя уважно вислухала цю пораду і добре запам'ятала її. «Лицьом» вона і справді подібна була до матері (носик задиркуватий, щічки, як пампушки, і червоні, а про очі й говорити не приходиться), подібна була до матері і фігуркою: така ж точнісінько широкозаденька та грудаста. Що ж до характеру, то краще давайте змовчимо: Варі такі соромні сни снилися кожної ночі, що про них Ярина Федорівна навіть і не мріяла.

Отож і пішло тепер друге видання богодухівської бублешниці гуляти з материною інструкцією. Гуляла Варя, «канєшно», в тому таки ж богодухівському сквері, що стоїть недалеко від базару, якраз напроти дому Савича, колишнього дрібного богодухівського поміщика. Гуляла вона з прапорщиками та іншими революційними вояками. Прапорщики та інші революційні вояки були люди молоді, веселі і часто водили Варю в кіно. Ночі були чарівні, завжди пахло небо і зорі і весь світ. Над Богодуховом часто стояв ніжний провінціяльний місяць, і тоді щось йокало в грудях і хотілося летіти в голубу височінь, під самісіньке небо... І думала, значить, Варя: «от-от закручу!» А воно з гулянок так нічого й не вийшло: мало не всі прапорщики та інші революційні вояки настоювали, щоб Варя «привела дитину несвоєвременно», а Варя цього не хотіла.

Вдалося Варі «закрутити любов» хоч і з прапорщиком, певніше — з офіцером, але, на жаль, з офіцером липовим і, на жаль, не за материною інструкцією.

Богодухів — містечко непомітне. Було там, правда, щось тоді до 15 тисяч мешканців, була там, правда, і одна лікарня, і одна гімназія, і шість нижчих шкіл, і навіть до двадцяти поганеньких промислових установ, але й лікарня, і школи, взагалі всі культурні установи — все це було і по інших повітових містечках, так що мешканцям нічим було й позадаватися трохи. Правда, богодухівські бублики, як сказав би стиліст типу Гоголя, надзвичайно смачні, таких бубликів, мабуть, нема в якійсь, скажімо, Умані; правда, на богодухівських горах стояв колись досить поетичний манастир (дехто з місцевих патріотів навіть запевняв, що він поетичніший за славетний Охтирський); правда, в околицях міста є романтичні кучугури, а в самому місті жили колись два незрівнянних юродивих — Вася і Стьопа, але, на жаль, правда й те, що слава про все це так і не пішла далі Богодухова.

І все-таки і в це непомітне повітове містечко пролізли більшовики, і все-таки й тут вони немало наробили репету. Так що, значить, мусіли прийти після них гетьман з німцями, і оточили всю країну шуцмани, і, значить, був серед німців один німець, що в нього Варя, звичайно, й закохалася. Але справа не в німцеві, а в гетьманському (можна сказати, колишньому петлюрівському) офіцерові, вроді як у прапорщикові, тільки без золотих наплічників.

У Богодухів прийшов хлопець — Сергій Петренко. Хлопець молодий, цікавий і — командир. Зустрілася Варя з ним на Соболях у свого дальшого родича Івана Панасовича, що служив сільським учителем на Богодухівщині і спершу стояв за Петлюру, розуміючи його, Петлюру, як революціонера, а потім, правда, як це буде видно далі, зрозумівши, що це була помилка, щиро перекинувся в більшовицьку пропаганду і виступав уже далі як голова ревкому. Зустрічалася Варя з офіцером гетьманським — Сергієм Петренком — і одразу ж «закрутила з ним любов». І трапилося так, що пішла вона з ним до Мерла. Йдуть вони, значить, по березі і розмовляють про те, про інше і особливо про кохання. І не помітили вони, як вийшли за город. А за городом ліс і осінь димить на горизонті. Ввійшли в ліс. Осика червона, як червоне золото, аж горить, тихі клени загрузли в ніжному янтарі свого листя, а молоді вільхи наче посміхаються — такі зелені, аж синявою взялися. Ну, тут і трапився гріх. І незчулася Варя, як уже обтрушується — червона й щаслива — й не знає, що їй робити. Цілує Сергія, а самій зрідка в голову порада Ярини Федорівни. Та, правда, скоро заспокоїлась. Сергій пообіцяв оженитися, а про гріх не треба говорити матері. Варя й не сказала. Та поки Сергій збирався оженитися, прийшла «савєцька власть». Варя не встигла навіть і похвилюватися як слід. Підводиться колись з ліжка, а на вулиці вже червоні шпаціріють. Молодий сніжок рипить за вікном. Ахнула Варя, а воно, виходить, що її Серьога й не думав тікати кудись. Виявилося, що він був за шпійона в гетьманському війську і зовсім не гетьманець чи то петлюрівець, а «камунічеськой большовик», як одразу ж назвала його Ярина Федорівна. Варя дуже зраділа, хоч їй і неприємно було, що Сергій тепер не офіцер. Але потім зовсім зраділа, бо Серьога і при «савєцькій власті» залишився за командира. Так що почала Варя гуляти з ним і при новому режимі.

— Він, канєшно, твій Серьога, не з благородних виходить і, кажуть, мастеровой з заводського цеху, — сказала колись Ярина Федорівна, бачачи, що Варя не «шутєйно» «заварила любов», — але що ж зробиш, коли тепер і пропагандисти і командири пішли з простого народу. Так тому й бути: благословляю... коли не бреше і сурйозно намірється оженитись.

— Тільки він, мамо, хоче гражданським браком, — несміливо почала Варя.

— Не видумуй, Варко! — скрикнула Ярина Федорівна.

— Я тобі дам такого гражданського, що ти й у двері не потрапиш!

— Ти того...не дуже! — вставив своє слово і Трохим Климентович. — Щоб, значить, як мати каже...

— Та я ж, мамо, нічого... Я ж говорю тільки, що він говорить.

— Ото ж бо й є! Адійотка ти! Ти говори, що мати говорить, а він хай каже, що ти кажеш. О! Спитай свого батька: посмів би він мені щось непристойне запропонувати?

— Ти того... не дуже! — знову вставив своє слово Трохим Климентович. — Щоб, значить, як мати каже...

— Я, мамо, нічого, — ще раз заперечила Варя. — Я тільки про те, що Серьозі камунічеські правила не дозволяють у церкві вінчатися.

Ярина Федорівна стукнула ногою.

— Ой, краще змовч, Варко! Доки ти мені будеш насупротив виражаться? Га? — Ярина Федорівна так захвилювалась, що аж піт їй виступив на лобі. Тоді вона витерла піт кінцями своєї голов'яної хустки і замовкла. Але потім скоро одійшла й сказала вже багато тихше.

— Так що на тобі, Варко, моє послєднє слово: не хоче він вінчатися прилюдно — ми поїдемо до якогось деревенського попа! Скажи йому, що пущай вон асабливо не турбується: все устрою як слід. Так устрою, що ні одна собака не буде знати.

Можливо, Ярина Федорівна і «устроїла б все як слід», але Сергій Петренко все-таки не схотів вінчатися в церкві. Варя захвилювалася. Саме тому захвилювалась, що під серцем їй вже заворушилось маленьке. Тоді Ярина Федорівна, догадуючись, мабуть, що Варка обов'язково «приведе дитину несвоєвременно», а може й просто не бажаючи випустити з рук цікавого командира, примушена була остаточно піддатися.

— Ай, дівко, — нарешті сказала вона. — Біда мені з тобою! Та, мабуть, прийдеться плюнути на попа... Прости мені, Господи, на цьому кощунському слові (бублешниця перехристилася). Іди, мабуть, до ревкому та записуйся там на гражданський брак. Понравився мені твій Серьога і Іван Панасович (Іван Панасович і справді був уже головою ревкому) розпинається за нього. Каже: і командир отлічной і пропагандист небикновеной.

Варя, «канєшно», дуже зраділа й побігла до Серьоги. А за кілька днів вона вже перейшла до нього й на квартиру.

Сергій цілий день був на ногах і тільки ввечері приходив до своєї молодої дружини. Але Варя ходила, як божевільна, і їй здавалося, що вона ні на хвилину не розлучається з Серьогою. Її неповторний медовий місяць пройшов, звичайно, під золотом осик і, можна сказати, вже давно пройшов, та Варі він знову прийшов. Варя була занадто гаряча самичка, і ягоди її трохи набухлих грушоподібних грудей також сторожко здригалися, як і кілька місяців тому. Одним словом, світ взяло в тісне коло, і в цьому колі залишився один Сергій. Десь когось розстрілювали, десь (і навіть дуже близько) йшла запекла боротьба, десь напружено клекотіло громадське життя, а для Варі існували тільки запашні провінціяльні ночі, що в тривозі мчалися над Богодуховом. Варя зідхала спорзними зідханнями гарячої бистроокої самички і нічого не чула й не бачила.

Так пройшло кілька місяців, кілька солодких надзвичайних місяців.

Але от вітер, що стих було, раптом рвонувся і вогні мало не погашеної пожежі знову зашумували. Контрреволюційний південь зібрав усі свої останні сили і, підтриманий гарматами англо-французьких рантьє, перейшов у наступ. Офіцерські частини так рішучо й упевнено рушили вперед, що армії робітничо-селянського уряду ніяк не могли вдержати позицій і з боями почали відходити на північ.

Країна насторожилась і захвилювалась. Але тепер захвилювалась по-справжньому й Варя. Раніш на зміну влади Варя дивилась дуже просто (мовляв, як же воно за цих буде!), зате тепер вона так просто дивитись не могла. Коли в останній час навіть розмови про рештки генеральських банд — розмови, які загубили свою гостроту, — Варя почала приймати з деякою неохотою, то тепер, побачивши, що недалеке майбутнє багате на серйозні події й обіцяє чимало несподіваних сюрпризів, — тепер вона дуже затривожилась. Правда, Богодухів, як і інші північні райони республіки, жив ще рожевими надіями й тільки по деяких галузях будівництва крадькома (щоб не налякати обивателя) приступав до часткової ліквідації справ, але це Варю зовсім не тішило, і особливо не тішило Ярину Федорівну: бублешниця, а через неї й Варя, знала, що мало не весь південний край вже кипить напруженим, подекуди переляканим життям військового табору, що там замість ревкомів функціонують диктаторські трійки, а замість оптимістичних бюлетенів перемоги населення дістає тривожні й не завжди приємні накази, що там, нарешті, ворога чекають з хвилини на хвилину, і ніхто вже не припускає, що цей раптовий наступ є хоч і красивий, але недовговічний вогонь від фоєрверку.

— Ой, Варко! Що ж це ти наробила! Спортила ти все моє життя! — схвильовано сказала колись Ярина Федорівна. — Якби побралася з офіцером, то не було б цієї суматохи... Ну, й сукин же син твій шпійон! Ну, й гадюка камуніческька! Ех, Варко, Варко! Мовчала я, але тепер не можу мовчати. Як подивлюсь на твій несвоєвременний живіт, так би й розірвала твого Серьогу. Таки обдурив, падлюка... Коли ж це ти з ним нагуляла? Ще, мабуть, за гетьмана?

Ярина Федорівна прямо таки виходила з себе. Але справжня паніка знялася тоді, коли Варин Серьога вирішив покинути Богодухів. Сергій Петренко був один із тих відважних і відданих людей революції, які добровільно поспішали на найнебезпечніші ділянки фронту й яких навіть ніжні очі молодих дружин не могли зупинити. Він виїхав з Богодухова однієї літньої душної ночі й залишав Варку в сльозах біля Ярини Федорівни. Перед тим, як покинути її, він довго втішав її (також втішав і Ярину Федорівну). Він обіцяв, що все буде добре і що він скоро повернеться з фронту. Та втішити йому так і не вдалося, бо Ярина Федорівна не стільки була стривожена судьбою Сергія Петренка («пропадай він пропадом»), скільки тим, що Варку вже тепер не візьме «благородной чоловєк», скільки тим, що… як же тепер бути? Чи не влетить Варці від офіцерської влади за її «командира?»

— Главноє діло — живіт видайоть! — говорила Ярина Федорівна. — Хто там знає, як ти жила з ним? Може, за горняшку служила… А от живіт видайоть!..

Варин живіт і справді був величезний і дуже помітний. Вона була в стані мало не закінченої вагітности й протягом якихсь трьох-чотирьох тижнів мусіла народити дитину.

— Главноє діло — живіт видайоть! — знову зідхала Ярина Федорівна і скреготіла зубами. — І главноє діло — не знаю, що й робити, бо чує моє серце, що скоро вже…

Бублешниця не помилилась. Дні рожевих надій і прихованої тривоги пройшли. Захвилювалась і північ України, а зокрема й Варин городок. Проголошено було становище облоги, і місцевий Гарнізон почав реорганізуватись у партизанський полк. По всіх поштових і степових трактах та дорогах загадючились обози слобожанських возів. Обози так енергійно поспішали на північ, що вже не було жадного сумніву: білі таки будуть в Богодухові!

Хоч Варя й проклинала з Яриною Федорівною свою судьбу, але вона все-таки кохала свого Серьогу і все-таки думала про те, що їй не можна залишатися в своєму городі, коли її городок покинуть армії робітничо-селянського уряду. Варя, звичайно, ніколи не належала до партії, але хіба це дає їй хоч маленьку гарантію, що її не зачепить караюча рука контррозвідки? Правда, Серьога, від'їжджаючи на фронт і не припускаючи, очевидно, що далекий від позицій Богодухів скоро почне евакуватись, не дав їй жадної поради. Але Варя й без чоловіка знала, що їй треба негайно поспішати з від'їздом.

— Мамо! — сказала колись Варя, звертаючись до Ярини Федорівни. — Чи не підете ви до Івана Панасовича порадитись, як мені виїхати з города?

— Виїхати з города?.. Чи не здуріла ти? — скрикнула бублешниця. — Куди ти поїдеш, та ще й з таким животом?

Ярина Федорівна почала доводити Варі, що їй нема ніякого сенсу «теліпатися кудись у прірву», що, може, нічого й не трапиться і, може (та й напевне!), ніхто її не зачепе за нової влади, що коли вже говорити про Серьогу, то — чорт з ним! На чорта він здався, коли так поводиться з дружиною й залишає її саму? Був гріх — согрішила, ну, так тому й бути! Може, ще й найдеться «благородной чоловек» і обвінчається з нею. До речі, вона ж і не вінчалася по-християнськи. Може, то сам Бог так зробив, не допустив до другого гріха.

— Мамо! — почала було Варя, але Ярина Федорівна її різко перебила:

— Покинь, я тобі кажу, мамкати! Що ти там понімаєш?

— Ти того… не дуже! — вставив своє слово й Трохим Климентович. — Щоб, значить, як мати каже…

І Варя замовкла. І Варя, можна сказати, упокорилась. Але не тому, між іншим, вона упокорилась, що так дуже боялась батьків, а тому, що вона й сама почала зрідка думати, що й справді її ніхто не зачепе за нової влади, тому що нарешті, хоч Серьога і гарний хлопець, але, може, його нема вже й на світі, а коли живий він, то вже тепер, за нової влади, не бути йому ні пропагандистом, ні командиром.

Так що вирішено було пересидіти баталію в своєму рідному закутку, що на Манастирській, і не думати про евакуацію.

І з тим більшим задоволенням Варя не думала про евакуацію, що евакуація прямо таки лякала її своїм хаосом.

Треба щиро сказати: революційний нарід уміє перемагати й наступати, та ніяк не вміє відступати й тягати за собою барахло. Пляни евакуації і справді виглядали дуже химерно. Вивозили снаряди, військовий одіж і цілі цейхгавзи, але й вивозили десятки пакгавзів (висловлюючись фігурально) жіночих пантальонів та ліфчиків. Вивозили друкарські машинки й цілі типографії, але й вивозили для чогось старі столи, десятки старих столів і надзвичайно багато звичайних стільців, що тоскно витикалися в небо своїми мало не столітніми ніжками. Вивозили курей, гусей, свиней та іншу домашню живність, але й вивозили матраци, кроваті й ще багато дечого з мертвого спального реманенту. Все це посувалося з Богодухова і через Богодухів на слобожанських возах. І ці обози так лякали Варю, що навіть Ярина Федорівна порадила їй рідше виходити з дому й сама взялася діставати інформації про події в місті і на фронтах.

Словом, евакуація йшла прискореним темпом. За обозами поволі й досить поважно для такого блискавичного моменту посувалися отари овець і гурти рогатої худоби. Воли ревли, коні іржали. Над дорогами стояли хмари сірого пороху. Раз-у-раз, наздоганяючи й переганяючи навантажені тачанки, на шляхи вискакували одинокі вершники й, стурбовані, раптом зникали десь. Появлялися й цілі загони кавалерії. Але ці чомусь весело погикували й так войовничо помахували шаблями, що тил, куди вони рішучо мчалися, кожної такої хвилини можна було прийняти за фронт.

Але те ж, приблизно, Ярина Федорівна (Варя тепер майже не виходила з дому) спостерігала й на залізниці. Станція ломилась від деморалізованих натовпів і від не менш дезорганізованих вагонів. Тільки «пульман з заложниками» чітко вирисовувався з цього евакуаційного хаосу. Все поспішало від грізної канонади й пожарів, які обхоплювали мало не всі кінці нічного південного неба.

Хоч Ярина Федорівна категорично була проти виїзду своєї доньки з Богодухова, але вона не могла не цікавитись, хто ж тікає на північ. Зрідка їй самій боляче йокало під серцем і вона думала: «а може хай виїздить?» Та, придивляючись до евакуаційної публіки, вона тільки ще більше заплуталась.

Людей, що поспішали на північ, і справді не можна було назвати єдиним організованим і організуючим цілим. Це був розхрістаний конгльомерат. Тікали з містечка й фізично-безсилі батьки та матері комуністів, тікали й деякі комунари з барахлом, які вважали, що фронт може почекати, а барахло обов'язково треба «спасти» й обов'язково треба здати «під розписку» десь за тисячу верстов від позиції. Тільки деякі нервові обивателі, котрі страждали на манію переслідуі, щиро симпатизуючи південному військові, ніяк не могли припустити, що їх помилують за «зраду», за те, що вони в свій час не пішли з друзями англо-французьких рантьє, тікали й різні авантюристи, які, придбавши «іменем пролетаріату» деяке майно, поспішали перенести його у більш безпечне місце. Словом, різні люди тікали на північ за тих душних днів тривожного дев'ятнадцятого року. І, придивляючись до цих людей, Ярина Федорівна тільки зідхала тяжко.

Але Ярині Федорівні, як звичайнс й Варі, на тиждень було десять п'ятниць, і тому, зробивши одне вирішення, вони вже почали думати про протилежне. Справа в тому, що колись симпатичні їм крамарі, дрібнобуржуазні інтелігенти та священики стали раптом потроху діяти і вже, очевидно, готували для Варі не зовсім приємні сюрпризи. Дочекавшись довгожданого часу, ці люди тепер не ховали усмішок задоволення й при нагоді, коли це було безпечно, з надзвичайно злою іронією поглядали на Варю й на Ярину Федорівну. Правда, вони так поглядали й на всіх інших городян, які так чи інакше зв'язали свою долю з долею революції і які з тих чи інших причин примушені були залишатися вдома й чекати на прихід нової влади, але від цього легше не було.

— Так що, мамо, буде біда! — кинула одного разу Варя, входячи до хати. — Зустріла я сьогодні Карпа Сидоровича, так він так подивився на мене, що аж сумно стало.

— Та й чого ж йому дивитись на тебе привітно, — сказала прибита горем бублешниця, — коли твій Серьога стояв у його зятя на квартирі по камунічеській лінії? Вон не асабливо до неї прихильний.

Бублешниця й тепер не помилялась. Карпо Сидорович, місцевий крамар і давній ворог Ярини Федорівни, давно вже «точив зуба» на Варку — «камунічеську шлюху», і тепер при зустрічах з молодицею вже не міг стерпіти й не подивитись на неї відповідно. Одного разу він уже навіть і розперезався, можна сказати.

— Так, що здравстуйте, Варваро Трохимівно Петренкова... тоїсь вєрная гражданськая супруга камуніста Петренка, — сказав Карпо Сидорович, зустрівшись з Варею. — Що ж це ви нашли з панської фатери? Сумніваєтесь?

Карпо Сидорович особливо не міг пробачити Варі, що вона жила в будинку його зятя, крамаря другої гільдії. І не те обурювало Карпа Сидоровича, що подружжя Петренкових прожило на цій квартирі, не заплативши ані копійки («цур їм пек з цією платнею, зять навіть сам шукав когось із чекістів до себе в дім, щоб менше робили реквізицій і щоб не тремтіти кожної хвилини!») — обурювало Карпа Сидоровича те, що якась там Варка, дочка поганої бублешниці, з якою він от уже кілька років судиться, котру він знає, «як облуплену», і яка, на його компетентний погляд, мідного п'ятака не варта, — так от ця Варка задрипана насмілилась жити в покоях його зятя, поважного крамаря другої гільдії! От що обурювало Карпа Сидоровича, і він уже давно постановив при першій нагоді подякувати їй за таку образу.

— Чого ж це ви мовчите, Варваро Трохимівно Петренкова? — говорив далі крамар і дивився на Варю своїми маленькими підмасленими очима. — Сумліваєтесь?.. Воно й правда: камунічеська плятформа не пройшла, тікають по чім попало!

Варя стояла перед крамарем і перелякано дивилась на нього. Та й що вона скаже йому, коли вона давно вже в його власті? Піде на нього пожаліється? Піде до свого дальнього родича, Івана Панасовича, і розповість йому про думки Карпа Сидоровича? Ні, вона цього ніколи не зробить, бо тоді вже напевне генерали її не помилують.

— А це ж… що це ви собі набігали, Варваро Трохимівно? — говорив крамар, сально посміхаючись і пальцем тикаючи у Варин живіт. — Від гражданського мужа? Хі-хі!.. Камунічеський приплод для нового офіцерського режиму? Непогана справа — що й казати!.. Та тільки — звиняюсь! Хто його знає, де цей приплод опиниться. Звиняюсь!

Тут крамар уже не міг не зірватись із тону й, підбадьорений свідомістю, що Варя добровільно мусить віддати себе на глум і ні в якому разі не піде на нього скаржитись, заскреготів зубами й дав волю своїм схованим почуттям.

— Звиняюсь! Господа-генерали тобі. Варко, не подарують камунічеської пропаганди. Звиняюсь!

— Що ви кажете, Карпе Сидоровичу, — не стерпіла тут перелякана Варя. — Коли ж це я пропаганду вела? Невже ви не знаєте, що я ніколи не була в партії?

— Ти не була в партії? А чому ж ти тоді в гражданськім браку состояла з камуністом? Ну? Ну, от скажи мені? Чому? Захотілось камунічеського? От тобі й буде камунічеський! — Тут Карпо Сидорович раптом облизався й засюсюкав: — Я, звісно, не проти природи… Воно й шлюха — чоловік… Але зачем ти, детка, завагітніла? Зачем не зробила аборту? От що мене мучає!..

На доказ того, що його й справді мучає, Карпо Сидорович нервово висякався й тяжко зідхнув. Варя мовчки стояла серед вулиці. В грудях їй було тісно й неприємно. Варя думала: «треба тікати». Але Варя, мабуть, так би й не втекла, коли б не випадок. Словом, Варя таки примушена була, мало не остаточно вирішивши не покидати Богодухова, знову передумати своє вирішення й не тільки передумати, але й справді покинути свій рідний городок.

Це трапилося не тоді, коли можна було порівнюючи добре влаштуватись в якомусь з потягів, що евакувались на північ, навіть не за тих душних днів, коли козачі роз'їзди були в якихсь двадцяти верствах від повітового містечка — це трапилося якраз в останній день.

Ніч була гаряча. Грози не було, але далекі зоряниці аж до ранку палахкотіли по всіх кінцях повітового містечка.

Чути було короткі постріли. І на цей раз не тільки обивателі не наважувались трошки поспати, але й активні діячі робітничо-селянського уряду ніяк не могли раціонально використати подаровані їм судьбою години відпочинку. Все було в тривозі. Центр города вже давно змертвів, та цієї ночі він був особливо мертвий. Ранок прийшов надзвичайно тривожний. До дев'ятої приблизно і одпни решток загонів робітничо-селянського уряду не видно було. І, тільки коли вже байдуже гаряче сонце височенько зупинилось над городком, по порожніх вулицях заторохкотіли полкові обози відступаючої армії. О дванадцятій приблизно годині розірвався перший шрапнель. Ворог був уже під «стінами города».

Ярина Федорівна, що її дуже тривожила Варина судьба, навіть цього дня не стерпіла не вийти з дому. Повернулась вона захекана й червона.

— Ох, Варко! Ох, донечко моя! — сказала вона, важко дихаючи й сідаючи на ослінчик. — Зустріла я, значить, зараз Івана Панасовича. Так ти слухай, що він каже мені...

Тут бублешниця змовкла й раптом заплакала.

— Та що ж він каже, мамо! — затривожилась Варя. — Ну говоріть же, не мучайте мене!

До Ярини Федорівни підійшов і Трохим Климентович: в таких випадках, коли плакала бублешниця, він, завжди до всього байдужий і завжди трохи п'яненький, мовчки зупинявся біля своєї дружини й дивився на неї чомусь здивованими очима.

— Що він каже? — промовила, нарешті, Ярина Федорівна крізь сльози й витираючи очі кінцями голов'яної хустки. — А от що він каже. Як почув він, що ти сидиш досі в городі, так як не сплесне руками, як не закричить! Що це ви, каже, зі своєю донею надумали? Чи не тронулись розуму? Невже ж, каже, думаєте, що її белі не розстріляють? (Так і сказав, голубонько, «розстріляють»!) Я йому те, інше, навіть про вагітність твою згадала. А він мені своє. Невже ви, каже, забули, що Сергій, цебто чоловік твій, у «чеці» служив? Я йому те, інше: мовляв, чим же моя донька винна, що він у чеці служив? Так він і слухати не хоче. Негайно, каже, кличте до мене товаришку Варю (цебто тебе так називає) і більше, каже, я з вами й розмовляти не хочу… цебто зо мною. Ну, оце я й прибігла. Думаю: як уже моя Варка товаришкою стала, то вже тут треба шось міркувати… Ой, бідна моя головонько!

Ярина Федорівна знову заплакала. Трохим Климентович ще більш поширив свої здивовані очі. А Варя зблідла й мовчить.

— Невже ж таки, доню, тебе можуть розстріляти?.. Белі, значить, афіцери?

— Бог його знає… Може й розстріляють, — нарешті, промовила перелякана Варя. — Карпо Сидорович дуже нахваляється…

Та далі Варя вже нічого не промовила.

Ярина Федорівна гнівно подивилась на неї й скрикнула:

— Так чого ж це ти мені цього раніш не говорила? Ну?

— Про Карпа Сидоровича? Та хіба ж я вам не говорила?

— Про якого там Карпа! Про те, що тебе белі розстріляють?

— А я ж по чім знала, мамо? — почала було Варя. — Та ви ж і самі мені не радили тікати…

— Я не радила? — ще голосніше скрикнула Ярина Федорівна. — Та я ж тільки не радила тобі зв'язуватись з цим жевжиком камунічеським, з цим твоїм Серьогою… щоб він тобі…

— Мамо! — в свою чергу скрикнула Варя. — Що ви говорите? Навіщо ви на мене набріхуєте?

Ярина Федорівна вдарила об поли руками.

— Я набріхую?.. Ой, Варко, гляди, щоб я тебе й сьогодні не вибила.

— Ти того… не дуже! — вставив своє слово й Трохим Климентович. — Щоб, значить, як мати каже…

Але Ярина Федорівна вже нічого не казала й знову витирала очі кінцями своєї голов'яної хустки: в цей надто тривожний момент вона не могла до кінця показати свого характеру. Ярина Федорівна тому не могла показати характеру, що вона (ах, Боже мій!), вона нічого не розуміє, буквально нічого, в цих «камунічеських та афіцерських» справах, тому що вона — не будемо ховатись — дещо й радила своїй доні, але хіба ж вона думала, що все так погано закінчиться? Тому, що вона — й тепер не будемо ховатись — і справді не радила Варці тікати з Богодухова, але хіба ж таки всі й тікають? Чому ж не залишитись?.. Невже ж таки вона мусіла «безприкословно» відпустити свою доньку чорт знає куди, та ще й в такий час, коли, мабуть, на тому тижні прийдеться до «кушерки» йти?.. І невідомо, чим би скінчилася ця трагікомічна сценка, коли б у цей момент недалеко від їхньої хати не розірвався снаряд. Варя, що ніколи не відзначалася великою рішучістю, на цей раз інстинктово рвонулася до дверей і, не попрощавшись з батьками, кинулась на вулицю. За кілька хвилин вона вже підбігла до центрального майдану свого рідного повітового містечка.

Тільки тепер Варя як слід усвідомила собі весь жах свого становища. І справді: хіба ж її чоловіка не зненавиділи місцеві крамарі тощо? Хіба ж вони за Серьогу не зненавиділи й її? Боже мій, як же їй розум затуманило на цей час! Хіба ж мати щось розуміє в цих справах? Чому ж Варя тільки до її порад прислухалася?.. Хіба Карпо Сидорович не нахваляється щось зробити з її «приплодом»? Хіба вчора він не прямо натякнув їй, що тільки в тому разі, коли вона стане його полюбовницею, він не піде до нової генеральської влади з відповідними доносами? Отже, треба негайно тікати з города! Негайно!

Варя мало не бігла до ревкомівського будинку, де вона сподівалася зустріти Івана Панасовича, голову, як відомо, цього ж таки ревкому, її дальнього родича. Варине обличчя зовсім спітніло і від швидкої ходи і від гарячого сонця. Її великий живіт випинався вперед, і здавалося, що Варя несе велику повітряну кулю.

На вулицях було зовсім мертво. То тут, то там розривалися снаряди. Рештки полкових обозів уже пройшли, і тепер ніхто не порушував тиші. Обивателі сиділи по льохах і не наважувались виходити на вулиці. Тільки де-не-де надто вже цікаві мешканці випроваджали з вікон Варю своїми здивованими поглядами. За Богодуховом, у південній частині околиці, йшла рясна перестрілка.

Іван Панасович, що до нього поспішала Варя, опинившись у скрутному становищі, не тільки не перекинувся до якогось нового Петлюри, але й енергійно почав організовувати місцевий партизанський полк. По-перше, йому подобався робітничо-селянський лад і подобалось те, що за цього ладу навіть він, непомітний сільський вчитель, що вийшов із задрипаних богодухівських Соболів, може керувати цілим повітом, по-друге, він, як він сам говорив, почав «проткаться» матеріялістичними розуміннями історії: мовляв, без пролетарської революції ніяк не обійдешся і, значить, треба довести її до кінця. Соболівські кустарі хоч і почали вироджуватись в десятих роках нашого сторіччя в п'яничок та непотрібних людей, але, з другого боку, вони почали й постачати для богодухівського суспільства немало інтелігентних і надзвичайно цікавих горожан. Іван Панасович саме до останніх, цебто до інтелігентних та цікавих належав. (Мав він, до речі, й голову таку левину й таку велику, яку мав колись і Карло Маркс). Так що Варя даремно поспішала до ревкомівського будинку. Іван Панасович у цей час там не міг бути: він, енергійний та молодий (справа йде про його партійний стаж) більшовик, міг бути тільки на передових позиціях.

Саме там Іван Панасович і був. Ревкомівський будинок — для голови ревкому, а Іван Панасович ревком уже ліквідував і виступав тепер у ролі командира нового партизанського полку.

Варя вскочила в колишній дім Савича, цебто в ревкомівський будинок, і побачила там тільки розкидані папери. Тоді вона почала перебігати з кімнати в кімнату і доти перебігала, аж поки гнітюче безгоміння не перелякало її до смерти. Варя знову вибігла на вулицю й кинулась по дорогах. Серце так билося, що от-от вискочить. І, безперечно, вона доти б метушилася по містечку, доки б у містечко зайшли й білі. Але все Варине життя складалося, по суті, з випадків і завжди було під контролем чужої волі, а тому й на цей раз на допомогу прийшов новий випадок і нова чужа воля.

— Куди це ти, Варю, так розігналася? — зупинила її, нарешті людина, що раптом вийшла з-за рогу.

Варя від несподіванки мало не впала. Але, побачивши, що перед нею стоїть товариш Матвій, зі сльозами кинулась до нього й почала виясняти, в чому справа. Виясняла вона довго й плутано, навіть можна було чекати, що її співбесідник не витримає бесіди і втече, але товариш Матвій, на щастя, не втік. Звичайно, колишньому бомбардиру-наводчикові, а нинішньому помічникові командира полку, цебто помічникові Івана Панасовича, не до Варі було (він, віддавши деякі розпорядження своєму обозові, біг до бойової частини), проте, й не вислухати Вариного горя, цебто не вислухати горя дружини свого великого приятеля Сергія Петренка, він теж не міг.

Товариш Матвій, нарешті, зупинив свою співбесідницю й незадоволено сказав:

— До ревкому тобі, — незадоволено сказав він, — нічого було й бігати, бо Івана Панасовича не тільки там давно нема, но, можна сказати, і в городі.

— Нема? — скрикнула Варя. — Що ж мені робити, товаришу Матвію?

— А я ж по чом знаю? — суворо кинув старий артилерист. — Ну, говори: по чом?.. Чи, може, ти думаєш, що ми до тебе спеціальну няньку приставимо?

Старий артилерист був дуже незадоволений з Вариної поведінки. Він навіть щось пробурмотів собі під ніс з приводу того, що ще довго, мовляв, Богодухові прийдеться «давати порядок». Але, будучи, по суті, добродушною людиною й мало чим відрізняючись від оспіваного в тисячах оповідань та романів типу вояки-добряка, він, по-перше, пояснив Варі, що Іван Панасович зараз за містечком, в шанцях, командує тією частиною, що стримує офіцерські банди, і, по-друге, наказав їй негайно бігти до полкового обозу, давши їй точну адресу і записку з наказом пристроїти Варю десь біля полкової кухні.

Таким чином Варя й попала в партизанський полк.

У своєму містечку полк недовго простояв. Відбивався він досить героїчно, але вдержати офіцерські частини не булс жадної фізичної можливости. Полк знову зупинився тільки в містечку (в колишньому заштатному городку) Красному Куті, або, як його ще інакше називають, в Краснокутську, що стоїть на тому ж таки Мерлі, і мав тоді, здається, до 10 тисяч мешканців. Містечко кілька разів переходило із рук у руки і, нарешті, залишилося за партизанським полком. Отже, партизани розтаборилися в городі, по одному боці Мерла, а офіцери в лісі — по другому. Штаб партизанського полку зупинився в містечкового крамаря. За кілька днів безперервних боїв противники так виснажилися, що тепер здібні були тільки досить в'яленько перестрілюватись та посилати один одному по два чи то по чотири снаряди в день. Полковий обоз теж стояв у вищеназваного крамаря, отже, Варя опинилася там же. Полкова кухня поки що не функціонувала (партизани діставали їжу від місцевих городян), і Варя, по суті, нічого не робила. Так що залишилося їй тільки зрідка плакати по закутках і багато думати про свій рідний Богодухів.

І Варя плакала і Варя думала. Думала, «канєшно», і про свою судьбу, що розбила її молоде життя. Думала, що вона в Богодухів, на Манастирську вулицю вже ніколи не повернеться, думала про сквер — «шквирю», про Стьопу юродивого, головатого, що так багато їсть на тротуарі, і що його все-таки дуже шкода, бо і з ним зв'язано запах богодухівських закутків і запах пахучих ночей біля провінціяльного кіна. Думала навіть про Карпа Сидоровича і думала, що Карпо Сидорович, мабуть, не пішов би на неї жалітись білим і, значить, не треба було тікати. Думала, нарешті, що вона днями, очевидно, народить дитину, і годі що ж їй робити? Мабуть, все-таки даремно вона виїхала з Богодухова, даремно, «кинулась у прірву». І Варя почала придивлятись до краснокутських мешканців. Їй вже бракувало чужої волі, і вона мусіла шукати доброї людини, що вивела б її із цієї дороги в безвість на дуже приємний і ясний шлях до Манастирської вулиці. Але, на жаль, краснокутські мешканці були налякані стріляниною й боями так, що їх не видно було на вулицях, а шукати їх по хатах Варя боялася.

Одного разу (саме в ті дні, коли партизани добре закріпилися в Красному Куті, саме в ті дні, що на них кінчаються уривки Вариної біографії), одного разу над містечком сходив літній прозорий світанок. Мало не весь штаб полку сидів у садку крамаря. Дехто так досі й не лягав спати, дехто вже відпочив трохи. Крамар раз-у-раз виносив з хати гарячі самовари й, затаївши злобу, люб'язно посміхався та поїв «дорогих гостей» пахучим чаєм, що залишився в нього ще зі старого режиму, а також підносив різні варення. Партизани пили чай і їли з таким смаком варення, наче вони ніколи не пили чаю й ніколи не бачили варення. (Правда, більшість з них варення таки й не бачили.) До столу раз-у-раз підбігали вістові, що, прив'язавши біля палісадника своїх коней, йшли інформувати штаб про стан того чи іншого фланга. За столом сиділи також Іван Панасович та товариш Матвій. Вони вже встигли по черзі відпочити й тепер зустрічали новий день новими турботами. Розмова йшла про батарею й про снаряди. Річ у тому, що через селян-перебіжчиків ворог дуже вихваляв партизанську батарею (нею керував товариш Матвій) і через цих же селян партизани узнали, що їхня батарея «прямо таки наводить паніку» на супротивника і що, можливо, тільки завдяки батареї товариша Матвія партизани так довго й затримуються під Красним Кутом, але партизанам також було відомо, що їхня батарея не сьогодні-завтра мусить змовкнути, бо снарядів залишилося щось дуже мало, і тоді вже, мабуть, і триматися далі під Красним Кутом буде неможливо. Товариш Матвій, нарешті, замислився: він, очевидно, думав про те, де б дістати снарядів, а Іван Панасович тільки трусив незадоволено своєю марксовою головою і, очевидно, нічого не думав. З Івана Панасовича вийшов дуже непоганий вояка, його можна було бачити на найнебезпечніщих ділянках фронту, і, тільки завдяки капризам химерної фортуни, його не вибило з рядів у перщій же сутичці із супротивником. Іван Панасович так сміливо їздив по лінії фронту в час бою на своїй білій кобилі, що її він реквізував ув одній з богодухівських економій, як міг би їздити лише якийсь полководець за часів Аттіли, — за тих часів, коли ще наука не знала вогнестрільної зброї, але організувати постачання, скажімо, снарядів для полку чи то щось інше організувати в тій же частині — на це Іван Панасович не мав, на жаль, здібностей. Отже, товариш Матвій замислився, а Іван Панасович трусив головою.

В цей момент раптом до столу підскочив один з безвусих партизанів — схвильований, червоний та, можна сказати, радісний, і, звернувшись до Івана Панасовича, скрикнув:

— Уже!

— Що таке «уже?» — спитав Іван Панасович, здивовано подивившись на юнака. — Чи не склад снарядів ти десь намацав?

— Які там снаряди!.. — безнадійно махнув той рукою. — Треба бігти за кушеркою.

Іван Панасович, як і товариш Матвій, ще з більшим здивуванням поширили очі на чудакуватого вояку робітничо-селянського уряду.

— За якою там «кушеркою»?.. — мало не одночасно спитали вони.

— А за такою кушеркою, — сказав партизан, — що Варка дитину народила. Цілу ніч мучилась у клуні, і тепер ось народила... Пищить!..

Іван Панасович усміхнувся. Посміхнувся й товариш Матвій. Годі сказав, значить, товариш Матвій, трохи схвильованим голосом і начебто в задумі:

— Пищить!.. Кажеш, пищить новорождьонной малюта?.. Но, помежду прочим, ти, товаришок, не в курсі діла, і можна сказати, кушерка вже непотрібна, раз запищало.

Молодий партизан збентежено подивився на товариша Матвія й почервонів. І справді: як це йому досі не прийшло в голову, що «кушерка» потрібна саме тоді, коли дитина ще не появилась на світ Божий і зовсім не тоді, коли ця ж таки дитина вже примружує очі під ударами досі невідомого їй світла й пищить.

— Ну, так де ж там воно пищить? — сказав Іван Панасович і підвівся. — Веди нас до нього.

Підвівся й товариш Матвій. За якусь хвилину вони мусіли бути в клуні. Але, коли вони підійшли до Варі, біля неї вже був цілий натовп партизанів. Варя лежала в яслах бліда й схудла, а біля неї на рядні — живий шматок м'яса. Варя всміхалась, можна сказати, зажурено-щасливою посмішкою й раз-у-раз позирала на своє немовля. На її чоло лягли тонкі риски втоми від недавно перенесеної фізичної муки, але її зовсім не тривожила присутність біля неї людей, їй навіть приємно було, що ці люди прийшли до неї, і тому ані Іван Панасович, ані товариш Матвій — ніхто з них не найшов потрібним звільнити клуню від натовпу, і тому командира та помічника його одразу ж замкнуло тісне партизанське коло.

— Народила, Варю, дитину? — спитав Іван Панасович і, скинувши догори свою марксову голову, теж чомусь почервонів: він, мабуть, таким же хлопчиком відчував себе, як і той пацан-партизан, що допіру доносив йому про народження Вариного пацаночка.

— Народила, Іване Панасовичу! — ледве чутно промовила Варя і обвела весь натовп своїми химерними й тепер уже перелякано-здивованими очима, наче вона боялася, що в неї віднімуть її дитину. — Синочка народила. Від камунічеського більшовика.

Немовля запищало. Партизани ще тіснішим колом оточили ясла. Всі ці суворі вояки робітничо-селянського уряду дивились на Варю такими зацікавленими очима, ніби й справді Варина дитина раптом розв'язала їм якусь надзвичайну загадку.

— Так, значить, від камунічеського більшовика? — промовив вражений в саме серце товариш Матвій і, зробивши надзвичайно серйозне обличчя, замислився. — От гражданський случай. Сключительний!

Старого артилериста, дуже, до речі, сентиментальну людину, так зворушив цей «гражданський случай», що він навіть ні з того, ні з сього сльозу змахнув з правого ока. Старий артилерист далі вже нічого не міг промовити. Мовчали і всі інші партизани. В клуні зупинилась така урочиста тиша, ніби в яслах лежав не Варин карапет, а син легендарної Богоматері — легендарне немовля Ісус. Якраз над яслами, де лежала Варя зі своєю дитиною, ворожий снаряд кілька днів тому прорвав стелю (товариш Матвій запевняв, що це зовсім випадково, бо й справді більше таких вдалих пострілів супротивник уже не робив), і тому якраз над яслами стояли голубі далі вранішнього літнього неба. Десь під стріхою цвіріньками горобці і так весело й бадьоро іржали за повітками коні, що навіть близька одноманітна перестрілка біля Мерла не викликала суму й важких думок. Варя тиснула до своїх грудей своє маленьке дитинча, і загадкова посмішка (чи то щастя, чи то зажури) так і не злітала з її надхненного обличчя. Зрідка вона позирала на партизанів, і те, що вони мамулувато топталися на одному місці, що вони невідомо для чого оточили її, що вони, не знаючи, що їй говорити, тільки чомусь ніяково посміхалися дитячими, наївними, такими ж, як Варя, посмішками — це Варю зовсім не бентежило. В цих молодих і старих, бородатих і безусих обличчях вона відчувала щось велике, незрозуміле, щось рідне й одночасно чуже, щось близьке й одночасно далеке, але все-таки щось таке, що з його власти їй вже ніколи не вирватись. Перервав безгоміння той же товариш Матвій і таким же занадто серйозним та врочистим голосом:

— Так що життя чоловіческьке возродилось! Від камунічеського більшовика! — філософськи відзначив товариш Матвій. — Ну, що ж: пущай живе паходной малютка на здоров'я! А тебе, Варю, всі ми, можна сказати, од лиця всієї нашої робочо-крестьянської маси поздоровляємо з новорождьоним сином і так що просимо не турбуватись.

Але не встиг товариш Матвій договорити останніх слів, як на Мерлі в цей момент енергійно затарахкали ворожі кулемети. Ворог, мабуть, вирішив перейти в наступ. Відсутність снарядів у партизанській батареї підбадьорила його. Червоне, як кров, сонце вже лягло на обрій і обіцяло гарячий день гарячого, завзятого бою. Партизани посунули з клуні. Першим вискочив заклопотаний Іван Панасович. Зацвірінькав горобець і стих. Знову енергійно зататакали ворожі кулемети й десь, уже тривожно, заіржав партизанський кінь. Над Красним Кутом розірвався шрапнель.

— Іч, як кроє, падлець! — сказав товариш Матвій, прокидаючись від своєї врочистої промови. — Ну, нічого, не турбуйся, Варю — ми його зараз трохи припинимо. Відпочивай зі своїм малюткою спокойно... А якщо буде невдержка, то для такого случаю ми тобі й підводу заброніруємо.

Товариш Матвій насторожився, ще трохи постояв і рішучо рушив за ворота.

Клуня зовсім спорожніла. Горобці, що стихли було, знову завзято зацвірінькали. Десь закричав півень і хтось когось далеко покликав. Словом, Варя залишилася сама.

— Баю-бай! — глибоко зідхнувши, в перший раз несміливо промовила вона і пригорнула дитину до своїх грудей. — Баю-бай!

Дитина стала засинати. Але й перевтомлена за ніч Варя теж відчула, як злипаються їй очі... Та й чому їм не злипатися, коли їй так спокійно на душі, ніби й справді нема ніякої перестрілки, ніби й справді тривога ніколи й не безумствувала над Красним Кутом. Варя починає згадувати товариша Матвія, і кожного разу, коли вона згадає його, на її серце лягає якийсь досі незнаний їй ніжний біль...

...І так пройшло кілька хвилин і, нарешті, кілька годин. Уже давно Красний Кут відкурив порохом гарячого, завзятого бою, вже давно зникла «забронірована підвода» десь далеко за ворітьми клуні, а героїня «сключительного гражданського случаю» і досі була в стані якогось химерного забуття. Лежить Варя, «канєшно», в клуні того ж таки краснокутського крамаря, а їй здається, що вона лежить десь за тисячу верстов, десь Бог знає де, мало не на небесах. І, значить, дивиться Варя в ворота. І бачить Варя: на сході сходить зоря. Така велика й така червона, як кров... І ніч.

Надворі тепло і в клуні тепло. Струмки нічного вітру ніжать її обличчя. Немовля раз-у-раз дригає своєю пухкенькою ніжкою, і з ясел летить золота солома. Десь на півдні, на полтавській дорозі (Полтава, як відомо, від Красного Кута на південь), співають Варині богодухівські подружки. Пісня якась химерна... така іноді буває осика восени! І Варі чомусь боляче... Можна сказати, і радісно і боляче!.. Чи може тому, що згадала свій Манастирський закуток? Хто його знає — може й не тому!.. Варя пригорнула своє тепленьке немовля до своїх набухлих грудей і дала йому в його вогкенький ротик свою грушоподібну сісю. Дитина схопила її сісю й раптом відхилилася. Тонкий струмок Вариного молока вирвався й полетів під самісіньку стелю. Варя схопила очима цей білий, аж сліпить, струмок молока в червоному світлі від зорі, що вже давно розповзається по клуні, і кудись здивовано дивиться наївними очима. І чує Варя, як десь гавкають собаки:«гав! гав!» «Пізно чи ні?» «Мабуть, пізно»... Закукурікав півень — голосно й завзято, і Варя подумала: «мабуть, червоний, як кров». Тоді тепле молоко, що дзюрчить у вогкому ротику її маленької дитини, вже здається їй червоним, мало не святим вином.

— Ку-ку-ріку! Ку-ку-ріку! — кричить голосно й завзято півень.

...У городській школі, де вчилася Варя, «канєшно», вчили й «закону Божому». От і згадала вона. І стало їй трошки страшно і трошки радісно: вона то — що й говорити — звичайна собі Варя з Манастирської, але от і Богоматір теж народила в яслах своє дитинча. Виходить, що її синок, як немовля Ісус. Тоді пригадала Варя ніч з Віфлеємською зорею і подивилась у ворота.

На сході, там, де Богодухів, але, мабуть, багато далі за її повітовим містечком стояла в небі червона, як кров, зоря. «Очевидно, завтра буде добрий день» — думає Варя й дивиться в прозоре повітря, в діру покрівлі, що від ворожого снаряда. Голубе небо аж сліпить їй очі своєю блакиттю. І хочеться їй сильніше, якомога сильніше, притиснути до себе тепленьке тільце своєї дитини. Але вона боїться, вона дуже боїться: чи не роздавить своє дитинча? І Варя прислухається. Чує Варя, як десь пурхають і, чи то тоскно, чи то радісно, перекликаються голуби. Вони так перекликаються ніжно, що Варина душа не стерпіла й раптом заспівала. І не тільки душа: вона відчуває, що співає й її тіло, і нарешті все співає — і клуня, і ясла, і небо, і весь безмежний всесвіт, що він їй зараз такий загадковий і такий цікавий, як фантастичний «бойовик» з кіна. Тоді з її грудей з надзвичайною силою рветься молоко. Воно рветься з такою надзвичайною силою, що може захлинутись дитина. Варя вириває грудну ягоду, свою набухлу сісю, з синового вогкого ротика і кладе цей вогкий ротик на свої гарячі вуста. Немовля пищить.

— Баю-баю! — говорить Варя й ніжить руками тепленьке тільце своєї дитини... І дитина засинає... Але потроху, непомітно засинає й сама Варя.

Важким ударом розсікло їй голову. Варя скрикнула й прокинулась. Та дитини вже біля неї не було. Де вона? Де її дитина? Де люди, нарешті?.. Не було дитини, не було й людей. Стояло таке страшне безгоміння, як сам страшний суд. І перше, що постало перед Вариними очима — це обличчя товариша Матвія. І вона догадалась: була ніч, партизани відступили, а товариш Матвій забрав її дитинча... Варя рвонулася з ясел і вискочила. Вискочила й озирнулась.

Краснокутськ змертвів: ніде нікого, і тільки з-за лісу, з-за Мерла стукотіли підводи.

— Белі! — метнулось у Вариній голові. — Ой, Боже мій! Ой, що мені робити! Ой, рятуйте, хто в Бога вірує!

Варя ще раз рвонулася і вже була на шляху. Вона так бігла, так мчалася, що аж дух забивало їй. Вона мчалася туди, куди відступили червоні полки. Вона падала, спотикалась і знову бігла й бігла. Варя вже нічого не чула і вже нічого не бачила. Вона тільки чула, як вітер тоненько й різко свистів їй над вухом, вона тільки бачила, як якась червона, як кров, пляма весь час миготіла перед її очима. Страшне безгоміння мчалось за нею!

...Боже мій, Боже мій! Як далеко, як неможливо далеко, як важко бігти туди, куди з боями відступили загони червоних полків!

А втім нічого подібного ніколи не було. Це просто приверзлося. Ніхто й не думав брати Варину дитину. Того пам'ятного дня партизани успішно одбили атаку супротивника і навіть з неменшим успіхом відбили ще дві атаки. Відступили вони з-під Красного Кута тільки на четвертий день, а з ними, «канєшно», відступила на «заброніровaній підводі» й дочка богодухівської бублешниці, бистроока Варя, зі своїм не менш бистрооким карапетом, «тоїсь» «паходним малюткою» і, можна сказати, сином тривожних років великої громадянської війни.

ЗМІСТ

Літературно-художнє видання

Серія «Рідне»

ХВИЛЬОВИЙ Микола

Я (РОМАНТИКА)

Головний редактор *О. В. Красовицький*
Відповідальна за випуск *Т. І. Шкарупа*
Художній редактор *О. А. Гугалова-Мєшкова*
Технічний редактор *Г. С. Таран*
Комп'ютерна верстка: *Т. В. Мальчевська*
Коректор *О. О. Жирнова*

Підписано до друку 03.12.2020. Формат 84 x 108 $^{1}/_{32}$.
Умов. друк. арк. 18,48. Облік.-вид. арк. 16,03.
Тираж 1000 прим. Замовлення № 21-19.

ТОВ «Видавництво Фоліо»
вул. Римарська, 21А, м. Харків, 61057
Свідоцтво суб'єкта видавничої справи
ДК № 5244 від 09.11.2016

Сайт та інтернет-магазин видавництва:
www.folio.com.ua
Електронна адреса:
market@folio.com.ua

Надруковано з готових позитивів
у ТОВ «Видавництво Фоліо»
вул. Римарська, 21А, м. Харків, 61057
Свідоцтво суб'єкта видавничої справи
ДК № 5244 від 09.11.2016

Хвильовий М.

Х-30 Я (Романтика) / Микола Хвильовий; худож.-оформлювач О. А. Гугалова-Мєшкова. — Харків: Фоліо, 2021. — 348 с. — (Рідне).

ISBN 978-966-03-9439-1 (Рідне)
ISBN 978-966-03-9482-7

Видання містить твори з другої збірки прози М. Хвильового (1893–1933) «Осінь». Його персонажі долають тяжкий шлях вибору, стикаються з тією межею, яку ніколи не можна переступати. У душі головного героя новели «Я (Романтика)» відбувається боротьба між добром і злом, гуманізмом і фанатизмом. Він — «чекіст, але і людина», «м'ятежний син», який після найганебнішого злочину проти найдорожчої людини — матері, знищує залишки людяності в собі та морально гине. У повісті «Санаторійна зона» зображено пореволюційне суспільство. Нещодавні будівничі нового життя стають «зайвими людьми», вони відчувають власну несумісність із добою, прірву між ідеалами й дійсністю та лікуються від найрізноманітніших душевних хвороб. Зло, заподіяне головним персонажем повісті задля високої ідеї, знищило його власні життєві сили та врешті призвело до самогубства. Комуністичні ідеали героїв цієї збірки зруйновані, долі вчорашніх романтиків революції понівечені.

УДК 821.161.2